内蒙古自治区党委宣传部策划

北疆文化建设重点项目

文艺作品里的内蒙古

敖登　葛丽英——主编

内蒙古出版集团
远方出版社

图书在版编目（CIP）数据

文艺作品里的内蒙古 / 敖登，葛丽英主编．--呼和浩特：远方出版社，2025．3．-- ISBN 978-7-5555-2180-8（2025.11重印）

Ⅰ．I217.1

中国国家版本馆 CIP 数据核字第 2025OHV161 号

文艺作品里的内蒙古

WENYI ZUOPIN LI DE NEIMENGGU

主　　编	敖　登　葛丽英
责任编辑	云高娃
封面设计	李鸣真
版式设计	韩　芳
出版发行	内蒙古出版集团　远方出版社
社　　址	呼和浩特市乌兰察布东路 666 号　邮编 010010
电　　话	（0471）2236473 总编室　2236460 发行部
经　　销	新华书店
印　　刷	内蒙古爱信达教育印务有限责任公司
开　　本	787 毫米 ×1092 毫米　1/16
字　　数	382 千
印　　张	32.75
版　　次	2025 年 3 月第 1 版
印　　次	2025 年 11 月第 2 次印刷
标准书号	ISBN 978-7-5555-2180-8
定　　价	260.00 元

前　言

近年来，内蒙古自治区党委坚持以习近平文化思想为指引，系统集成内蒙古大地上的红色文化、草原文化、农耕文化、黄河文化、长城文化等文化形态，熔铸铸牢中华民族共同体意识、守望相助、促进各民族交往交流交融、弘扬蒙古马精神和“三北精神”等时代要求，着力打响北疆文化这一具有内蒙古特质的地域性文化品牌，各族干部群众人心凝聚、团结奋进的精神纽带越扎越牢。对内蒙古而言，践行习近平文化思想，总抓手就是建设北疆文化。为进一步推进文化强区建设，深入挖掘北疆文化的深刻内涵，从不同维度彰显北疆文化的独特魅力，内蒙古自治区党委宣传部组织编写了《文物里的内蒙古》《诗词里的内蒙古》《当代文学里的内蒙古》《文艺作品里的内蒙古》四本理论读物。

四本读物从不同角度描绘了内蒙古的历史脉络、社会发展及文化建构，生动展现了内蒙古深厚的历史文化底蕴、丰富的自然景观、独特的人文风貌和与时俱进的创新精神，深刻反映了在内蒙古这片热土上各民族交往交流交融的历史事实，实证了中华民族多元一体格局的形成和发展，集学术性、艺术性和可读性于一体，为读者提供了解内蒙古的新视角，有助于充分发挥北疆文化在铸牢中华民族共同体意识、构筑中华民族共有精神家园过程中的凝聚作用，引导各族群众更好地感悟中华文脉，不断增强对中华民族的认同感和自豪感，更好展示内蒙古的文化魅力和良好形象，把祖国北疆这道风景线打造得更加亮丽。

文脉赓续，弦歌不辍。内蒙古是各民族文化融合碰撞的地方，县县都有博物馆、旗旗都有乌兰牧骑，灿若繁星、脍炙人口的美篇佳作层出不穷，既积淀着西风塞漠的昔日情愫，也传扬着今日葱茏原野万马回旋的磅礴气势。奋进新征程，内蒙古将继续沿着习近平总书记指引的方向笃定前行，从办好两件大事的实践中汲取精神养分，以闯新路、进中游的目标任务激发北疆文化建设的活力，广泛凝聚各族群众共同守卫祖国边疆、共同创造美好生活的热情，始终同心同德、守望相助、共同奋进，在建设中华民族现代文明中努力贡献内蒙古力量、展现内蒙古担当。

目 录

MULU

第一章 音乐

第二章 舞蹈

第三章　戏剧

第四章　影视

第一章

音乐

2023年6月2日，文化传承发展座谈会上强调在新的起点上继续推动文化繁荣、建设文化强国、建设中华民族现代文明，是我们在新时代新的文化使命。内蒙古自治区党委提出打造“北疆文化”品牌的目标任务，这是贯彻落实习近平文化思想和习近平总书记在文化传承发展座谈会上重要讲话精神的战略举措，也是新时代内蒙古文化建设打响区域性代表性文化品牌的现实需要。

“移风易俗，莫善于乐”，音乐文化是基因文化，深刻影响着人们的思维意识。草原音乐文化作为“北疆文化”的重要组成部分，是记忆建构与文化传承的重要途径，也是推广和传播文化的重要力量。蒙古族优美的长短调民歌，悠扬深情的马头琴，多声部呼麦等艺术，与各民族的音乐艺术互相交融，共同构成了草原音乐鲜明的地区特色，为中华民族的文化艺术宝库增光添彩。内蒙古，这片融汇了古老草原文化和现代多元文明的土地上，各民族生息繁衍，在不断交往交流交融中共同创造了灿烂的音乐文化，这些优秀的传统文化为内蒙古当代音乐创作提供了源源不断的创意和灵感，建构了北疆文化景观，实现了多元文化的融合与表达。在这里，音乐不仅记录了历史，也体现了各民族音乐创作的成就。同时，这些音乐也带有内蒙古风格和精神的标签，投射出内蒙古的时代记忆，彰显了内蒙古各民族独特的审美旨趣，在中华民族共同体意识的视野下塑造了立体多维的内蒙古文化形象。特别是中华人民共和国成立70余年来，涌现出众多卓越的艺术家和影响深远的音乐作品，这些作品经历了社会的发展和时代的变迁，将岁月和时间的醇厚质感与馥郁芬芳进行沉淀。如今，在习近平新时代中国特色社会主义思想指导下，从传统民歌到新民族音乐等与内蒙古相关的音乐作品，凭借其极具风格标识的文化符号，不仅凸显了内蒙古音乐丰富的地区特色，也体现了多样化的文化融合和与时俱进的创新精神，更蕴含着超越历史、跨越文化的特殊记忆，彰显出鲜活的生命力。

“从历史发展的角度看，内蒙古专业作曲家可以分为两个不同的年龄群体。一是建国初期，如通福（1919—1989年）、德伯希夫（1927—2007年）、明太（1928—2022年）、达·桑宝（1928—2003年）、莫尔吉胡（1931—2017年）、辛沪光（1933—2011年）、永儒布（1933—2016年）、杜兆植（1929—2012年）、美丽其格（1928—2014年）、那日松（1933—1995年）、王敏（1934—2012年）、关益全（1940—　）、呼格吉夫（1939—　）、齐·宝力高（1944—　）、阿拉腾奥勒（1942—2011年）、图力古尔（1944—1988年）等较有影响的老一代作曲家群体，他们在电影音乐、蒙古族风格的歌曲创作、器乐曲以及三少民族歌曲创作方面作品丰富，为内蒙古音乐事业的发展作出了突出贡献，为内蒙古音乐风格的形成奠定了扎实的基础，同时也引领了内蒙古第二代作曲家传承发展内蒙古音乐创作，培养带动一大批音乐人才迅速成长。二是20世纪50年代后出生的中青年作曲家群体，20世纪80年代以后，众多专业从事音乐创作的人才脱颖而出，如楚伦布和（1948— ）、郭子杰（1954— ）、色·恩克巴雅尔（1956— ）、刘钢宝（1957— ）、铁英（1955— ）、乌兰托嘎（1958— ）、李世相（1957— ）、崔逢春（1950— ）、查干（1961— ）、斯琴朝克图（1969— ）等，他们不仅有专业的音乐理论功底，还深得草原文化的滋养，他们亲历了内蒙古各项事业的飞速发展，怀着对家乡美好明天的祈盼，把自己的赤子之情倾诉在音乐作品之中，创作出很多深受内蒙古人民喜爱的音乐作品，广为传播。”[1]

内蒙古自治区成立70多年来，草原各族儿女创作出了大量富有地方特色、时代特色的优秀歌曲作品。今天，我们对中华人民共和国成立70余年来内蒙古音乐作品创作历程以及具有符号意义的音乐作品分阶段进行回顾与品读，深度挖掘这些音乐作品的精神内涵，这正是深入贯彻落实习近平总书记关于文化传承重要讲话精神的具体实践，也是提升内蒙古正面形象、展现内蒙古担当的重要举

[1] 李鑫．内蒙古地区作曲家研究述评［J］．草原歌声，2015（1）：64—66.

措。那么，就让我们聚焦内蒙古音乐，从中甄选流传较广、普及度较高的优秀音乐文化作品，坚定文化自信，讲述内蒙古的音乐作品与音乐作品中的内蒙古，展现内蒙古音乐文化中蕴含的智慧、精神和时代价值，让根植在北疆大地上的优秀文化在新时代活起来、火起来，在建设中华民族现代文明中展现内蒙古担当、贡献内蒙古力量！

一、草原礼赞：百花齐放谱写春天旋律（1949—1976年）

在新中国的音乐发展史中，内蒙古的音乐一直以其独特的风格和表现形式占据着重要位置。中华人民共和国成立之初，国家对文艺工作高度重视，采取了一系列政策、措施扶持和发展文艺创作，以服务于新中国的建设和发展。1949年7月6日，中华全国文学艺术工作者代表大会召开，确定了文艺为新民主主义革命和社会主义建设服务的总方向，提出了“文艺为工农兵服务”的方针。同时，这一时期国家出台了一系列政策，保障文艺工作者的权益，提供必要的物质支持，为文艺创作提供良好的环境，这些政策和措施有力地促进了新中国文艺事业的繁荣发展。内蒙古文艺事业的发展与其他地区一样，得到了党和政府的高度重视和支持，一系列政策和措施接踵而至，宛如春风拂面，为内蒙古音乐事业的蓬勃发展提供了源源不断的动力，各种风格和流派的音乐在草原上生根发芽。在“百花齐放，推陈出新”这一方针的指引下，内蒙古音乐家创作出了大量具有地区风格和时代精神的文艺作品，使得内蒙古音乐呈现出千姿百态的景象。1949—1966年间，内蒙古的音乐作品如同草原晨曦，迎接着新中国的第一缕阳光。在党的文艺方针指引下，艺术家以满腔的热情和真挚的情感，创作了一系列歌颂党、新中国和人民，反映新时代和新生活的美好，展现民族团结等具有时代意义和地区特色的音乐作品，体裁包括传统音乐、创作歌曲、器乐音乐、交响乐、电影音乐、舞蹈音乐等，内容丰富，为今后内蒙古音乐的发展奠定了坚实的基础。

（一）传统音乐的继承与发展

新中国成立以前，内蒙古的音乐以丰富多彩的传统音乐为主。新中国成立以后，内蒙古自治区文艺事业的发展受到国家政策的鼓励和扶持，特别注重传统文化的保护和传承，大量传统民歌得以搜集、整理，而且自20世纪50年代初始，内蒙古文化主管部门将色拉西（1887—1968年）、孙良（1910—1997年）、铁钢（1907—1992年）、毛依罕（1906—1979年）等优秀民间艺人吸收为内蒙古文工团的专业演员，开启了民间艺人走上专业舞台的历史序幕。之后莫德格（1930— ）、宝音德力格尔（1932—2013年）、哈扎布（1922—2005年）等长调大师相继加入内蒙古文工团。民间音乐家的加入，使当时的内蒙古文工团更加丰满，形成了非常完善且壮大的队伍。这些民间艺术家积极深入解放区演出，将他们掌握的传统音乐带到群众中去。

哈扎布（左一）

哈扎布代表作之一《老雁》中唱道："漂洋过海翩翩飞来，呼儿唤女多么欢畅；天真活泼的七只小雁，愿你们在北方安然成长。秋天的凉风瑟瑟吹来，无边的草原一片枯黄；我那可爱的七只小雁，飞回温暖的地方愉快地成长。我这白头的老雁，越过重重的高山大江，眼望着落在孩子们的后面，再无力扇动这衰老的翅膀。我这只白头的老雁，怎么不愿和孩子们比翼飞翔？可是天地间不变的规律，绝不会遂我的愿望。亲爱的七只雏雁，愿你们追随温暖的阳光。在没有寒流的地方，自由幸福地成长。""据传，《老雁》这首歌是由清代喀尔喀蒙古著名喇嘛文人拉布杰呼图克图（1803—1856年）所作。拉布杰一生作有大量的诗文、歌曲等，其中《老雁》（又称《老人和大雁》）、《美丽的心灵》《长生蓝天》《广阔清朗》等50余首歌曲，在内蒙古仍然广为传唱。清代著名的宗教歌舞剧《布谷鸟传奇》也是由他创作。《老雁》这首歌原来唱词32段，为一问一答的对唱形式，通过老人和群雁的对话表达了人们要尊重自然法则、遵循生命规律，积极向上、乐观为生的人生哲

宝音德力格尔

理。”[1]

1955年7月，宝音德力格尔参加在波兰首都华沙举行的第五届世界青年与学生和平友谊联欢节，其演唱的《辽阔的草原》《海骝马》名震国际声乐界并荣获金质奖章，成为蒙古长调历史上的一个里程碑。

莫德格演唱的《清凉的杭盖》《铁青马》《丰尾枣骝马》《绿缎子》《金翅翠鸟》《山林中的蓬松树》《美好的家乡》等歌曲，成为蒙古族长调久唱不衰的经典曲目。莫德格最具代表性的长调《清凉的杭盖》是一首乌珠穆沁长调曲目，“其结构庞大，音域宽广，气息辽阔，旋律跌宕起伏，诺古拉精致华丽，是蒙古族长调中演唱难度较大的一首歌曲。关于此歌所表达的内容，民间有两种说法：一是认为这是一首情歌，表达了对心上人的深深思念。二是认为这是一首宴歌，据说过去，乌珠穆沁王爷喜欢打

[1] 博特乐图. 蒙古族传统音乐概论［M］. 呼和浩特：内蒙古大学出版社，2015：39.

猎，白天打猎归来后，晚上召集猎手举办宴会，一起饮酒唱歌。《清凉的杭盖》这首歌是一位歌手为了赞美富饶美丽的乌珠穆沁草原而编唱的，同时也表达了对乌珠穆沁王爷恩情的感怀。后来广为传唱，成为乌珠穆沁王府必唱曲目之一”[1]。

年轻时的莫德格

在器乐曲方面，色拉西的经典潮尔乐曲在当时流传开来，这些乐曲大多来自经典民歌，如《天上的风》《雁》《穆色莱》《朱色莱》等科尔沁古老的宴歌，《嘎达梅林》《陶克陶胡》《诺丽格尔玛》《坦花》等科尔沁叙事民歌，还有《英雄奔马调》《恶魔调》等史诗，如《荷英花》《莫德莱玛》等蒙古族传统民间乐曲，《八谱》《苏武牧羊》《普庵咒》《鸳鸯扣》等汉族传统民间乐曲。孙良的四胡也堪称经典。其代表性乐曲《八音》，又称《八谱》，来源于民间曲牌《老八板》，清代

[1] 博特乐图. 蒙古族传统音乐概论［M］. 呼和浩特：内蒙古大学出版社，2015：191.

色拉西

中末叶传入内蒙古南部的喀喇沁—东土默特地区，广泛流传于王府及寺院，称“naimanayalgu”（八音），由王府乐队或喇嘛乐队演奏。后来，随着内蒙古地区近代思想的兴起以及王权和神权的衰微，其从王府、寺院流向民间，被吸纳到民间音乐体系中，号称民间诸曲之首。《八音》是在一个基本曲调框架基础上的变奏，共85小节。变奏手法十分多样，有正调、反调、开曲调、五字调、闷弓、索拉弓、二簧调、减调等，尤其孙良经过多年的演奏和探索，产生了12个不同调的演奏，而且每一个调都各具独立性和变化性，在演奏上增添了弱音强奏、连续跨小节连音及切分音和休止符的应用以及高把位的连续演奏等，给《八音》这一古曲注入了新的内涵和活力。由于孙良演奏的《八音》变幻莫测、独具风格，业内称之为孙氏《八音》。定弦是固定调概念，而认弦是首调概念。《八音》G调，民间称正调，为re—la定弦，是围绕调式内把位上的商音展开旋律，故称为G调《八音》，其认弦方式是徵—商，将外弦认作商。

在传统音乐的发展上，琶杰（1902—1962年）、毛依罕、孙良等人创编了大量的好来宝、四胡、叙事民歌等作品。琶杰于1951年加入内蒙古东部区文工团，代表作有《英雄格斯尔》《楚伦巴特尔》《孤儿传》等史诗、乌力格尔。他还根据当时的社会生活和事件，编创了新乌力格尔《白毛女》《赵一曼》《刘胡兰》等，另外还有反映牧区生活的《美丽的家乡》等好来宝、乌力格尔，受到广大群众的热烈欢迎。毛依罕加入内蒙古东部区文工团后创作了很多歌颂中国共产党、歌颂祖国、歌颂社会主义的好来宝曲目，如《党的颂歌》《呼日勒巴特尔》《铁牤牛》等经典曲目。

孙良（左二）与弟子

毛依罕

毛依罕于1955年编唱的好来宝《铁牤牛》是公认的现代好来宝经典曲目。曲中，“铁牤牛”指火车。该曲目以生动的语言描绘了火车进草原时的情景，歌颂了新社会草原人民欣欣向荣的生活面貌。毛依罕为哲里木盟（今通辽市）扎鲁特旗人，从小酷爱民间艺术，曾跟随却邦、根登、赫勒腾都嘎尔等当地著名艺人学习说唱技艺，年轻时便闻名扎鲁特草原。1949年，他参加当时设在张家口的内蒙古文工团，1956年被调入内蒙古说书厅，专职说书。他的演唱风格热情奔放，语言生动，极富生活性。毛依罕集英雄史诗、胡仁·乌力格尔、好来宝说唱以及叙事民歌演唱于一身，为蒙古族说唱艺术的舞台化作出杰出贡献。他具有非凡的口头编唱能力和即兴表演能力，从而成为20世纪公认的说唱艺术大师之一。

《铁牤牛》曲目共300余行，分为8个部分。开端部分是由5个段落20行诗构成，开宗明义，点开主题；紧接着第二部分描述“铁牤牛”从首都北京呼啸而来的情形；第三部分由8段构成，如此庞然大物让草原沸腾起来，描述男女老少观看火车的情形；第四部分也由8段构成，将火车比喻成牤牛，从不同侧面描述它的“长相”和“力量”，赞美它不怕冰天雪地，不怕暴风骤雨，不怕累，不怕苦，春夏秋冬马不停蹄劳动的情形；第五部分赞颂了“铁牤牛”的主人——工人阶级的智慧和力量；第六部歌唱“铁牤牛”的神力和功能；紧接着第七部分歌唱了“铁牤牛”给草原人民带来的种种好处；结尾部分表达了草原人民与“铁牤牛”一道，为社会主义建设贡献力量的决心，赞美了草原人民的新生活[1]。此外还有铁钢的长篇叙事歌《诺丽格尔玛》，孙良的《荷英花》《莫德莱玛》《得胜令》《普俺咒》等四胡器乐曲。

（二）文艺团体中的各族音乐家及其作品

新中国成立后，迎来了中国历史新篇章，音乐文化事业也随之迈入了稳定、繁荣的发展阶段。这一时期，内蒙古文工团和乌兰牧骑这两个团体在音乐创作、传播等方面有着重要的历史意义及作用。

1957年6月，内蒙古自治区第一支乌兰牧骑在锡林郭勒盟苏尼特右旗成立。当时，只有9名队员。经过10年的发展，到1965年底时，内蒙古各旗县基本上建立了乌兰牧骑。“乌兰牧骑”系蒙古语，原意为“红色的嫩芽”，后被引申为“红色文化工作队”，是

---

[1] 纳·格日乐图. 内蒙古民族音乐典藏·大师系列：铁牤牛——民族曲艺大师毛依罕乌力格尔、好来宝专辑［CD］. 呼和浩特：内蒙古文化音像出版社，2012.

草原上的乌兰牧骑

在党的文艺方针和民族政策的指导下建立的符合内蒙古实际情况的一支文艺工作队。乌兰牧骑活跃于农村牧区，队伍短小精悍，轻装灵便，演员一专多能，为广阔分散的农村牧区人民服务。

这一时期也诞生了很多深受群众喜爱的创作歌曲。有体现农牧民生活及其所处环境的作品，如歌曲《新生活新道路》《富饶的夏季牧场》《草原上的线务员》《牧羊歌》等；有歌颂民族团结的作品，如《蒙汉人民团结歌》《消灭共同敌人》《各族人民心连心》等；有表现革命斗争生活的作品，如《练兵比赛》《歌唱英雄》等；有歌唱美好新生活的作品，如《草原上升起不落的太阳》《我

2003 年 7 月，歌唱家牧兰在镶白旗布日德苏木牧民那达慕上演唱《乌云珊丹》

的快骏马》《心爱的牛》《剪羊毛》《鄂尔多斯舞曲》《绣着鸽子的慰问袋》《赞歌》等。

《各族人民心连心》原名《蒙汉人民是一家》，创作于20世纪50年代，由著名指挥家、作曲家德伯希夫作曲。当时，广大文艺工作者深深地被歌曲浓郁的民族风格和强烈的时代气息所感染，人人爱唱。没过多久，这首歌就在内蒙古地区流传开来。1964年，著名诗人牧人对歌词作了进一步的修改，并重新为歌曲命名——《各族人民心连心》。同年，在北京举行的全国少数民族群众业余艺术观摩演出会上，内蒙古自治区代表团表演了这首歌曲。从此，这首歌在全国范围内传唱开来。歌曲象征我国各族人民心连心，同呼吸、共命运，永远不忘党的恩情。

《草原上升起不落的太阳》创作于1951年，以科尔沁民歌《莫德莱玛》曲调为素材创作。其旋律宽广舒展，辽阔壮丽，富有浓郁的地方色彩，表达了草原儿女对家乡、对祖国的热爱之情。这首曲子是新中国成立初期优秀的抒情歌曲，多次获得奖励和荣誉。70年来，这首歌传遍祖国大地，被各族人民群众广泛传唱，成为新中国最具影响力的经典歌曲之一。

《赞歌》是大型音乐舞蹈史诗《东方红》的插曲。1964年，大型音乐舞蹈史诗《东方红》创作完成。《东方红》是一支由3000多人组成的演出队伍。《赞歌》的诞生是《东方红》大会战中众多故事之一。这首歌曲长调部分是乌珠穆沁长调民歌《钟赫尔老吉草原》，又名《辽阔的乌珠穆沁草原》；短调部分是在科尔沁民歌《正月玛》曲调上填词而成。"长调歌王"哈扎布在北京参加《东方红》演出期间，将《赞歌》的演唱技法教给胡松华。1964年，胡松华在参加音乐舞蹈史诗《东方红》排演时首次演唱《赞歌》。这首歌曲长短调结合，舒展辽阔，风格朴实，充满豪情壮志，经过胡松华动情激昂、充满力量的演唱，表达了草原人民对中国共产党的深厚感情。半个多世纪以来，这首歌曲传遍大江南北，深受各民族人民喜爱，成为草原歌曲的佳作之一。

另外还有《美丽》《弹起我心爱的好必斯》《雕花的马鞍》《好甜的歌儿唱草原》《吉祥的那达慕》《彩虹》《绿色的草地》

《母爱》《青春的火焰在胸中燃烧》《牧民歌唱共产党》《金色的边疆，我的家乡》《萨日娜花开红艳艳》《重归锡尼河》《蓝天的诗》《为了草原更美好》《富饶美丽的内蒙古》等经典歌曲。

达斡尔族著名作曲家通福于1963年四五月间到内蒙古呼伦贝尔盟（今呼伦贝尔市）莫力达瓦达斡尔族自治旗筹备旗庆五周年时，创作了《歌唱共产党》《打柴歌》，并将民歌《采野菜》重新填词更名为《映山红花满山坡》，由莫力达瓦达斡尔族自治旗乌兰牧骑队员苏菊红首唱。1964年9月，内蒙古自治区少数民族文艺代表团参加全国第一届少数民族文艺汇演时，莫旗博荣乡民间艺人嘎娃演唱了这首歌，由此该曲被广大人民群众熟知。歌词第一段唱曰："映山红花满山坡，达斡尔姑娘爱唱歌，山歌一代传一代，嘹亮的歌声震山河……"歌曲极富达斡尔族民歌情调，成为流传全国的达斡尔族歌曲代表作。通福非常善于从民间音乐中汲取营养。他孜孜不倦地向群众讨教学习，通过走访掌握了大量的民间音乐，成为他艺术创作的宝贵财富。

《上海产的半导体》由著名诗人纳·赛音朝格图（1914—1973年）作词、著名作曲家通福作曲。以前，牧民称收音机为半导体。通过半导体，草原上的人们听喜爱的文艺节目，了解党和国家的声音，认识外面的世界，因此半导体曾是牧民须臾不能离开的"伙伴"。关于这首歌的创作，有一段故事。20世纪五六十年代，"长调歌王"哈扎布参加比赛获奖，奖品是一台"上海牌"的半导体。这让他高兴不已，于是请他的好友诗人纳·赛音朝格图作了一首诗，请著名作曲家通福谱曲，用来表现他获奖后的喜悦之情：“上海生产的半导体，是奖励给我最好的礼物。因为我劳动出色又勇敢。赶着马群放牧时，它在我手上响着呢……傍晚回到家的时候，它在柜子上说话呢！”

《美好》创作于20世纪60年代，歌词由蒙古族诗人纳·赛音朝格图创作，鄂温克族作曲家明太谱曲，由“长调歌王”宝音德力格尔首唱。当时这首歌深受广大群众喜爱，曾长期作为内蒙古电台广播节目的开始曲。

《锡林河》创作于1957年。每当响起《锡林河》，我们的眼前就会出现这样的情景：一个大雪覆盖了乌珠穆沁草原的下午，劳动了一天的牧民围坐在嘎查的大蒙古包里，一边喝着热腾腾的奶茶，一边高唱《锡林河》，唱出了战胜困难的豪气和建设美好家园的憧憬。男低音歌唱家朝鲁（1930—1986年）、图都布（1936— ）当年在乌兰恰特大剧院演唱《锡林河》，有如滚滚河水、绵延不绝；而拉苏荣（1947—2022年）唱的《锡林河》更具现代特色，后又被黑骏马组合等艺术家演绎。20世纪90年代初，几百名老知青相聚北京，一曲带着苦与乐、情与爱的《锡林河》让大家热泪盈眶，这首歌曲鼓励着一代代锡林人开拓进取。作品被收录于《岁月在歌舞中永恒》等专辑和图书中。

《草原晨曦圆舞曲》创作于1959年，曾在庆祝内蒙古自治区成立十五周年歌曲评选中获奖，并被收录在1962年出版的《内蒙古得奖歌曲集》中。这首作品是作曲家那日松创作的具有草原风格的歌曲，与通福的《草原晨曲》、胡松华的（1931— ）《赞歌》等为早期“草原歌曲”代表作品。20世纪50年代，词作家陶涛（郭纯）和作曲家那日松到呼伦贝尔草原体验生活，蒙古族牧民为他俩演唱了大量的巴尔虎民歌，这些民歌感动和启发了词作者，他写下了歌词：“晨风吹动着草浪，羊儿低吻着草香，鞭儿击碎了薄雾，歌声唤来了朝阳。美丽的呼伦贝尔草原哟，你是我可爱的家乡……”那日松以蒙古族巴尔虎民歌的特点为基础，整合其特点到三拍子节奏里，结构严谨，使得旋律地域风格鲜明，充满热情而欢快向上的基调，歌曲整体自然流畅，委婉动人，唱出了草原人民对于美好新生活的向往之情，富于时代气息。当这首作品被翻译成蒙古语后在牧民中传唱开来，他们视这首作品为自己的“新民歌”。作品的正谱由杜兆植编配钢琴伴奏收录在赵红柔编著的《彩虹——呼伦贝尔民歌、创作歌曲60首》等书中。

（三）电影歌曲及其他音乐形式

自中华人民共和国成立以来，内蒙古电影事业经历了快速的发展和变化，形成了具有地方特色的电影文化。它们以独特的艺术魅力成为那个时代最美好的回忆。

自1952年新中国成立后第一部少数民族题材电影《内蒙古人民的胜利》中运用了地道的内蒙古民歌以来，随后根据蒙古族作家玛拉沁夫（1930— ）短篇小说《科尔沁草原的人们》改编的电影《草原上的人们》上映，而歌曲《敖包相会》就是此片中的一首插曲。

这首歌曲是著名作曲家通福在科尔沁叙事民歌《韩秀英》的曲调上改编而成，因该歌词情真意切、旋律朗朗上口而传唱多年。电影中的原唱是长影乐团的王树理和吴秀云。这首荡气回肠的插曲《敖包相会》，让人们记住了草原和那段忠贞的爱情故事。电影原型小说的作者玛拉沁夫是地道的科尔沁人，他选择了民歌体的诗为歌曲创作了词。而音乐家通福是达斡尔族，生活在呼伦贝尔大草原，他选择了最富有草原特色的音乐形式为歌曲谱曲，展现了内蒙古音乐委婉悠长、音域较宽的特点。

《草原晨曲》为1959年同名电影的主题歌，由玛拉沁夫作词，通福作曲。这首歌曲改编自乌兰察布民歌《花马》，是一首歌唱爱情的歌曲。歌曲经过作曲家通福的改编，在电影里用长影乐团合唱队及管弦乐队把内蒙古人民热情奔放的性格形象地表现出来。电影描绘了蒙古族人民在党的领导下，抗击日寇，守卫家园，身份由普通牧民转变为钢铁工人，在草原上建设城市的幸福景象，歌颂党的民族政策的胜利。影片公映之后，这首主题歌红遍大江南北，响彻祖国大地。20世纪80年代，《草原晨曲》曾经是《内蒙古新闻联播》开始曲目，后来又成为包头电视台电视广播开机序曲，2004年被包钢定为“厂歌”。该曲慷慨激昂，歌词奋发向上，成为当时的鲜明符号和蒙古族人民奋勇向前的印证。

《牧人之歌》是电影《牧人之子》插曲，由广布道尔基（1926—2002年）作词，通福、李耀东作曲。电影《牧人之子》插入了很多蒙古族歌曲，像《银河》《雄鹰》《见了姑娘就轻松》

《蔚蓝的天上飘着白云》等。这些传统歌曲在叙述故事、塑造人物形象等方面发挥了一定的渲染作用，也在一定程度上保持了影片的地区特色。

电影《牧人之子》

电影用胶片记录下蒙古族人民爽朗憨厚的身影，电影音乐人用音符谱写了内蒙古广袤土地所特有的豪迈质朴。如今，这些电影音乐作品在岁月的长河中，犹如一颗颗璀璨的明珠，熠熠生辉。每当人们哼唱起这些歌曲，就会想起那段激情燃烧的岁月。

另外，还有达·仁钦、德伯希夫《我的快骏马》等合唱作品、辛沪光《嘎达梅林》等交响诗作品问世。《我的快骏马》是一首军旅题材男声小合唱，由扎木荣扎布作词，达·仁钦、德伯希夫作曲。该歌曲曾作为参赛作品，于1957年7月参加在莫斯科举行的第六届世界青年与学生和平友谊联欢节。歌曲被收录于《德伯希夫音乐作品选集》（乌兰娜编录，内蒙古大学出版社，1998年）等书籍中。歌曲原歌词为蒙古语，共分3个段落，后由张之涛、巴特尔、高潮共同将其翻译为汉语。歌曲描绘了骏马作为骑兵最亲密的战斗

辛沪光

伙伴，在艰苦的战斗中与骑兵相依相伴、共渡难关的情景。歌曲旋律动力性极强，给人以进行曲之感，慷慨激昂的旋律充满着英雄般坚定的战斗意志。《嘎达梅林》是作曲家辛沪光于1956年在中央音乐学院学习时的毕业作品，以内蒙古民歌《嘎达梅林》为素材，借鉴了西方创作技法，采用传统的单乐章奏鸣曲式的结构，表现了英雄嘎达梅林的传奇经历。为了人民的土地、自由和幸福，嘎达梅林勇敢地率众起义，向代表残酷统治的封建势力展开了百折不挠的英勇斗争，后来他不幸功败垂成，壮烈牺牲。交响诗《嘎达梅林》描绘了一幅壮烈的英雄风格的交响音画，洋溢着浓郁的草原气息，成为新中国交响乐创作的一个典范。

中华人民共和国成立之初直至1966年期间，堪称内蒙古当代音乐发展的第一个黄金时代，内容丰富，流传广泛，这是各民族音乐家共同努力的结果。20世纪六七十年代，也出现了一些如《敬祝毛主席万寿无疆》《毛主席是我们心中的红太阳》《紧跟毛主席走到底》《心中升起不落的红太阳》《为革命放牧》《牧民歌唱解放军》《党的恩情唱不完》《团结胜利歌》等优秀歌曲。

总之，中华人民共和国成立之初，内蒙古的音乐事业在党和政府的关怀下得到了迅速发展，形成了具有地方特色和时代精神的音乐创作体系，为内蒙古乃至全国的文化艺术繁荣作出了重要贡献。

二、改革新韵：音乐中的内蒙古光辉影像（1978—1999年）

改革开放的春风，不但掀起了中国经济高速发展的浪花，还吹响了中国文艺多层次、多样化的新号角。在党的十一届三中全会路线的指引下，在“为人民服务，为社会主义服务”的指导下，内蒙古广大音乐工作者积极响应党的号召，深入生活，扎根人民，创作了大量反映内蒙古地区特色、展现民族风情、弘扬社会主义核心价值观的音乐作品。这些作品不仅丰富了人民群众的精神文化生活，也为推动社会主义文化繁荣发展作出了积极贡献。内蒙古的音乐工作者通过音乐创作和表演，传承和发扬了传统音乐，同时也不断创新，为促进民族团结进步和社会和谐稳定发挥了重要作用。

改革开放后，内蒙古的音乐呈现出更加多元化蓬勃发展的态势，草原上涌动着一股前所未有的艺术春风。政策的甘霖洒满这片广袤的土地，滋养着每一颗渴望新生的心。内蒙古的音乐作品蓄势待发，往日束缚思想的枷锁被打破，艺术家们解放思想，大胆探索，吸纳外来艺术观念，创作题材更加丰富，表现形式趋向多样。内蒙古的艺术家怀揣着对美好未来的憧憬，以满腔热血投身于艺术的创作之中。在政策暖风中，内蒙古的音乐创作迎来了新生。作曲家的笔触更加灵活，旋律更加优美动人。他们以音符为画笔，描绘出草原的壮丽景色，叙述着各民族故事，传递着时代的脉动。

随着市场经济的兴起和文化产业的发展，多种音乐形态开始进入内蒙古。这一时期专业器乐曲、无伴奏合唱音乐、草原流行音乐、交响乐等作品逐渐增多。在此背景下，内蒙古音乐创作逐渐从单一的民族风格向融合多样元素的方向发展，涌现出众多与其他音乐形式相融合，同时既具有内蒙古音乐特色，又符合现代审美习惯的作品。体裁上，既有图力古尔的《牧民歌唱共产党》、阿拉腾奥勒的《美丽的草原我的家》《请喝一碗马奶酒》、永儒布的《草原迎宾曲》、宝贵（1944— ）的《雕花的马鞍》、乌兰托嘎的《草原在哪里》《父亲的草原母亲的河》、斯琴朝克图的《蓝色的蒙古高原》等草原歌曲，又有永儒布的无伴奏合唱作品《四季》《孤独的驼羔》《四海》、莫尔吉胡的《达亚波尔》《草原之路》、辛沪光的《草原恋》、色·恩克巴雅尔的《八骏赞》《蒙古靴》等，还有腾格尔（1960— ）的流行歌曲《天堂》，热瓦迪（1963— ）的《银色的毡房》，器乐作品中的交响诗《嘎达梅林》、管弦乐《森吉德玛》、笛子独奏曲《牧民新歌》，作曲家李世相创作的四胡协奏曲《乌力格尔叙事曲》等，影视作品中的创作音乐《草原儿女》《祖国啊！母亲》《草原英雄小姐妹》《战地黄花》《蒙根花》等都成为时代的经典，一批优秀青年歌唱家脱颖而出，如拉苏荣、德德玛（1947—2023年）、阿拉泰（1958— ）、金花（1943— ）、牧兰（1943—2009年）、阿拉坦其其格（1955— ）等，这些扎根于内蒙古土壤的歌手，学习、继承、发展内蒙古音乐艺术，他们的作品经久不衰。

（一）器乐改革与器乐音乐

改革开放后，内蒙古的器乐改革与器乐音乐发展进入了一个新的阶段。以马头琴为例，马头琴的改良，提高了乐器本身的音质和演奏性能，使得乐器能够更好地适应现代音乐创作和表演需求。从20世纪享誉全国的潮尔艺术家色拉西开始，历经像桑都仍（1926—1967年）、齐·宝力高几代人的专业化、艺术化、经典化，依托内蒙古呼和浩特民族乐器厂的技术实力，与技师张纯华、田春林等人合作开始了内蒙古民族乐器制作的改良实践。这些演奏家与乐器制作者合作改革，弥补了马头琴这一乐器与历史、社会和文化的联系。自色拉西以降，这些演奏者以民歌曲调为原材料，不断地进行自我编创，让传统音乐以另一种面貌展现，编创了《走马》《万马奔腾》等经典曲目。他们集传承者、演奏者与编创者于一身，使愈益丰厚的创作作品形成马头琴曲目库，并在传统与当代的张力中与不同乐器对话，也使传统马头琴形成一种“内生的现代性”，发展出极其丰富的如独奏、合奏、重奏、协奏等表现形式。

齐·宝力高是内蒙古马头琴音乐的代表性人物之一，著名马头琴艺术大师，改编创作了《万马奔腾》《回想曲》等经典马头琴曲目。《万马奔腾》这首乐曲，由齐·宝力高于1962年创作，经过多年的舞台演奏，已经成为当代马头琴音乐的代表作之一。齐·宝力高在18岁创作的《万马奔腾》，在1979年全国举办的国庆三十周年文艺演出上一举夺得作曲银奖、演奏金奖。该曲热烈奔放，对马的嘶鸣、奔跑等动态的表现生动而形象。《回想曲》是齐·宝力高在20世纪80年代创作的一首马头琴乐曲，原名《春暖锡林河》。乐曲在悠扬的琴声中展开，流畅而动听的旋律诉说着作者在锡林郭勒草原上的段段往事，全曲以饱含深情的音调表达了作者对过去的怀念以及对未来的展望。

孙良也对乐器四胡进行了改革，他的改革不仅使得四胡的音色更加圆润饱满，演奏更加扎实流畅，而且推动了四胡艺术从传统民间音乐向现代专业音乐的转变，为四胡艺术的发展作出了重要贡献。他的改革成果对于后续的四胡艺术发展产生了深远的影响，使得四胡这一传统乐器得以在当代音乐舞台上绽放新的光彩。《葡萄

齐·宝力高野马马头琴乐团

藤蔓》是孙良以一首乌力格尔乐曲作为动机，经历数年的推敲和创作，经布林（1940— ）的反复记谱最终定稿的一首经典的创作曲。此曲以循环渐进的手法表现了高音四胡独有的表现力，如高把位跳跃后继续高把位泛音演奏，运用弹指、滑音、音程大跳、连续的音符模进等演奏技巧，同时运用紧凑的十六分音符表现低矮的葡萄藤蔓玲珑剔透、相互攀绕地悬挂在葡萄架上，在浓密的叶子与果实之间来往穿插的情景，是四胡乐曲里把位最高的一首乐曲，近3个八度。《春燕》原名《丰收之歌》，创作于70年代末，是孙良创作的四胡作品之一。这首乐曲赞扬了内蒙古草原五畜兴旺、农牧业大丰收的繁荣景象，以及农牧民在党的民族政策的光辉照耀下，为富裕、文明、民主的内蒙古努力奋斗的英雄气概。20世纪70年代后，四胡重新兴起，经孙良、布林、特·齐木德等老一辈艺术家共同商议后，觉得乐曲更能表现春景悠悠，燕儿绕楼的喜庆欢快气氛，故改名为《春燕》。乐曲首用分弓技法，音乐表现幅度大，演奏技艺复杂，大量的下滑音、滑弦、大跳、高把位分弓技巧将民间乐曲创作推向高峰。乐曲洋溢着新时代的气息，凝聚着孙良对坚定前进在社会主义大道上的蒙古族人民深厚的感情及对党的感恩情怀。

同时，内蒙古的音乐工作者和艺术家在继承和发扬传统音乐的基础上，大胆创新，积极吸收和融合了中西方音乐元素，使得内蒙古的器乐音乐呈现出多样化的特点。这一时期，一些大型器乐曲诞生。如李世相的四重奏《献给草原人》《萌动的草原》。1987—1988年，著名作曲家李世相以科尔沁安代舞中的男性舞蹈音乐和萨满鼓音响效果，结合呼麦音色创作出四重奏作品《献给草原人》。同一时期，作曲家根据自己的内心感受，结合改革开放下内蒙古各族人民心中的彷徨—奋斗—犹豫—拼搏这一心路历程，又从鄂温克族民间歌舞剧中提炼出主题动机，从而创作出另一部弦乐四重奏作品《萌动的草原》。

李世相创作的四胡协奏曲《乌力格尔叙事》，也是一首经典器乐曲，于1989年创作完成，是我国大型四胡协奏曲创作方面的重要成果。作者利用西方作曲技法，结合蒙古族胡仁·乌力格尔表现手法与曲调，用开篇、报信、征战、祭奠、凯旋等乐章布局，成功塑造了古代战争画面。

该乐曲的主题动机提炼于乌力格尔曲调中的“开篇”，并始终以多种变形贯穿于全曲各连接处，弥补了乌力格尔曲调在器乐化方面的不足，发挥了四胡多样的演奏形式及表现力。而且在四胡表现力方面，根据不同部分的发展，巧妙结合四胡技法，如打音、压音、双音、回转音、泛音、飞弓、快倒弓等，提升了该作品质量的同时增加了演奏难度，曲式结构上采用了传统曲牌连缀式与西方奏鸣曲式。各段落之间紧密联系，同时表达了不同场景，展示了乌力格尔及四胡音乐的艺术魅力。

乐曲的第二乐章和第三乐章有效发挥四胡的表现力，整个作品的艺术形象得到进一步升华，完美塑造了战争开始及战斗的过程，士兵报信的急促感、紧张感以及在战斗过程中的兵戎相见、战火纷飞、横尸遍野的残酷场景。之后，通过祭奠乐章中歌唱性旋律和哀

青年四胡演奏家苏雅演奏李世相四胡协奏曲《乌力格尔叙事》

婉的曲调表达对逝者的哀思，战争结束后群众沉痛悼念英雄的场景。最后，用轻松愉快的旋律描述了战争胜利热烈庆祝的场面，从表现手法、演奏特征方面分析，乐曲更加突出了四胡音乐与众不同的表现特征；在创作手法方面，作曲家在上述情境变化过程中主要利用胡仁·乌力格尔中的四胡进行表现，达到了鲜活生动的境界。

这部作品在重点探索四胡协奏曲的同时，在乐曲结构上将中国传统的连缀体结构与蒙古族乌力格尔音乐进行巧妙结合，将丰富多样的四胡演奏技巧融入音乐故事情节发展中。作品5个乐章都用明确的标题来表示艺术内涵，并在各乐章之间形成显著的形象对比。作品将四胡演奏技巧的特殊表现手法与故事情节的发展进行巧妙融合，以不同的技巧将音乐语汇划分开，将音乐形象更加鲜明生动自然地描绘显现出来，“作品中的四胡传统演奏技法与创新技法的使用都恰到好处，配合并推动着故事情节和音乐的发展，创新的同时也把传统的曲调最大限度地保留和利用，《乌力格尔叙事》乐曲的创作特征、创作手法、形式规模上填补了四胡音乐体裁上的空缺，也开创了四胡协奏曲的时代，成为四胡音乐里程碑意义的经典曲目”[1]。

总的来说，改革开放后，内蒙古的器乐改革与器乐音乐在继承传统的基础上，不断创新和发展，为弘扬民族音乐文化、促进民族文化多样性作出了积极贡献。

（二）草原歌曲与流行歌曲

改革开放后，出现了一大批以内蒙古风格为创作题材的词曲作家，如永儒布、罗庆（1948— ）、辛沪光、阿拉腾奥勒、莫尔吉胡、图力古尔、那日松等，问世了许多群众喜闻乐见的优秀作品，如歌曲《草原升起不落的太阳》《草原晨曲》《敖包相会》《赞歌》《美丽的草原我的家》《父亲的草原，母亲的河》《蓝色的蒙古高原》《雕花的马鞍》等，一时间内蒙古草原歌曲与流行歌曲传遍大江南北，作为一种大众音乐逐渐走进全国各族人民的生活中。

[1] 特日格乐．四胡协奏曲《乌力格尔叙事》演奏技巧探析 [D]. 呼和浩特：内蒙古艺术学院，2023.

作曲家创作了大量具有时代特色和地区风格，又符合现代审美的新作品，反映了改革开放后内蒙古的变化和发展，使内蒙古音乐更加丰富多彩。另外，随着改革开放的深入，西方流行音乐和港台流行歌曲、摇滚乐进入人们的视线，内蒙古的音乐人开始尝试将流行音乐元素融入音乐创作中。这个时期，许多脍炙人口的大众流行歌曲、摇滚乐应运而生。与此同时，音乐产业得到了快速发展，内蒙古地区的音乐人也开始通过专辑、演唱会等形式推广草原歌曲。一些音乐制作人、歌手和乐队逐渐崭露头角，成为草原流行音乐的代表人物。

《美丽的草原我的家》这首歌创作于1978年，取材于鄂尔多斯民歌《金翅鸟》，火华作词，阿拉腾奥勒作曲，德德玛演唱。这是一首久唱不衰的歌曲，听了这首歌，仿佛绿色的草原近在眼前，一幅幅草原画卷不断出现在脑海里。这首歌用独特的写作手法和严格的曲式结构，使歌曲的旋律发展有了很大的空间，而且内容丰富，曲调优美、宽广，赞颂了草原牧民歌唱家乡、歌唱幸福生活，因而于1980年被联合国教科文组织选定为

阿拉腾奥勒

亚太地区音乐教材。

歌曲《金色的沙漠上》是电影《沙漠的春天》的插曲。影片讲述了布尔塔拉人民在党的领导下，实现了改造沙漠的理想的故事。这首歌曲写于20世纪70年代，由阿拉腾奥勒作曲，玛拉沁夫作词。阿拉腾奥勒将蒙古族元素融入曲调中，用四胡演奏。这首歌因器乐新颖曾轰动一时。歌曲先后由娜仁花、乌日娜、阿·其木格等多名歌唱家演唱。

《党的教导》这首歌是著名作曲家热西嘎瓦的代表作之一，由著名歌唱家乌云毕力格首唱，20世纪80年代曾风靡内蒙古，表达了草原青年一代对党的感怀之情，表达了他们“感党恩、听党话、跟党走”的信念与自信。

图力古尔的许多作品经久不衰，旋律中藏着内蒙古的时代印记。《弹起我心爱的火不思》创作于20世纪70年代，由图力古尔作曲、伊·巴德荣贵作词，是著名歌唱家拉苏荣的代表作。在这首歌的创作过程中，图力古尔先演奏乐曲，他的合作搭档伊·巴德荣贵从乐曲的节奏型中联想到火不思乐器的演奏风格特征，便以《弹起我心爱的火不思》为题，运用比兴手法创作出歌词。这首歌曲的曲调，由图力古尔运用科尔沁民歌《渥都干都莱》的旋律改编而成，其风格轻快，情感奔放，大气磅礴，张力十足，极富阳刚之气，歌颂了家乡的飞速发展，抒发了草原人民对党的赞美之情。著名音乐理论家乌兰杰认为该曲优美、健美、壮美，体现了图力古尔歌曲旋律的完整美学内涵，是健美神韵的典型代表。拉苏荣的首唱赢得了听众的喜爱，传唱至今。2018年，该歌曲被收录到由华韵文化科技有限公司制作、三辰影库音像出品的《献给伯父的歌 纪念伯父周恩来诞辰120周年——拉苏荣演唱专辑》中。

《富饶美丽的内蒙古》是彩色纪录片《乌兰牧骑》的主题曲，由拉苏荣、伊·巴德荣贵作词，图力古尔作曲，牧兰演唱。20世纪七八十年代广泛传唱于内蒙古各地。这首歌被收录于《图里古尔歌曲集》（内蒙古人民出版社，1987年）、《蓝天的诗》（内蒙古文化音像出版社，2004年）、《经典草原歌曲选》（七十七）、《唱起草原的歌》（由孟和乌力吉演唱）等图书和音像制品中。

蒙古族歌唱家牧兰，扬琴伴奏图力古尔

歌曲《蓝天的诗》创作于20世纪70年代，由贾作光（1923—2017年）作词，图力古尔作曲，牧兰演唱。歌曲赞颂祖国大地优美的自然风光并展望美好的愿景。该作品曾获第一届内蒙古自治区艺术“萨日纳”奖优秀创作奖。2005年，被收录到著名歌唱家牧兰录制的最后一张同名专辑《蓝天的诗》，由内蒙古文化音像出版社出版。这首歌曲也是牧兰老师的成名曲之一，传唱至今。2007年，该曲被收录在群星演唱专辑《草原歌声》中，由内蒙古文化音像出版社出版。

《萨日娜花开红艳艳》是1977年上映的电影《战地黄花》中的一首插曲，由著名词作家伊·巴德荣贵作词，图力古尔作曲，牧兰首唱。著名蒙古族歌唱家金花也演唱过这首歌曲。

《在那百花盛开的草原上》又名《牧民歌唱共产党》，为歌舞艺术片《彩虹》曲目，创作于1972年，由图力古尔作曲，伊·巴德荣贵作词，牧兰首唱。根据词作者的口述，这首脍炙人口的歌词是在当年直属乌兰牧骑的一组演员前往锡林郭勒盟调演途中，边欣赏夏日草原风光，边在现成的曲调上哼唱即兴作词，并于当天由牧兰演唱给牧民。那描写夏日草原秀丽风景和牧民幸福生活的歌词，与三四度级进循环而成的明朗的羽调式旋律，共同谱写了20世纪70年代草原生活欣欣向荣的时代画卷，一度成为家喻户晓的乌兰牧骑经典曲目并传唱至今。该曲曾被金花、拉苏荣、乌英嘎等不同时代的乌兰牧骑歌手重新翻唱演绎，并先后被收录在《内蒙古歌曲选》（内蒙古人民出版社，1976年）、《草原金曲》（远方出版社，

草原上的乌兰牧骑

1997年）和《蓝天的诗》（内蒙古文化音像出版社，2004年）等歌曲集和CD出版物中。

著名作曲家楚伦布和创作的歌曲《莫日格勒河之歌》，创作于1979年，歌颂了呼伦贝尔的风土人情。歌曲创作手法极富巴尔虎民歌特点，F宫调式，唱词为两句体，运用比兴手法，上句以河流起兴，下句直抒胸臆，表现了莫日格勒河美丽多姿的风情以及对未来的展望。歌曲中大量采用巴尔虎民歌中的三拍子，轻巧流畅，富有张力。这首歌曲被收录于著名歌唱家布仁巴雅尔2015年的第四张专辑《我的生命我的草原》中，被广大听众所熟知喜爱。该作品荣获1983年度“草原歌声”优秀作曲奖、1985年第一届内蒙古自治区艺术“萨日纳”奖、1990年全国纺织歌手大赛作曲奖。

《为了草原更美好》这首歌曲是1981年电影《阿丽玛》插曲，由作曲家图力古尔、巴音满达作曲，影片执导葛根塔娜、张伦，作词云照光，著名歌唱家李双江、德德玛首唱，20世纪七八十年代被翻唱并广泛流传于内蒙古各地。歌曲赞颂了为草原人民的解放而奋不顾身、挺身而出的英雄们。歌曲被收录于《记忆的符号——中国电影百年寻音集》等专辑中。

（三）无伴奏合唱与民族音乐组合

自20世纪80年代起，内蒙古的无伴奏合唱艺术逐渐兴起。1979年，由内蒙古作曲家永儒布改编的《四季》和《诺恩吉雅》两部作品，标志着蒙古族风格无伴奏合唱艺术拉开了帷幕。在这之后，内蒙古涌现出了一批才华横溢的作曲家，他们创作了众多经典的蒙古族风格无伴奏合唱作品。例如永儒布改编的《四海》《图古吉勒山》《父亲的草原母亲的河》，色·恩克巴雅尔的《八骏赞》《戈壁蜃楼》，阿拉腾奥勒创作的合唱作品《美丽的草原我的家》《敕勒川》，辛沪光改编的合唱作品《草原恋》，张新化改编的合唱作品《呼伦贝尔大草原》等，这些作品将蒙古族风格与无伴奏合唱进行巧妙融合，成为艺术史上的经典。

永儒布创作的无伴奏合唱《四海》是依据同名科尔沁蒙古族民歌改编而成的混声四部无伴奏合唱。宴歌《四海》的唱词以“西、东、北、南”四海为兴，构成典型的四方体格式，由主歌和副歌构

永儒布与交响乐团

成的曲调活泼明朗中透出苍劲沉郁。永儒布改编的合唱《四海》在保留原民歌风格和演唱特点的基础上，通过增加引子和尾声以及反复呈现原民歌衬词“哲灰”扩展了作品的体量；打破原曲旋律的平衡格局，用旋律声部的转换丰富了表现力；复调和主调的对比创作使作品在声部的明暗、繁简、动静的变化间表现出欢快热烈的气氛。《四海》体现了永儒布对于传统风格的自如运用和传统精髓的精确把握，蕴含独特品质。

色·恩克巴雅尔

色·恩克巴雅尔的无伴奏合唱《八骏赞》以铁木真喂养的八匹骏马被强盗偷去之后，他和札木合英勇机智地夺回八匹骏马的故事为题材，写作上巧妙结合男女各声部的特点，混合交叉，具有旋律优美、曲式严谨、起伏有律、气势宏伟的特点。他的大多作品深沉豪迈、意境高远，具有浓郁的草原风格和气派。另外一个无伴奏合唱作品《蒙古靴子》由3个乐章组成，结构上较以往的无伴奏合唱作品来说更加宏大，用短小精炼的音乐材料贯穿作品始终，使3个部分之间的过渡、衔接、对比非常自然。在作品整体布局上，作曲家有着自己独特的构思，传统作曲技法和现代作曲技法相互借鉴，进而与蒙古族传统音乐密不可分地融合，让合唱艺术和民族音乐水乳交融、互相渗透。该作品是传统文化的折射和写照，通过蒙古靴表现了内蒙古人民前进的步伐和凝聚力。

这些作品将蒙古族音乐与不同类型的创作技法相结合，使其更具世界性、时代性和可听性。对于未来蒙古族风格无伴奏合唱作品的创作，这些优秀作品无疑是最宝贵的财富，大大推动了蒙古族风格无伴奏合唱作品向专业化发展的步伐。

此外，20世纪80年代，齐·宝力高野马马头琴乐团、90年代内蒙古广播电视艺术团合唱团等民族音乐组合的形成，也表明了内蒙古音乐交流的范围和影响力不断扩大，对后来出现的五彩呼伦贝尔儿童合唱团、安达组合、奈热组合、杭盖乐队、哈雅乐团等新民族音乐组合影响深远。

改革开放初期，对于内蒙古的音乐创作来说是一个标志性的转折点。这一时期，内蒙古的音乐家积极响应时代的号召，吸收和融合了现代音乐元素，实现了传统音乐和现代音乐风格的有机结合，创作出的音乐作品不仅凸显了地区特色，也展示了开放与创新的精

五彩呼伦贝尔儿童合唱团

蒙古族青年合唱团

安达组合

奈热组合

神。这些作品将内蒙古的音乐艺术推向了一个新的发展阶段。与此同时，音乐创作的题材和形式变得更加多样，内蒙古音乐家探索出自己独特的音乐语言，创作了一批富有深度和广度的代表性作品。这些音乐作品在继承传统的基础上，敢于突破传统音乐的框架，使用现代音乐制作技术和西方作曲手法及体裁形式，形成内蒙古音乐创作的新潮流。他们创作的乐曲不仅为内蒙古音乐事业增添了活力，也为内蒙古文化的传播与推广作出了重要贡献，为中华民族音乐的发光发热提供新动力。这一时期的音乐作品，成为中国音乐史上不可磨灭的一笔，是内蒙古音乐向现代化、多元化迈进的重要里程碑。

三、时代交响：北疆文化中的音乐与音乐中的北疆文化（21世纪以来）

21世纪是全球化语境下的艺术，在全球经济融合和不同文化交织影响下，中国的艺术越来越呈现出时代性的特点，内蒙古的音乐创作也进入了新的繁荣时期。这个时期，艺术家们积极面对并吸收世界文化与艺术的精华，创作了一系列具有时代精神的作品，更加包容与融合。

自2003年起，内蒙古自治区党委和政府采取一系列措施，保护和传承内蒙古丰富的地区文化，促进文化艺术的繁荣发展。通过实施加强文化研究、扶持文化产业、推动艺术教育和普及等一系列政策和项目，内蒙古的文化艺术事业得到了显著的加强和发展。这些政策措施有助于提升内蒙古文化的内涵和影响力，同时也为当地经济和社会发展注入了活力。

党的十八大以来，广大艺术家认真学习领会十八大、十九大、二十大精神，认真学习与领会习近平总书记《在文艺工作座谈会上的讲话》、给乌兰牧骑队员的回信，以高度的文化自信和文化自觉，对内蒙古音乐创新开拓。自《内蒙古自治区党委关于全方位建设模范自治区的决定》发布以来，自治区广大音乐工作者深入落实习近平总书记对内蒙古的重要指示精神，以铸牢中华民族共同体意识为主线，以社会主义核心价值观为指导，深入挖掘和传承北疆文化中丰富的音乐文化资源，致力于创作更多展现地区特色、时代精神、中国风格的优秀音乐作品。尤其近年来，音乐工作者始终秉持着对时代脉搏的敏锐和对人民生活的深情，他们将社会责任与艺术追求紧密结合，创作了一系列反映时代主题的音乐作品。他们紧跟社会发展的步伐，深入基层，深入生活，将建党百年、脱贫攻坚、全面小康、精准扶贫、绿色发展、乡村振兴等重大主题融入音乐创作中。

这些音乐工作者不仅是艺术家，更是时代的见证者和记录者。他们与时代同步进步，与人民共同命运，用音符编织出一幅幅奋发向上的时代画卷，用音乐的语言讴歌我们伟大时代的辉煌成就。他们通过音乐这一艺术形式，讲好北疆文化故事，传播好内蒙古声音，为全方位建设模范自治区贡献了文化力量，同时也为弘扬中华优秀传统文化、促进民族团结进步作出了积极贡献。这一时期的音乐创作不仅数量丰富，而且在艺术表现形式上有了新的拓展，展现了内蒙古音乐的新风貌。总的来说，有如下特点：

首先，内蒙古注重对优秀传统文化的传承和保护，许多作品都致力于将地区文化特色与世界音乐趋势相结合，做到既不脱离传统根基，又不失国际视野。其次，在曲风上，音乐家不拘泥于某一固定形式，而是勇于尝试多种流派和风格，从古典到流行，从传统到现代，从民族到世界，从民谣到摇滚。这种多样性不仅展示了内蒙古音乐的包容性，也使其更加贴近当代听众的审美需求。此外，在内蒙古音乐的创作形式和交融过程中，组合音乐尤其引人注目。这种形式不仅在内地流行，甚至远及海外，影响了全球音乐市场。组合音乐打破了音乐界限，使不同的音乐元素和表现形式自由组合，创造出新颖的听觉体验。如安达组合、奈热组合以及内蒙古各地的乌兰牧骑队伍，在新时代又具有时代风采与活力。

（一）传统音乐符号的创造性转化

党的十九大报告中指出，“坚持创造性转化、创新性发展，不断铸就中华文化新辉煌。”作为中华优秀传统文化，内蒙古传统音乐资源丰厚：长调、短调、二人台、漫瀚调、英雄史诗、马头琴、潮尔、呼麦、潮尔道、四胡等，历史久远、内涵丰富，体现了各民族交往交流交融、中华民族多元一体的发展脉络，是内蒙古传统音乐文化生动鲜活的表征。

在这一方针的指导下，内蒙古的音乐创作也从中华优秀传统文化中汲取智慧和力量，开始将传统文化“创造性转化、创新性发展”，围绕蒙古马精神、乌兰牧骑等音乐符号进行创作，使作品适应大众的审美趣味，具有了新的时代风采与新的活力。在民族管弦乐方面，由诗人阿古拉泰担当文学执笔，色·恩克巴雅尔、叶尔达、李世相、额・那日苏4位作曲家联袂创作的原创民族管弦乐作品《蒙古马》，将马头琴、火不思、牛角号及呼麦、潮尔等内蒙古传统音乐符号，用大型民族管弦交响的方式深情演绎，彰显了蒙古马忠诚、勇毅、顽强的精神与魅力，展现了“吃苦耐劳、一往无前、不达目的绝不罢休”的精神。作品由《追风》《出征》《跋涉》《风暴》等11部精品音乐构成，既是内蒙古人民的精神风貌，也是中华民族不可或缺的精神力量。该作品曾入选“西部及少数民

原创民族管弦乐作品《蒙古马》在衢州市演出

族地区艺术创作提升计划”重点原创剧目专家支持项目和2021年内蒙古自治区舞台艺术精品工程，2023年荣获内蒙古自治区优秀剧目展演月优秀剧目奖、音乐奖、表演奖。这些音乐作品不仅展示了内蒙古丰富的文化内涵，也传达了坚韧不拔、勇往直前、忠于职守、甘于奉献的精神，这种精神在内蒙古的历史和文化中占有重要地位，也是内蒙古人民共同的精神财富。通过这些音乐作品，蒙古马精神得以传承和弘扬，激励着内蒙古人民在新时代继续发扬这种精神，为建设现代化内蒙古贡献力量。同时，这些作品通过创新性的手法，使中华优秀传统文化焕发新的生命力并得到广泛传播。

乌兰牧骑这支草原上的“红色文艺轻骑兵”始终牢记使命，深入生活、扎根人民，进行无愧于时代的文艺创造，也在新时代绽放更加璀璨的光芒。内蒙古各地乌兰牧骑队伍与时俱进编排新剧目，创新演出形式，丰富演出内容，创作了许多接地气、传得开、留得下的优秀作品。如歌曲《守望相助》、阿巴嘎旗乌兰牧骑创编的音乐剧《草原之子——廷·巴特尔》、科右前旗乌兰牧骑创作的歌曲《无悔的信仰》、阿左旗乌兰牧骑创作的民乐合奏《不忘初心》等，其中乌力格尔《草原之子》、原生态音乐会《牧民歌唱共产党》入选建党100周年“百年百部”优秀小型作品名单。

另外不乏一些优秀器乐作品，如民乐小合奏组曲《草原儿女心向党》。该曲是作曲家李世相为内蒙古艺术学院附属中等艺术学校庆祝中国共产党成立100周年系列演出之民族管弦乐专场音乐会《我爱你，中国》创作的民族管弦乐作品。组曲由《锡尼河畔的歌声》《科尔沁之舞》《草原花盛开》3首乐曲组成。作品撷取内蒙古优秀的传统音乐素材，充分发挥中国传统民族管弦乐器竹笛、二胡、古筝等在交响乐队中的作用，突出蒙古族乐器马头琴、四胡、三弦等的特色，以内蒙古各族青少年坚定跟党走、在祖国母亲温暖的怀抱中健康快乐地成长成才为主线，表达了各族人民对母亲、对家乡、对幸福生活、对中国共产党、对伟大祖国、对社会主义的深情挚爱，反映了内蒙古在党的民族政策的光辉照耀下民族团结、边疆稳固、生态优先、绿色发展、文化繁荣、人民幸福的美好景象。

构成组曲的3首乐曲，所描绘的音乐形象由近及远、相互映衬，所表达的情绪与情感交织融合、彼此呼应，整部作品风格独特、主题鲜明。第一首乐曲《锡尼河畔的歌声》的主题旋律提炼于呼伦贝尔民歌，整首乐曲以民歌元素为基础展开。乐曲以复三部结构为架构，以快板、中板、慢板、快板速度模式为导引，以歌唱性与舞蹈性音乐性格的对置交织为特点，突出运用马头琴、四胡、蒙古筝等极具特色的民族乐器，在合奏、重奏、独奏相互交融中，充分表现出各族青少年对伟大祖国和草原家乡的热爱之情。第二首乐曲《科尔沁之舞》为复三部曲式结构，“首部”为转调乐段，用科尔沁民歌《捷德尔娜娜》作为主旋律，用快板营造出喜悦热情、欢欣鼓舞的氛围，反映了在党的民族政策的光辉照耀下，内蒙古民族团结、边疆稳固、生态优先、绿色发展、文化繁荣、人民幸福的美好景象；“中部”的速度、表情转为抒情的慢板，舒缓悠扬、轻盈平静，3/4、4/4拍交替出现，与“首部”的2/4拍形成对比；“再现部”速度加快、力度加强，音乐表达具有冲击力，表达了内蒙古各族人民对家乡、对伟大祖国发自内心的深情挚爱。乐队编制是在传统的民族管弦乐队中加入马头琴、四胡等蒙古族乐器，力求突出乐队特色，并保持民族风格与韵味。第三首《草原花盛开》的创作素材来自乌兰察布民歌《四岁的枣骝马》和《雪白的山》。乐曲主体为三部性结构，a部分为抒情的慢板，以马头琴为主奏乐器；b部分为欢乐的快板，突出蒙古族四胡、三弦的明朗欢快；再现部分为辉煌的广板，尾声以一往无前的力量将乐曲推向高潮。全曲描绘了草原人民热爱生活、团结奋斗、“建设亮丽内蒙古，共圆伟大中国梦”的豪情和为庆祝党的生日而载歌载舞的欢乐场面。

通过这些传统音乐符号创造性转化应用，内蒙古音乐作品不仅得到了丰富和发展，也为传统音乐的传承与创新提供了新的路径。

（二）用音乐讲述北疆故事

北疆文化内涵丰富、地域特色鲜明，是中华文明重要的组成部分，有着独一无二的价值和生命活力。在新时代，音乐作品也成为传承和发展北疆文化的重要渠道之一。越来越多的音乐工作者致力于挖掘、整理和创作体现北疆特色的音乐作品，他们通过音乐这一艺术形式，传递北疆的历史、风情和文化。

《豪爽内蒙古等你来》《送你一首吉祥的歌》《我在蓝天白云下等你》《额吉河》《月光如水》《请到草原来》《狂欢的草原》《请带上我的祝愿》《三百弄》等歌曲，向大众输出了北疆文化景

2024 年唱响北疆 · 内蒙古新星新作演唱会

观，将带有一系列内蒙古自然景观和风土人情的标签，浓缩在一系列现代音乐作品中，投射出内蒙古的时代记忆和审美旨趣，在中华民族共同体意识的视野下塑造了立体多维的北疆文化形象。

近年来，在内蒙古自治区“五个一工程”奖评选活动中不断涌现大量优秀的文化作品，这些作品代表了内蒙古文学艺术、广播影视、舞台艺术等方面的最高成就。近年来，内蒙古涌现了大量原创获奖歌曲。《草原丝路》通过内蒙古牛奶、哈达与南方特有的茶叶、丝绸等文化符号相结合孕育出的奶茶与情意，表现草原丝绸之路的文化内涵和悠久历史；再用小路和大路连接、友谊和祝福连接表述草原丝路与“一带一路”相连接，唱出了和谐包容与携手共同繁荣的“一带一路”主题，再用“日出”等词点明了“一带一路”倡议的光明前景和“山高水远一起走”的发展愿景。歌曲《执着》热情地颂扬了中国共产党走过的百年壮丽历程，讴歌了中国人民在中国共产党的坚强领导下艰苦奋斗、励精图治，实现了从站起来到富起来、强起来的伟大飞跃和中华民族焕发出的蓬勃生机。歌曲《黄河从草原流过》是认真贯彻落实习近平总书记在黄河流域生态保护和高质量发展座谈会上的重要讲话精神，深入挖掘黄河文化蕴含的时代价值，讲好黄河故事，以此为初衷而创作的一首男声三重唱作品，歌曲以民歌为音乐素材进行创作，旋律优美，荡气回肠，是一首传唱度很高的音乐作品。另外，还有《牧羊姑娘》《金色的巴丹吉林》《阳光草原》《我的家乡内蒙古》《故乡的奶茶》，乌兰图雅的《点赞新时代》等一首首精神文明建设“五个一工程”奖获奖歌曲，唱出了草原人民对家乡的深情赞美和对美好生活的热爱之情，以及草原儿女对黄河和草原的赞美，集中展示了近年来内蒙古音乐创作的成就。这些获奖作品不仅展现了内蒙古在文化艺术领域的成就，也反映了内蒙古在精神文明建设方面的努力和贡献。

新时代用音乐表达北疆文化，体现的是一种主题聚焦，如歌曲《欢迎您朋友》《祝福我的鄂尔多斯》《站在草原望北京》等，赞颂北疆，彰显了时代价值。亦有《天边》《鸿雁》等经典代表作品，历久弥新。

（三）以人民为中心的音乐作品

移风易俗，莫善于乐。歌曲是记忆建构与文化传承的重要途径，作为一种艺术表达方式和载体，其在传达思想、表达情感、塑造文化等方面扮演着重要角色，也是推广和传播北疆文化的重要力量之一。内蒙古拥有丰富的文化资源，为艺术创作提供了丰厚的土壤。近年来，内蒙古音乐人坚持以人民为中心的创作导向，开拓创新，创作出一大批贴近实际、贴近生活、贴近本土、贴近群众的精品力作，用音乐展现了模范自治区建设发展成果。

2014年10月15日的文艺工作座谈会上指出，“中国精神是社会主义文艺的灵魂”。中国精神，在当代主要表现为以爱国主义为核心的民族精神和以改革创新为核心的时代精神。近年来，内蒙古出现了聚焦表达中国精神，以爱国主义为主旋律，以中国梦为时代主题，表达对祖国、对家乡热爱的音乐作品，如《同心》体现了民族团结、守望相助、同心筑梦的主题，是铸牢中华民族共同体意识在音乐创作中的具体实践。另外，还有《龙的范儿》《看不够美丽中国》《花开北疆》，这些歌曲形式不拘一格，独唱、组合唱、民族、美声、通俗等，风格多样。歌曲制作也更趋时尚，以一种青春化的表达展现了当代内蒙古音乐的蓬勃朝气，深受广大观众尤其是青年人的喜爱。

中华人民共和国成立70余年来，涌现出众多卓越的艺术家和影响深远的音乐作品，这些作品经历了社会的发展和时代的变迁，将岁月与时间的醇厚质感与馥郁芬芳进行沉淀。新时代，这些音乐作品凭借极具风格标识的文化符号，不仅凸显了内蒙古音乐丰富的地区特色，也体现了多样化的文化融合和与时俱进的创新精神，更蕴含着超越历史、跨越文化的岁月记忆，彰显出鲜活的生命力。

《北京的金山上》《鸿雁》《天边》《套马杆》《站在草原望北京》等耳熟能详、传唱度较高的经典歌曲，被重新编创演绎，被赋予了新的时代价值，历久弥新。在歌曲编创中，长调、呼麦等传统音乐元素的运用，亦体现了对传统文化的创造性转化。被人们广泛传唱的《鸿雁》是呼斯楞的保留曲目，这首作品以一首乌拉特宴歌《鸿嘎鲁》为原型，后由知名音乐制作人吕燕卫重新填入汉语歌词，使这首经典民歌新翻杨柳枝，在多年的传唱中逐渐成为一种情感象征，成为现当代中国音乐经典作品之一。新生代歌手傲日其楞致敬经典，重新演绎了乌兰托嘎作曲、吉尔格楞作词，布仁巴雅尔演唱的经典作品《天边》。在个人演唱细节处理与编曲设计上，舒展宽阔的声线，萨克斯、钢琴、小提琴等乐器的加入，使歌曲增添了宽广与浪漫的格调，开放式的结尾更让人产生无限遐想，体现了经典的延续与创新表达。第一代乌兰牧骑队员、著名歌唱家金花演唱的《北京的金山上》是其歌唱生涯里的一颗明亮的星星。自1965年12月金花为党和国家领导人演唱过这首歌曲后，这首歌成为金花每场音乐会的必唱曲目。2011年，金花和儿子金·巴特尔合作，用民族唱法和通俗唱法相结合的方式重新编创并演唱了这首歌曲，受到观众的认可和欢迎。

这些经典歌曲在不同时期进行演绎、阐释、更新，经过时间的沉淀，逐渐推动了其经典化历程，体现了人们的情感共识，在历时传承与共时传播中将其经典化无限延展。

“文艺创作方法有一百条、一千条，但最根本的方法是扎根人民。只有永远同人民在一起，艺术之树才能常青。”我们可以看到新时代内蒙古广大音乐创作者深刻地把握这一重要思想的理论意蕴和实践指向，他们脚踩大地，自觉地从“人民的生活”中汲取资源和素材。如《快递小哥》《爱的印记》《我是牧马人》等新作立足现实、紧跟时代，扎根人民、表现人民、真情讴歌人民，关注现实的真诚，从生活沃土中汲取养分，从人民群众中发掘灵感，为人民讴歌、为生活抒怀，歌唱内蒙古人民的幸福生活，歌颂平凡岗位的工匠精神。《快递小哥》演唱者赛音毕力格说：“这首歌非常接地气，充满正能量。”这些接地气的作品，把人民作为文艺表现主体，也体现了一种人文关怀。

音乐学家洛秦说：“音乐中体现了文化，文化中包含了音乐。”内蒙古音乐作品正是音乐与文化的结合，它们相互依存，共同构成了内蒙古地区丰富多彩的声音文化景观。音乐学家、批评家杨燕迪说：“音乐不仅是文化的下属和亚种，不仅履行和完成具体的社会功用与文化功能，也不仅仅是文化的价值隐喻符号，它有可能凭借自己的魅力和感召直接成为文化的精神化身。”[1] 这些带有强烈内蒙古标签的音乐作品，既有浓厚的地方特色，又充满了时代气息，它们不仅仅是文化的附属品，更是文化传承和精神表达的重要媒介，体现了一种交流与融合，亦是中华民族共同体意识的重要载体之一。新时代，内蒙古音乐工作者将继续以铸牢中华民族共同体意识为主线，用时代音符构筑共有精神家园，围绕在新的历史起点上打造北疆文化品牌这一主题，努力书写中华民族现代文明的内蒙古篇章。

[1] 杨燕迪．音乐解读与文化批评：杨燕迪音乐论文集［M］．上海：上海音乐学院出版社，2012：51．

第二章

舞蹈

从1947年5月1日内蒙古自治区成立至今，内蒙古舞蹈艺术家在舞台化的舞蹈艺术发展过程中始终遵循党的文艺政策，坚持正确的方向，以传承地方特色的丰富舞蹈素材为目标，先后创作了许多既有独特的舞蹈艺术风格又有反映人民生产生活的优秀舞蹈作品与舞剧作品。舞蹈艺术作品与社会环境关系非常密切，通过作品我们可以看出内蒙古舞蹈教学体系化、舞蹈创作多样化、舞蹈表演专业化的特点。层出不穷的作品能够体现内蒙古成立70多年的发展历程。本章分析不同时期文艺政策、社会经济环境下的舞蹈作品，从舞蹈的视角带领读者认识内蒙古、了解内蒙古。

一、舞台化审美意识建构（1947—1978年）

1943年11月7日，中共中央刊发了《中共中央宣传部关于执行党的文艺政策的决定》，进一步落实讲话精神。这是党中央首次以

“文艺政策”为名发布文件，标志着文艺政策体系化建设的进一步深化。内蒙古一开始便遵循党的文艺路线。1945年，吴晓邦率先到民族地区，进行民族舞蹈的探索开掘，为内蒙古新舞蹈事业的发展奠定了基础。内蒙古自治区成立之后，贾作光投入内蒙古的舞蹈事业工作中。1956年4月28日，毛泽东在中共中央政治局扩大会议上正式提出“双百”方针，即“艺术问题上的百花齐放，学术问题上的百家争鸣”。此政策为艺术创作提供了方向，贾作光在内蒙古地区采风创作，对北疆舞蹈进行考察调研，并创作出蒙古族、达斡尔族、鄂伦春族、鄂温克族舞蹈等。1956年，达斡尔族舞蹈《哈库麦》获得自治区舞蹈奖项。

20世纪60年代初期延续“双百”方针，为内蒙古舞蹈的多样发展提供了良好的社会环境。《人民日报》《文艺报》《人民文学》等主流媒体引导文艺界围绕社会主义现实主义的创作原则等文艺理论和美学问题展开深入研讨。在文艺实践方面，这一时期展现革命斗争历程的《保卫延安》《红旗谱》《红日》《红岩》等一批极具艺术价值的文学作品相继出版，新民歌运动如火如荼地展开，社会主义文艺一度呈现出活跃发展的新气象。1962年，内蒙古第一部舞剧《乌兰保》诞生。1964年，以草原英雄小姐妹为题材的舞剧《草原儿女》由内蒙古歌舞团首次创作，后被中央芭蕾舞团改编为芭蕾舞剧。20世纪60年代中期至70年代中期，虽然舞蹈作品创作比从前减少了，但创作并没有停止。20世纪70年代末期，舞蹈创作热情回暖，作品数量也有了明显提升。

（一）1947年独舞《牧马舞》

编导：贾作光。

作曲：孟和博音、通福。

创作时间：1946年。

首演时间：1947年。

演员：贾作光。

演出单位：内蒙古文工团。

获奖情况：1949年，参加第三届世界青年与学生和平友谊联欢

《牧马舞》

节。1952年，获内蒙古自治区舞蹈比赛一等奖。1956年，获内蒙古自治区第一届民族民间音乐、舞蹈、戏剧观摩演出作品一等奖。1994年，获“中华民族20世纪舞蹈经典”评比金像奖。2014年，入选内蒙古自治区党委宣传部文化长廊建设重点项目——“内蒙古60年舞蹈精品集成”晚会展演。1950年10月，《牧马舞》在北京中南海怀仁堂演出，受到党和国家领导人的一致赞誉。同年，在匈牙利布达佩斯第二届世界青年与学生和平友谊联欢节进行访问演出时受到广泛好评。

《牧马舞》

1946年，内蒙古文工团成立，这是解放区建立起来的第一个少数民族文艺团体。贾作光说：“1947年五一大会之后，我随吴晓邦老师来到内蒙古歌舞团，继吴老师之后担负起发展内蒙古新舞蹈事业的重任。”[1] 贾作光跟随吴晓帮来到内蒙古，创作了舞蹈《牧马舞》。吴晓邦曾在《人民日报》发表文章，对《牧马舞》的创作给予了高度评价，称它是“第一次将蒙古族舞蹈的艺术风貌展现在世界舞台上”的民族舞蹈作品。贾作光曾谈到这个舞蹈的创作过程。他在第一次表演《牧马舞》时，牧民们说：“跳来跳去干什么呢？美滋滋地站起来就扭，还手托腮自我欣赏地躺在草地上……”贾先生为此感到很苦恼。通过对生活的体验和观察，“我和他们一起生活，跟他们学骑马、套马；看他们怎么放牧，怎样征服跑得飞快、难以驯服的烈马……不仅与牧民有了更深的感情，而且与马也有了感情，也懂得了如何爱马，更重要的是体会到了牧民那种勤劳、勇敢的精神，了解了他们那种朴实、豪放的性格”。所以《牧马舞》在创作上立足于对人物内心情感的深入开掘，很好地处理了形似和神似的关系。“著名舞蹈家贾作光先生被誉为蒙古族马舞蹈的开启者和最早的实践者。20世纪40年代末，他创作与表演的《牧马舞》塑造了民族艺术舞台上第一个以‘马’为主题的艺术形象。”[2]

作品简介：作品以牧马人的生活情景为素材，从牧马人日常行为中提炼艺术元素进行编创，将牧马人上马、勒马、牵马、拴马、追马、套马、放马的全过程以舞蹈形象呈现在舞台上，体现了蒙古

[1] 巴特尔．蒙古舞蹈论文集［M］．呼和浩特：内蒙古人民出版社，2006：13.

[2] 赵小丁．共舞青蓝：蒙古舞创作与表演六十年［M］．呼和浩特：内蒙古大学出版社，2017：11.

族勇敢与机智的性格，表现了牧马人的豪迈气质与积极进取的精神。

创作手法：舞蹈结构为快—慢—快的A—B—A结构。开场快板，以干脆利落的动作亮出舞蹈人物形象——牧马人，完成牧马人一系列动作，即套马、牵马、爱马、拴马的过程。舞蹈慢板，以席地而坐、仰躺、侧躺的姿态闻着绿草的味道和看着花儿绽放等一系列抒情动作，表现了牧马人对草原的热爱，也展现了牧马人像在母亲怀抱里一样幸福自在的情怀。随着急促的马蹄声，舞者快速起身仰望蔚蓝的天空，转换至快板。通过快速有力的动作，表现了牧马人完成驯马的艰辛过程，将草原人民的智慧和勇敢、顽强和机敏表现得淋漓尽致。

舞蹈语言中运用了吸腿跳单手勒马、俯身摇步双手勒马、后鹤立单手勒马旋转、六位手弓步套马、六位手硬肩、柔腕抚摸骏马、四位手柔臂、弓步七位手大拉臂、吸腿勒马转、六位手套马、耸肩硬肩踏步横移、双吸腿跳勒马、大弓步套马、立脚尖三位手套马，连续的翻身勒马转等大开大合的动作以及高超的技巧。舞蹈模仿与提炼方面，从马的走、跑、跳特征中发展出了舞蹈动作，如勒马翻身、抬后腿六位手套马旋转、六位手套马踏步横移等，丰富了蒙古族“马舞”的舞蹈语汇，成为当代蒙古族男性舞蹈中，具有代表性和独特魅力的舞蹈样式之一。

编导简介：贾作光，满族，中国当代舞蹈艺术大师，著名舞蹈表演艺术家、编导家、教育家、理论家。内蒙古当代舞蹈建立初期，贾作光创作的作品占比达75%。他是内蒙古舞蹈艺术的开创者、奠基人。贾作光曾任内蒙古文工团演出科科长、副团长并兼任舞蹈编导、演员，北京舞蹈学院副院长、编导系主任，文化部艺术局专员，中国舞蹈家协会副主席、书记处书记，北京舞蹈家协会主席、中国文联荣誉委员、中国舞协荣誉主席、联合国教科文民间艺术国际组织副主席、中国国际标准舞总会会长等职。2003年12月，文化部授予他表演艺术成就奖。2004年，矗立在北京舞蹈学院的贾作光铜像落成并揭幕。2009年11月，贾作光首次获得中国舞蹈界的最高荣誉——终身成就奖。贾作光是中国舞蹈编导专业第一批苏联专家班学员，是中国民族民间舞蹈素材向舞台化发展的代表人物之一，也是内蒙古舞蹈舞台化审美意识建构的主要人物。

（二）1948年群舞《马刀舞》

编舞：贾作光。

作曲：包玉山。

创演时间：1948年。

演员：仁·甘珠尔扎布、孟和等。

演出单位：内蒙古文工团。

获奖情况：1952年，获内蒙古自治区纪念毛泽东《在延安文艺座谈会上的讲话》发表10周年文艺创作评奖一等奖。1956年，获内蒙古自治区第一届民族民间音乐、舞蹈、戏剧观摩演出优秀演出奖。

作品简介：《马刀舞》展现了骑兵战士杀敌场景以及纵马挥

刀的矫健身姿，表现了骑兵战士豪迈的英姿和潇洒的气质。该舞蹈展现了骑兵精湛的骑术，展示了他们利用马的速度形成的强大冲击力带动马刀完成劈、砍等动作，他们以自己的方式投入解放事业。《马刀舞》是贾作光看到饱受苦难的牧民逐渐获得自由和独立，深感有责任而创作的关于马背战士的舞蹈作品。贾作光曾说："在内蒙古叫为工农兵牧服务。"他真正懂得了文艺要为工农兵服务的道理，真正做到了与当地群众打成一片。为了继续舞蹈创作，他还多次深入生活，挖掘民间传统舞蹈。

创作手法：舞蹈结构为一段体。在军号声中开始，威武的骑兵

《马刀舞》

以左手勒马、右手挥刀的舞姿上场，表现了骑兵劈、砍、拼、搏等战斗形象，呈现了牧民英勇善战、大气磅礴的特质。

舞蹈语言方面，编导以牧民骑马的动作以及挥舞马刀动作为素材，提炼了马步挥刀、大八字跳跃挥刀、跺踏步挥刀、旋转蹲跳挥刀、高抬腿跑跳挥刀、前吸腿冲杀、90度后抬腿冲杀等动作，主要以跳跃、奔跑、旋转为主要特征。打点步、走马步、刨地步、奔驰步等舞蹈步伐被运用到作品中，创造性地塑造了草原骑兵的动态人物形象。

（三）1948年群舞《哈库麦》

编导：贾作光。

作曲：明太。

创演时间：1948年。

演员：斯琴塔日哈、赵淑霞、李淑珍等。

演出单位：内蒙古文工团。

获奖情况：1952年，获得全区舞蹈比赛二等奖。1956年，获得内蒙古自治区第一届民族民间音乐、舞蹈、戏剧观摩演出二等奖。

作品简介：《哈库麦》是达斡尔族舞蹈，主要表现了达斡尔族妇女在生产劳动和闲暇之时相互逗乐玩耍，表达了她们热情的性格以及生产劳动之后欢快的生活。作品汲取了传统民间舞蹈鲁日格勒的精华，将达斡尔族民间生活的画卷栩栩如生地再现出来，并赋予其时代新意，开创了达斡尔族舞蹈由民间走向舞台的先河。

《哈库麦》

创作手法：舞蹈结构为慢板（载歌载舞）—中速（呼号）—快板（榔头打拜），即A—B—C结构。慢板表现了达斡尔族女性温顺、娴雅的性格特征。舞蹈你呼我应、动作激烈、情绪奔放，具有竞争性，表现了达斡尔族女性开朗、热情、豪迈的一面。同时，运用自然流畅的横排、竖排、大圆、双圆、方阵等队形以及对原生态舞蹈动作细腻化、姿态化的处理，使民间形态逐渐适应当代舞台艺术审美意识的需求。

舞蹈语言方面，对作品中的舞蹈动律进行艺术化处理，在民族舞蹈表现上具有代表性，主要运用了不同手位的软手柔臂、左手叉腰、右手举拳挥舞，同时伴随呼号的榔头拳舞姿、双手下搭扣腕的单竖手舞姿等。该舞凝聚传统舞蹈鲁日格勒的精华并赋予其时代新意，填补了达斡尔族舞蹈由民间走向舞台的历史空白。作品取材于民间广为流传的达斡尔族传统舞蹈鲁日格勒。“鲁日格勒”又称“阿罕拜”“哈库麦”，“阿罕拜”因早期舞蹈的第一个呼号为“阿罕拜”而得名，“哈库麦”一说因用《哈库麦》歌曲为伴奏，一说是“阿罕拜”的变音。舞蹈从室内走向室外，少数女性在三面火炕、一面是门的室内空地上自娱自乐，舞者渐多转向室外，形成小有规模的民间艺术形式，在当代民间婚礼或者节日时仍由女性集体舞蹈。舞蹈中以代表性动作榔头拳相互嬉戏的场景，表现了达斡尔族妇女开朗的性格。舞蹈以达斡尔族民间舞蹈中的滑拖步为基本舞步，强调左右横摆，呈三道弯的动律，再现了达斡尔族女性在采集劳动时钻林绕树和采草滑行的体态，大摆表现激情与特色，小摆体现柔美与温情，动作绵柔轻快，体态婀娜优美，艺术美感鲜明而突出，展现了达斡尔族女性的灵动之美以及生产劳动之后欢快的民间生活。

（四）1949年独舞《雁》

编舞、表演：贾作光。

作曲：通福。

创演时间：1949年。

演出单位：内蒙古文工团。

获奖情况：1956年，获得内蒙古自治区第一届民族民间音乐、舞蹈、戏剧观摩演出艺术奖舞台美术奖。

作品简介：作品以大雁为题材，捕捉大雁的动作形态进行编创，塑造了在狂风暴雨中勇敢顽强的大雁形象，展现了大雁在大自然险境中历经艰难迎来阳光。作品以雁喻人，塑造了如大雁般百折不挠、不断进取勇敢向上的品格。

创作手法：舞蹈结构为慢板—中速板—慢板—快板，即A—B—A—C结构。慢板幕启，舞者碎步交叉横移双脚出场，本段落主要用蒙古舞语汇中的柔臂和软手动作，塑造了一只飞翔的大雁形象。中速板，不和谐与激烈的音乐风格营造了危险来临，狂风暴雨氛围。

《雁》

舞者以锐利的眼神扫向周围，用急促的动作和技巧表现了大雁与狂风暴雨搏斗的场面，体现了大雁面对险阻，勇敢机智、永不服输的精神。第二个慢板表现大雁整理羽毛优雅地飞翔，体现它与暴风雪搏斗后自由翱翔。在快板清脆的节奏点中，表现大雁欢快的飞翔情节渐渐远去。这样的结构模式在民族民间舞蹈创作中比较少，但本作品运用得恰到好处。

舞蹈语言方面，三位手快速硬肩硬腕、二位七位手的交替翻腕、后踏步七位手柔肩、前踏步胸前推手、三位手甩手旋转、五位手旋转、七位手柔臂旋转、后吸腿跳、旋子、下胸腰等。以小碎步、小跳步、后腿小撩步等舞步，表现出跨越沟壑、走出泥泞的动态；用嘴巴梳理羽毛及汲水、觅食、嬉戏等动作语汇生动地塑造大雁形象。面对暴风雪，一系列传神的模拟大雁的动作，成功地表现了与暴风雪搏斗的大雁形象，让人不由得产生美好的联想。该作品以物喻人，借景抒情，将大雁这一灵动的形象赋予了思想，将自由飞翔的美感与艰难奋斗的深刻内涵进行结合，给人以美的享受和鼓舞的力量。

（五）1952年群舞《鄂伦春舞》

编舞：贾作光。

作曲：汪焰。

创演时间：1952年。

表演形式：男女群舞。

《鄂伦春舞》

演员：乌云巴图、巴图奥其尔等。

演出单位：内蒙古文工团。

获奖情况：1952年，获得内蒙古自治区纪念毛泽东《在延安文艺座谈会上的讲话》发表10周年文艺创作评奖二等奖。

作品简介：作品以生活在大兴安岭深处的鄂伦春族的舞蹈为素材，以他们基本的生产方式狩猎为内容，表现了鄂伦春人狩猎归来的欢乐情景。鄂伦春族男子是优秀的骑手和百发百中的射手，他们对各种野兽的习性和生活规律了如指掌，有丰富的狩猎经验。舞蹈音乐以《高高的兴安岭》为主旋律，特色鲜明的风格，跳跃性的音符，欢快的节奏，为舞蹈营造了欢快的氛围。此作品开启了鄂伦春族舞蹈由民间走向舞台的先河。

创作手法：舞蹈结构简洁，没有明显的段落切分，在一种情绪中以男女前后出场的层次来推进作品。

舞蹈语言方面，以鄂伦春族民间舞蹈代表性动作跟踏步为动律，双手击掌后与瞭望动作相配合。双腿大八字步半蹲，双脚双起双落跺地有声，该动作是鄂伦春族民间代表性舞蹈黑熊搏斗舞的主体动作，也是鄂伦春族民间舞蹈的典型性动作。作品以狩猎中将狙击动物时的横移跺地跳等动作与双手击掌后形成的动作相配合，组成多种造型，用起伏、颠颤等动作来表现狩猎生活。该舞蹈形象地表现了鄂伦春人独特的生产方式与乐观的精神。女舞者以弹拨手、撩手拧腰、小腿后踢等动作体现女性的柔韧与轻巧，男女对舞则突出了生活气息，烘托狩猎归来共同欢乐的场景，也突出了森林民族舞蹈集体性、娱乐性的特点。

（六）1954年群舞《鄂尔多斯舞》[1]

编舞：贾作光。

作曲：明太。

[1] 内蒙古自治区艺术研究院．内蒙古舞蹈精品集成［M］．呼和浩特：内蒙古文化音像出版社，2021：15．

创作时间：1951年。

首演时间：1954年。

表演形式：男女群舞。

演员：斯琴塔日哈、查干朝鲁等。

演出单位：内蒙古歌舞团。

获奖与演出情况：1955年，获第五届世界青年与学生和平友谊联欢节金质奖章。1994年，获“中华民族20世纪舞蹈经典”评比经典作品金像奖。2014年，在内蒙古自治区党委宣传部文化长廊建设重点项目——“内蒙古60年舞蹈精品集成”晚会展演。2009年，在中国舞蹈家协会成立60周年庆典活动上，一场被称为中国“60年来最大规模的精品舞蹈演出”——《舞动中国》在北京人民大会堂的舞台上拉开了序幕。晚会上，贾作光创作的男女群舞《鄂尔多斯舞》亮相舞台，再一次点燃了在场观众的热情，赢得了观众的阵阵欢呼声和掌声。对熟悉蒙古舞的观众来说，的确如中国舞协主席冯双白所言，不能说是“千年一遇”，也是“百年难逢”。2012年9月，舞蹈家贾作光、白淑湘、斯琴塔日哈（1932— ）、冯双白、敖登木勒、敖登格日勒、赵林平等人齐聚《鄂尔多斯舞》的诞生地——鄂尔多斯市，在中国蒙古舞暨电视舞蹈大赛的评委席上逐一亮相，激起了广大观众的强烈共鸣。在颁奖晚会上，30多名舞蹈演员在《吉祥鄂尔多斯》的歌声中，与舞蹈《鄂尔多斯舞》的编创者和表演者贾作光、斯琴塔日哈一起翩翩起舞，不仅再次唤起观众对舞蹈《鄂尔多斯舞》的美好回忆，也将60年后《鄂尔多斯舞》重回故乡的感恩之情与祝福带给这块土地上的人民。

作品简介：舞蹈表现了翻身解放、当家做主的蒙古族人民热爱家乡、热爱劳动，成功捕捉了鄂尔多斯男性豪迈奔放的性格与女性热情开朗的性格特征，地域特色浓郁，风格鲜明，是一部对内蒙古舞蹈艺术具有重要意义的佳作。贾作光曾在内蒙古鄂尔多斯牧区生活采风，历经3年取材、酝酿、编排而成。以地域名称命名的舞蹈作品成功案例，足以让观众认为《鄂尔多斯舞》是原生态民间舞蹈，也说明他成功地表现了鄂尔多斯的地域人文特征。

《鄂尔多斯舞》

创作手法：该舞蹈为两段体A—B结构。第一个舞段为庄重、缓慢的行板，男舞者展现了新一代草原人民宽广的胸怀和坦荡的性格。第二个舞段是活泼、欢快的快板，男女领舞贯穿舞蹈、引领队形，在音乐的快慢中展现舞蹈韵律，表现了女青年热情开朗的性格特征。同时，起承转合的结构式变化，生动地表达了男女青年热爱生活赞美家乡的喜悦心情。

舞蹈语言方面，贾作光从当地的查玛[1] 舞中汲取灵感，向当地的民间舞蹈学习并提炼元素，让古老的查玛从寺院走上剧场的舞台，把宗教仪式动作转变为舞蹈艺术动作。同时，表演空间与表演功能的转移，使得舞蹈动作有观赏性，也有文化根基。男子舞段中的主题动作吸收了查玛舞中抖肩、甩臂等基本动作，男子大甩手迈步上场，踏步点地大甩手、转身抬旁腿、立脚尖吸腿踏步、叉腰硬肩等一组动作上场，随后舞者以六位手位交替向后大幅甩臂后仰、六位手握拳交替吸腿前行转身、跪地甩臂碎抖肩，动作大开大合、潇洒豪迈。女子舞段主题动作为从生活中提炼的挤奶、骑马、梳头等，在音乐的变奏中，女舞者以二位手翻腕、单手叉腰压提腕、二位手翻腕转身、叉腰硬肩等代表性动作出场，动作干脆利落、小巧灵活。男女彼此快速穿插、形成对舞，有空间对比却又不失呼应，呈现出水乳交融、抑扬顿挫。

[1]　查玛，蒙古族佛教舞蹈，俗称跳鬼、打鬼，源于藏族羌姆。明代中叶传入蒙古地区，清代以来在各地寺庙中普遍盛行。

（七）1955年群舞《挤奶员》

编舞：高太、贾作光。

作曲：高太。

创演时间：1955年。

演员：赵淑霞、李淑珍等。

获奖情况：《挤奶员》曾在1956年内蒙古自治区第一届民族民间音乐、舞蹈、戏剧观摩演出会上获优秀演出奖和创作二等奖。1957年，在莫斯科第六届世界青年学生和平与友谊联欢节上获铜质奖章。1956年，由中央群众艺术馆编、上海文化出版社出版《挤奶员舞》图书。1957年，获庆祝内蒙古自治区成立十周年文艺评奖作品一等奖。

作品简介：舞蹈通过蒙古族女性挤牛奶的劳动情景，表现了草原姑娘清纯活泼的性格与乐观向上的生活态度，是日常生活动作上升为舞蹈艺术动作的典型案例。通过牧场勤劳质朴的姑娘们洒脱、娴熟的劳动场景，表现满载而归的劳动喜悦，折射出草原人民幸福生活的景象。

创作手法：舞蹈结构简洁，没有明确切分段落。开场，舞者拎着奶桶以蒙古舞的硬肩和小踮步欢快地从舞台两侧依次而出，拧倾回转的优美回身步移动到台中，放下奶桶以单膝跪地、七位手硬肩硬腕、横摆动律绕肩等动作有机结合挽袖、撩发、顺奶、挤奶等生活动作，由此来源于牧区生活又高于生活的舞蹈动作得到升华。牵

《挤奶员》

牛犊、送牛犊吮奶、拽牛犊、抚摸母牛等场景形象化地提炼为舞蹈动作，表现了草原姑娘对母牛和牛犊的爱护之情以及对草原生活的赞美。尾声，满载而归的姑娘们一手提着奶桶，一手在三位手位的提腕推手动作中结束一天的劳动。舞蹈队形由直排、斜排、半圆形多次变化，穿插自然流畅。竖排行进时一进一退、手臂后摆前伸的舞蹈韵律，展示了蒙古族女性劳动后优雅的状态和轻松的心境。

舞蹈语言方面，该舞蹈将牧区生活中挤奶、送牛犊吮奶、拽牛犊、抚爱母牛、手提奶桶、肩托奶桶、梳辫子等劳动动作提炼为舞蹈动作，展现了蒙古族女性的劳动生活。

编导简介：高太（1934— ），一级编导，出生于内蒙古哲里木盟（今通辽市）。内蒙古歌舞团原副团长。“1951年9月参加工作，在内蒙古艺术干部学校学习音乐、舞蹈、戏剧等专业，毕业后被分配到内蒙古自治区锡林郭勒盟文工团，1962年调回内蒙古歌舞团。”[1]

（八）1960年独舞《驯马手》

编舞：查干朝鲁、叶西·诺日布。

作曲：明太。

创演时间：1960年。

演员：查干朝鲁。

演出单位：内蒙古歌舞团。

作品简介：作品表现了蒙古族青年以高超的技能和勇敢顽强的精神驯服烈马，进而成为一名合格的驯马手的喜悦心情。舞蹈《驯马手》以形象化的肢体语言艺术地再现了套马、拽马杆、被马拖着跑以及骑马时被疾驰的烈马甩下马背，又翻身上马，最终将烈马驯服这一完整的过程，突出体现了牧马人勇敢顽强的精神，给观众留下深刻印象。舞蹈将牧人劳动生产动作中的套马、拽马杆、被马拖着跑以及骑马、被闪下马背又从容翻身上马等动作艺术化，再现了

[1] 赵林萍．当代草原艺术年谱·舞蹈卷［M］．呼和浩特：内蒙古大学出版社，2014：19.

《驯马手》

一位驯马手驯服生马的奇特过程，展现了生龙活虎的年轻牧马人勇敢、智慧、顽强的精神。

创作手法：该舞蹈在结构上突出了“驯”的情境，围绕驯马者和马的关系巧妙展开。

舞蹈语言方面，舞者以翻身小跳步、身体前倾套马、身体后仰拖马、走马碎肩前行、碎抖肩、走马步、跑马步、单腿翻身转等娴熟的舞蹈技能和投入的艺术表演，塑造了完美的驯马手形象，将蒙古族男性的阳刚、驯马手的矫健、草原汉子的乐观潇洒以及生动而富有艺术感染力的驯马场面呈现在舞台之上。作品成功塑造了驯马手的艺术形象。

舞蹈语汇方面，提炼精准到位，舞姿干练刚劲、奔放潇洒，具有浓郁的地域特色。

编导简介：查干朝鲁（1936— ），蒙古族，一级编导，出生于内蒙古伊克昭盟（今鄂尔多斯市）达赉特旗。曾任第五届中国舞蹈家协会理事、内蒙古舞蹈家协会主席、内蒙古文联委员、中国舞蹈家副主席。1952年，进入伊克昭盟文工团任演员。1954年，调入内蒙古歌舞团，先后任演员、编导、教创编室主任、艺委会副主任等职。2000年以来，在中央民族大学、北京舞蹈学院、北京师范大学等院校任教。

叶西·诺日布（1934— ），蒙古族，出生于内蒙古昭乌达盟（今赤峰市）阿鲁科尔沁旗。舞蹈表演艺术家，国家二级编导。1951年开始从事舞蹈艺术工作，先后在中国人民解放军内蒙古骑兵宣传队、锡林郭勒盟民族歌舞团、内蒙古歌舞团担任演员。曾出演《马刀舞》《鄂尔多斯舞》《红绸舞》等。1988年，编写《蒙古族舞蹈基本训练》。曾任中国舞蹈家协会第五届理事、内蒙古舞蹈家协会理事。

（九）1960年独舞《盅碗舞》

编舞：贾作光、斯琴塔日哈。

作曲：索伊勒图、明太。

创演时间：1960年。

演员：莫德格玛。

演出单位：内蒙古歌舞团。

获奖与演出情况：1962年，获第八届世界青年与学生和平友谊联欢节舞蹈比赛金质奖章。1963年底，莫德格玛（1941— ）随中国艺术团前往法国巴黎演出《盅碗舞》。1964年，参加录制大型歌舞艺术片《东方红》。1978年，在美国表演《盅碗舞》，《纽约时报》《华侨日报》以《东方一绝》为题评论她的舞蹈技艺。此后她还随中国艺术团先后到意大利、比利时、瑞士、荷兰等国演出。

《盅碗舞》

1985年，随着《东方红》被八一电影制片厂拍成彩色影片，《盅碗舞》这一独具特色的蒙古舞传遍全国，并逐渐被广大观众所熟悉和喜爱。

作品简介：该舞蹈取材于鄂尔多斯地区的民间舞蹈盅碗舞、顶碗舞、酒盅舞，通过舞台化创作而成。舞蹈者头顶3个瓷碗，双手大拇指与中指托一对瓷酒盅，随节奏击打酒盅的同时做出横韵柔臂、抖碎肩、平转等舞蹈动作。在圆场步与旋转中，内敛的柔美与奔放豪爽的性格特征把握得恰到好处，塑造出端庄平和的蒙古族女性形象。

创作手法：舞蹈结构为慢板—快板两段，即A—B结构。在慢板舒缓节奏中，侧弓步跟踏步，右手三位左手二位击盅，踏点步向右拧转亮相，重复上述动作向左拧转亮相，体态平稳，动作缓慢舒展，优美流畅，沉稳而有节奏的气息运行在每一个舞姿中，体现出浓郁而独特的韵味。快板舞段以碎抖肩击盅、柔臂击盅、小硬肩击盅、平转击盅、圆场步击盅、点踏步击盅、弓步下叉柔臂击盅等动作贯穿。以大拉背柔臂击盅的上身动作、舒展的大拉背动作以及碎肩对比，下肢坐、蹲、立、跪、跪转，腰部或前俯、或旁倾、或后仰、或绕圆。手和肩部做丰富碎小动作，提压腕、绕腕以及揉肩、耸肩、碎抖肩等的力量幅度反差和节奏快慢反差处理是作品成功的重要手法。

编导简介：斯琴塔日哈，蒙古族，出生于内蒙古兴安盟扎赉特旗。舞蹈表演艺术家、教育家、一级演员。1947年，就读于内蒙古军政大学。1948年，进入内蒙古文工团任舞蹈演员。1951年，考入中央戏剧学院崔承喜舞蹈研究班。1956年毕业后回内蒙古歌舞团担任舞蹈演员、教员、编导。历任内蒙古舞蹈家协会主席、内蒙古歌舞团副团长、内蒙古文联委员、中国舞蹈家协会副主席。第三届全国人大代表、内蒙古政协第五届常委。2012年荣获第二届中国舞蹈艺术终身成就奖。

表演者简介：莫德格玛，国家一级演员，第五届至第十届全国政协委员，享受国务院政府特殊津贴。曾在大型音乐舞蹈史诗《东方红》中担任蒙古舞领舞。独舞《绿洲的微笑》获文化部“国庆50周年”创作一等奖、朝鲜平壤“四月之春”国际艺术节舞蹈比赛创作金质奖。出版著作有《蒙古部族舞蹈之发展》《蒙古舞蹈文化》《蒙古舞蹈美学概论》《诗·乐·舞韵》《蒙古舞蹈美学鉴赏汉蒙双解辞典》等。

（十）1962年舞剧《乌兰保》

编导：仁·甘珠尔扎布、斯琴塔日哈、查干朝鲁、李淑英。

作曲：杜兆植、明太。

首演时间：1962年。

演出单位：内蒙古歌舞团。

内容简介：“乌兰保”系蒙古语，意为“红色的护符”。该舞剧是内蒙古第一部公演的舞剧作品，讲述了蒙古族额吉舍子抢救八路军战士的感人故事。

创作手法：舞剧中额吉的舞蹈，以朴实的肢体语言为表现手段，塑造了默默劳作、平静祥和的草原母亲形象，表现了博大的母爱、宽广的胸怀，颂扬了人民作为革命军队红色护符的崇高和伟大。剧中八路军战士以大幅度的舞蹈动作语言，体现了救助百姓时奋不顾身的英勇精神。作品以“五少女的手舞”、庙会上“送瘟神”仪式、“那达幕大会”等舞段，展现了蒙古族生活状态与精神面貌；以八路军救女孩，母亲舍子救人、把儿子牺牲后留下的红色护符送给八路军、和女儿一同送八路军战士返回前线等场面，彰显了希望红色护符给人们带来安康和幸福的愿望。该舞剧不仅开启了蒙古族舞剧创作的先河，也成为内蒙古第一部红色题材舞剧作品，对我国新时期民族舞剧的继承、发展和创新有着重要的启后作用。同时，该舞剧也体现了军民一家亲，对于表现多民族团结的和谐景象具有启发性作用。1962年，该舞剧在北京演出，为内蒙古舞剧的创作发展奠定了基础。

编导简介：仁·甘珠尔扎布（1930—1974年），蒙古族，中国舞蹈家协会会员，舞蹈编导家。1950年，进入内蒙古文工团，是内蒙古第一位查玛舞研究者。表演作品有《鄂伦春舞》《牧人舞》《乌克兰舞》《马刀舞》等。创作舞蹈有《擀毡舞》《筷子舞》（均获1955年内蒙古自治区第一届民族民间音乐、舞蹈、戏剧观摩演出大会舞蹈二等奖）和《雕像》《钢铁工人舞》以及大型民族舞剧《乌兰保》和《草原英雄》等。

（十一）1964年舞剧《草原英雄》[1]

编导：仁·甘珠尔扎布、青巴图。

首演时间：1964年。

演员：沙日娜、李小庆。

首演单位：内蒙古歌舞团。

作品简介：独幕舞剧《草原英雄》根据草原英雄小姐妹龙梅和玉荣的感人事迹改编而成。该舞剧以内蒙古草原为背景，以姐妹俩为了保护集体羊群与暴风雪搏斗一夜冻坏了双脚的真实事迹为内容，赞颂了草原英雄小姐妹龙梅、玉荣的集体主义精神。后中央芭蕾舞团创作人员为了角色多样需求，把姐妹改成兄妹；为了突出阶级斗争，增加了牧主角色，改编为舞剧《草原儿女》。

创作手法：舞蹈结构方面，该舞剧的空间性取向体现在两个层次，一是时空上实体空间和虚拟空间的搭建，既包括当下人物生活的实体空间，也包括草原小姐妹生活的实体空间，同时还有通过当下回望过去、以当下人物的视角形成的虚拟空间。这三重空间并置在舞台上，形成了很强的叙事力。这种多重空间并置、精神隔空穿越的结构，在舞剧中可以随处看到。比如暴风雪中出现在小姐妹身边的母亲形象。暴风雪中，母亲的出现，既让观众感受到饥寒交

[1]　采访音乐理论家乌兰杰笔记，采访时间：2024年1月20日，采访形式：线上。

《草原英雄》

迫的小姐妹在想念妈妈，又能看到心系孩子安危、极度不安、不停祈祷的母亲形象。这一舞段具有极强的抒情性，直戳观众泪点。

舞蹈语言方面，该舞剧以民族舞为主体，多重风格的舞蹈语言贯穿其中，包括草舞、水舞、马舞、羊舞、摔跤舞、珠岚舞等，一个个或优雅灵动或气势十足的舞段，让观众沉浸在草原美景之中，陶醉在蒙古族风情之中。此外，该舞剧还融入了卡通语汇、生活语汇，在舞台上流畅地转换。

（十二）1974年舞剧《草原儿女》[1]

编导：王世琦、栗承廉、王锡贤。

[1] 赵小丁．共舞青蓝：蒙古舞创作与表演六十年［M］．呼和浩特：内蒙古大学出版社，2017：47．

作曲：程凯、葛光锐、石夫。

首演：1974年。

形式：现代舞剧。

首演单位：中国舞剧团。

作品简介：舞剧《草原儿女》描写的是20世纪60年代发生在内蒙古草原上的真实故事。剧中的主要人物特木尔和斯琴，是根据草原英雄小姐妹龙梅和玉荣的感人事迹改编而成。1975年，该舞剧被北京电影制片厂拍摄成彩色艺术片搬上银幕而迅速传遍全国，并被专业舞蹈艺术团体学演或作为折子戏在各种晚会上演出，成为风靡一时的民族舞剧经典之作。舞剧分为：序幕：草原晨曲；第一场：心红志坚，掌好羊鞭；第二场：奋战风雪，细察敌情；第三场：军民并肩，急寻兄妹；第四场：相互激励，英勇斗敌。第五场：亲人团聚，战胜敌人；尾声。

舞剧《草原儿女》原名《草原英雄小姐妹》，由内蒙古歌舞团于1964年首演（编导仁·甘珠尔扎布），20世纪70年代，由中央芭蕾舞团重新创作、改编而成。随着文艺“双百”方针的贯彻和落实，中央芭蕾舞团在推广和排演西方经典舞剧的同时，不断尝试创作具有中国特色的民族舞剧。在舞剧《红色娘子军》之后，他们大胆地推出了《草原儿女》和《沂蒙颂》两部舞剧作品，对现实主义的舞剧创作伸出了探索的触角。

创作手法：舞蹈结构方面，舞剧《草原儿女》运用了大量的蒙古族挤奶、套马、接羔、打草、放牧等生活元素，创作了节奏欢快、生动的挤奶舞、牧羊舞、摔跤舞和马舞等精彩舞段，不仅为舞剧人物的塑造和草原环境的渲染做了很好的铺垫，也为剧情的发展起到了穿针引线的作用。舞剧将蒙古族舞蹈与西方芭蕾舞完美地结合，使表现形式高雅而优美、自然而流畅。

舞蹈语言方面，蒙古舞的拉臂、耸肩、碎肩、板腰和马步等语汇，与芭蕾舞的小弹腿、大跳、吸腿转、挥鞭转等动作技巧的运用，使舞剧充满蒙古族舞蹈的风格和韵味，轻盈飘逸的足尖技艺也让观众感到赏心悦目。

《草原儿女》

舞剧遵循了戏剧的“三一律”来“讲故事”，推动剧情的发展，为观众塑造了特木尔和斯琴光彩照人的小英雄形象以及额吉和青年牧民勤劳、善良、勇敢的群像。同时，舞剧延续了传统的集体主义和英雄主义的创作原则，体现了那个时代的创作观和特点。

舞剧音乐民族风格鲜明，旋律优美感人。蒙古族传统乐器中的四大件：笛子、四胡、三弦和马头琴，在管弦乐的旋律中时隐时现，不仅表现了草原的辽阔和悠扬，又使舞剧呈现出视听雄浑而高亢的交响。舞剧《草原儿女》的音乐创作使舞剧自身的附加值得到了最大化，也为今后舞剧民族化的创作与表演进行了富有实践意义的探索。

编导简介：王世琦，河北蓟县（今天津市蓟州区）人。1949年，毕业于华北大学三部。1956年，加入中国共产党。1957年，毕业于北京舞蹈学校编导班，后留校任教。历任中央戏剧学院舞蹈团、中央歌舞团演员。1972年后，任中央芭蕾舞团编导、艺术室副主任，中国舞协第四、第五届理事。参与编导舞剧《鱼美人》《林黛玉》等。参加表演的《狮舞》于1953年获第四届世界青年与学生和平友谊联欢节舞蹈比赛一等奖。

（十三）1976年群舞《彩虹》

编舞：贾作光。

作曲：图力古尔、达日玛。

创演时间：1976年。

演员：张荣花、张怀霞等。

演出单位：内蒙古自治区直属乌兰牧骑。

获奖情况：1979年，获中华人民共和国成立三十周年全国文艺汇演作曲、编舞、表演、服装4项一等奖。

作品简介：作品运用鄂温克族舞蹈元素，表现雨后彩虹编织美丽天空的景象，看到彩虹的鄂温克族姑娘快乐地跳起舞蹈，4位女舞者身着代表春、夏、秋、冬四季颜色的服装，迈着鄂温克族代表性舞步，哼唱着鄂温克族优美的歌，表达了对生活的热爱和赞美。“传递人们天上的彩虹能给大地以明媚灿烂的光泽，地上的彩虹同样能给生活带来无限美好的生机。”[1] 这是贾作光先生的另一部经典作。“阳光总在风雨后，请相信有彩虹……”1976年的10月，随着“文化大革命”的结束，预示了内蒙古文艺春天的到来。“此时，从没有放弃对蒙古舞的热爱和追求的贾作光先生抑制不住内心的激动，经过精心酝酿和构思，创作了这个最能够表达自己内心诉求的女子四人舞《彩虹》。”[2]

创作手法：舞蹈结构为缓慢上场，中间活泼，结束时慢慢地把彩虹的布条端下去，即A—B—A结构。舞蹈根植于生活，又充满浪漫色彩，富有艺术感染力。

---

[1] 内蒙古自治区艺术研究院．内蒙古舞蹈精品集成［M］．呼和浩特：内蒙古文化音像出版社，2021：36.

[2] 赵小丁．共舞青蓝：蒙古舞创作与表演六十年［M］．呼和浩特：内蒙古大学出版社，2017：51.

《彩虹》

该舞蹈运用的鄂温克族舞蹈基本元素，得到了同行的认可，被广泛采纳。《彩虹》的动作语汇简洁、流畅，音乐上采用了鄂温克族典型的民歌，朗朗上口。一时间人们哼唱着《彩虹》的音乐，模仿着《彩虹》的舞步，出现了人人学跳《彩虹》的动人场面。《彩虹》一经面世，立即引起了轰动，全国专业文艺团体纷纷学演，并且在受众中迅速得到普及。

“雨后广袤的草原洁净如洗，霞光满天。舞台的天幕上，远处，一道跨越天际的彩虹悬挂在半空中……充满了浓郁的鄂温克族优美旋律的音乐，随着舞蹈《彩虹》柔曼的舞步，由远而近、由近及远地飘向远方……”[1] 舞蹈运用借景抒情、情景交融的创作方法，借助自然景观的神奇彩笔、借助大自然的美丽画面，为观众描绘了一幅富有浪漫情调的生活动态图画。

舞蹈以鄂温克族民间舞蹈中的小迈步放大与跟踏步结合为基本步伐，以撩潮小跳步表现少女活泼的个性，以半蹲旁踢腿加半蹲踩步跳，突出舞者喜悦的心情和热烈的气氛。舞者双手手心向上，双手置于胸前，腕部轻翻，在斜前方翻腕后向上推手，同时脚下做收腿、勾脚、弹腿等动作，四个方向重复动作，丰富了动作的画面感。横排、竖排、里圈、外圈中的所有跳跃、旋转都如沐浴阳光和雨露后的春笋绽放出青春的光芒。随着跟踏步节奏，舞蹈自然推进，宛如少女在林间小路悠然而行。在身体的旋转中，舞蹈呈现出的造型如娇艳的鲜花盛开在舞台上，仿佛让人们看到一个民族从远古的蛮荒走向文明，从过去走向未来的脚步。

（十四）1976年独舞《喜悦》（又名《牧民的喜悦》）

编舞：贾作光。

作曲：刘兴汉。

创演时间：1976年。

---

[1] 赵小丁．共舞青蓝：蒙古舞创作与表演六十年［M］．呼和浩特：内蒙古大学出版社，2017：52.

演员：敖德木勒。

演出单位：内蒙古自治区直属乌兰牧骑。

获奖情况：1980年，获全国第一届舞蹈比赛表演二等奖。1985年，获第一届内蒙古自治区艺术“萨日纳”奖一等奖。2014年，入选内蒙古自治区党委宣传部文化长廊建设重点项目——“内蒙古60年舞蹈精品集成”并展演。

作品简介：作品通过奔放热烈的情绪表现蒙古族妇女热爱家乡、感念生活的喜悦心情，展示了草原上的绚丽景色和牧民的美好生活。

创作手法：舞者以圆场步、大柔背动作出场，手臂做拉背动

《喜悦》

作时，手指在做波浪状，有技术难度又有艺术观赏性。通过快速抖肩、行云流水的圆场步体现了舞者的功底。从舞者舒展的舞姿中，让观众感受到草原的辽阔，从舞者脚下迈出的每一个小舞步和演员满心欢喜的表情感受到牧羊人幸福的生活。

舞蹈形式清新典雅、语汇精炼，动作流畅自然，时而甜蜜俏皮的舞姿、时而优雅灵动的美感贯穿始终。《喜悦》借助肢体语言，将舞者发自内心的喜悦传达给观众。舞蹈情感细腻、风格独特，在国内外巡演中深受欢迎，并成为国内各舞蹈学院与艺术团体舞蹈教学的保留教材。该舞蹈肩部灵活性、脚下功底具有训练价值。

表演者简介：敖德木勒（1949— ），蒙古族，舞蹈表演艺术家，国家一级演员，享受国务院政府特殊津贴。曾任中国舞蹈家协会理事、内蒙古舞蹈家协会副主席、上海舞蹈家协会理事，全国第七、八、九、十届政协委员。表演代表作有《喜悦》《云》《鼓》。

（十五）1976年独舞《心中的歌》（又名《心中的歌儿献给党》）

编舞：斯琴塔日哈。

作曲：桑宝、莫尔吉胡。

创演时间：1976年。

演员：斯琴塔日哈。

演出单位：内蒙古歌舞团。

获奖情况：该舞蹈曾在全国第一届单、双、三人舞蹈比赛特邀

《心中的歌》

演出中获优秀表演奖。2014年，入选内蒙古自治区党委宣传部文化长廊建设重点项目——“内蒙古60年舞蹈精品集成”并展演。

作品简介：舞蹈以蒙古舞为主要语汇，真切地表达了一位老艺术家以及内蒙古人民对党发自内心的真挚情感，感谢党给人民带来幸福生活，表达了感恩党的喜悦心情。

创作手法：舞蹈语汇上运用了蒙古舞的肩部韵律，如硬肩、柔肩和碎肩以及韵味十足的蒙古舞典型动作大拉背、碎步圆场等，把蒙古族女性火一样炽热的情感和性格展现在舞台上。舞者发挥蒙古舞中最富于变化和表现力的臂、肘、腕、手的功底，将它与蒙古舞的平步、挫步以及拖步等舞步巧妙地融合在一起，抒发了蒙古族女性对党的崇敬之情及感恩之心。在每一个动作的转换处，舞者身体微微一晃小起范儿，不仅表现出舞蹈委婉含蓄的动律之美，也符合在党的阳光雨露的沐浴下幸福生活的蒙古族女性形象。舞蹈主题突出，时代感鲜明，表演精湛，是一部集思想性、艺术性、观赏性于一体的佳作。

（十六）1978年群舞《驼铃》

编舞：李淑英。

作曲：明太。

创演时间：1978年。

演员：白莹等。

演出单位：内蒙古歌舞团。

获奖情况：1979年，获中华人民共和国成立三十周年全国文艺汇演二等奖。1986年，获内蒙古自治区第三届舞蹈比赛二等奖。2014年，入选内蒙古自治区党委宣传部文化长廊建设重点项目——“内蒙古60年舞蹈精品集成”并展演。

作品简介：作品从骆驼动态中挖掘驼铃声声，表现丝路古道文化的多重意义。舞蹈运用柔韧优雅的身姿与沉稳矫健的步态，把人们的思绪带入茫茫的戈壁沙漠中，寓情于景，表现了大漠戈壁上的人们不屈不挠的精神，富有哲理性与开拓性。该舞源于生活，具有舞蹈韵律美，表现其顽强坚忍、勤劳勇敢、忠诚善良的性格特征，同时，展现了蒙古族女性厚重包容、不畏艰辛、积极乐观的生活态度。

创作手法：舞蹈结构为A—B—A结构，慢—快—慢的布局。以朝阳初上的氛围营造一望无垠、绵延起伏的戈壁荒漠景象，演员从侧幕缓步上场，表现驼队姑娘骑在高大的驼背上，悠然自得地行走在沙海之中的情景。舞蹈语汇中运用了双手勒驼一步一顶腰、前弓身大屈步、后仰身慢蹬步的驼慢步，在快板部分表现驼队与沙尘暴

《驼铃》

搏斗的情景，舞者以双手勒驼左右踏步跳、勾脚吸腿跳、踏步跳转和蒙古舞横摆韵结合的跳跃性驼快步步伐以及大幅度的臀部横移动作，表现了驼队姑娘娴熟的驾驭能力以及抗争恶劣气候的场景；风暴平息后，一片绿洲呈现在驼队姑娘面前，姑娘们以柔腕、压腕、翻腕、涮腰、点踏步抬后腿等语汇，表现了撩水洗脸、梳头、整理妆容、采花戴花的生活动作，表达了她们热爱生活，在艰难困苦中依然保持着爱美之心的积极态度；之后姑娘们以软手柔臂起身，再次骑在高大的驼背上，以小碎步圆场、驼快步等动作，表现其战胜困难后的欢快心情以及乐观向上的精神风貌。

大漠孤烟，驼铃声声，晚霞中舞者优美的倩影，在美轮美奂的驼慢步的律动下缓缓下场，仿佛走向大漠深处的驼队，一幅犹如油画般优美的场景留在观众的脑海中。舞蹈借用夸张的表现手法，生动地表现骆驼步态、人与驼一体的形态，塑造了牧民姑娘的形象。驼慢步和驼快步形成反差鲜明的艺术效果，捕捉到骆驼行走的游荡感。在当时的内蒙古舞蹈界，此作品创作手法脱颖而出，奠定了骆驼舞蹈形象的基础，是具有传承价值的一部构思新颖、创作手法独特的作品。

编导简介：李淑英（1937—2013年），出生于呼伦贝尔盟（今呼伦贝尔市）。国家一级编导。1951—1982年，任内蒙古艺术学校蒙古舞教员。1982年，调回内蒙古歌舞团任舞蹈编导。表演舞蹈作品有《猎人与金丝鸟》《盅碗舞》《哈库麦》《鄂尔多斯舞》等。在民族舞剧《乌兰保》和学演的舞剧《红色娘子军》中担任重要角色。获奖作品有《小牧民》《天魔舞》《驼铃》《乳香飘》《小青马》《大漠女》《欢乐的挤奶员》《剪羊毛》（与人合作）等等。

二、舞台化进程复兴期（1978—1999年）

1978年12月召开党的十一届三中全会是我党历史上的一次伟大转折，作出了改革开放的伟大决策。1980年7月26日，《人民日报》发表社论，把“文艺为政治服务”的口号改为“文艺为人民服、为社会主义服务”。“不再过分强调文艺与政治的关系……逐步走向宽松、间接治理模式。”[1] 在这样的环境下，内蒙古舞蹈创作进入多元性、现代性审美阶段。《牧人浪漫曲》《翔》《时代节奏》等作品出现，具有象征寓意、地方特色、时代发展特点，创作手法上有所突破。20世纪末，在相关政策的指导下，舞蹈艺术创作进入多产期，各类舞蹈作品与舞剧作品层出不穷。

（一）1980年独舞《筷子舞》

编舞表演：巴德玛。

作曲：桑洁。

创作时间：1979年。

[1]　王杰，石然．当代中国文艺政策发展史［M］// 张江．当代中国文学批评史丛书．北京：中国社会科学出版社，2019：213．

首演时间：1980年。

演出单位：乌审旗乌兰牧骑。

获奖情况：1957年5月7日，在庆祝内蒙古自治区成立十周年文艺评奖中获舞蹈三等奖。1982年，获内蒙古自治区乌兰牧骑成立25周年文艺调演创作、表演优秀奖。1986年，获第二届全国舞蹈比赛编导、表演三等奖。同年，获内蒙古自治区第二届舞蹈比赛创作、表演优秀奖。1989年，获第二届内蒙古自治区艺术“萨日纳”奖荣誉奖。

作品简介：《筷子舞》是蒙古族传统民间舞蹈中的经典作品之一，该作品在传承传统舞蹈的基础上进行改编和创新。1955年，吉格登带着他编创的《筷子舞》参加了内蒙古自治区专业团体和业余文艺汇演大会，荣获一级金质奖。1964年，吉格登又参加了全国少数民族业余文艺汇演。在本作品中，巴德玛把民间筷子舞[1]素材与舞台化舞蹈进行结合，拓展了筷子舞的表现功能，丰富了筷子舞动作，提高了筷子舞技术难度。该作品主要体现了牧民欢度节日的高昂情绪和对美好生活的向往与赞美。

创作手法：在舞蹈形式上有所突破，从男性表演转换为女性表演，让舞蹈动作具有了柔美的特点，刚柔结合，加入蒙古族舞蹈中的柔臂、硬肩抖肩、绕腕等民间舞蹈动作，在传统动作基础上，以

[1] 筷子舞是民间风俗性舞蹈，流布于内蒙古自治区伊克昭盟（今鄂尔多斯市）鄂托克旗、乌审旗。一般酒席上即兴，多为男子独舞。

《筷子舞》

柔美舒展的舞姿配合平转击筷、柔臂抖肩、跪转敲击等技巧动作，在快速旋转中筷子与肩、臂、手的击打动作和谐相融，“轻中有节奏，重中有柔和，慢中现韧，快中现力”。该舞蹈动律以圆曲拧倾的形态美感为主题特点。舞者双手握着带有红绸的筷子，以自己为击打的对象，敲击腿、胯、背、肩、肘、手等多部位，并结合敲打地面动作，做到了人、道具、环境的有机融合，提升了筷子舞民间动作语汇的难度。音响方面，清脆的敲打声响伴随着民歌的节奏，使其舞蹈风格富有鄂尔多斯地域特征。

编导简介：巴德玛（1954— ），出生于伊克昭盟（今鄂尔多斯市）乌审旗。国家一级舞蹈演员，现任鄂尔多斯歌舞剧团副团长。巴德玛在舞蹈艺术领域有着卓越的贡献。她自1982年起表演、自创和编导了《筷子舞》《献马奶》《欢跳吧，小羊羔》《祝愿》《围猎》《腾云》《鄂尔多斯情愫》《鄂尔多斯畅想》《根》《生命欢歌》《鄂尔多斯婚礼》等多个节目，这些作品分别获得全国和自治区文艺调演创作奖、优秀表演奖，内蒙古自治区艺术“萨日纳”奖优秀创作奖、编导创作奖，“五个一工程”奖、国家舞台艺术精品工程初选剧目奖等，其中，国家级奖励9项，自治区级奖励26项，市级奖励20多项。

（二）1980年独舞《鹰》

编舞：巴图。

作曲：索伊勒图。

创演时间：1980年。

演出单位：内蒙古歌舞团。

获奖情况：1980年，获全国第一届独、双、三人舞蹈比赛创作、表演一等奖。同年，获全国第一届舞蹈比赛编导、表演一等奖。荣获1986年乌兰牧骑文艺汇演表演创作一等奖。

作品简介：作品以蒙古族寓言故事《苍鹰与蛇》为创作素材，以拟人化的手法，表现了鹰与蛇的搏斗场面，讴歌了真善美，鞭挞了假恶丑。在灯光的配合下，以鲜明的双臂展翅动作表示翱翔于蓝天之上的苍鹰。苍鹰飞旋造型为作品确立了主题形象，以鹰的形象铸造了具有人格化身的动态之美、性格之美和意象之美的舞蹈艺术形象。

以双吸制跳似苍鹰盘旋落地，七位手向后伸展大步跑回场，表现了潇洒的雄姿；鹰（蒙古语“布日固德”）是萨满化身的神物象征，也是蒙古族古老的动物图腾。在蒙古族的拟禽舞蹈中，以鹰作为表现对象的作品比比皆是。这也是独舞《鹰》的成功之处。

创作手法：舞蹈结构方面，作品结构合理，从而能够表达出清晰的故事脉络，以一人饰两角（人与鹰）的表现形式，突破了独舞

《鹰》

叙述情节的难度，也达到了托物言志的艺术效果。

舞蹈语言方面，点踏步前行昂首挺胸、单手手背向里从身侧向胸前滑动，展翅碎抖肩、展翅硬肩硬腕，将苍鹰骄傲的神情体现得淋漓尽致；以连续5圈的吸腿转、连续3个吸腿跳，表示处境的危险；舞者右手呈蛇头状，侧拧身后仰，手臂对准头部瞬间弹出与收回，表示苍鹰与蛇的激烈交锋，将蛇的阴险和鹰的顽强形象地表现出来，几番较量之后，鹰战胜了蛇，表达了正义战胜了邪恶；舞者迈着颠颤的鹰步，在轻松的旋律中怡然自得地抖动着双肩，以嘴为喙与硬肘硬腕相结合好似梳理羽毛，并带着胜利者的骄傲，悠然起身，再次飞翔于云端。动作表意把握得比较准确，成功地表现了鹰与蛇的关系。

编导简介：巴图（1957—1993年），蒙古族，舞蹈表演艺术家、二级演员。出生于伊克昭盟（今鄂尔多斯市）乌审旗。1973年，考入内蒙古艺术学校。1976年，在内蒙古歌舞团任舞蹈演员。1980年，创作与表演的《鹰》获第一届全国舞蹈比赛表演一等奖、编导二等奖。曾任内蒙古歌舞团副团长，中国舞蹈家协会会员。

（三）1985年群舞《敖特尔风情》

编舞：林树森。

作曲：呼格吉夫。

创演时间：1985年。

演员：哈日巴拉、巴图、李刚、辛薇、宝花、斯琴高娃等。

演出单位：赤峰市歌舞团。

获奖情况：1986年，获内蒙古自治区第二届舞蹈比赛作品一等奖。1989年，获第二届内蒙古自治区艺术“萨日纳”奖二等奖。

作品简介：作品表现了内蒙古东部地区丰富多彩的文化生活和充满情趣与浪漫色彩的乡间音画，以热情欢快、诙谐幽默的特点再现了牧民迁徙生活中生动的风情。“敖特尔”系蒙古语，意为“转场放牧”。《敖特尔风情》表现了在如画的草原上，劳作了一天的青年男女相约在一起，欢声笑语，自娱自乐的民间生活景象，让一幅独特的游牧风情画卷跃然于舞台之上，表达了新时期蒙古族牧人的精神风貌和幸福美好的新生活。作品以乐观的人生态度再现了蒙古族的风俗与民情，体现了欢快愉悦的生活场面和浪漫情调。

《敖特尔风情》

创作手法：舞蹈结构方面，该作品结构为三段体，段落之间反差并不大。第一段男舞蹈演员上场，肩部动作和脚下步伐快而脆。随着马蹄声，男舞者们做“听”的动作，女舞者上身前倾做吸腿小跳步上场，表现奔跑的马队。

舞蹈语言方面，该舞蹈在继承传统蒙古族马舞的基础上，追求动作的性格化提升，舞蹈动律具有典型的蒙古舞风格。舞者以男女互挽手臂、纵排行进、环绕成圈为基本队形，展示了蒙古族民俗文化的独特风韵。两人一组，双手于身后交叉携手，行进在由人群围绕而成的民间大舞台上，以双手叉腰做硬肩及上下耸肩等动作，表达相互打招呼或互致问候的诙谐幽默。该舞蹈借助现代舞蹈编创技法，强化动作与动作之间的衔接，时代特征鲜明。

编导简介：林树森（1958— ），一级编导，生于昭乌达盟（今赤峰市）。1984年，毕业于北京舞蹈学院编导系。深圳市文联副主席，深圳民族团结发展促进会、联谊会副会长，享受深圳市政府特殊津贴专家。

（四）1985年舞剧《东归的大雁》

民族舞蹈顾问：斯琴塔日哈。

编剧、总导演：阿布尔。

编舞、导演：曹晓宁、林树森。

作曲：热西嘎瓦、郭子杰、关勇。

作词：热西嘎瓦。

首演时间：1985年。

舞剧艺术顾问：王世琦。

音乐作曲顾问：石夫。

演出单位：乌兰察布盟歌舞团。

内容简介：《东归的大雁》是一部以历史上的真实事件为依据而创作的舞剧。该剧反映了清乾隆时期土尔扈特部不堪沙俄压迫，心向故土，决心东归，在渥巴锡汗率领下返回祖国的悲壮史实。本舞剧虽为历史题材，但“回归祖国”的主题同中国人民希望祖国统一的政治立场一致。舞蹈中较多地运用了蒙古族舞蹈道具，塑造了大雁展翅高飞的群体舞蹈形象，表现了土尔扈特部回归祖国的愿望，全剧贯注了强烈的精神气质。

创作手法：舞剧由序幕、第一幕生日庆典、第二幕强行改教、第三幕武装起义、第四幕血染的征途5个篇章组成，通过马刀舞、筷子舞、珠岚舞、弓箭舞、托布秀尔舞、查玛面具舞等具有浓郁生活气息和地区特色的舞蹈，如歌如诉地演绎了一个民族回归祖国的伟大壮烈历程。舞剧用一个“归”字将故事情节和人物、事件贯穿起来：在第一幕中青年江基尔与杜丁的比武为以后的“归”埋下了伏笔；第二幕沙俄逼迫改教、入籍，让故事的矛盾不断升级和扩大；第三幕沙皇的征兵令促使剧中主人公坚定了回归的决心。整部舞剧剧情的发展像一石激起的涟漪环环相扣，一波未平一波又起，最后在第四幕血染的征途中结束，使回归的大举成为顺理成章的必然。观众在欣赏这段惊心动魄的历史的同时，也不禁对故事的悲壮以及渥利亚斯和江基尔生离死别的爱情唏嘘不已。

中国新舞蹈先驱吴晓邦在《让“东归的大雁”永远活在人民的心中》一文中说：“舞蹈表现了蒙古族人民的生活，不是为舞蹈而舞蹈，而是塑造了我们民族的形象。他们是继承蒙古族古老的风俗习惯的舞蹈动作而发展创造的。”[1]蒙古族舞蹈吸收了不同民族民间舞蹈的艺术元素，逐步形成了具有地域特色的舞蹈风格。在舞蹈的表现上，舞剧既有风格浓郁的蒙古族舞蹈，又融入了芭蕾和现代舞的语汇，为民族舞剧的文化内涵注入了新的阐释。

（五）1990年男子三人舞《牧人浪漫曲》

编舞：道尔吉。

作曲：查干。

创演时间：1990年。

演员：胡雅格、巴特尔、郭明利。

演出单位：鄂尔多斯民族歌舞剧团。

获奖情况：1990年，获第一届“孔雀奖”少数民族舞蹈比赛编导、表演、配曲一等奖。同年，获内蒙古自治区第三届舞蹈比赛创作一等奖。1994年，获“中华民族20世纪舞蹈经典”评比提名奖。

作品简介：该舞蹈以牧区生活场景为切入点，以牧马、套马、

---

[1] 赵小丁．共舞青蓝：蒙古舞创作与表演六十年［M］．呼和浩特：内蒙古大学出版社，2017：78.

《牧人浪漫曲》

剪羊毛等劳动生活为创作素材，表现了牧马青年积极劳动、伙伴之间互动的幽默风趣的场景，反映了当代蒙古族青年富有情趣的生活方式和对生活的无限热爱。

创作手法：该舞蹈以两人托举起一人单手勒马的造型开场，随后三人双手勒马踏步前行，仿佛驰骋在辽阔的草原上，展现了青年牧人的青春活力和潇洒奔放。舞蹈结构布局巧妙，在剪羊毛的舞段中展开人与人、人与“羊”的舞蹈对话，尤其是通过形象的转换，人被当作被剪的“羊”，舞者的动态意象瞬间转变为对“羊”的情感表达，从而产生了强烈的艺术感染力，将舞蹈的浪漫色彩推向高潮。

舞蹈语汇方面，从三个层面提炼。第一层运用传统语汇，把蒙古族传统民间舞蹈动作作为基础，丰富和发展动作；第二层生活动作提炼，把牧区日常生活中剪羊毛、骑马等动作提炼为舞蹈主题动作；第三层技术技巧的巧妙运用，把单手后空翻、吸腿转身跳、跃翻身、健子后空翻、前跃挺身等技巧融入蒙古舞风格当中，单手撑地身体后仰，单手勒马、小踢腿快速前行，叠筋、单膝跪地剪羊毛等地面动作的提炼，形成了作品独特的舞蹈语言。音响模拟出马的嘶鸣、牛的喃语、羊的相互角抵等声音，营造出生活场景的氛围，让人如临草原，成功地表现了青年牧人劳动之余嬉戏玩耍的浪漫生活状态。

编导简介：道尔吉（1954—2019年），蒙古族，生于伊克昭盟（今鄂尔多斯市）。国家一级编导，曾任内蒙古舞蹈家协会副主席，内蒙古歌舞团编创室主任、副团长、总导演等职。1999年，被中国文联授予“德艺双馨”文艺家称号。2000年，被内蒙古文联授予“德艺双馨”艺术家称号。

（六）1990年独舞《翔》

编导表演：敖登格日乐。

作曲：王瑞林。

创演时间：1990年。

演出单位：内蒙古自治区直属乌兰牧骑。

获奖情况：1990年，获第一届“孔雀奖”少数民族舞蹈比赛创作、表演一等奖。

作品简介：舞蹈主要以女性手臂的力量模拟雄鹰飞翔的动作，在舞台灯光的配合下，以细腻的动作语言、逼真的舞台效果，展现了雄鹰由远而近、由近及远的优美翱翔姿态，塑造了美轮美奂的飞翔的鸟儿形象，间接地表现了人们对美好生活的向往。

创作手法：舞蹈创作思路基本按照雄鹰在蓝天自由飞翔，后落在湖边喝水，梳理毛发，愉快嬉水后又返回空中，享受阳光的温暖，俯视湖水等情节来贯穿结构。舞蹈动作提炼非常精致，从手指到大臂的每一个关节都在运动，肌肉与气息双重力量贯穿其中。湛蓝的天幕上，逆光的视角，舞者以双臂和双腕在头顶上方交叠，软手上下起伏摆动，仿佛一只洁白的大雁由远而近慢慢飞来，轻巧飘逸、高雅从容；在舒缓的音乐伴奏下，舞者以双腕缠绕、手心相扣、向上伸展的舞姿，三位手、七位手的柔臂柔腕，旋转的柔臂柔腕、90度俯身及双臂七位手大幅向后向下扇动，仿佛大雁以宽广的视野和优美的身姿自由自在地转体扭身，在空中盘旋、直冲云霄、俯瞰大地进而俯冲；以硬腕硬肘小、脆、硬的屈伸，七位手快速地碎抖肩，双臂交替屈伸，拧身左右屈伸，后背位的软手柔臂，表现了大雁在湖边悠闲漫步、梳理羽毛、抖水振翅等身姿，同时也折射出大雁冰清玉洁、孤傲高雅的性格特征；抬前腿90度勾脚、立脚尖碎步前行后退、立脚尖踢后腿旋转等腿部动作，以最贴切的艺术形象诠释着大雁嬉戏、自赏的愉悦心情；作品结尾舞者双手在头顶重复交叉相叠，以软手和手腕上下起伏的延续性动作缓慢结束，展现了大雁将美和爱留给人间，带着高远的志向返回蓝天自由翱翔。

编导简介：敖登格日乐（1956— ），蒙古族，生于巴彦淖尔盟（今巴彦淖尔市）。舞蹈表演艺术家、一级演员。中央民族大学教授，研究生导师，享受国务院政府特殊津贴。曾任全国青联常委、内蒙古首届十佳杰出青年。1975年，毕业于内蒙古艺术学校。1994年，调入中央民族大学。曾任第九届全国青联常委、国家机关青联委员、中国舞蹈家协会会员、北京舞蹈家协会理事。编写教材《蒙古民族民间舞基础教材教程》《蒙古民族地区传统民间舞蹈教材教程》。其中，《蒙古民族舞蹈基础教材教程》被列入教学科研特色

《翔》

教材项目。荣获中国舞蹈艺术“突出贡献舞蹈家”、内蒙古自治区政府“文学艺术突出贡献”称号。

（七）1997年独舞《乳香飘》

编舞：哈斯其其格。

作曲：玛希。

创演时间：1997年。

演员：哈斯敖登。

演出单位：内蒙古歌舞团。

获奖情况：1997年，获第七届“孔雀奖”少数民族舞蹈比赛编导二等奖。1998年，获首届中国舞蹈“荷花奖”创作银奖、表演银奖。1999年，获内蒙古自治区第七届精神文明建设“五个一工程”奖。

《乳香飘》

作品简介：作品塑造了劳作的蒙

古族少女形象，巧妙地表达了牧区生活景象，用肢体描绘了从挤牛奶到熬奶茶的过程。姑娘手捧装满奶茶的木碗，以欢快的心情开始一天的劳作，带着乳汁的清香、带着草原的祝福和草原人民对未来的憧憬翩翩起舞。舞者把碗歪顶在额头上旋转的技巧，实现了技术上的创新，表现了改革开放后牧民的新生活，反映了人民生活幸福的景象。

创作手法：舞蹈作品结构由慢板、快板组成。舞蹈语汇上运用蒙古舞典型的大拉背、大柔背、压提腕、圆场步、挤奶等动作，表达劳动时的喜悦心情。舞者手捧溢满奶香的木碗，快速耸肩，翻身下胸腰，陶醉在幸福中。姑娘意犹未尽，将碗放在弯曲的肘部，同时碎抖肩加单手柔臂，以前倾姿态闻着乳香并小碎步前进，又将碗顶在额头左侧，身体快速旋转，体现了对美好生活的满足与赞美。该作品技术上的创新引人注目，以清新的风韵给观众留下较为深刻的印象。

编导简介：哈斯其其格（1959— ），蒙古族，出生于伊克昭盟（今鄂尔多斯市）乌审旗。国家一级服装设计师、国家二级舞蹈编导。现工作于鄂尔多斯歌舞剧院。1997年，获第七届“孔雀奖”少数民族舞蹈比赛编导二等奖。1998年，获首届中国舞蹈“荷花奖”创作银奖。1999年，获内蒙古自治区第七届精神文明建设“五个一工程”奖。

（八）1999年独舞《马头琴声》

编舞：哈斯。

作曲：查干。

创演时间：1999年。

演员：阿拉腾巴格那。

演出单位：内蒙古自治区直属乌兰牧骑。

获奖情况：2000年，获第十届“孔雀奖”少数民族舞蹈比赛创作一等奖、表演二等奖。

作品简介：作品以马头琴为题材，表现了一位青年对马头琴音乐的热爱，体现了蒙古族与马头琴世代相伴、水乳交融的情感。拉

《马头琴声》

起悠扬的马头琴，诉说着深情的爱以及无限的遐思；拉起欢快的马头琴，鸣奏着时代之和谐交响。马头琴伴随蒙古族走过千年风雨沧桑，见证了他们对生活的追求与理想。从马头琴音乐中，观众听到了牧民的心声，感受到人与马的关系。

创作手法：舞蹈结构方面，为快慢快（A—B—A）结构。该舞蹈以人生淡入引子，后为快板舞段，中间为舒缓的慢板，最后以激烈的快板结束。开场舞者在如痴如醉的状态中欣赏、聆听，动作追随着声音，寻找马头琴声的踪迹，仿佛置身于演奏的情景之中。

舞蹈语言方面，把拉马头琴的动作提炼为舞蹈语汇。以蒙古族舞蹈柔背动作向身前收回，再以韧性的拉出动作展示拉琴的姿态，在左右移动中再现了拉琴的动态，单腿跪地拉琴、半蹲踏步拉琴、马步式拉琴等一系列形象的拉琴动作，使人们感受到一位马头琴手的激情表演。中间运用蒙古舞风格的抖肩动作，再用叠身跳、叠筋、翻身大跳、吸腿跳等技巧，将舞蹈推向了高潮，增强了艺术表现力。舞者在表演上的投入给人以身临其境的感觉，传递出爱的旋律，散发出独特的文化气息及生活情景。

编导简介：哈斯（1962— ），国家一级编导。1981年，毕业于内蒙古艺术学校，同年到内蒙古自治区直属乌兰牧骑艺术团工作并任舞蹈编导。曾获得第十届“孔雀奖”少数民族舞蹈比赛编导一等奖、内蒙古自治区第七届精神文明建设“五个一工程”奖等，其中，国家级奖项10项、自治区级奖项20项。曾任内蒙古舞蹈家协会副主席。

三、新世纪现代性审美下创作（2000—2020年）

“1988年，文化部、国家工商局联合发布《关于加强文化市场管理工作的通知》，正式提出‘文化市场’概念。”[1] 2000年，党的十五届五中全会通过《中共中央关于制定国民经济和社会发展第十个五年计划的建议》，第一次提出文化产业和文化产业政策。2000—2012年，文艺政策基本延续了20世纪80年代末的概念。在此阶段，创作的舞蹈诗和举办的晚会较多，创作形式向跨界合作和多样化发展。2014年10月，《文艺工作座谈会上的讲话》详细阐述了社会主义文艺的意识形态属性和功能。2016年之后，舞蹈、舞剧作品题材与主题有了明显的转变，例如舞剧《草原英雄小姐妹》和《骑兵》的创作与获奖充分体现了舞蹈艺术与社会政治环境的关系。

（一）2000年群舞《时代节奏》

编舞：哈斯。

作曲：查干。

创演时间：2000年。

演员：阿拉滕巴格那、宝力德等。

[1] 王杰，石然. 当代中国文艺政策发展史［M］. 北京：中国社会科学出版社，2019：269.

《时代节奏》

演出单位：内蒙古自治区直属乌兰牧骑。

获奖情况：2001年，获全国第五届舞蹈比赛优秀奖。同年，获内蒙古自治区第八届舞蹈比赛创作一等奖、表演一等奖。同年，获全国第二届少数民族文艺汇演三等奖。

作品简介：舞蹈以富有节奏感的动作，表现了在改革开放政策下快速发展的中国社会环境以及与时俱进的内蒙古人民的生活状态。表演形式上，在保留传统动作的基础上，借鉴了踢踏舞动律并加以创新，实现了突破性，将舞蹈本身的美感和时代的节奏感表现得淋漓尽致。作品表现了新时代草原人民蒸蒸日上的崭新生活和积极向上、奋发图强的精神风貌。

创作手法：舞蹈结构方面，作品结构模式相对单一，但舞蹈语言突破比较明显。舞蹈保持了蒙古族广泛流行的踏舞特征，其踏地为节的舞蹈特点主要有圆圈踏步、召唤踏步、伴唱踏步、平安踏步、左脚踏步、跳跃踏步、凌空踢腿、快速踢腿等多种舞步。男舞者用甩手蹲踩踏舞步、翻转踏步、凌空踢腿、拍手叉腰、腾空蜷身、左右旋转等肢体语言，展现了蒙古族男性的粗犷豪放。该舞蹈更是巧妙地融会了踢踏舞有力的踢踏动作，增强了节奏感，突出了听觉、视觉和动觉的美感，形成盛大的欢乐场面，把美和对美的追求推向了极致。同时，减少了手部动作，大量创作出脚步动作的创作手法，在当时的创作环境中比较有特色。这部跨世纪的作品从音乐到舞蹈风格上都表现了快速发展的时代审美特征。

（二）2001年独舞《伊茹勒》[1]

编舞：赵林平。

作曲：查干。

创作时间：2000年。

首演时间：2001年。

演员：包红。

演出单位：内蒙古大学艺术学院。

获奖情况：2000年，获文华艺术院校奖第六届“桃李杯”舞蹈

[1]　赵小丁．共舞青蓝：蒙古舞创作与表演六十年［M］．呼和浩特：内蒙古大学出版社，2017：114．

比赛表演三等奖、园丁奖。同年，获第三届中国舞蹈“荷花奖”独、双、三人舞比赛（民间舞）编导、表演银奖。

作品简介：“伊茹勒”系蒙古语，意为“祝福”。该舞蹈以蒙古族舞蹈中最具特色的道具碗作为艺术元素，表现了美丽的蒙古族少女对草原和家乡的热爱与祝福之情。作品在保留蒙古族顶碗舞传统风格的碎步、抖肩、大拉背等动作基础上，融入了绕碗、抛碗、顶碗跪转等高难度技术技巧，大胆创新了技术难度，突破了传统顶碗舞的固有模式。

创作手法：开场，舞者背向观众，以下胸腰、向上举碗的造型亮相，交替的前鹤立、双手后拉背等舒展动作结合情绪的渲染，传达出一种生命所独有的情调和活力以及对美好生活的祝愿。随后，舞者在旋转中把碗顶在头上，以柔臂、柔腕、侧弓步大拉背、跪地推手合掌等大幅度具有鲜明蒙古舞色彩的语汇，与圆韵、横摆韵、起伏韵和扭倾韵融会贯通，表达了蒙古族女性端庄、沉稳、内敛的性格美和气质美；以顶碗、绕碗、抛碗、接碗等舞蹈技术技巧融合土尔扈特的单手绕臂，双手提裙碎肩横移等技巧，丰富了蒙古族舞蹈动作语汇，提升了顶碗的观赏性。最后，舞蹈在顶碗跪转、抛碗接碗下板腰等难度较高的技巧中结束，将祝愿这一主题推向了高潮。该舞蹈节奏明快热烈、清新典雅、自然流畅，既保持了顶碗舞传统的风格，又体现出鲜明的时代感。该舞蹈以蒙古族传统的碗作为技术支撑，一改过去蒙古族舞蹈中顶碗的惯性模式，把顶碗、绕碗、抛碗、接碗等舞蹈技术技巧进行了大胆改革和创新。舞蹈将陶日古特单手绕臂，双手提裙碎肩横移等技术运用在顶碗中，还首创了顶碗跪转以及在舞蹈结束时4+1接碗下板腰等难度较高的技巧，丰富了蒙古族舞蹈动作语汇，让古老的传统女性顶碗舞具有了时代的变革和审美上的跃进。

舞蹈的表演者从小在外学习舞蹈远离家乡，所以思乡之情成为她内心情感的一个触点和爆发点，也成了表演者创作角色的原动力。《伊茹勒》的表演者说："舞蹈的情感和音乐的结合，给了我表演的冲动和激情，也让我产生了无穷的联想。这些无尽的联想，来自我幼年时牧区生活的日日夜夜，还有疼我爱我的家人。从小离

《伊茹勒》

开家的我，思乡之情一直都在我心里和身体里翻涌着。因此，每当听到《伊茹勒》音乐中那揪心的小提琴乐曲，让我心中翻涌的思乡之情一下爆发出来，源源不断地流淌在舞台上，有时这是一种悲伤，有时这又是一种美好的感觉。”

独舞《伊茹勒》于2000年在文华艺术院校奖第六届“桃李杯”上荣获三等奖。这部作品之所以对内蒙古艺术学院具有特殊的意义：一是在“桃李杯”这个全国艺术院校舞蹈创作平台上实现了里程碑式的突破，第一次有了自己的精彩亮相；二是表演意识逐步增强，克服了传统舞蹈教育重教学、轻舞台表演的短板；三是极大地增强了自身创作与表演的自信，并且以此为突破口进行了“一发而不可收”的学院派创作与表演的有益探索。

编导简介：赵林平（葛根珠兰）（1962— ），蒙古族，曾任中国舞蹈家协会副主席、内蒙古文联副主席、内蒙古舞蹈家协会主席，内蒙古艺术学院原副院长、二级教授、硕士研究生导师，享受国务院政府特殊津贴。曾获中国舞蹈艺术“突出贡献舞蹈家”、全国中青年“德艺双馨”文艺工作者、全国“三八红旗手”、内蒙古自治区有突出贡献的中青年专家、内蒙古“草原英才”等荣誉。作品独舞《伊茹勒》获第三届中国舞蹈“荷花奖”编导、表演两项银奖，《格日勒》获文华艺术院校奖第七届“桃李杯”舞蹈比赛教学剧目优秀奖、园丁奖，《草原酒歌》获第六届中国舞蹈“荷花奖”民族民间舞大赛表演金奖，《马背上的女人》获第八届中国舞蹈“荷花奖”民族民间舞蹈比赛编导金奖，第六届央视舞蹈大赛编导金奖；群舞《顶碗舞》《蒙古风韵》《小牧民》《塔林布斯贵》《烈马追风》等作品，均在全国不同层级的比赛中获奖，或参加央视《舞蹈世界》节目录制，或入选内蒙古自治区党委宣传部文化长廊建设重点项目——“内蒙古60年舞蹈精品集成”并展演。

所主持的蒙古舞课程，被教育部评定为首批“国家级精品课程”；与斯琴塔日哈共同主编《蒙古族舞蹈精品课教程》《蒙古舞技能训练教材》，由内蒙古文化音像出版社出版发行。发表论文《论蒙古族舞蹈语汇的美学精神》《略论“道具”在蒙古舞中的文化象征性》《关于构建蒙古族舞蹈教学体系的思考》等。

（三）2001年独舞《母爱》

编导：包扎那。

演员：娜娜。

演出单位：内蒙古民族歌舞剧院。

获奖情况：荣获第十届“孔雀奖”少数民族舞蹈比赛编导二等奖、表演一等奖。

作品简介：作品内容与形式有机结合，通过丰富生动的情节，塑造出草原母亲的形象，歌颂了伟大的母爱，表现了母亲淳朴善良的特性，深沉、博大、无私的爱。

创作手法：舞蹈结构方面，为基本两段体。舞蹈语言方面，有创新性的提升。小腿斜抱动作比喻怀抱婴儿的母亲，双手手臂抬起从腋下往两边寻找的动作表现与年幼孩子互动的母亲形象。舞者通过细腻而准确的肢体语言，将母亲对孩子的关爱、呵护与奉献展现得淋漓尽致，动作力度刚柔兼并，柔美而有力量，动作符合母亲慈爱、坚韧、不屈的特点。同时，舞者丰富的表情和眼神，对传递母亲内心的喜悦、担忧、期望和不舍情感变化起到了关键作用。通过《母爱》这一舞蹈，观众可以深刻地感受到母爱的伟大和无私。它不仅是一种情感的表达，更是一种精神的传承，让我们在生活中更加珍惜母亲的爱，也学会用感恩的心回馈母亲的付出。

编导简介：包扎那（1949— ），舞蹈表演艺术家、一级编导。

《母爱》

出生于哲里木盟（今通辽市）。1962年，考入内蒙古艺术学校。1968年，毕业后被分配到鄂尔多斯歌舞团任舞蹈演员。1998年，被调入内蒙古自治区直属乌兰牧骑艺术团任副团长兼编导。2000年，调任内蒙古民族歌舞剧院副院长兼编导。1981年，进入内蒙古舞蹈编导研究班学习。1992年，《森吉德玛》获全国舞剧观摩表演大赛编导一等奖、文化部“文华新剧目奖”。曾担任内蒙古舞蹈家协会主席。

（四）2001年群舞《顶碗舞》

编舞：何燕敏。

作曲：刘钢宝。

创演时间：2001年。

演员：阿必娅斯等。

演出单位：内蒙古军区文工团。

获奖情况：2001年，获全国第五届舞蹈比赛创作二等奖、表演一等奖。2003年，获第二届CCTV电视舞蹈大赛表演银奖。

作品简介：该舞蹈作品以民间舞蹈中顶碗舞、盅碗舞等舞蹈形态为创作基础，将独舞表演形式的盅碗舞扩展到群舞形式，融入创新性的舞蹈语汇，表现了蒙古族女性端庄优雅的气质以及对美好生活的赞扬。

创作手法：舞蹈结构方面，该舞蹈由引子、慢板、快板的结构模式组成，舞蹈语汇有了很大突破。在传统蒙古舞的横摆、绕圆

《顶碗舞》

韵律、抖肩、碎步的基础上，运用七位手柔肩柔臂、二位手拨腕、硬肩硬腕、压提腕、双耸肩、交替耸肩、碎抖肩、推手胸前伸直手臂双掌并拢、贴身向后大幅伸展以及在柔臂中伴随深蹲快起、深蹲侧起同时拧身起舞的动态，双手提裙摆的跪转、立转技巧等，舞蹈语汇的编排非常扎实，动作变化紧凑，动作幅度放大，动作难度提高，从而提升了视觉效果，增加了舞蹈的艺术表现力和观赏性。编排动作上下功夫是作品生命力长久的关键因素之一。同时，端坐拧倾、横摆动律，表现了女性婀娜柔美、独特韵味。

本作品保留了浓厚的传统风格，突出鲜明的地域特色，与时俱进的创作手法恰好满足了21世纪初的审美需求。

编导简介：何燕敏（1962— ），蒙古族，舞蹈家，中国舞蹈家协会会员，内蒙古舞蹈家协会副主席，内蒙古军区文工团团长，国家一级编导。曾被授予中国人民解放军首批“先进文艺工作者”、内蒙古自治区“三八红旗手”、文化部“中国人口文化奖”等。荣立二等功4次，三等功3次。创作作品有《顶碗舞》《盛装舞》《向天歌》《吉祥颂》《布里亚特人家》《暖雪》《漠柳》《月映边关》《我的父亲》《草原的祝福》《当兵的爸爸》《吉祥的哈达》《节日欢歌》《向天歌》以及歌舞诗剧《呼伦贝尔大雪原》等。

曾连续2年担任中央电视台春节联欢晚会开场舞导演，创作了《花开中国年》和《飞向春天》舞蹈作品；担任全军文艺汇演大型音乐舞蹈《一路风景走边关》的总导演；为文化部春节联欢晚会创作舞蹈作品《女子弹拨乐与情景舞蹈天鹅》；在中国人民解放军第九届全军文艺会演中，创作的舞蹈《向天歌》和《快乐的布里亚特姑娘》分获金奖和银奖；在2009年大型音乐舞蹈史诗《复兴之路》第五场中创作群舞《吉祥草原》以及在国内重大活动中担任主创导演。舞剧《骑兵》荣获全国第十六届精神文明建设“五个一工程”优秀作品奖、第十七届中国文化艺术政府奖“文华大奖”、第十二届中国舞蹈“荷花奖”舞剧奖。

（五）2001年群舞《布里亚特情韵》

编导：高娃、塔娜、索德米德。

作曲：铁柱。

创演时间：2002年。

演员：刘瑞琪、阿丽雅。

演出单位：呼伦贝尔市民族艺术学校。

获奖情况：获第六届全国舞蹈比赛编导三等奖、表演三等奖。2002年，在内蒙古自治区舞蹈比赛中获特别荣誉奖。

作品简介：该舞蹈以呼伦贝尔地区布里亚特蒙古族[1]民间舞蹈为素材，运用舞台化创作手法，通过布里亚特姑娘们时而舒展曼妙的悠然步，时而激情奔放的跑跳步，表现了布里亚特女性在新时代的生活状态。

创作手法：舞蹈作品为A—B—A结构。第一段慢板，一排布里亚特少女边唱边舞出场，她们用优雅的手势向观众行布里亚特礼，表现布里亚特人的礼节。第二段快板，姑娘们挽手绕小圈蹦跳、晃身上步的动态，象征着布里亚特人彼此尊重、团结友爱的文化。第三段慢板，再次与舞蹈的开头相呼应，达到了重复再现的艺术效果。舞蹈语汇运用了双手叠掌、以上身绕摆和舒展曼妙的悠摆步向

[1] 布里亚特蒙古族，也称布里亚特人。主要聚居在内蒙古自治区东北一带呼伦贝尔市。布里亚特蒙古族的先人逐水而居、逐林而居，从事牧畜和狩猎生产活动，所以也被称为“林中百姓”。

《布里亚特情韵》

观众席走来，这一情景既是其部族原生态歌舞表演的再现，又体现了布里亚特人紧跟时代步伐的气势。以拉手向前推绕、向下拨腕向上推手、七位手耸肩柔臂、左右手交替拨腕立掌拧肩、四位手绕腕、握拳甩臂、甩手踏足、点踏步吸腿跳、侧身点踏步晃肩、提裙点踏步俯身低头仰头等动作，生动地表现了布里亚特民间生产生活状态和少女端庄优雅、活泼可爱的形象。

音乐上，以布里亚特《阿拉塔尔嘎纳》（《吆胡尔》）民歌为素材，演员表演时也会唱出来。边跳边唱的形式符合民间韵味，更加强化了风格特征，同时体现了传统民间舞蹈中动作与气场的集体性特征。

编导简介：高娃（1964— ），出生于呼伦贝尔盟（今呼伦贝尔市）。一级编导，呼伦贝尔市艺术剧院创作中心主任、副团长。2012年及2014—2017年，历任呼伦贝尔春节晚会总策划、总导演。2013年，被授予呼伦贝尔市第三届那达慕大会先进个人荣誉称号。2016年，被授予第七届全市优秀专业技术人才荣誉称号。2017年，被授予内蒙古自治区旅游发展大会优秀工作者。

塔娜（1963— ），出生于呼伦贝尔盟（今呼伦贝尔市）。教授。1990年，独舞《坤木勒飘香》荣获内蒙古自治区第三届舞蹈比赛表演三等奖。1998年，《独魂》荣获全区第二届中等艺术学校教学剧目汇演编创二等奖，指导教师二等奖。2001年、2004年，《布里亚特情韵》在第八届全区舞蹈比赛中荣获创作二等奖、在第六届全国舞蹈比赛中荣获创作三等奖、表演三等奖。

索德米德（1983— ），2002年参加自治区舞蹈比赛获编导一等奖，2004年参加全国第六届舞蹈比赛获编导三等奖。

（六）2004年群舞《穿新靴子的小伙子》

编舞：满都呼、彭飞、包峰。

作曲：查干。

创演时间：2004年。

演员：阿格尔等。

演出单位：呼和浩特市民族歌舞团。

获奖情况：获内蒙古自治区精神文明建设“五个一工程”奖。2014年，入选内蒙古自治区党委宣传部文化长廊建设重点项目——“内蒙古60年舞蹈精品集成”并展演。

作品简介：该作品以蒙古靴子为题材，表现了穿上新靴子的小伙子们形象，他们犹如雄鹰飞翔之姿、雄狮奔腾之态，成功塑造了憨厚幽默与阳刚之气的男子形象，看似表现穿上新靴子高兴的小情节，实则蕴含着“始于足下”的深厚意义。该作品运用蒙古族生活中的日常用品马靴，表现了蒙古族男子的成长历程。

创作手法：幕启，“舞者躺在草地上围成一圈，交替向上方伸蹬双腿，肩倒立起身，走向阿妈亲手缝制的新靴子旁，以‘踢腿跺步’‘俯身甩头’‘吸腿转’单膝跪地双手撑地、单手交替撑地左右晃头等动作，表现了小伙子们对新靴子的喜爱以及对阿妈的感恩之情。”[1] 通过上述描绘，剧目开始的时候就直接强调靴子，紧扣主题。把靴子套在胳膊上敲地板，这样的手法充分体现了编导的逆向思维和大胆创新的才华。舞蹈语言上，运用蒙古舞的前俯身耸肩、后仰身耸肩、扣胸挺胸翻腕耸肩、交替吸腿踏步、高抬腿踏步仰头、马步跺地等动作。结尾与开篇相呼应，领舞再次以仰卧的姿态，将穿着新靴子的脚高高伸向天空。“作品以一个‘新’字作为

---

[1] 内蒙古自治区艺术研究院. 内蒙古舞蹈精品集成［M］. 呼和浩特：内蒙古文化音像出版社，2021：121.

《穿新靴子的小伙子》

舞蹈的动机，隐喻新的人生由此开始，展现一幅浓郁的民俗生活画卷的同时，对传统文化进行了传承和弘扬，起到了‘以小见大’的艺术效果。”[1] 舞蹈结构层次清晰，从单一敲击逐渐推向音乐高潮，舞蹈场面从低空动作慢慢发展到大空间、大幅度动作，抓住了观众欣赏的习惯。该舞蹈将传统与创新进行有机结合，使作品保持了传统风格，道具运用极富创意。

[1] 赵小丁. 共舞青蓝：蒙古舞创作与表演六十年［M］. 呼和浩特：内蒙古大学出版社，2017：137.

编导简介：满都呼（1964— ），蒙古族，国家一级编导。内蒙古民族艺术剧院院长助理，艺术创作中心主任。表演或获奖的作品有《小活佛》（第二届全国舞蹈比赛三等奖）、《嘎达梅林》（获内蒙古自治区舞蹈比赛金奖）、《搏克雄风》（内蒙古自治区精神文明建设“五个一工程”奖、内蒙古自治区艺术“萨日纳”奖）。担任《草原人》领舞（内蒙古自治区文艺调演金奖）、《雄狮》领舞（获内蒙古自治区舞蹈比赛金奖）等。

曾担任《满都海斯琴》的主创和舞蹈编导工作，该剧获文化部“文华新剧目奖”、内蒙古自治区艺术“萨日纳”奖、第三届中国艺术大奖）。在民族歌舞剧《蒙古利亚婚礼》，大型晚会《草原上升起不落的太阳》《永远的春天》中担任舞台总监或总导演。在大型歌舞晚会《千里草原多秀美》中担任舞蹈编排工作，多次参与昭君文化节、内蒙古春节晚会等重要晚会的策划以及编创工作。

（七）2004年群舞《搏克雄风》

编舞：满都呼。

作曲：查干。

创演时间：2004年。

演员：呼格吉勒图等。

表演单位：内蒙古民族歌舞剧院。

获奖情况：2005年，获内蒙古自治区第九届精神文明建设“五个一工程”入选作品奖。

《搏克雄风》

作品简介：作品以蒙古族传统的体育竞技活动“搏克”[1]为创作素材，表现了蒙古族搏克手傲而不骄、勇而不莽、洒脱奔放的性格和赞颂威武雄姿的独特气质。以摔跤手们的“雄鹰飞翔之姿、雄狮奔腾之态”，展现了蒙古族男子在摔跤场上的智慧与力量。该舞蹈把传统的体育竞技艺术化地搬上舞台，塑造了鲜明的形象，展示了草原男子那种浸染着时代风采的阳刚之气。

[1] “搏克”系蒙古语，意为“摔跤”，是蒙古族“男儿三艺”之一，体育摔跤活动。

创作手法：该舞蹈以蒙古族体育竞技摔跤为题材，按照摔跤场的基本顺序为结构依据，保留传统摔跤动作的同时，舞蹈语汇具有创新性发展，符合舞蹈审美规范原则。在形式上，放大动作的尺度，例如运用前踢腿大踩步、大摆手、大晃动、大跑跳等动作，双方进行对峙、较量，前后弓步半蹲、七位手绕圆摆动、踏步半蹲跳、双手七位展开左右扶地摆动等技巧，再加入鹰步、狮子步等动作，身体韵律始终贯穿着整个舞蹈，表现了竞技场上搏克手的英勇风范。舞者投入角色之中，似乎不是在表演而是在真正的竞技，夸张的手法强化了竞技过程中的激烈场面，艺术化地展示了身体接触之间的力量。该舞蹈把竞技中的双人动作发展为群舞，运用大三角、大横排、大圆圈等队形，营造出恢宏大气的场面，展示了摔跤手的勇猛豪迈和奔放的气势。

（八）2004年群舞《飞鬃马》

编舞：包玉荣、任艳茹。

作曲：巴图孟克。

创演时间：2004年。

演员：诺敏、潘楠楠等。

演出单位：内蒙古艺术学院附属中等艺术学校。

获奖情况：2005年，获第五届中国舞蹈“荷花奖”民族民间舞大赛编导银奖。

作品简介：该舞蹈采用拟人化的表现手法塑造马的形象，将骏马飞奔腾跃的千姿百态与草原姑娘的熠熠风采进行巧妙融合，时而昂扬奋发的草原姑娘，时而飞鬃奔驰的马群，虚实结合的手法，达到托物言志的艺术效果。

创作手法：该作品中以飘散的长发象征骏马的鬃毛，俯身低头甩发、抬头甩发、左右甩发等多种甩头的动作，准确地表达了骏马奔驰在辽阔的草原情景。该作品的创新点在于成功地表现了马奔驰的动态感。首先，从飘逸的效果上，突破传统舞表演模式，大胆地披发而舞，这使作品塑造出全新的马的形象。其次，从扬鬃飞奔的马群气势上，把跪转、前手翻、前空翻、大跳等技术技巧融合于马的形象，增强了驰骋的视觉效果。再次，营造动态效果上，把身体上下起伏的动态贯穿始终，用碎抖肩、柔肩柔臂等动作，展现马的动态形象。该作品栩栩如生地再现了骏马奔驰、嘶鸣、跳跃等动态。作品抒发了草原是骏马赖以生存的美丽家园的情怀，也表达了骏马踏着时代节拍，骏马健硕的体魄以及激情四射、坚毅顽强的特质，歌颂蒙古马勇往直前、坚强不屈的特点。

编导简介：包玉荣（1943— ），著名舞蹈家、教育家。内蒙古艺术学院教授。曾获得第五届中国舞蹈“荷花奖”民族民间舞蹈大赛编导银奖。

任艳茹（1962— ），中国舞蹈家协会会员，曾任内蒙古军区政治部文工团舞蹈队队长，内蒙古大学艺术学院舞蹈附属中等艺术学校教研室主任、辽宁师范大学音乐学院舞蹈系主任，现为舞蹈学专业硕士生导师。舞蹈作品曾在全军第六届文艺汇演中荣获创作及表

《飞鬃马》

演三等奖，基本功大赛一等奖多次。在第七届文华艺术院校奖“桃李杯”舞蹈比赛、中国舞蹈“荷花奖”中荣获奖项。在中国人民对外中日韩国际艺术展演辽宁省艺术展演中荣获优秀指导教师奖等。中国教育部学位审核评委之一。

（九）2005年群舞《巴林蒙古女性》

编舞：萨仁高娃。

作曲：张文刚。

《巴林蒙古女性》

创演时间：2005年。

演员：娜日苏、红宝等。

演出单位：巴林右旗乌兰牧骑。

获奖情况：2005年，获内蒙古自治区第三届乌兰牧骑艺术节表演一等奖。同年，获第五届中国舞蹈“荷花奖”民族民间舞比赛作品铜奖。2006年，获内蒙古自治区首届电视舞蹈大赛表演二等奖。

作品简介：该作品以复古色调为基础，试图寻找传统的风韵，通过缓缓的律动表现蒙古族女性雍容典雅的气质，举止舒缓、不媚态、不炫目的特点恰巧凸显出蒙古族女性与生俱来的朴实无华的个性与魅力。

创作手法：舞蹈结构方面，该舞蹈由慢—快—慢的结构组成，以蒙古族古代宫廷宴舞为创作基础，牛角型头饰帽中融入顶碗舞的元素，区别于鄂尔多斯地区顶碗舞。舞蹈语汇方面，合手压臂、小踢腿拖步一步一顿依次而出，以大甩手拖步、合手绕臂拖步的舞步，表现出娴雅的蒙古族女性气质。运用踏步蹲合手绕臂、左右手交替翻腕、滑拖步单手翻腕等动作，从侧幕舒缓松弛、悠然自得地上场，结尾又以淡然从容的步履和节奏缓缓而下，表现出蒙古族女性雍容华贵、古朴典雅的形象以及自然随性、波澜不惊的气度，凸显了巴林女性温婉、内敛的性格以及清纯、淡雅的独特韵味。手法上运用动作趋势的借力方式，使得动作达到流畅自如，提升视觉效果的作用，让演员随着力点顺势下蹲完成板腰，舞者跪地弹腕、双耸肩、单耸肩、硬肩、绕肩及三位手、七位手压提腕等干脆利落、自然流畅的动作符合遵循自然规律的哲思。该舞蹈表演风格清新朴素，深邃内敛，没有张扬的色彩，没有夸张的笔触，却有浓郁的地域特色和深刻的文化内涵。

“巴林”系蒙古语，意为“要塞”。巴林草原位于大兴安岭山脉南麓，是蒙古族的聚居地之一，战略地位非常重要。巴林部为蒙古族古老的部落之一，巴林右旗是格萨尔文化的发祥地，位于内蒙古赤峰市北部，历史文化悠久，是红山文化和辽文化的重要发源地。在这样浓郁的文化氛围下，使她们的舞蹈带给观众的并不是喧闹的感官刺激，更多的是让观众享受蓝天、碧野和难得的内心的静谧以及舒缓的气息。

编导简介：萨仁高娃（1969— ），历任赤峰市巴林右旗乌兰牧骑副队长、队长职务。现任内蒙古舞蹈家协会理事、赤峰市巴林右旗乌兰牧骑编导。从事乌兰牧骑工作30多年来，获得多个奖项。2005年，创作的舞蹈《巴林蒙古女性》获第五届中国舞蹈“荷花奖”民族民间大赛作品铜奖。2012年，创作的舞蹈《永远的乌兰牧骑》获内蒙古自治区精神文明建设“五个一工程”奖、第六届华北五省（区）市舞蹈大赛创作金奖、第十届内蒙古自治区艺术“萨日纳”奖。2015年，舞蹈《巴林·德布斯乐》获第十届中国舞蹈“荷花奖”。2017年，被授予全区优秀乌兰牧骑队长称号。2022年，创作的女群舞《草原上的铁姑娘》荣获内蒙古自治区第十五届精神文明建设“五个一工程”奖。

（十）2006年群舞《盛装舞》[1]

编舞：何燕敏。

作曲：刘钢宝。

创演时间：2006年。

演员：姚晓楠等。

演出单位：内蒙古军区文工团。

---

[1] 内蒙古自治区艺术研究院．内蒙古舞蹈精品集成［M］．呼和浩特：内蒙古文化音像出版社，2021：137.

《盛装舞》

获奖情况：2006年，获全国少数民族文艺汇演金奖。2007年，获第四届CCTV电视舞蹈比赛十佳作品奖、表演银奖。2008年，获第六届中国舞蹈“荷花奖”民族民间舞大赛音乐、服装、作品三项金奖。

作品简介：该作品以蒙古族卫拉特部的民间舞蹈沙吾尔登为基本元素，通过盛装舞展示卫拉特的文化特色及风情，集中表现了蒙古族盛大节日的气氛以及蒙古族女性的大气、高贵与自信。在舞蹈队形的构造与流动中，让人感受到草原的磅礴之气和蒙古族博大的情怀。舞蹈具有创新性艺术价值。

创作手法：该舞蹈以体现沙吾尔登手势和上身动作为主要特点，在身体绕圆、拧倾和起伏的韵律中，结合翻腕、提压腕、里外绕腕、弹拨手、硬肩、耸肩等动作的运用，形成优美雅致的风格，表现了卫拉特女性端庄典雅的气质；以手在身体不同部位的舞动带动身体旋转起伏，形成整体流动的画面，每一个节拍对应一个动作，每一个动作的衔接在自如中快速变换，塑造了卫拉特女性包容、宽厚以及面对生活处事不惊、从容自若的性格特征；队形在排山倒海般的转换中，以流动的状态、写意的效果再现了不同的优美瞬间，尽显恢宏大气的场面。

该舞蹈阵容庞大，动作转换新颖炫目，整齐而令人目不暇接的队形快速变换，表演精湛、情绪饱满，服饰华丽精美，音乐节奏明快，令人惊叹不已。舞蹈的编导者说：“特别是鄂尔多斯的头饰，美丽得不能再美丽了。那种美夺目而不耀眼，沉稳而不跳跃，红红的珊瑚、绿绿的松石、黄黄的玛瑙，大量地镶嵌其中，却十分和谐，充满了大气与高贵。我当时就想，以后一定要编个舞表达这个服饰，哪怕什么也不编，光把这身服饰穿上也够了。”[1] 女演员头戴牛角头饰，身着红色蒙古族裙袍，以一种既原始古老又极富现代时尚的仪表，展示了蒙古族服饰独有的风韵。该舞蹈扑面而来的是一种美不胜收的直率、质朴和庄重以及感情炽烈和美轮美奂的视觉

[1] 赵小丁．共舞青蓝：蒙古舞创作与表演六十年［M］．呼和浩特：内蒙古大学出版社，2017：174.

美感。该舞蹈在舞台的调度和语汇的运用上，始终贯穿了鄂尔多斯高原浓烈、欢快的底色。在舞蹈的构图上，演员波浪式的涌动和穿插，使舞蹈保持了动态的流动感。在富有感染力的内蒙古西部风情音乐的烘托下，舞蹈的起承转合表现出结构性的力度和层次变化，营造出了多声部的视听混响，释放出韵律十足的时代感和穿透力。

（十一）2006年群舞《塔林布斯贵》

编舞：赵林平。

作曲：斯琴朝克图。

创演时间：2006年。

演员：诺敏等。

演出单位：内蒙古大学艺术学院。

获奖情况：2006年，获文华艺术院校奖第八届“桃李杯”舞蹈比赛创作、表演二等奖和园丁奖。2008年，获第六届中国舞蹈“荷花奖”民族民间舞大赛作品银奖。

作品简介：该舞蹈以蒙古族女性在相遇时互相问候的礼仪为创作元素，将草原妇女的服饰作为形象点缀，塑造了端庄、典雅、优美的女性形象，凸显礼节与服饰之美。“塔林布斯贵”系蒙古语，意为“草原妇女”。该舞蹈以深厚的中华优秀传统文化为依托，以元代女性拍手迎接宾客的隆重礼仪为素材，表现了蒙古族女性端庄、典雅、雍容大气的精神内涵，凸显了她们勤劳、质朴、高贵、善良的性格特征。

《塔林布斯贵》

创作手法：该作品在保留了鲜明的地域特色基础上，把日常动作“走”提炼为舞蹈语汇，“走”出了人物、形象、性格；把传统的翻腕、绕腕、弹腕、拨腕、甩手、耸肩、绕肩等动作重新组合，注入顿与点的节奏。舞蹈慢板部分，把相遇、相礼作为表现核心点。随着节奏加快，舞蹈快板部分突出拍打动作，舞者做上、下、左、右的拍手动作，转而与身边的舞伴相互拍手并左右互换，以拍掌、拍腿、拍胯、拍肩、拍地等大幅度动作，以表达快乐的心情和相聚的喜悦。伴着嘹亮的呼声，舞者提裙蹲转、直立旋转，在各种转体的多次反复中，裙摆像盛开在草原上的萨日朗花，在漫山遍野的绿色中鲜艳而娇媚地盛开。该舞蹈通过柔美的动作显现出帅气，展示了蒙古族民间生活中蕴含的温馨浪漫的草原风情，凸显出草原妇女热情爽朗而又不失端庄大气的性格特征。

（十二）2008年群舞《东归兄弟》

编舞：莎仁高娃。

作曲：三宝。

创演时间：2008年。

演员：哈斯嘎日迪、阿拉腾巴雅尔等。

演出单位：内蒙古民族歌舞剧院。

获奖情况：2008年，获第四届华北五省（区）市舞蹈大赛创作、表演一等奖。2009年，获内蒙古自治区第十届精神文明建设“五个一工程”优秀作品奖。同年，获第二届中国蒙古舞蹈大赛暨第二届中国电视舞蹈大赛创作金奖、表演金奖。同年，获第七届中国舞蹈“荷花奖”民族民间舞大赛表演金奖。同年，获第九届内蒙古自治区艺术“萨日纳”奖入选作品。同年，获第八届全国舞蹈大赛“文华奖”表演二等奖。

作品简介：作品以土尔扈特部在渥巴锡汗带领下回归祖国为题材，用肢体语言演绎了历史故事。18世纪，土尔扈特部为了摆脱沙俄的统治和压迫，高举回归祖国大旗，踏上东归征途，谱写了人类历史上可歌可泣的英雄史诗。该舞蹈表现了东归兄弟为实现回归祖国，生死与共、奋勇前进的精神，也表达了土尔扈特高尚的爱国情

《东归兄弟》

怀和永不屈服的精神。

创作手法：该舞蹈以叙事手法表现东归路上悲壮的情怀和艰难的旅程。舞蹈语言上，运用跳跃、翻滚等技术技巧，360度转身跪地连续跳跃、后空翻、空转、跪地负重前行等动作，表现了东归英雄回归祖国的急迫心情以及艰难困苦也无法阻挡他们回归祖国的决心和信念。

该作品歌颂东归英雄生死与共、不屈不挠的英雄气魄，通过历史上谱写的悲壮的回归之歌，表达内蒙古人民的爱国主义精神。

编导简介：莎仁高娃（1970— ），国家一级导演、一级舞蹈编导，现任内蒙古自治区直属乌兰牧骑培训辅导部部长、中国舞蹈家协会会员、内蒙古舞蹈家协会副主席、呼和浩特市舞蹈家协会主席，2011年、2023年内蒙古自治区“草原英才”人才，中国文联研修院中青十二期校友，国家艺术基金专家库专家。2007年，三人舞《情系草原》荣获第七届全国舞蹈比赛“文华奖”创作优秀奖。2008年，男群舞《东归兄弟》荣获第四届华北五省（区）市舞蹈大赛创作一等奖、2009年荣获第二届内蒙古国际蒙古舞电视大赛创作金奖。同年，荣获内蒙古自治区精神文明建设“五个一工程”奖。《东归兄弟》荣获内蒙古自治区艺术“萨日纳”奖。2009年，《东归兄弟》荣获第七届中国舞蹈“荷花奖”金奖。2009年，《东归兄弟》荣获第八届全国舞蹈比赛“文华奖”银奖。2011年，群舞《东归兄弟》入选内蒙古自治区党委宣传部文化长廊建设重点项目——“内蒙古60年舞蹈精品集成”并展演。2018年，获“星光少年荣誉编导”称号。同年，《阿穆尔赛罕》获第九届华北五省（区）市舞蹈大赛金奖。

（十三）2008年群舞《草原酒歌》

编舞：赵林平。

作曲：李志祥。

创作时间：2007年。

首演时间：2008年。

《草原酒歌》

演员：张翼鸿、诺敏等。

演出单位：内蒙古大学艺术学院。

获奖情况：2012年，获全国第四届少数民族文艺汇演节目奖。2017年，获内蒙古自治区第十三届精神文明建设“五个一工程”奖。

作品简介：该舞蹈作品通过顶碗这一传统的民间舞蹈形式，运用饮酒、敬酒、胸、肩顶碗等独特的动作语汇和韵律，刻画出蒙古族男子粗犷、豪放的性格。当代蒙古族顶碗舞大部分由女性表演，塑造女性形象，该作品却大胆尝试了男子顶碗的艺术形式，强化与夸张了绕圆动律，加上略带醉意的情态，脚上贯穿马步与摇篮步，塑造出背上跳顶碗的豪迈动态，使观众与舞者同品共享草原酒歌的独特韵味。该作品以蒙古舞中的顶碗舞为编创基础，还原了男子顶碗的民间艺术形式，表现了蒙古族男子粗犷豪放的性格和真挚朴实的情感。同时，把传统的女性顶碗舞让位给男性，使之成为顶碗表演的主体，而女子在舞蹈中充当穿针引线的角色。

《草原酒歌》

“金杯里斟满浓郁的美酒，赛鲁日外东赛，朋友们欢聚一堂共同干一杯，赛鲁日外东赛。银杯里斟满哟醇香的奶酒，赛鲁日外东赛，朋友们欢聚一堂共同干一杯，赛鲁日外东赛……”充满着浓浓蒙古族风情的《祝酒歌》仿佛把人们带到辽阔的草原上。作品把歌曲《祝酒歌》的听觉形象，转化为视觉形象，在动态的“流动”中，完成了一群草原汉子的形象塑造，构思大胆，环环相扣，表演精湛，是一部具有浓郁地方特色和时代气息的作品。

创作手法：该舞蹈以马步俯身相互搭臂围绕男托女、女举酒壶的圆形以及盘腿坐地围绕银碗的半圆队形开场，亮明主题。随着《祝酒歌》的音乐响起，舞者以跪地掀身探海、低位马步掀身探海，女舞者平转，男舞者与之做相呼应的跪转等动作，男舞者盘腿坐地振翅，以臀部为轴身体左右横摆、360度绕圆，翻腕拨手耸肩、低位马步碎抖肩、立脚尖碎步左右横移碎抖肩、大幅度踏步转身前行、单膝跪地滑行起身、低位马步涮腰晃膀、耸肩抖手等一系列动作和技巧，表现了草原汉子饮酒的拟态和酒酣的情态，同时展现了他们雄壮的气势以及纯真质朴、洒脱随性的性格特征。

舞蹈尾声，众舞者手捧银碗向在场尊敬的客人献上醇香的美酒，表达了深深的祝福，中间男托女、女举酒壶的造型，与开场相呼应，将舞蹈推向高潮。

（十四）2011年独舞《马背上的女人》[1]

编导：赵林平。

作曲：查干、张千一。

创演时间：2011年。

演员：诺敏。

演出单位：内蒙古大学艺术学院。

---

[1] 赵林平．当代草原艺术年谱——舞蹈卷［M］// 巴特尔，宋生贵．草原艺术研究书系．呼和浩特：内蒙古大学出版社，2014：155.

《马背上的女人》

获奖情况：荣获第六届中央电视台CCTV电视舞蹈大赛作品铜奖、第八届中国舞蹈“荷花奖”民族民间舞大赛编导金奖及“亚洲之心”国际民族舞蹈大赛创作、表演两项金奖。

作品简介：该作品运用马鞍、套马杆等典型道具及拧、倾、梗、靠、旋、摇等动态技巧，塑造了蒙古族女性坚强、勇敢的性格，展现了她们不畏艰难、昂扬向上的精神和新时代蒙古族女性的豪迈情怀。长期马背生活的磨炼，不仅培育了蒙古族女性独特的气质，使蒙古族女性有着内在的柔情、善良和包容，又有了外表奔放、大气的双重性格。该舞蹈突破以往女性柔情、温婉的形象，主要表现了为母则刚的女性力量，是一部展现蒙古族女性风采的精品佳作。

创作手法：该舞蹈以蒙古族生活中的骑马、套马、驯马为创作素材，表现了蒙古族女性在长期马背生活的磨练中，练就的内在柔情、外表刚毅的性格特征，塑造了一位自信、自强、自立和勇于担当的蒙古族女性形象。尽管在草原女性套马、驯马的并不多，但通过女骑手的形象表现了她们既要担负起养育后代的责任，还要和男子一样面对严酷的自然环境的生活状态。舞蹈语汇中有舒展缓慢大幅度的柔肩柔臂、蹁腿转、下胸腰、提裙腾跳、跪地膜拜等动作，舞者甩裙上马，提裙旋转、前后甩裙、二位手柔臂勒马、蹲转、踏步推手转等动作，在表现骏马风驰电掣般速度的同时，也展现出马背女人娴熟的骑马、驯马技艺，将人在马背上的起伏跌宕之感表现得淋漓尽致。尤其是结尾高潮处，演员手握套马杆并以套马杆为直径，甩杆快速翻腾旋转，形成一个硕大绚丽的舞环，动人心魄。这部作品创意新颖，形象清新，表演动人，实现了内蒙古舞蹈创作与表演的新突破。舞蹈编创视角独特，表现手法虚实相间，舞蹈语汇新颖丰富，表演张弛有度。

（十五）2011年群舞《盅碗筷》

编舞：呼格吉勒图。

作曲：哈斯鲁。

创作时间：2010年。

首演时间：2011年。

演员：朱虹、那日苏、古庆特古斯等。

演出单位：内蒙古民族歌舞剧团。

获奖情况：2011年，获第八届中国舞蹈“荷花奖”民族民间舞比赛作品金奖。2013年，获第七届全国电视舞蹈大赛作品金奖。

作品简介：该舞蹈以鄂尔多斯地区民间舞蹈为基础，将盅、碗、筷三种道具融入一部作品中，深情地展现了鄂尔多斯大地上的人民乐观幽默的性格和对美好生活的追求。清脆的盅子，细腻柔美的碗，节奏强烈的筷子等，把3种不同要素巧妙地融会表演，给观众以耳目一新的感受。

创作手法：舞蹈结构清晰，由三段体构成。开场由挺拔、典

《盅碗筷》

雅的女子群舞顶碗拉开序幕。表演者韵味十足的单手、双手拉臂动作和流动的舞步，尽情地展示了蒙古族女性端庄、含蓄、沉稳的性格。在音乐的变奏中，奔放而潇洒的男子筷子舞和盅舞与女子的碗舞形成类似对歌式的对舞，彼此倾诉和表达着和谐、快乐的舞之情和舞之韵。对舞的形式在以往的内蒙古舞蹈创作中运用甚少，由此凸显了本作品的艺术特色，使作品达到“既熟悉又陌生”的效果。熟悉在于动作以及风格保留传统特色，陌生在于群体之间对话模式。在舞蹈中，筷韧、盅脆、碗韵3种不同的艺术质感，传达出了内涵丰富、形态多样、特色鲜明的文化底蕴。该作品在继承和保持盅、碗、筷各自风格和特色的同时，融入了现代舞蹈的艺术元素，给舞蹈注入了时代的气息和丰富的内涵，从而展现出蒙古族乐观、幽默的性情和对美好生活的向往。

编导简介：呼格吉乐图（1975— ），出生于伊克昭盟（今鄂尔多斯市）鄂托克前旗。国家一级导演。1997年，毕业于中央民族大学舞蹈系，同年到内蒙古歌舞团工作。2008年，毕业于乌克兰卢甘斯克国立文化艺术大学，舞蹈硕士。现任内蒙古自治区直属乌兰牧骑艺术团副团长。2006年，作品获得内蒙古自治区精神文明建设“五个一工程”奖、“表演十佳”称号。同年，2部作品参加第三届少数民族文艺汇演获金奖。2011年，舞蹈《盅碗筷》在第九届全国舞蹈比赛中获得表演三等奖，在第八届中国舞蹈“荷花奖”民族民间舞比赛中获群舞组金奖。

（十六）2017年舞剧《草原英雄小姐妹》

总策划：李延俊、黄海。

策划：蔡广志、毅力、孟显波、侯守智、王峥。

行政顾问：李玉林。

艺术顾问：斯琴塔日哈。

艺术总监：赵林平。

舞蹈编导：赵明、吕梓民、王醒、张永胜、陶雯婷、满都呼、道日娜、呼德勒。

舞蹈排练：斯琴、乌日娜、杨晶晶、莎日娜、韩帅。

导演：赵明。

编剧：赵林平。

首演时间：2017年9月。

演出单位：内蒙古艺术学院。

获奖情况：该舞蹈被列入2016年度国家艺术基金大型舞台艺术创作资助项目。2017年，被列入内蒙古自治区舞台艺术精品工程优秀剧目。后被列入2018年度国家艺术基金滚动资助项目。2018年，被列入文化部全国舞台艺术重点创作剧目。2018年，获得中国·内蒙古第十五届草原文化节优秀剧目奖、编剧奖、作曲奖、表演奖。2018年，获第十一届中国舞蹈“荷花奖”舞剧奖。2019年，入选全国“高校原创文化精品推广行动计划。2019年，获第十六届中国文化艺术政府奖“文华奖”。2019年，获得内蒙古自治区第十四届精神文明建设“五个一工程”奖。2020年，入选中国舞协主办的第二届中国舞蹈影像展。2020年，被文化和旅游部推送到“在线剧院”，丰富了广大人民群众的精神世界。

作品简介：该故事发生于20世纪60年代的内蒙古达茂旗草原。11岁的龙梅和9岁的玉荣奋不顾身与暴风雪整整搏斗一天一夜，终于保住了集体的羊群，姐妹俩却因冻伤不幸截肢。舞剧以这一故事为蓝本，通过“两节课”，以当代视角与多重空间的表现手法，穿越时空，再现了小姐妹的英雄壮举，真实质朴地演绎了当代小学生与60年代小姐妹的心灵碰撞与交融，激发出爱国主义、集体主义精

《草原英雄小姐妹》

神的故事，彰显了英雄主义情怀，弘扬了社会主义核心价值观，进而激发新时代人民强烈的爱国主义、集体主义精神。

草原英雄小姐妹作为内蒙古自治区“十大文化符号”之一和“100位新中国成立以来感动中国人物”，其价值内涵已升华为中华民族的大爱真情。该舞剧旨在以民族舞剧的形式再塑“草原英雄小姐妹”这一红色经典，贯彻落实“自觉践行社会主义核心价值观，让社会主义核心价值观的种子在少年儿童心中生根发芽”的指示精神，倡导责任担当，弘扬社会主义核心价值观。

创作手法：该舞剧分为上下两幕，标为“两节课”。第一课，当代小学生在课堂上初次读到龙梅和玉荣的故事，新奇和好玩吸引了孩子们；第二课，随着课本打开，舞台变成一片绿色草原，舞剧讲述了50多年前，草原英雄小姐妹为了保护集体羊群，与暴风雪整整搏斗一天一夜，自己却因冻伤不幸截肢的故事。该舞剧通过草原英雄小姐妹的事迹，展现了新中国少先队员热爱集体、不惧困难的可贵品质，揭示了草原上人与自然、人与动物之间相互依存的关系，彰显了生态观、诚信观，讴歌了爱国主义、集体主义精神，颂扬了真善美。年仅11岁和9岁的龙梅、玉荣，舍身救护集体羊群的感人事迹。

该舞剧致力于探索我国高等艺术院校重本体、抓特色、利实践、益传承的学院化舞剧创演新模式，提升高校舞蹈专业师生的创新能力和表演水平，培养高、精、尖的民族舞蹈艺术人才，推动民族舞蹈的创演水平。内蒙古艺术学院秉持“教学、科研、创作、表

《草原英雄小姐妹》

演四位一体”的办学理念，充分彰显了高等艺术院校的强项与优势，体现了高度的文化自觉。

导演简介：赵明（1960— ），国家一级编剧，中国舞协理事，北京舞协副主席，享受国务院政府特殊津贴。2021年，当选中国舞蹈家协会第十一届副主席。1974年，考入北京军委工程兵文工团进修舞蹈，并在北京舞蹈学院进修中国舞，后被调入北京军区战友歌舞团舞蹈队任舞蹈演员。1986年，由美国亚洲基金会赞助，加入“美国舞蹈节”并进修现代舞。回国后，任北京军区战友歌舞团舞蹈队队长。1993年，进入香港芭蕾舞团任独舞演员，3年后返回北京军区战友歌舞团，出任创作室舞蹈艺术指导及舞蹈编导。曾先后荣立3次三等功、5次二等功。在建党80周年舞蹈精品晚会《盛世华章》中，担任总导演。1998年7月，成功举办了《赵明舞蹈作品精品晚会》。

（十七）2019年舞剧《骑兵》

总策划：李强。

总导演：何燕敏。

编剧：何燕敏、赵大鸣。

音乐作曲：杜鸣。

舞美设计：高广健。

服装设计：宋立。

造型设计：刘雅。

多媒体设计：陈小彬。

音响设计：任晓兵。

摄影：王徐峰。

平面设计：刘仙林。

执行导演：李明、呼德勒。

编导：朱虹、张宁、特古斯、阿嗄尔。

首演演员：赵磊、巴音达来、王金格等。

首演时间：2019年8月。

演出单位：内蒙古艺术剧院。

获奖情况：该剧自2019年8月首演以来，荣获全国第十六届精神文明建设“五个一工程”奖、第十七届中国文化艺术政府奖“文

《骑兵》

华奖”、第十二届中国舞蹈“荷花奖”舞剧奖。

作品简介：《骑兵》是中国舞台艺术史上首部以骑兵为题材的原创舞剧，是一部激励当代人向忠诚勇敢的骑兵先烈致敬、颂扬蒙古马精神、宣扬爱国主义的作品。该剧讲述了主人公朝鲁在国家危难关头坚定地跟着中国共产党，在战场上不怕牺牲、奋勇杀敌，在新中国成立后回到家乡，忠诚于内心对和平愿景向往的故事，艺术地体现了中国精神、中国力量。

热血男儿朝鲁厌恨在伪满军官学校屈辱的生活，参加八一一南昌起义后，怀着朴素的愿望，选择回到草原做自由的牧马人。在这里，他第一次遇到了拯救草原牧人于水火之中的解放军医疗队，并从这支陌生的队伍中受到中国共产党“民族区域自治”政策的感召。朝鲁心中燃起新的理想选择，毅然决定穿上戎装奔赴战场。临别，依依不舍的珊丹为朝鲁送来了爱情信物和她心爱的伙伴“尕腊”——一匹忠诚无畏的蒙古马。无数战友血洒疆场英勇牺牲，朝

《骑兵》

鲁的战马“尕腊”在最后一次战斗中倒下没能再站起来。新中国的成立让草原迎来了永远的幸福安宁。硝烟散尽的今天，历史的丰碑上字迹鲜红，那是我们永远都不该忘记的父辈——英雄的内蒙古人民骑兵！

该舞剧共分为6幕，每一幕都有亮点，尤其是在处理人与马的关系时，该剧没有借助大型装置，没有使用常规马舞步态，而是通过独有的舞蹈语言，创造性地塑造了战马饱满的艺术形象。因此每到战马出场，总能引发观众热烈的掌声。饰演战马“尕腊”的演员巴音达来说："忠诚和选择是全剧的核心，也折射出中国人民的家国情怀和精神风貌。通过不断揣摩角色，我们都对红色革命精神、蒙古马精神、中国力量有了更深的理解。"

《骑兵》创演团队进行了第六次修改提升，覆盖舞蹈本体、音乐、舞美、服装、灯光、多媒体等各艺术门类，最终以唯美的艺术形式、创新的表现手法、感人的革命故事、精彩绝伦的舞台表演和奋发向上的精神内涵摘得"文华奖"。

创作手法：舞剧《骑兵》采用的基本结构是传统的叙事型模式，分为男儿归、草原殇、从军别、战马情、英雄泪、骑兵魂6幕，其叙事情节环环相扣，层层递进，推动整个剧情跌宕前行，紧扣人心。舞剧《骑兵》以动作设计展现民族风情，其舞蹈语汇最大限度地保留了蒙古族舞蹈的风格，同时突破了舞台审美与创作想象力，继承了蒙古族舞蹈在当代舞台上的可舞性。该舞剧还独创了人马合一的舞蹈动作形式，丰富了舞蹈创作的语汇，为舞剧融入了战争表演，同时在表演的过程中融入了蒙古族民歌和民俗，将阳刚与阴柔、健美与柔美凝结在一个舞台空间中进行展示。

综上所述，分析不同阶段的舞蹈作品，可以看出作品在主题内容、创作者的传达理念等方面都有社会时代印记。"一件艺术品就是一个符号，艺术家的任务自始至终都在制造符号，而符号的制造又需要抽象”[1]，从解放初期的作品中可以感受到胜利后的喜悦和人民当家做主的欢快情趣。从改革开放初期的作品中，可以感受得到经济快速发展状况下的时代节奏感。21世纪初的舞蹈作品，回顾传统历史、反映服装文化等，对传统历史文化的传承意识有所提升。党的十八大之后，现实题材作品逐渐增多，创作反映红色题材的作品比较突出。从这些现象可以看出，艺术作品不仅是艺术家审美经验的结晶，更重要的是反映创作者生活的社会环境。因此舞蹈作品不仅是形式美的表现，更多地反映内蒙古自治区成立以来的社会经济发展状况、政治思想意识、人民精神面貌。中华人民共和国成立以来，内蒙古舞蹈艺术家在共同的社会化过程中形成了一种稳定的、共有的心理模式，形成了中华民族共同体意识。内蒙古的创作者自始至终紧跟党的文艺政策，遵循党的思想，反映正确的政治意识。他们在创作上把握好共性与个性的关系，形成创作意识的共性与舞蹈风格的个性模式，树立正确的审美意识，传播正能量、弘扬主旋律，为内蒙古的舞蹈艺术繁荣发展作出了贡献。

[1]　苏珊·朗格．艺术问题［M］．北京：中国社会科学出版社，1983：168.

第三章

戏剧

内蒙古戏剧在中国戏剧图谱上闪烁着鲜明的地方特色，对新中国戏剧艺术的发展作出了重要贡献。内蒙古戏剧是以内蒙古戏剧文艺工作者为创作和表演主体，反映各族人民在党的领导下艰苦奋斗创造幸福美好生活的历史与现实的话剧。

党的二十大报告中指出，中国共产党将“以铸牢中华民族共同体意识为主线，坚定不移走中国特色解决民族问题的正确道路，坚持和完善民族区域自治制度，加强和改进党的民族工作，全面推进民族团结进步事业”。这既是党对过去民族工作成果的肯定，也是依据当前复杂的国内外形势作出的最新研判。

内蒙古戏剧自1920年诞生以来，在长期的艺术探索过程中依据其特定的创作规律、审美特质与党的民族政策、内蒙古历史文化发展、各民族交往交流交融进程等紧密相连，经过历史的积淀形成了具有地方特色的舞台呈现的艺术特征，是形式性的表征，在这外化的形式表征之中，包含着深刻的美学内涵。作为多民族地区，内蒙古戏剧在展示内蒙古民族团结、促进各民族交往交流交融、铸牢中华民族共同体意识等方面起着重要的作用。

在本章，我们将根据内蒙古戏剧的发展特点划分为3个主要阶段，展示各个时期的主要面貌，从中选取一些具有代表性的作品介绍给读者。

一、从幼芽萌发到奋力坚守（1950—1976年）

（一）1957年话剧《金鹰》

民族题材话剧成熟的标志之作是超克图纳仁（1925—2018年）创作的《金鹰》。该剧本突破了以前民族题材话剧只有一幕的独幕剧的简单模式，由多幕构成；对于故事情节的开掘更加深入丰赡；在舞台呈现上，戏剧时空设置更为开阔；在表演方式上，融入了歌唱元素。这几个方面，使《金鹰》具备了民族题材话剧鲜明的地方性艺术特征。

《金鹰》是由超克图纳仁于1957年创作的一部多幕话剧，这部话剧不仅是内蒙古民族题材话剧的代表作，也是超克图纳仁创作道路上的重要里程碑，在全国乃至世界都产生了重要的影响。它不仅在内蒙古被搬上舞台，北京人民艺术剧院、哈尔滨话剧院、浙江越剧二团也上演了此剧，上海越剧团还把它改编成越剧上演。超克图纳仁在北京人民艺术剧院修改剧本期间，根据深入基层时听到的拉黎老人平凡的经历构思了《金鹰》的情节故事和人物形象，他把新构思讲给了焦菊隐和曹禺，他们鼓励他趁热打铁，并给他提了不少宝贵的建议，于是他一气呵成写出了《金鹰》的草稿。该剧本描写了蒙古族青年布尔固德不屈服于巴音王爷的淫威奋起反抗，被迫逃离故乡。他在逃亡中受尽折磨并与蒙古族姑娘珊丹相爱，在父亲希日和乡亲们的帮助下，最后布尔固德和珊丹冲出牢笼，像雄鹰一样飞翔在草原上的故事。

这部作品无论是在人物的塑造还是在故事结构以及舞台呈现上，都较上一个时期的作品有了很大的提高。首先在故事情节上矛盾冲突高度集中，加大了人物内心情感的描写，除了描写蒙古族人民与王公统治者的矛盾外，还加入了布尔固德与珊丹坎坷爱情的发展脉络，使得剧本充实、饱满，也正是布尔固德这个人物的诞生，奠定了民族题材话剧中非常重要的一个特色：英雄人物的塑造。其次，剧本中不仅设置了摔跤、套马、囚车以及银碗斟酒等场景和用具，还加入了如《雁》《朱色烈》等流行在内蒙古草原上的民歌，在台词上加入了大量的蒙古族谚语，再加上对蒙古族风俗民情真实细致的描写，使剧本如诗如画，充满了浓郁的草原气息。而这些正是由于超克图纳仁长期深入草原生活，又自幼受到古典文学和民间文学熏陶的原因，使他既熟悉舞台，又善于提炼素材才创作出来的。

成熟了的内蒙古民族题材话剧，以其独特的风姿站立在中国舞台上，并迈上走向世界的起点。1962年，香港凤凰影业公司将话剧《金鹰》改编并拍摄成宽银幕影片上映。同年，中国外文出版社将其译成英文出版。

（二）1950年二人台《走西口》

二人台是广泛流传于晋蒙陕冀地区的一种地方戏曲形式，为当地群众喜闻乐见。二人台早期剧目作品《走西口》独具代表性，它在唱腔构成、表演方式以及影响力等方面具有举足轻重的地位。该剧反映了山西大旱灾后，太春和玉莲这对新婚夫妇，为生计所迫，忍痛分离时的无限悲苦。该剧成功地建立了传统民歌和二人台表演艺术之间的桥梁，通过创新的舞台表演和富有内涵的故事情节，成功展现了传统民歌与舞台艺术的碰撞和融合。

《走西口》

“走西口”是一部辛酸的移民史，更是一部艰苦奋斗的创业史。数以万计的移民背井离乡，北上内蒙古，在那里进行艰苦的创业，同时也为内蒙古地区的发展作出了巨大贡献。这些移民带来了先进的农耕文化，在《中国移民史》中也有提及伴随“走西口”移民的进程，口外内蒙古地区从传统单一的游牧社会演变为旗县双立，牧耕并举的多元化社会。在这一演变过程中，作为移民主体的山西移民作出了极大的贡献。由于山西移民在移民中占绝大多数，因而当地的移民文化更多地富有晋文化的特色，也可以说是晋文化在这一地区的扩展。

“哥哥你走西口，小妹妹我实在难留，手拉着哥哥的手，送哥送到大门口……”一曲哀怨动听的《走西口》，让我们仿佛置身于依依不舍的场景中。该剧描述了新婚不久的孙玉莲与即将“走西口”的丈夫之间的依依惜别，从唱词中的“走路你要走大路，万不要走小路……歇息在平地歇，你不要靠崖头，恐怕崖头倒，压你在崖下头……过河水长流，不要独自走……坐船你坐船舱，你不要坐船头，恐怕老天爷刮风下雨，摆你在河里头”，能够体现出孙玉莲对丈夫的牵挂与担忧。该剧目描绘了劳动人民纯真朴实的感情，表达了在社会变迁之下劳动人民无奈的情感。“走西口”移民潮，前后经历了400多年，促进了内蒙古地区与中原地区的联系，也加深了民族感情。晋陕蒙冀四个地区的人们，在不断地交往交流交融中和睦相处。“走西口”已经超脱了本身的意义，在更广阔的时空维度绵延至今。

传统民歌延展出了新的舞台艺术。在表现形式上，原本《走西口》只是一首以歌唱形式呈现的民歌，是劳动人民根据自身经历创作的，而二人台剧目《走西口》则是一出以代言体形式演出的戏剧，里面融入了唱腔、表演、念白、舞蹈等多种元素。在艺术风格上，民歌《走西口》常以抒发个人情感为主题，他们通过歌唱展现内心的独白和情感咏叹。而二人台剧目《走西口》则更加注重舞台艺术的表现，通过二人台独特的唱腔、方言念白以及剧情的发展展现故事和角色的丰富性。两者演绎方法各有千秋，无论是通过音乐还是戏剧，它们都能够让观众在欣赏中感受到作者对于特定主题的思考，引发情感共鸣。

中华优秀传统文化与现代舞台的对话推进了艺术呈现。当前舞台上流行的版本是经过一代代二人台艺术家整理、改进后的《走西口》，不仅注重通过唱腔抒发人物的情感，同时也充分展示了戏曲的表现形式。例如，在玉莲盼太春回来的过程中，引入了娴熟的戏曲表演动作，如搓麻绳，并将其与现实生活中搓麻绳的基本动作结合，形成一种美妙的舞台表演。这种表演方式既具备了程式动作的美感，又融入了现实生活的韵味。同时，剧情的发展引发了台上和台下的互动，演员们真实的表演让观众身临其境，这段表演完全体现了斯坦尼斯拉夫斯基所提倡的“从生活中选取范本”的理念。斯坦尼斯拉夫斯基要求每位戏剧创作者细致观察生活、深入体验生活，因为生活是艺术创作的唯一源泉。

二人台作为起源于田间地头的艺术形式，贴近生活、贴近群众是二人台表演独到的表现理念，它旨在展示生活中的美，给观众带来愉悦感受。例如当玉莲听到敲门声时，以急切的台步从里屋跑出来，屏住呼吸，竖起耳朵，紧张、期待、喜悦的情绪表现在脸上。当她确认是太春哥回来时，惊喜地说道："呀！"这声音精准反映了她内心的独白："太春哥回来了！"接着她连蹦带跳，急促碎步冲向门外。这一过程中的动作是根据人们在生活中听到自己内心期盼的人或喜事时表现出的本能反应。通过这种真实的表演方式，中华优秀传统文化与现代舞台实现了有机对话，为观众提供了精彩的艺术享受，同时也让观众产生了对现实生活的思考与感悟。

（三）1953年二人台《方四姐》

二人台《方四姐》是由我国内蒙古西部地区广为流传的民间传说改编而成的一部深刻反映封建社会家庭悲剧的伦理戏。1953年冬季，该戏通过计子玉老先生等人共同整理而成，后又依据100多年前的麻纸抄本《方四姐鼓词》进行修改和丰富，从而使剧本更加饱满和生动。该戏通过展现方四姐的悲惨遭遇，揭示了旧时代封建礼教下家庭伦理的扭曲。

该戏通过于婆议婚、王嫂说亲等11场戏，讲述了发生在方四姐身上的悲剧。幼郎为了追求心灵手巧、温柔贤淑的方四姐，茶饭不思，病情加重。在王嫂的劝说下，于婆决定答应这门亲事。于婆的女儿秀英相貌平平，无人上门提亲，看到新婚的幼郎和方四姐如胶似漆般恩爱，心生嫉妒。于婆既瞧不起四姐贫寒的出身，又认为方四姐让幼郎和自己的关系变得生分，因而心生不满，伙同女儿一起百般刁难折磨方四姐。幼郎虽然很疼爱、牵挂媳妇，却被于婆设计和四姐无法相见。方四姐生活在痛苦中，未向娘家诉说，反遭舅舅误会。于婆写下休书，逼得她无奈上吊自尽。巧在盗棺的刘三让她苏醒还阳，她才得以回家诉苦，最终误会解除，母亲等人出面为她报仇见官。

该戏人物形象鲜明，尤其是方四姐这个角色，在编剧的成功塑造下，她不幸的命运让人深感同情。这样一个原本“心灵手巧人品好，描龙绣凤数她能，温柔幽娴容颜美”的女子，即使家境贫寒，也应过上至少快乐的日子。可是却以于婆议婚为起点，通过一系列事件，如幼郎的无奈，秀英、于婆两人的误解和虐待以及遭到舅舅的误会“嫁了一个高门贵婿，不想和你这贫苦的娘、舅来往，还将谎言搪塞”，将她推向了绝境。她在于婆和秀英的压迫下，忍受着极大的痛苦和折磨，但始终保持善良和忍让。在这个过程中，于婆的狡诈恶毒和她的善良忍让形成鲜明对比，凸显了封建社会中善良被压迫的无奈和悲哀。

好在《方四姐》的结局对方四姐的命运进行了改写，不仅让她苏醒还阳，逃离婆家得到解脱，还让娘家众人对于婆进行惩罚，彰显了正义的胜利。这样的结局安排，既符合观众对方四姐命运的关注，也对于婆代表的恶进行惩罚，可谓“善恶终有报”。

值得一提的是，该戏在为观众展现方四姐悲剧的同时，也为我们提供了一个思考爱情的重要视角。在戏中，幼郎明知家境差异过大的情况下，对方四姐的真心看似是对真爱的追求和尊重，但其实是造就这场闹剧的导火索。他最初相中方四姐只是因为她美貌过人，而不是倾慕她的才能，迎娶方四姐后依旧懦弱无能，不敢违抗母亲分房的命令。正是他的懦弱间接造就了方四姐的悲剧。不只幼郎，其他男性角色在戏中也没有真正担负起男人该尽的责任。比如方四姐的父亲方祯，在方母认为“此乃女儿身家大事，不可草率，莫若将他舅舅、二姑请来，一同相商，再作道理”时，他为了丰厚的彩礼，替方母和方四姐做主，同意了婚事。可以说，在这部戏中，男性角色的缺失，更是悲中之悲。

同时，二人台作为一种地方戏曲艺术，在《方四姐》的演绎中充分发挥了其抒情性的特点，通过唱腔、表演等艺术手法，传达了丰富的情感和深刻的主题。如：

方　姑　长兄不必过虑。（唱）

我要一斗金，

我要一斗银，

珍珠玛瑙斗三升，

请人办肆筵，

酒席坐百天。

小炒凤凰肝髓大炖龙心，

三腿的蛤蟆两条腿的蟾，

煮熟拌上蚊子眼，

天河水和起捏金童；

引魂幡子要用梭罗树，

苍蝇翅膀搭灵棚。

槟榔做棺材，

白玉圈成葬，

哭丧棒要用地皮菜根；

老于婆你身穿重孝跪灵前，

一口一声叫娘亲。

东西不多，快快取来！

众　人　快快取来。

于　婆　（唱）只要世上有，

我情愿取出来，

这些东西有钱也无处买。

我愿设筵摆酒把宾朋款待，

赔罪认错将怨解开。

方　姑　（唱）是你夸口有钱财，

连这点点东西还拿不出来？

诸位亲友将她母女带，

太和县打官司咱再表白。

众　人　对，咱们和她去太和县打官司去！（众押秀英、于婆下）

在这段唱词里，方姑对于婆试图用金钱解决问题的做法提出了一连串夸张的要求，痛斥于婆“想得美”，使她尴尬至极。通过这段唱腔和表演，既体现了娘家众人对方四姐的感情之深，又展现了正义终将战胜邪恶的主题，让观众看得好一个爽快。

总体上，二人台《方四姐》是一部深刻揭示封建社会家庭暴力和不公正对待、压迫人性的戏剧。由于其贴近生活的主题和富有地方特色的表演，使得该戏能够获得不同年龄、不同背景观众的喜爱，具有较强的普遍性和吸引力。该戏传递了对坚韧、善良和正义的追求，使观众在感受悲剧的同时，既能批判封建社会的陋习，又能反思自身在处理家庭关系时是否得当，它的艺术价值值得肯定。

（四）1962年二人台《闹元宵》

二人台传统小戏《闹元宵》是由二人台传统戏《打连城》改编而成，矛盾集中，舞台效果突出。该戏讲述的是清代某年元宵节，勤劳善良的刘连成爱上了贤惠美丽的苏小凤，但苏母认为刘连成是地主家的长工，家境贫寒，她嫌贫爱富不同意二人的婚事，连城在热心的杂货铺老九叔的帮助下在元宵之夜与苏小凤共同赏灯，最后在老九叔的巧妙安排下得到苏母的同意，最后有情人终成眷属的故事。

二人台传统小戏《闹元宵》由二人台著名编剧都君一改编而成，演出60余年经久不衰，是二人台极具代表性的经典剧目，深刻地反映出土默川地区独特的民俗文化，深受人民群众喜爱，先后被多次改编为动漫、影视戏曲片等作品。《闹元宵》作为一部二人台小戏，剧目充分体现出二人台地方戏曲“唱念做舞”的独特表演风格，此外剧中演员所使用的盘盘灯、莲花灯等道具，均为二人台所独有的特色。

这部剧创排于20世纪50年代，新中国刚刚成立，万象更新，百废待兴。1950年，《中华人民共和国婚姻法》正式颁布实施，大力倡导恋爱自由、婚姻自由，禁止包办婚姻。《闹元宵》就是在宣传《中华人民共和国婚姻法》的背景下创作出来的。元宵节，又称上元节，是我国的一个重要节日。自古以来，人们就有赏灯、猜灯谜、吃元宵等习俗，以此表达对美好生活的向往和对团圆的期盼。全戏一共4个主要角色：苏小凤、刘连成、张老九、苏母，他们的语言极具地方特色，例如每个人出场的时候都会有一段开场白：

《闹元宵》剧照

苏小凤　（唱）满街锣鼓满街人，
鞭炮乒乒啪啪处处闻。
母亲不让我去观灯，
家规锁人难锁心。
我与前街刘连城，
心心相爱情意深。
约好今晚去观灯，
坐立不安把他等。
苏　母　（唱）做娘的都把女儿疼，
终身大事更操心。
小凤若嫁刘连城，
过门岂不苦一生？
刘连城　（唱）锣鼓喧天彩灯高，
今夜十五闹元宵。
约好小凤去观灯，
先到她门前瞧一瞧。

以上3段唱词都是在人物登场时向观众表达自身情况以及各自“愁”的问题，这些问题都围绕着一个矛盾点：苏母不同意苏小凤与刘连成的婚事，使观众对《闹元宵》具体讲的故事了然于心，起到了吸引观众的作用，同时给观众一个遐想，这个故事究竟是如何发展的，抓住了观众继续观看下去的点。这个点是我们每一部戏剧作品中都应当掌握的关键点。虽然戏中的每个人都有自己所谓“愁”的地方，但是整部剧无一不透露着欢快喜庆的气氛，紧凑的剧情、充满戏剧性的冲突，使观众观看的过程中保持兴奋与紧张，甚至笑得合不拢嘴。

《闹元宵》在人物描写方面也极具特色。老九叔是戏中的一个关键性人物，有这个人物的出现，才有了戏剧故事的转折。在故事中，老九叔了解到苏小凤和刘连成的困境之后，决心帮助这对鸳鸯，才有了戏中的这一经典数板。

张老九　（数板）海棠村，有奇闻，
苏家的姑娘苏小凤。
油盐酱醋她不买，
偏偏与我打连城。
啊！
那边来了个小后生，
看样子好像个刘连城。
刘连城、苏小凤，
他俩相爱我知情。
今天本是元宵节，
定是约好去观灯。
小凤是个巧姑娘，

连城本是个好后生。

他俩正好是一对儿，

织女牛郎巧配成。

听说她妈不应允，

苏嫂子爱富嫌穷人。

这桩喜事还得我老九来说情。

老九叔的出现增加了整部戏的滑稽幽默和趣味性。老九叔本是走街串巷卖酱醋茶的。苏小凤名为上街打醋，实则是为了出门和刘连成相会，老九叔看到苏小凤打醋时心不在焉，甚至苏小凤还错口说出了“打连城”，成为整部剧目的“戏核”。在故事中，老九叔“拖”住苏母让刘连城有了进苏家找苏小凤的机会。在苏母带着老九叔回到家的时候，又示意苏小凤将灯吹灭让连城趁机“逃”出去。这一个个滑稽幽默的场景，幽默风趣的对话，通过演员们精湛的表演技艺，将人物形象刻画得栩栩如生，令人捧腹大笑。

二人台小戏《闹元宵》是一部具有较高艺术价值和娱乐性的作品。它以鲜明的地方特色和浓厚的节日氛围，展现了中华优秀传统文化的魅力。这部作品不仅让观众感受到节日的喜庆气氛，还引发了观众对传统文化的思考。希望这样的剧目能继续得到传承和发展，为观众带来更多的艺术享受和文化体验。

二、从全面复苏到茁壮生长（1976—1999年）

“文化大革命”结束，全国文艺迎来了新春，内蒙古戏剧创作再度复苏，出现新的繁荣。严寒过去尽开颜，文艺工作重放光彩，内蒙古戏剧工作者热情地投入新时期的热流中，表现出强烈的社会使命感和忧患意识，这一时期创作的二人台剧目有《接婆婆》《塞上昭君》《也兰公主》《光棍汉与外来妹》等令观众耳目一新的作品，民族题材话剧有《昨天的故事》《希尼喇嘛》《独贵龙》《森吉德玛》《渥巴锡汗》《黑骏马》《天地人》《旗长您好》等。

（一）1982年二人台《接婆婆》

20世纪80年代，出现了一批富有生活气息的作品，它们因为反映了人们的日常生活，揭露了生活中大家关注的现象，受到人们的喜爱。二人台现代戏《接婆婆》是20世纪80年代的一部代表作品，它反映的是农村老人赡养的社会问题。该剧生活气息浓郁，人物刻画栩栩如生，把内蒙古西部农村人们日常生活场景的一个横截面呈现在观众的面前。

二人台现代戏《接婆婆》选取了一个普通的农村家庭日常生活的场景，女主人李玉莲高高兴兴张罗着给儿子龙龙过生日，她的丈夫王永年出车还没有回家，恰好婆婆被大儿子媳妇赶出来投奔二儿子王永年，李玉莲趁丈夫不在家，在大雪天把婆婆赶出家门，王

《接婆婆》剧照

母悲痛交加晕倒在家门口。此时，正赶上王永年出车回来，得知事情缘由后，把母亲安置在邻居家。李玉莲的母亲也来给外孙过生日，李玉莲对自己的母亲嘘寒问暖，与对婆婆冷若冰霜的态度形成鲜明的对比。王永年与李玉莲发生激烈的争吵和肢体冲突，惊动了李母。王永年把事情真相告知李母，最后在李母的教育和儿子龙龙的感召下，李玉莲承认了错误，把婆婆从邻居家接回来。这部剧的成功首先表现在语言上，人物的台词和唱词非常符合人物的性格特点，例如李玉莲的泼辣、精明和算计：

李玉莲　（背唱）她（指王永年大嫂）有本事撵出来，我有办法让她往回返，她不养活推给我，我也不是那省油的灯盏。

（白）哼，大嫂可是精苦（意即精明得过头了）啦！你能行能走的时候，扒搂在他们家，给他们洗衣做饭哄娃娃。现在眼看成了棺材瓤子，不要啦，说了她个便宜。再说世界上也没有这道理，我要是你，凭这口气也不能离开她家，给别人添麻烦。

李玉莲在儿子面前是一个好妈妈，在母亲面前是一个好女儿，可唯独对婆婆，她有自己的逻辑，“养我的，我养的，儿女没有白养的”。她对婆婆万般嫌弃，“活的要吃要穿，死了还要口棺材”。婆婆则是含辛茹苦、忍辱负重的一个农村老母亲的形象。她语重心长地叮嘱儿子：

李　母　（唱）走上前，将儿拦，千万不要惹麻烦，媳妇儿不把公婆敬，多少人家都一般。

你一家团聚火扑扑，我风烛残年七十三，只要你人家能过好，讨吃叫街我心甘。

（白）你的媳妇儿你知道，为了我动不动就和你吵嘴打架闹离婚，不要惹她。妈我已经是土埋脖子的人啦，难道还能再活七十三？你的人家要紧！

王永年在经历了母亲的惨痛遭遇后，由“你让我往东，我绝不去西，你叫我喂猪，我绝不叫鸡”的老实懦弱的丈夫，到决心“扳倒葫芦撒了油，今天抖她个底朝天”“哪怕是把人家活活拆散，也不能让我妈再受饥寒”，这一系列的改变，符合人物的心理活动和思想斗争。

虽然李母最后以教育者的身份出现，但她说的话促使了玉莲的转变：

李　母　（唱）你做下这种丢人事，当妈的怎能站人前！

你嫂子对我好受人称赞，为什么你不能像她一般？你的妈当婆婆吃饱穿暖，他的妈当婆婆少吃没穿。你嫂嫂要是虐待我，难道你能气平心安！

促使李玉莲最后下定决心转变的，还有儿子龙龙的一番话：

龙　龙　（白）大雪天，你不让我奶奶进家，还把她赶出门外。全村人都知道了，同学们谁见了谁问，羞得人家连去处都没啦！同学说：“你这个中队长呀，不用帮助别人啦，快回家帮助你妈去哇，让她学些文明礼貌，讲点儿道德，不要欺负奶奶。”丢人败兴的，反正我明天连学校的大门也不敢进了。

这两个李玉莲最看重的亲人的话语，即“一个是养我的，一个是我养的”在李玉莲身上发生了化学反应，她发现自己众叛亲离：

李玉莲　（唱）眼看点心手发颤，脸发烧来心慌乱。
都只为贪图利索享清闲，养活婆婆怕花钱。
到如今逼得永年狠了心，气得妈妈把脸翻。
母女要绝交，夫妻要拆散，龙龙说出话让我心酸。
细思谋都是自己的错，暗盘算能把谁埋怨。
不怨天，不怨地，走错路只好往回返。
倘若是谁也不把我原谅，从今后怎能把人见？

这样一番心理活动，为以后李玉莲认错铺垫了可信的心理动机。这出戏在广大的城乡地区上演，至今长演不衰，很多老年人看完泪流满面，它对年轻人的教育是在潜移默化中完成的。

本剧除了语言精彩外，作曲也为人们称道。本剧的作曲赵鹏从小对二人台音乐有浓厚的兴趣，他早期在呼市民间歌剧团演奏枚，他的演奏风格很大一部分都是受老艺人“吹塌天”张挨宾的影响。后来，他逐渐把兴趣转移到戏曲音乐创作上，先后参与了许多重要作品的作曲，如《金花的婚事》《一双鞋》《卖碗》《茶瓶记》《梅玉配》《五姑娘》《巧双配》《方四姐》《接婆婆》《救裴生》《游春缘》《两家人》《大雁沟》《闹元宵》《婶子姐姐妈》《也兰公主》等，为二人台音乐的创新与发展作出了贡献。赵鹏荣获中国第四届艺术节优秀音乐创作奖和中国戏曲音乐“孔三传”作曲提名奖。

20世纪60年代初，二人台音乐创作的主流风格都是话剧加唱，向歌剧创作手法靠拢，而赵鹏却始终认为，真正的二人台应该走戏曲的道路。二人台音乐改革主要从民歌体四句为一板的结构向前发展一步，打破一曲反复到底的现象。简单的民歌曲调，不可能完全满足戏曲表现故事情节和人物感情变化对音乐的要求，所以评剧、越剧、沪剧、吕剧等地方戏曲，都是在原来民歌曲调的基础上有了很大的发展，适应了新的剧目要求，为戏剧性服务。只要善于运用和创新，联曲结构的形式仍然有其不容忽视的长处。在不同的剧目中，采用以主要人物的基本腔为主调贯穿全剧，变化中以融合了同调式中的近邻曲调为特点，以“曲联体”为主、“板式”变化为辅的两种方法创作实践。

在《接婆婆》中，赵鹏为王母选用了二人台《跳粉墙》调联《叹十声》两个基调。《跳粉墙》是叙述性较强的曲调，有利于王母叙述自己悲惨的际遇。王母又属于戏曲老旦范畴，所以唱腔音乐尽力做到音域不要过高，符合人物感情要求。李玉莲是以《卖菜》和《画扇面》为基本腔。《卖菜》全曲活泼、跳跃，能反映李玉莲为孩子过生日的喜悦心情。王永年是以《思妻》调为基本腔，原曲有悲伤的一面，永年同情母亲的遭遇，但是在家里不能做主，迁就妻子。《思妻》调基本符合人物形象塑造的节奏。李母是以《偷红鞋》为基本腔，原曲明朗活泼，是二人台喜剧老旦的主要曲调，与剧中李母衣食无忧、儿女孝敬、舒心欢畅的生活状态相吻合。在每个人物基本调式的基础上，赵鹏根据情境和剧中人物的情绪，巧妙加入了板腔体的节奏变化，如王永年和妻子李玉莲吵架时，王永年以《吃醋》调为基本腔，原曲旋律激烈饱满，节奏鲜明。经过他的改编，把低音去掉，音域往上移，形成男女同调不同腔，从而达到了吵架时的气氛。赵鹏在剧中加入打击乐，改革了节奏和击法来符合二人台的节奏过门规律。在表演道白上，尽量运用打击乐“锣鼓经”的伴奏特点，去掉不必要的间奏音乐。可以说二人台现代戏《接婆婆》是以人物基调为基础加入打击乐编排和运用的，这也是二人台音乐戏曲化的重要组成部分。

赵鹏一方面注重音乐的整体形象和主题贯穿，另一方面根据剧情的发展和人物性格安排唱腔，巧妙化用二人台传统曲目，这使得《接婆婆》既有系统成套的唱腔，又有浓郁的二人台风格，在二人台现代戏的音乐创作中出类拔萃，也影响了之后二人台音乐的创作走向。可以说，《接婆婆》至今长演不衰，作曲功不可没。

（二）1984年话剧《森吉德玛》

《森吉德玛》是由国家二级编剧鲁子荣编写，内蒙古话剧团演出的民族音乐诗剧。该编剧曾为中国戏剧家协会会员、戏剧文学学会会员、少数民族戏剧家协会会员、中国电影家协会会员、中国电视家协会会员、中国文艺人才协会会员。

民族歌剧《森吉德玛》荣获全国第一届少数民族题材优秀剧本创作奖，并被内蒙古电影制片厂拍摄，推荐参加了马尼拉国际电影

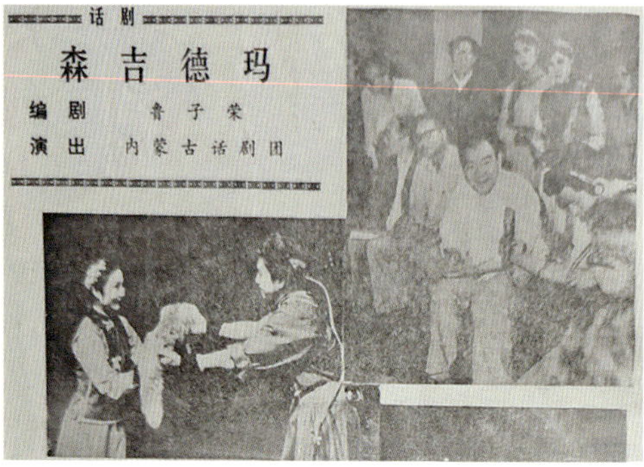

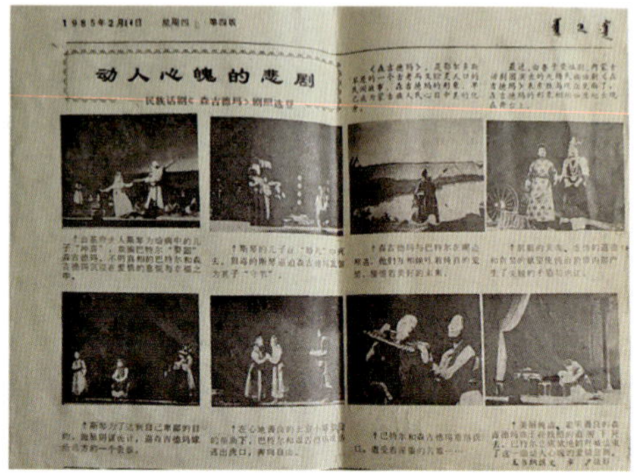

《森吉德玛》宣传

节并展出，被美、法、英、意、德等国家购买拷贝。《森吉德玛》在内蒙古现代戏剧中对于自治区戏剧改革及创新都有着极高的地位和启示。其人物描写之生动，台词之工整皆有着独树一帜的鲜明风格。该歌剧讲述了一位草原姑娘森吉德玛与爱人捷尔戈跨越阶级与穿越阻碍的令人动容的悲剧爱情故事。

《森吉德玛》在形制上不同于传统的话剧，它将诗剧、音乐剧整合为音乐诗剧，并且较传统话剧中大段大段的台词，诗剧的台词长短整洁，语句优美。音乐剧的歌舞也给诗剧增光添彩，强烈、引人入胜的音乐性也让观众陶醉其中。

细究台词，《森吉德玛》的台词将背景故事设定在清朝中叶，那么台词在原本的背景立意上应当偏向文言台词。但是《森吉德玛》大胆创新采用了诗体，在不缺少时代余韵之时也带有民族风情，又有着诗的优美与自由。而在情节交代上，诗体的简洁明快也能让观众从沉冗的话语中脱离，使人能够快速清晰地了解剧情。如下段：

捷尔戈 （给森吉德玛擦着眼泪、悲痛地）森吉德玛，
自从我被卖到台吉府院，
我就像骏马离开了草原。
白日想你心神不安，
黑夜想你五更难眠。
可是，冬去春来，
花开花谢，
日出日落，
月移星转，
我还是见不上你的面！（流泪）

从捷尔戈的台词中，能够看到其对森吉德玛的思念，也简单交代了二人为何分别的前传，更能看出两人分别之久、情谊之浓。简单的一段台词，就能将人物刻画、故事内容交代清晰，足显编剧语言功力深厚。同时，台词也富有美感，有着诗的韵律美与意境美。

而从故事的背景和大结构上来说，其选取了民间传说《森吉德玛》。不同于世代相传的英雄史诗如《江格尔》，《森吉德玛》聚焦小人物的爱情故事，是更具人文地域特色的传说，也是更贴近普通大众的传说。森吉德玛这一故事发生在清代中叶，本身处在封建王朝时期，这就有了时代悲剧的特性；而森吉德玛和捷尔戈两人虽是普通人，但是有着勇敢无畏、突破恶权的英雄一般的品质，有着嫉恶如仇、爱憎分明的鲜明色彩性格，这又有着性格悲剧的意味；

剧情以包办婚姻、爱而不得为整体故事，也有着命运悲剧的色彩在其中。

故事中的人物刻画也十分丰满立体，不论是主角森吉德玛和捷尔戈，还是心狠手辣、城府极深的斯琴，抑或是欲壑难填、贪心弥天的僧格，在剧中都有着各自的性格刻画，如下段：

（突然，一声怒吼声传来："不许胡来！"灯光转亮。人们的舞步戛然而止。僧格手提马鞭上）

僧　格　（咆哮地）谁让他（她）俩见面？
谁让你们胡闹？
你们给我闯下了大祸！
我绝不能把你们轻饶！
（举鞭抽打众人。上去抓住嘎尔迪的衣领）
嘎尔迪，你这个老狐狸，
这是不是你的主意？

捷尔戈　（上前将僧格推开）
有什么乱子我来承担，
别把嘎尔迪大叔怪怨！

该段台词不仅把僧格出场时的霸道、狐假虎威的人物性格刻画出来，而且捷尔戈将僧格推开这一动作也将他敢于担责，不畏强权的性格衬托出来，立显人物形象，且在上段也体现了捷尔戈重情重

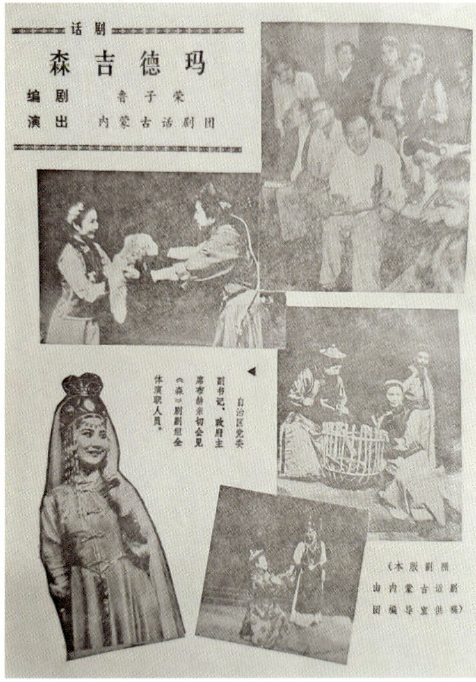

《森吉德玛》宣传

义的性格，丰满了人物血肉，从而一开场就能吸引住观众的目光并牢牢记住捷尔戈这一人物形象。

而在戏剧层面上，《森吉德玛》开创了一个全新的流派——音乐诗剧。这对于传统戏剧来说，无疑是力斧劈山的一次创新。而在《北国影戏》中，又这样写道：“《森》剧这个本子不错”“一、从剧本看，开始注意写人物了，不是搞情节戏了……写出了各自的特点。”“二、戏剧语言有很大的进步……”“三、搞剧目创作要有自己的特点……《森》剧的结构、布局、层次都有自己的特点，一看就知道是蒙古族传统的说故事方法，很亲切，很容易被人理解……”可见，在创新之下，《森吉德玛》也保留了属于蒙古族剧目的独特叙事手法，正是这一根基，也使《森吉德玛》历久弥坚，成为经典。

总体而言，《森吉德玛》是一部十分优秀的戏剧作品，它在讲述了一段刻骨铭心的爱情故事的同时，也展现了草原风情与习俗。

如开场时对接亲场景的描写，将接亲的习俗通过舞台呈现在观众面前，将讲故事和宣文化合二为一，这正是《森吉德玛》的出彩之处。据《北国影戏》一书记载："我们有很多优美的民间传说，森吉德玛就是一个，你们把它搬到舞台上很有意义……"该剧既展现了蒙古族儿女敢爱敢恨，敢于追逐美好与理想的性格，也将地方文化抛向大众。

（三）1987年二人台《塞上昭君》

二人台剧目《塞上昭君》是由剧作家贾勋、阎致中、鲁子荣结合历史与传说，创作的以王昭君和亲为主题的歌舞剧。剧中展现了汉匈和亲的历史背景以及匈奴的风土人情、习俗等。

该戏讲述了王昭君初到塞外，匈奴盛情款待，要求新阿妈喝下三杯酒，王昭君饮到第三杯时，因不胜酒力而摔坏了小王子生母留下的御杯。酒醒后，小王子的宝驼受惊发疯撞向王昭君，女牧民慈玛尼为保护她，拔刀与宝驼搏斗，致使宝驼倒在血泊中。伤了小王子的宝驼，按规定应当处死慈玛尼，王昭君为其求情，呼韩邪单于最终没有将慈玛尼处死。但也因此，即便王昭君送去玉马，小王子等人依旧对王昭君心存不满。好在最后查明是薄胥堂命人暗刺白骆驼，意在加罪昭君，挑起内乱，迁怒汉朝。而王昭君不仅绣了颛渠阏氏的像送与小王子，还为救活宝驼献上神药，深深感动了小王子等人。

以王昭君和亲为主题的文艺作品并不少，但二人台歌舞剧《塞上昭君》让人眼前一亮。该戏与其他相同主题的戏剧作品略有不同，它没有过于强调王昭君和亲前离开亲人与家乡的悲愁，而是选取王昭君和亲时初到塞外与当地人相处时发生的事件，在肯定王昭君个人历史贡献的同时，也让人们看到了塞外人民的热情与豪迈以及胡汉人民对和平共同的向往。如：

（汉关一角。送行的汉朝将士、臣民依依惜别。匈奴迎宾将士整装待发，王昭君在呼韩邪、肖育及手执柳枝、怀抱琵琶的宫娥陪伴下乘车而上。拜别礼仪）

（礼仪毕，出塞将士列队欲行）

（唱）彩云来相送，

告别甘泉宫。

昭君今远嫁，

单于相知心。

琵琶一曲动千秋，

羽盖毡车塞上行。

从此刀剑归田尽，

漠野草青青。

（歌声中，护送王昭君出塞的队伍仪仗丰隆，车马连绵，簇拥着王昭君与呼韩邪，在关外的路上缓缓行进）

（漠野风沙，吹打着出塞的人群。马上，呼韩邪抖开红色披风，搭在了王昭君的身上）

（风声呼呼，旌旗猎猎，歌声渐渐远去……）

（灯骤亮）

（茫茫苍苍的燕支山，身披节日的霞光）

（巨石上，横陈一支管体盈丈的大型法号，号头微仰。草坪上方，五色彩条悬空飘扬）

（斜坡上，彩毡铺地，上置胡式长桌。毡上兽皮展放，桌上堆满食品，坡顶竖着高大的若干图腾）

（红日初升，鼓乐大作。胡民手持花束、豹皮、雉尾、孔雀羽并抬着整牛整羊欢舞过场）

这段对王昭君出塞的场景的设置，即使主人公还没有出场正面对戏，但已经让观众感受到了大漠的辽阔和匈奴的豪迈。同时，汉朝将士的送别和匈奴人民的欢迎，构成了一幅动人的民族交流画卷。这种设置不仅体现了编剧对历史事件的深刻理解，也表现了对民族团结的深切关怀。

《塞上昭君》作为一部二人台的歌舞剧，它的表现形式富有创意，将传统与现代相结合，使得整个演出既有古典的美感，又不失现代的活力。特别是剧中的歌舞表演，既有匈奴特色，又不乏中原文化的元素，这种文化的交融使得整部作品更具包容性和艺术魅力。如：

（灯亮。舞台深处，燃起堆堆篝火。居民们围着篝火，踏着鼓

点的节奏狂舞。毡幕旁新插的柳条，在微风中轻轻摇曳）

再如：

（舞台出现：南国秭归，桃林层层，桃花盛开的三月，粉红的花瓣随风摇曳，王昭君满怀深情地与乡亲们告别）

（村姑围着王昭君跳起具有汉代江南民间特色的舞蹈。此刻，整个舞台宛如一个花的世界……）

（一村妇赠送柳枝的舞蹈）

（两村姑与王昭君惜别的舞蹈）

（在纷飞的桃花雨中，王昭君依依惜别地走下）

《塞上昭君》角色刻画丰富，每个角色都有自己独特的性格和故事。特别是王昭君、呼韩邪单于的刻画，既有历史的厚重感，又充满了戏剧的张力。在戏中，王昭君初到匈奴，由于风土习俗的差异，匈奴的热情招待实则让她感到不适。如“新阿妈须饮下三杯烈酒”，从汉朝的礼仪来看，这何不是一种刁难？但她入乡随俗，饮下了这三杯酒，没有辜负匈奴人民的热情。而当慈玛尼因救公主刺伤宝驼，小王子和呼衍王都要求按法规焚火伺候的时候，呼韩邪单于并没有感情用事贸然作出决断，而是听取了王昭君的建议，展现了一位君主的大格局和大心胸。一个出使的公主，一个塞外的单于，在戏中自然分别代表了汉、匈，他们处事的言行举止不失分寸，方寸间展现了各自的格局。

小王子这一角色是剧中除王昭君外最令人印象深刻的。或许这一角色会令人讨厌，他似乎处处“刁难”王昭君，但从他的角度出发，又是合情合理的：让新阿妈饮下三杯酒，是匈奴的礼仪，况且他还用了亲阿妈留下的御杯为王昭君盛酒，说明他最初是认可王昭君的。而王昭君因不胜酒力摔坏了御杯。救过自己阿妈的宝驼，小王子平日里对它呵护有加，也因王昭君所伤。他年纪尚轻，加上意气用事，心有不甘也在情理之中。他的行为依年龄与性格而定，无不妥之处。当他了解了宝驼发疯的真相和王昭君的所作所为，他的态度发生了转变，感激地称呼王昭君为“阿妈”，并邀请她试骑宝驼，这表明他实际上是一个被塑造得真实而鲜活的正面角色。

小王子这一人物的设置不仅推动了剧情的发展，也使得整个故事更加立体和生动。小王子和呼衍王其实代表了匈奴的部分人，在中原文化刚刚传入的时候，他们可能会因为某些误会和不了解，对其产生怀疑和反对，但最终他们会看到中原文化的奥妙，从而促进文化交融与民族团结。

二人台歌舞剧《塞上昭君》是一部深受内蒙古历史和文化影响的作品，它不仅是一次艺术展现，更是一次文化传承。通过王昭君的故事，该剧不仅让世人更深入地了解了内蒙古的历史和文化，还传达了民族团结与和平共处的宝贵理念。这样一部既愉悦了观众，又引发观众深思的作品，值得我们给予高度的赞赏。

（四）1990年话剧《旗长您好》

话剧《旗长您好》（《旗长，赛努》）创排于20世纪90年代，是一部具有浓厚地方特色的话剧，它以蒙古族的日常生活为背景，通过讲述一个旗长与村民之间的故事，展示了蒙古族的精神风貌和心理变化。这部话剧既有喜剧的轻松愉快，又有对心理的深度刻画，给观众留下了深刻的印象。这些事迹生动地诠释了什么是全心全意为人民服务，作为干部，面对权力与责任如何去平衡。整部话剧一共分为8场，以旗长下乡来到石锁沟村视察工作为主线，以8个小故事环环相扣，以各自的矛盾为基础，打造了一幅旗长下乡为人为民，官民团结一心面对现实问题的生动画卷。

第一个故事名为《红石崖把咱的心隔开》。乌旗长下乡后来到石锁沟村遇到的第一个问题就是如何进山，一条乡村土路从远处伸来却被大山阻隔，顽石挡道，小径攀崖，面对如此艰苦的交通条件，更是劝退了石锁沟村民翘首以盼的上一任旗长。于是这个矛盾点也在

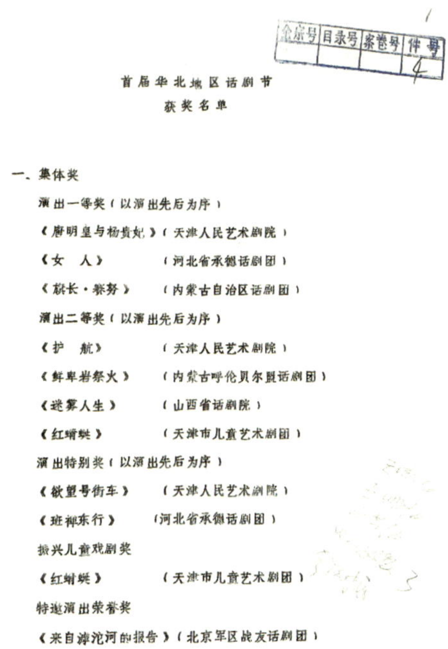

首届华北地区话剧节

获奖名单

一、集体奖

演出一等奖（以演出先后为序）

《唐明皇与杨贵妃》（天津人民艺术剧院）

《女　人》（河北省承德话剧团）

《旗长·赛努》（内蒙古自治区话剧团）

演出二等奖（以演出先后为序）

《护　航》（天津人民艺术剧院）

《鲜卑岩祭火》（内蒙古呼伦贝尔盟话剧团）

《迷雾人生》（山西省话剧院）

《红蜻蜓》（天津市儿童艺术剧团）

演出特别奖（以演出先后为序）

《欲望号街车》（天津人民艺术剧院）

《班禅东行》（河北省承德话剧团）

振兴儿童戏剧奖

《红蜻蜓》（天津市儿童艺术剧团）

特邀演出荣誉奖

《来自滹沱河的报告》（北京军区战友话剧团）

《旗长您好》

石锁沟村民的心中种下了种子，这么一个“穷乡僻壤”，想要让领导干部来这里，扶持这里，那必须要热烈欢迎，并且还要给领导配备轿子，“抬”着领导上山。这样才有了剧中开头的一个场景，村民们张贴了一幅标语“热烈欢迎旗长首次光临我沟”。在标语中，“首次”二字显得格外刺眼。经过之前的事情，村民们以为领导干部都是需要“捧”才能来村里的。这一套官僚主义作风严重让官民脱心，违背了共产党干部为人民服务的初衷，但是乌旗长的到来让村民们重拾希望。乌旗长遣散了群众，没有耽误群众的时间，而且当乌旗长看到赵村长为他准备的轿子时，乌旗长更是严厉地批评了这一现象，并说这是在搞封建官僚主义，共产党的干部不需要这个。从此石锁沟村村民对领导干部有了新的认识。

乌旗长到村里后，第一个是解决住的问题。在赵村长的安排下，乌旗长被安排去一个条件好的地方住。正当乌旗长一行人路过高换家的时候，高换家吸引了乌旗长的注意。高换家多年来是重点贫困户，靠吃救济款。映入人们眼帘的是破败不堪的院子和脏乱至极的屋子，这更引起了乌旗长对贫困户的好奇。在乌旗长的心里，贫困户不仅要靠救济，还应当自立自强，“自己救济自己”。所谓扶贫先扶志，如果一个人没有志气，那么再多的救济款也是扶不起来的，是永远不能脱贫的。面对高换“摆烂”的姿态，一副“我穷我有理”这样不讲理的态度，乌旗长更是感觉到扶贫不能只“扶贫”的重要性。于是乌旗长与高换“对峙”，乌旗长要掐了高换家的救济款，这引发高换的不满，高换气急败坏，被乌旗长逼得无奈之下说出了“我姓高的不靠救济款也能活”的话。这句话也正是乌旗长期待的，一个人只有有了志气，才能真正脱贫。这样，就有了第二节的小题目《就要你这句话》。

乌旗长入住后第一个拜访的是张大爷。张大爷是抗战时期的“支前模范”，也是共产党员，但是乌旗长手中有张大爷的退党申请书。张大爷知道乌旗长要来，于是躲进自家院子里的小屋，因此与乌旗长见面的是张大娘，张大娘拿出奶茶招待他。乌旗长本是蒙古族，对草原的思念是永远寄存在心底的。可能是由于工作原因，乌旗长始终把这个思念藏在心底，他们越谈越深，最终谈到了抗战时期阿区长的故事。抗战时期阿区长是一名优秀的战士，老百姓更是视阿区长为自己的亲人，张大爷更是深受阿区长的影响入了党。阿区长让这里的老百姓明白了共产党的干部都是一心一意为百姓为人民服务的，是从来不会弄虚作假欺压百姓的。但是在40年后的今天，张大爷似乎对干部们失望了，上一个旗长承载着群众的期待，但最终因为害怕爬山，没有进村，这也让张大爷寒了心，现在的干部离人民群众是越来越远了，以前的共产党干部到底去哪了？乌旗长自然是知道张大爷的心结，在一杯酒一盏茶之间，张大爷借着酒意与乌旗长敞开了心扉，乌旗长此次目的正是帮助张大爷解开心结。乌旗长一句“阿区长会回来的”有两层含义：表面上是向张大爷以及其他群众对阿区长的思念做回应，深层里更是乌旗长对张大爷以及其他群众的一个承诺，曾经那个为革命，为群众，与群众亲密无间的干部会回来的，最后张大爷望着乌旗长的背景仿佛看到了当年的阿区长，这也正是乌旗长的决心。

乌旗长这次下乡，遇到的不仅仅是这些事情，他先后遇到了同样需要贷款的养鱼户崇旺和寡妇翠翠。乌旗长和崇旺相遇时，发生了一件极具戏剧性的故事。崇旺为了得到助农贷款，谎称自己是乌旗长的外甥，原因是乡里公示了贷款名单，名单上没有自己的名字，自己为了搞这个池塘养鱼，花尽了所有的积蓄，而名单上大多数人和当官的沾亲带故。崇旺找到乡长，乡长把崇旺赶了出来，这才让崇旺下定决心，他认为如果想得到助农贷款，就必须要有一个当大官的亲戚。于是，乌旗长意外成为崇旺的亲娘舅。梁乡长带着王农贷去崇旺的池塘，看到乌旗长也在，他准备给崇旺办理贷款。可是经过乌旗长对崇旺的一顿劝说，老实的崇旺承认了自己的错误。梁乡长、王农贷与之前的态度大相径庭，指责崇旺，不仅要掐断崇旺的助农贷款，而且要将他关起来。乌旗长表示，如果只有这样老百姓才能贷到款，那么他情愿认眼前的崇旺为外甥。一句“只有他是我的外甥，才能贷到款吗”打破了眼前的宁静，让观众体会到了老百姓的不易。

寡妇翠翠的丈夫几年前死了，老公公还在医院里守着得了病的孩子，医院还在催住院费。王农贷来到翠翠家，翠翠为了得到贷款给王农贷准备了酒菜。王农贷借着酒意拿贷款威胁翠翠，让翠翠陪酒、唱歌，甚至做了更过分的事情，还好乌旗长及时赶到将王农贷赶走。作为干部，王农贷真是将鱼肉百姓、横行乡里展示得淋漓尽致。当翠翠接过乌旗长写的条子时，感激万分，但她想到的报答的办法竟然是陪乌旗长唱歌、喝酒。翠翠的这一举动，让乌旗长一怔，随后乌旗长匆忙离开。

“要想富，先修路。”想要从根本上解决石锁沟村的贫困问题，不仅要扶志，整顿干部，最重要的一步是——修路，将大山之间的路修通，村民们种的果子才有销路，老百姓才能真正致富。修路集资是一个问题。村民们都知道修路是好事，但是集资修路，没人敢带头，没人敢说话。乌旗长犯了大难，不能集资就没办法修路，没办法修路，老百姓就永远致不了富。在此犯难之际，张大爷、张大妈、高换纷纷来到这里，支持乌旗长，高换要把自己的救济款上交，堂堂正正地过日子。乌旗长的付出终于得到了回报，村民们逐渐理解了乌旗长的苦心，修路一事，提上日程。

乌旗长被群众理解的同时，也遭受了非议，他们将乌旗长的所作所为断章取义。乌旗长付出这么多，面对这些谣言，没有辩解，没有生气，虽然有些落寞，但是他从来没有放下为石锁沟村人民造福的决心。为了贯彻计划生育政策，乌旗长找来了作为医生的妻子奇大夫。高换妻子为了不给旗长惹麻烦，竟然用揉肚子这种不科学的方式打掉孩子，结果导致自己失血过多。高换妻子失血过多需要输血，但是没带测血型的仪器。在这个危急关头，乌旗长说：“我是O型血，抽我的。”奇大夫看着骨瘦嶙峋的丈夫热泪盈眶，她是关心丈夫的，同时，她更被丈夫的大公无私所感动。输完血没来得及休息，炸山的炮已经放好了，乌旗长却在这个时候倒下了！最终开口的炮响了，山被炸开了一个口子，封闭的山村终于要通路了，乌旗长的心结终于打开了。

该话剧通过生动的语言、丰富的情感和夸张的表演，将剧中人物的性格特点和生活状态表现得淋漓尽致。剧中的人物形象饱满，性格鲜明，让人印象深刻。同时，该话剧还巧妙地运用幽默和讽刺的手法，让观众在欢笑中思考问题。

扶贫，扶的是志，扶的是党员干部的心，扶的是百姓对干部的信任。乌旗长从倒下到醒来之后，心里念的无不是造福村民的问题，只有真正为民着想的干部，百姓才会将他“捧”起来。正如人民公仆焦裕禄写道：“仁者乐山，智者乐水。我钦佩那些为国建立功勋的仁人智者，更爱哺育过无数仁人智者的好山好水。”

这部话剧除了表达官民亲如一家，乌旗长爱民如子，带领人民群众致富之外，该话剧也极具内蒙古特色。如内蒙古西部地区的方言“哩”“咧”等，还有“宁叫行市倒了，别让管事的恼咧”等顺口溜，让人听来倍感亲切。乌旗长是内蒙古人，在各民族共同生活的石锁沟村，大家都是一样的亲近，都有着这个地区人民的特点——淳朴、豪爽、热情。

总之，《旗长您好》是一部具有较高艺术价值和现实意义的话剧。它以幽默诙谐的方式，展示了内蒙古人民的生活状态和心理变化，同时对社会变革与个人成长进行了深刻的反思。

（五）1995年二人台《也兰公主》

《也兰公主》是由剧作家朱秉龙、杜逵所作，结合成吉思汗早期统一蒙古族内部的故事所创作的大型二人台歌剧，在20世纪90年代作为代表剧目之一获得众多奖项，展现了民族团结的底色。

二人台歌剧《也兰公主》选取的是成吉思汗在统一草原的过程中与塔塔儿部落之间的征战与和解的故事。剧中每一个人物都在履行着自己的责任，同时在感性与理性中不断做选择。剧中的冲突也是因为每个人所处的地位的不同所导致的，没有真正的坏人。也正是因为这样，每个角色都更加饱满真实，让观众能快速理解剧情。

剧中女主角也兰公主的情绪起伏变化让观众感同身受。也兰因为部落存亡担当起公主的责任，舍弃自己保全整个部落，斩断了与青梅竹马巴干的情谊踏上了和亲之路，同时认为自己无法拯救部落只是去当囚犯，内心极度悲伤：

也　兰　（唱）欲哭无泪滋味难消受，
万般思绪缠绕在心头。
弱女子岂能把部落来拯救？
明明是堂皇体面的阶下囚。

到了刺杀之时，也兰认为铁木真是一位真英雄，反对父亲的决定，心中的良知和父亲的命令不断做斗争：

也　兰　（唱）铁木真谋统一顺应民众，
我应该明事理三思后行。

倘若是一剑结果英主命，
也兰我定给世人落骂名。
胜败乃是长生天定，
父汗不该逆势而行。
结盟才有部落生存，
我我我，不能刺杀铁木真。

剧中铁木真的父亲是被塔塔儿部所杀，本身有着世仇，并且他答应父亲将塔塔儿部中比车轮高的男子全部杀掉，但他为了统一大业，为了带领人民过上更好的生活背弃承诺，展现出独特的个人魅力与格局：

铁木真　（唱）漠北人都该是姐妹弟兄，
而如今处处是秣马厉兵；
草原上本该是歌舞升平，
可现在处处是刀光剑影。
我要让友好亲善解冻世代怨恨，
我要让花涛香海扑灭百年烟烽；
我要让漠北统一，草原兴盛，
我要让牛强马壮，人寿年丰。

也客作为部落可汗，在面对强敌时没有软弱投降，为了部落存亡将自己的女儿送了出去：

也　客　（唱）女儿安危难预想，

只觉心里血在淌。

部落存亡当为上，

此刻间，顾不得儿女情长。

后来他不断地设计铁木真，虽然使用的计策有些令人不齿，但也是为了自己的子民不受欺负。“塔塔儿也是骑射之族，岂能做你任意宰割的羔羊！”最后他看清形势，决定归顺铁木真。火场赴死，他也是为了坚守心中坚持的“道”。他在不同的处境下作出不一样的抉择，内心世界在抉择过程中不断丰富，最后赴死更加完善了整个人物的形象。

塔塔儿部中的将军巴干代表着草原上的男子，他们英勇忠诚，遇到事情会认真思考，也有着为了爱情奋不顾身的勇气与胆量。巴干是一头雄鹰，翱翔于草原的蓝天中，宁愿身死也绝不屈服。

《也兰公主》对每个人物都进行了细腻的刻画，这是整部剧的亮点之一。剧情引人入胜，一环扣着一环，每一次的转折都合情合理，体现了人物丰富的内心世界，为整部剧增加了厚度。

也兰为了部落存亡舍弃了个人情感，铁木真在统一蒙古族各部落后最终团结起来成就了一番伟业，深入浅出地传递出休戚与共、生死与共的理念。中华上下5000年积淀了丰富多彩的故事素材，印证了中华民族共同体意识，各民族要像石榴籽一样紧紧抱在一起。

（六）1998年话剧《红莓花又开》

话剧《红莓花又开》由编剧刘汉一、李雅丽创作，在千禧之年由内蒙古话剧团团长李瑛、副团长范晓枫领队，李有忠为导演，国家一级演员李瑛，国家二级演员李建平、张伟等为主要演员参加内蒙古自治区优秀剧目展演，获得内蒙古自治区优秀剧目奖。该话剧是改革开放之后的现实题材剧作，讲述了一段发生在额尔古纳河两岸的中俄人民的爱情故事。该话剧轻松、幽默，虽然讲述的是民间的小故事，但表达的是大主题，直至今日仍具有强烈的现实意义。

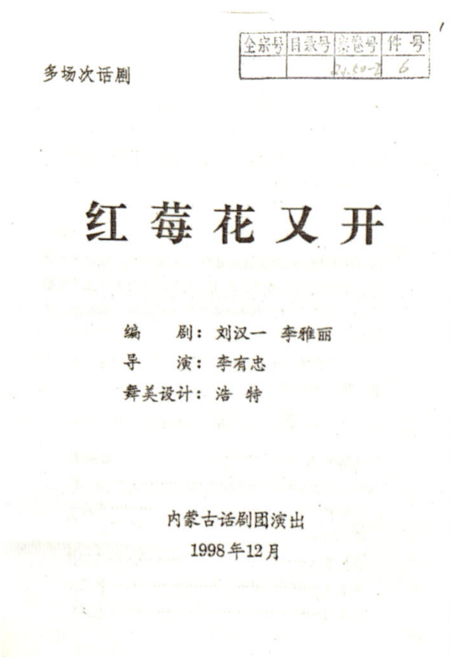
多场次话剧

红莓花又开

编　剧：刘汉一　李雅丽
导　演：李有忠
舞美设计：浩　特

内蒙古话剧团演出
1998年12月

《红莓花又开》

改革开放后，在额尔古纳河岸边，两位年轻人欣赏着中俄边境独特的美丽风光，低头思索着做什么项目来成就自己的事业。在这期间，他们看到了楼下的美女杨美丽。为了得到杨美丽的欢心，二人决定把杨美丽的假冒伪劣羽绒服推销出去，作为事业的开端，同时将获得的资金作为开发边境游泳池的启动资金，而后他们又遇到了寻找丈夫坟墓的中年母亲，这个充满戏剧性的故事由此展开。

随着国际形势的变化，中国与苏联的关系也发生了微妙的变化。剧中玛西从儿子青格勒和儿子朋友李浩特的口中得知，来自河对岸的女人和她的女儿似乎也在寻找当年失联的丈夫的坟墓。玛西听到这个消息非常震惊，他从一开始的难以接受到后来决定去见面，就像是要去找回自己的青春。话剧的结尾很有转折性，玛西询问了薇拉母亲很多关于当年的事情，一切都对得上，但是唯独望远镜对不上，这让玛西明白眼前这个女人不是当年的恋人。充满转折性的一幕发生了，原来当时他们都用望远镜眺望过对方，都唱过一样的歌，都在额尔古纳河里相拥。

对和平的渴望这个主题是严肃的，但是在这部剧中，作者凭借轻松幽默的语言和表演风格，通过老一代人对爱情的强烈向往、对青春的热烈回忆，以及年轻一代对爱情的执着以及对事业的追求，生动地刻画了两国人民对和平与友谊的强烈愿望。愿红莓花又开，永不凋零！

（七）1999年二人台《光棍汉与外来妹》

二人台现代戏《光棍汉与外来妹》由一级女编剧娅茹编写创作，她曾任内蒙古戏剧家协会主席、中国戏剧家协会理事、中国戏剧文学学会理事。该剧于1999年搬上舞台，剧本于2000年荣获第二届中国曹禺戏剧文学剧本奖提名奖，2009年获得内蒙古文学艺术杰出贡献奖、文化部戏曲展演优秀剧目奖、内蒙古自治区精神文明建设“五个一工程”奖等奖项。因为主演武利平成功地塑造了黑狗这一形象，荣获第十九届中国戏剧“梅花奖”，成为二人台界首位获此殊荣的表演艺术家。

本剧讲述了内蒙古西部农村一群质朴、善良、勤劳的光棍汉在极其恶劣的自然环境里努力生活，积极寻求爱情，想要改变穷苦现状的故事。

从宏观角度来看，这部戏曲作品歌颂了改革开放给穷乡僻壤带来经济上的巨变，充分发挥了文化艺术为政治服务的功能，剧情与时事紧密相连，用老百姓喜闻乐见的戏曲形式起到宣传党和国家方针政策，积极传播正能量，弘扬主旋律。

从该剧的细节上看，每一个人物都有其独特的品质。比如黑狗从一开始求爱彩霞不得，意气用事，不顾兄弟情义也要破坏吉尔格与彩霞在一起，又是趴在墙根偷听两人对话，又是堵在门口，最后拆散吉尔格和彩霞……我们觉得他是善于算计，不择手段；当黑狗为了娶媳妇儿拿出全部积蓄2000块钱，还要再向二贵借上1000时，我们又为之动容，好像能理解他；当好不容易娶回来的媳妇儿凤梅知道自己被卖，想要离开时，黑狗愿意舍弃自己的血汗钱，归还凤梅自由，遵从她的意愿，我们着实为他能作出这样的决定而感动。黑狗不仅打动了观众，也用真挚的情感留住了凤梅，与自己共度一生……可以说，在黑狗的人物塑造上，编剧是下了功夫的。黑狗不同于二人台小戏中除了一种性格特质外并无其他性格侧面的类

《光棍汉与外来妹》剧照

型化人物——扁形人物，是典型的圆形人物：黑狗朴实憨厚、善良本分，可又有农民的狡黠和心计，为自己的幸福掏心挖肺、满腔赤诚，有担当、有胸怀。这样的人物原型加上二人台表演艺术家武利平的二度创作，真正立在了二人台剧目的舞台上，成为二人台画廊里的一个经典形象。还有为人民谋幸福的村长吉尔格，单纯质朴的四川女人彩霞、凤梅……他们的身上承载着老百姓的喜怒哀乐愁怨盼，有浓浓的乡情，继承了传统，又通过二人台这样的形式展现出来，符合大众的审美及期待。

从语言风格上来看，该剧极其接地气，又富有诗意性的表达。比如：

吉尔格　（伴唱）月儿冷，

星儿稀，

漫漫路上该寻谁？

往哪里走？

往哪里留？

彩霞呀，

走走留留心里咋思谋？

吉尔格呀，

风吼沙扬人不留客天却留！

走？

留！

四目凝望有话难出口！

（窗外风声大作，彩霞恐惧地往后退，求助般地望着吉尔格）

吉尔格　（望着她）这天气不能出门……你要是在路上出了事，我的良心往哪儿放！我这个家单窗单门的，你一个女人我也不放心。这样吧！（把腰带摆在中间）前炕是我，后炕是你（解释般地笑笑）。这是乡俗，那我就先睡了。

（吉尔格上炕拉被盖上）

（彩霞坐在桌边望着吉尔格）

彩　霞　（自言自语）我遇上好人了！

（唱）头枕胳膊面朝墙，

好人打鼾我盘肠（失眠）。

团团云彩遮月亮，
我折回来你咋不思量？
头枕胳膊面朝上，
面对我你睡得多安详。
勾勾月亮在星旁，
我与你做伴你真的不往心里放？
勾勾月亮勾心上，
我愿永远坐在你身旁。
（伴唱）多好的人啊，
多好的心，
勾勾月亮多温馨……

全剧的词句在叙事的同时饱含诗意，唱段和念白具有浓烈的乡土气息，巧妙化用当地民歌、爬山调和方言俗语，加上演员的投入表演，在实实在在打动人心的同时又不失趣味性与互动性，能吸引观众的眼球，让观众看进去。值得一提的是，二人台作为在内蒙古成长起来的剧种，与内蒙古草原风情紧密相连。比如在舞台上呈现出来的舞蹈、音乐，在继承二人台传统艺术的基础上，也对蒙古族的音乐舞蹈有所借鉴。

《光棍汉与外来妹》这部作品总体来说兼具艺术性和人民性，真正做到了艺术来源于生活却高于生活。同时，该作品反映了内蒙古地区汉蒙一家亲，各民族携手为这片土地的团结、发展、繁荣作出贡献。他们对于生产生活不减乐观与热情，歌颂了民族地区各民族群众守望相助，团结一心谋发展、共建美丽家园的美好愿景。

三、从寻找出路到转型发展（2000—2023年）

（一）2003年话剧《鹿衔草》

21世纪初，随着改革开放的不断深入，社会发生着重大变革，面对日新月异的社会环境，文艺创作者面临着不同的发展机遇与考验。而在祖国北疆的内蒙古，戏剧作品正在不断茁壮成长起来，由此开辟出一条属于北疆文化的创作道路。话剧《鹿衔草》正是21世纪初北疆戏剧文化的一部代表作品，它的关注点由草原走向城市，由牧民走向各类工作人员。话剧《鹿衔草》讲述了主治医师江月舍己救人的故事，人物刻画形象饱满，将北疆医务工作者的伟大展现在观众面前。

话剧《鹿衔草》选取了一位从沿海扎根到北疆的医务工作者江月在一堂手术后得知自己肾脏出现癌变后，面对疾病的到来内心充满恐惧与不甘。自己作为这个地区最优秀的肿瘤科主任，当地很多居民选择江主任作为自己的主治医生。江月的同事与丈夫老李起初想瞒着她，扎院长也将所有预约江主任手术的患者安排给其他人，可大家都不愿意。面对不同身份的患者，江月将内心的恐惧压了回去，选择将病人放在第一位。面对同样是患卵巢癌的阿布日娜，江主任终于体会到癌症患者的内心感受，但依旧悉心劝导阿布日娜不要放弃做手术。身体逐渐虚弱的江主任在坚持做完其其格的手术后，病情加重，昏倒在手术室。清醒后的江主任同老李回家，面对爱人江月终于放下内心沉重的担子，二人又一次坐着自行车，回忆着当年在鹿衔草盛开的季节发生的故事。身为医生救死扶伤，将无数患者从死神的手中抢回，可当死神将镰刀指向自己，她的内心也是充满恐惧的，正如台词中写道：

老　李　你上车的技术也不行了。哎，有多少年不用自行车带你了？

江　月　有年头儿了，当年这块儿还是沙土岗子，还有狼呢……

《鹿衔草》剧照

老　李　是吗？

（出现狼嚎的声音，一阵甚似一阵，令人毛骨悚然）

江　月　当时还以为是狗，到了孕妇家里，人家才告诉我那绿眼珠的不是狗，是狼，能吃人……其实我当时晚上上班最怕的不是狼。

老　李　是什么？

江　月　太平间。

老　李　医生还怕太平间？

江　月　就说啊，你说逗不逗，当时也没电话，晚上病人有事总是拿个盘子来叫我，他一看咱屋里开灯，扭头就走。我想让他等等我一块儿走，怎么喊也听不见。半夜三更，只好一个人经过弯弯的小路，经过太平房，再到住院部，一路上我总想着太平房的水泥台子上一具具冰凉的……（忽然不说话了）

老　李　说啊，怎么又不说了？

江　月　……

老　李　（驻足）怎么了？

江　月　老李，我有点儿怕……

老　李　（不安地看着她）

江　月　我是不是也要躺在那个冰凉的水泥台子上了……现在不是水泥台子了，是一个个冰凉的抽屉……

老　李　胡思乱想！

江　月　不是胡思乱想……这个手术很危险，随时都有下不了手术台的可能……

老 李 （着急）你看你！我请教过专家了，专家说是个小手术，这可是真正的肾病权威说的。

江 月 （也克制自己）对，是个小手术。

老 李 就是么，这辈子多少沟沟坎坎都过来了，这么一个小手术还过不去？笑话，我们一定能过去。

江 月 一定能过……

老 李 当然也不能掉以轻心，最后一个手术做完了，咱再也不接了，好吧，赶紧给自己做。

江 月 不接了，谁的也不接了，赶紧给自己做。（突然感情地）老李，我不想死，退下来以后还想好好给你给孩子做做饭，弥补弥补今生的遗憾，我跟你还没过够，没过够……

江 月 我不能让你孤零零地去，我要陪着你，我要跟你一起去全国旅游……

老 李 （紧紧搂着她）一起去，我们一定要一起去……

江月是一名医生，但她也是妻子，是母亲，是一个普通人。面对死亡她也会恐惧害怕，面对死亡她也会回想起过去的种种遗憾，这是剧中最令人触动的一个设计。第三幕讲述了江月和老李以前的经历，同时也揭示了鹿衔草的由来，是全剧最关键的一幕，这一幕只有老李、江月，二人内心最真实的想法也终于透露给对方：

江　月　这两天我时常问自己，假如命运再给我一次选择的机会，我会选择另一条路吗……答案是不会，我仍然会选择医生这个职业，尽自己的能力去助一个个需要帮助的生命，所以我对自己的一生不后悔……可就是觉得对不起你和孩子。

老　李　你看一句气话，又认真了。

江　月　我对你们的照顾太少了，老李，坦白说，这辈子找我，是不是有点冤？

老　李　我说冤了么？

江　月　找了个老婆，整天连口热饭都吃不上，一着急就是熬稀粥。

老　李　当时就这么个情况，我们这一代人不都这么过来的。

江　月　你能理解，孩子呢，能不能理解？孩子从小学到中学，我连一次家长会也没参加过，记得有一回孩子求我："妈去一趟吧，别人的妈妈都去，你不去多不好。"你猜我是怎么说的？

老　李　怎么说的？

江　月　我说："叫你爸去吧，我明儿还有一个手术，下不了手术台。你说我怎就那么忙，为什么就不能参加一次孩子的家长会……

老　李　好了，都过去的事了，不想这些个了。

正所谓医者仁心，医生这个职业注定不平凡。身患癌症的江主任，心中挂念的是那些还未手术的患者。但剧中还塑造了这样一对角色，体现出不同的人性。李珊珊和董军，是剧中肿瘤科的医生，也是一对夫妻。他俩在剧中代表着年轻一代。董军在面对天津市人民医院的招聘有些踌躇，而李珊珊则要求董军将目光放长远，一定要去转聘，这样才有好的发展。江主任的身体无法再支撑起阿布日娜的手术，于是院里将这台手术安排给了董军。可在手术这一天董军却迟迟未到，问李珊珊她也是支支吾吾含糊着说董军临时有事要请假。争吵之下，李珊珊说出了实情，是她将董军反锁在家内准备应聘。就在僵持不下之际，董军捂着受伤的双手匆匆赶到医院。一边是江主任自己的手术，一边是好不容易回心转意的阿布日娜，江主任再一次将自己的身体摆在之后，毅然决然踏上了手术台。

（江月的画外音：医生就是这样一个职业，每当他处理了一个病例，做了一例手术，都会扪心自问：我尽力了没有？给没给病人留下什么遗憾？不该划破的那根肉眼几乎难以分辨的血管划破了没有？如果不小心划破了，那么病人今后就会内分泌失调，痛苦就会伴随她后半生。当然，这些手术上的事病人并不懂，病人家属也不懂，懂的只有医生自己，所以人们才说医生是个神圣的职业，一个最需要爱心，最需要良知的职业……）

《鹿衔草》故事虽十分简单明了，是典型的通过讲述故事驱动情节发展的多幕剧形式，却饱含着真切实感。得益于国家一级导演潘西平的执导，从演员的选角以及舞台的布置无不体现出导演的功力，在那个年代让来到剧院的观众看到了新世纪下内蒙古戏剧的转型与发展，故事不再拘泥于草原与牧民，却句句讲述着民族团结一家亲。江月医生正是千千万扎根在北疆的工作者的影子，他们当中有很多来自全国各地，响应国家号召全面深化改革，将自己的一生投入建设祖国偏远地区当中。这是属于人民的作品，是属于无数北疆工作者的优秀作品。

（二）2004年二人台《叔嫂情》

二人台《叔嫂情》根据传统二人台《小叔子挎嫂嫂》改编。由“二人台中国第一编剧”、著名剧作家柳志雄于2004年创作，由山西省忻州市北路梆子著名演员詹丽华、周永兴主演。该剧讲的是黄河岸边的一个村庄，由于父母糊涂，将女儿嫁给了一个得病的男人，该男人死后，女儿年纪轻轻便当了寡妇，多年来与小叔子相依为命。最终女子与小叔子打破封建礼教，自由恋爱，走到一起结为夫妻的故事。该剧是一出反对封建伦理道德的小戏，具有很强的现实意义，不仅故事情节、唱词都很精彩，而且融合了人性化的内容，深受广大艺术家和观众的好评。

《叔嫂情》在首届中国戏剧奖·小戏小品奖评比中，引起强烈反响，获得巨大成功。该剧最终在参评的50多个作品中脱颖而出，荣获优秀剧目奖和观众最喜欢的剧目奖。柳志雄说他从事二人台艺术创作30多年，虽有不少催人泪下的剧本，但他对《叔嫂情》情有独钟，他说《叔嫂情》这个剧本是他一生创作当中的重要里程碑。

同时，这部剧也是21世纪以来二人台从寻找出路到转型发展的重大突破。

《叔嫂情》单看故事并不新鲜，甚至还有些陈旧的感觉，但经创作者的巧妙构思和精心编排，表现竟是那样新奇、活泼和富有时代精神。该剧没有一句反封建的说教，反封建的主题却很鲜明。作者用信天游民歌体编写唱词，用比兴的手法把叔嫂间的情意表达得生动准确又恰到好处。正如文中唱词写道：

叔　嫂嫂，虽说咱家要房没房，要地没地，就有两节子笼屉，一蒸饭还四处跑气。可你放心，只要我能吃面，就不让你嚼米；只

《叔嫂情》剧照

要我能遮风，就不让你着雨。这辈子咱做不成夫妻就做个姐弟，到来世我就是转牛变马也要当你的女婿。只要嫂嫂你这辈辈不跟我分开，你百年以后兄弟我定有安排。首先我给你好好买口柏木棺材，然后再为你披麻戴孝全身穿白，接下来再给你坟堆堆前摆个烧香台台，村口口上立个贞节牌牌……

嫂　我宁愿死了没人埋，也不要你那个贞节牌！寡妇我是当够啦！这罪，我是不受啦！我走了！这个家就留给你了！

仿佛女人一辈子守寡才能被社会接纳，在丈夫去世后嫁人是有辱家门的事，困住年轻的妇女，埋葬了女子的青春和生命，用一个冷冰冰的贞节牌坊来赢得人们的称赞与尊重。可剧中的嫂嫂是一个敢于打破封建礼教的人，她不在乎封建枷锁，用自己的行动去抗争。

嫂　我不要贞节要真情，
你想要名声就去守孤灯；
我不做寡女要做女人，
你想当光棍就去活单身。
临走含泪叫笨笨，
你呀你呀愣头青。
拿起杆烟袋总有点铜，
拿不起主意你算甚男人？

剧中的小叔子心里也有嫂嫂，可在面对封建礼教时，表现了退缩。但当嫂子要走时，他心里的爱意再也隐瞒不住。

叔 （唱）嫂嫂的话语重千斤，
句句说得我骨髓疼。
今天我立起四柱当男人，
跟上嫂嫂离这村。

嫂 （故意激将）你跟嫂嫂走？嫂嫂看你也不像那撵狼的狗！

叔 不像撵狼的狗，就像个偷吃狗！反正我生不离嫂嫂的前后，死不离嫂嫂的左右！

嫂 （不相信地）你这是犟扭的瓜，还是自开的花？

叔 嫂嫂，你快不要吼啦，其实这心思我早就有啦！

拉住嫂嫂的手不让走，待嫂嫂把话说清后，小叔子才表示坚决娶嫂嫂，二人一起冲破世俗的枷锁追求自己的幸福。

叔 高粱熟了红穗穗，甜甜地喊一声大妹妹！（喊）大妹妹！

嫂 （大声地应）哎——听了笨笨喊妹妹，打起饱声都是甜味味！

叔 两个公鸡比调了，我叫了轮下你叫了！

嫂 我叫？葡萄不熟绿颗颗，酸酸地叫一声小哥哥！（酸酸地）小哥哥——！

叔　（不好意思地）哎——听见妹妹叫哥哥，浑身身就像着了火！

嫂　这才叫：大妹妹，小哥哥——

合　好比那绿枝枝上吊的个红果果！

同时，导演运用二人台艺术手段得心应手，剪纸般的人物造型和锅盖等特殊道具的使用，既有地域特色，又把人物刻画活了，让人身临其境，潸然泪下。两位演员非常出色，唱念做表颇见功力，在继承古典美的程式表演基础上，注重人物内在感情的外在表现，塑造出两个具有现代美的人物形象，令人回味无穷，在舞台上绽放无限光芒。剧作家柳志雄曾说过："俗话说，人要直，戏要曲。"接地气的语言，比兴的手法，信天游民歌体编写唱词，叔嫂间的情意表达得生动准确又恰到好处。在封建礼教的重重枷锁下，嫂嫂与小叔子笨笨产生情愫，小叔子笨笨从暗恋转变为和嫂嫂结为夫妻，这是在与嫂嫂朝夕相处和嫂嫂诉说这些年的苦楚以及不在乎封建礼教的过程中逐渐发生的，两人敢于追求自己的幸福，勇气值得我们称赞，极具现实意义。

封建礼教的糟粕困住了多少女性，世俗的流言蜚语又伤害了多少相爱的人，一道道贞节枷锁又将多少女性埋葬，仿佛追求自己向往的幸福是可耻的。剧中的嫂嫂虽然是农家妇女，但她的思想具有独立性，深知自己的幸福只能靠自己争取，家人不爱她，丈夫早亡，年轻的她撑起了夫家，世俗的伦理道德，封建礼教，村里人的闲言碎语都没有困住她，反而使她更加强大，更加勇敢地追求属于自己的幸福。小叔子笨笨虽然在现实困难前有些退缩，可面对心爱之人，他也鼓起勇气，携起嫂嫂的手，和嫂嫂一起打破重重枷锁。正是因为两人都有这样的勇气和思想，这对相爱的人才没有彼此错过，找到了幸福。《叔嫂情》至今都被大众所喜闻乐见，长演不衰，为我们谱写了一首绝美的追求自由爱情之歌。

（三）2005年二人台《巴雅尔与大花眼》

二人台《巴雅尔与大花眼》由二人台剧作家娅茹于2005年创作，由内蒙古自治区二人台艺术团演出。该剧讲述的故事发生在内蒙古西部半农半牧地区，故事始于20世纪60年代，时间跨度长达半个世纪之久。剧作家用独到的艺术构思与精湛的表现手法塑造了3个生活在20世纪60年代初的年轻女子对蒙古族青年巴雅尔生活轨迹的影响。

这部剧主要以巴雅尔与大花眼的感情为主要线索，同时穿插了二毛眼和丹凤眼与他的感情纠葛以及对其生活轨迹的影响。在此基础上，作者表现出的是一种建立在牺牲基础上的大爱。故事以阶级斗争为背景，描述了人们内心的宽厚与善良，在此过程中，塑造了巴雅尔、大花眼以及众多淳朴善良的农民形象。巴雅尔和大花眼在其中最为典型，他们为了救人性命放弃自己的心中所爱。巴雅尔和大花眼青梅竹马，本来是一对情投意合的恋人，但是村里突然来了一个快要饿死的带着孩子的女人，本来母子二人不应该留在这里，但是遇上了暴风雪，为了拯救这两条生命，他毅然决然地将母子俩追回，放弃了心爱多年的大花眼，和这个“来路不明的女人”生活在了一起。而大花眼在巴雅尔抛弃自己后想明白，他是为了拯救两条生命，正如文中唱词写道：

大花眼　一头是儿女相恋情，
一头是两条人命，
哪头轻哪头重，
人命当比情更重。
想到此心里明，
霍日嘿是草原人的魂，
霍日嘿是草原人的心，
一个字是那样深，
一个字是那样神圣，
这样的好人实少见，
我怎能对他怀揣怨恨。

大花眼也是善良的化身，担心李纪翰饿死，便将他留在家中吃饭，担心他没有能力自己生活，便和巴雅尔讨论李纪翰的工作问题，让李纪翰在村里当老师，最后大花眼和他一起生活。到了晚年，她还一直让自己的女儿在山东寻找菊花以及巴雅尔的儿子，在鲁汉死后帮助菊花一家搬家过来与巴雅尔团聚。虽然她与巴雅尔没有一个完美的结局，但是她的心一直牵挂着巴雅尔。

除了这两个人物之外，剧中还刻画了一个在当时特定社会背景下产生的较为刻薄的人物，她就是二毛眼。在剧中，二毛眼作为一个反派人物，作者着重塑造了她刚烈的性格，通过台词直接反映了她的激进：

二毛眼　（唱）谁都知道你有对象了，
就差典礼当新郎，
为什么你把那个贼忽拉，
夺弄（捧）在你的炕上？
（唱）你当队长也不能，
随随便便搞作风，
你这是戏耍了爱你的人，
实实在在地葬良心！

而在菊花母女准备走时，二毛眼又将退烧药给了菊花，由此可见二毛眼还是一个心地善良的人。随着剧情的推进，她的性格也开始发生一些转变，从最初的批判和挑剔到后来的内疚和反省，一步步展现了她性格上的转变和成长。此外，还有一个围绕二毛眼产生的角色：憨憨。他与二毛眼之间的情感线索为剧情增添了柔情与幽默。

本剧通过巴雅尔、大花眼和菊花三人的爱情故事，展现了个体情感与社会观念的碰撞。剧本通过巴雅尔与菊花的相遇、相爱、分离再到重聚的过程，反映了人对家庭、爱情和责任的不同理解和追求。每个角色的命运都与时代背景紧密相连，反映了个人在社会大潮中的无奈与挣扎。巴雅尔的选择和最终的团聚，不仅仅是个人幸福的寻求，也象征着传统价值观与现代社会变迁的冲突与融合。巴雅尔与菊花的关系，并非简单的爱情，更多的是基于相互同情和理解的深厚感情。二毛眼和憨憨的最终结合，从侧面强化了剧本中的乐观主义：即使在最为艰难的时刻，人性中的善良和宽容仍能带来希望。巴雅尔的坚毅、大花眼的无私、菊花的顽强与二毛眼的转变，这些人物的性格层次丰富，情感细腻。他们的对话、内心独白和歌唱，都透露出人物的想法与欲望。这种对人物深层心理的探究，使得人物形象立体生动，更加贴近现实生活中的普通人。

剧本通过巴雅尔对传统生活方式的坚守，展现了内蒙古人与自然和谐共处的生活理念。同时，巴雅尔的经历也反映了现代化对于传统生活方式的影响，这种影响贯穿剧本始终，使得故事充满了社会意义。剧本的结局，巴雅尔终于等来了儿子，象征了回归和团圆的美好愿望。而大花眼的无私帮助，更加深化了人与人之间的情感纽带和相互扶持的社会理念。在这个过程中，巴雅尔对于土地的情感，对于家庭的责任，都得到了升华，展现了人在面对生活困境时的坚韧和不屈。

《巴雅尔与大花眼》是一部深刻探讨个人情感与社会责任的作品。通过主人公巴雅尔的经历，向我们呈现了一个在传统与现代、个人与集体之间不断摇摆和抉择的生动形象。在这个过程中，剧本不仅仅讲述了一个贴近生活的故事，更是透过这些故事，反映了社会的深刻变革和文化的持续传承。

（四）2009年二人台《花落花开》

二人台现代戏《花落花开》取材于生活中一个真实的故事，矛盾冲突很集中，非常适合一部舞台剧的结构和容量。它描写了在北方的一个小山村，女主人公月清的丈夫身患绝症后，故意制造了一起车祸，用他的死为家里人争取最后的“经济利益”。车祸“肇事者”喜顺在懵懂间陷入妻离子散、倾家荡产的困境，但他还是按

《花落花开》剧照

照法院的判决尽力弥补月清一家人。月清偶然间在丈夫的遗物里发现丈夫的绝笔信，明白了事情的来龙去脉，在经过激烈的思想斗争后，她决定把事情的真相公布于众，但遭到婆婆的反对。最后月清秉持良心，为喜顺洗清冤屈。在长期互帮互助的过程中，月清与喜顺产生了爱情，两个苦难人经过一番波折最终结合在一起。这部剧创作于21世纪初，随着我国经济的快速发展，商业化大潮弥漫在社会的每个角落。在这样的社会背景下，这部剧发出了对市场经济下的人性和道德的拷问，具有很大的现实意义。

二人台著名编剧柳志雄用他的创作理念重新解构了全剧，他认为戏曲是女人的艺术，戏就是情，在剧本创作时要敢于用情来抓住观众。柳志雄把月清作为整部剧的中心，描写了月清在遇到一个个人生重大变故时的抉择，展现了她清风霁月般的情怀，她的情最终化解了两家人的芥蒂，两个破碎的家庭最终得以完整；她的情贯穿始终，大段唱腔塑造了一个善良贤惠、通情达理的普通而不平凡的女性形象，充分发挥出戏曲写情抒情的特点。

月　清　（唱）别怨月清冷，莫恨媳妇傻，

都怪我为人做事说不了谎来掺不了假。

三年风儿吹，三年雨儿打，

三年来汗珠泪水悄悄抹来偷偷擦。

白天扮作男，黑夜守着寡，

虽说是人生五味可只吃苦来只嚼辣，

来回一里路，出进两个家，

只为了人字两划左一撇来右一捺。

……

我不是二十几，更不是十七八，

再不用说起那事耳热心跳羞答答。

不为多幸福，只为少牵挂，

月清我不愿守寡才想组建这个家。

娘啊娘，喜顺说下话，咱的孩子就是他的亲娃娃，

婆婆您就是他的亲妈妈，

一求我的娘，二望我的娃，

能跟我想到一块走到一搭搭。

在这段唱腔里，抒情与叙事、说理很好地糅合在一起，事因情的滋润而动人，理因情的渗入而有力，为婆婆之后的思想转变做了铺垫，非常自然地推动剧情的发展，突破了人们对戏曲现代戏“话剧加唱”“为唱而唱”的诸多诟病。

其次，这部剧的成功在于塑造了几个鲜明的人物形象，如喜顺、婆婆、村长、金凤等，这些人物非常接地气，好像就生活在我们身边。例如村长是这部剧中不可或缺的一个人物，他能说会道、足智多谋、应变能力强，具有鲜明的个性特色。如果说月清是全剧的主脑，村长就是全剧串起珍珠的丝线，村长不仅在发生车祸的两家人中间斡旋，他还引导月清经商，扶持喜顺发家，为两人的结合

仗义执言。除此之外，村长在剧中还是剧作家的“发言人”，本剧的主旨由他点明。柳志雄在写这个人物的台词时，凡是讲道理的台词便用风趣的串话代替，在串话里藏一些哲理，让观众更容易接受。如村长批评婆婆一段：

村　长　（白）你看你，说着风，雨就来了；说着面，米就来了。你说人家月清哪赖？对你是热情热待，对娃娃是又疼又爱。你儿子带下了大害，当媳妇的吃苦还债。春季地里种菜，夏季沿街叫卖。手脚干得够个勤快，汗珠掉得更是慷慨。这就叫：“有奈出自无奈，赤脚跑在个佘太。”至于她和喜顺相爱，更是符合如今的时代。让我村长表态，我说一个“OK”。

婆婆在戏中是一个典型的圆形人物，她虽然对儿子恨铁不成钢，但为了护家丑，她阻止月清说出真相。当月清决定与喜顺结合，婆婆也坚决反对。她不是一个坏人，只是站在自己的立场想问题，她为了守住这个家，守住自己的脸面，也有不得已的苦衷。婆婆这个人物非常具有丰富性，思想转变过程刻画得很细微。

喜顺的前妻金凤给观众留下深刻的印象，她小丑式的耍泼产生了强烈的喜剧效果，在农村演出时很受观众的欢迎。但在专家的评论中，很多人认为金凤这个人物太过类型化，应该挖掘这个人物的多侧面。但笔者认为，类型化人物是中国戏曲传统塑造人物的方法，这种方法保留至今是有一定理由的，首先类型化人物特征鲜明，易于识记。在我国传统的开放式的演剧环境中，类型化人物占据了戏曲的主要舞台，后来出现的戏曲脸谱更是把这个特点发挥到极致。二是易于创作。编创者和演员只需要抓住人物的主要特征进行创作和表演，发挥空间很大，便于用夸张的艺术手法强化人物性格中的某一特征，增加情节的戏剧性，更容易吸引观众。三是时间限制。一部戏剧演出时间有限，作者不可能把每个人物都进行多侧面的描写，对于剧中的次要人物或者一些社会小人物，往往抓住其主要特征进行简笔勾勒。正是由于这些特点，金凤在舞台上大有喧宾夺主之势，对真正的主角月清造成“威胁”。

实际上金凤这个角色在这部剧里有多重功能，第一，她是一

第十四届文华奖

呼和浩特市民间歌舞剧团创作演出的《花落花开》荣获文化部第十四届文华奖“文华剧目奖”。

中华人民共和国文化部
二〇一三年十月

《花落花开》获状证书

个结构性的陪衬人物，她给月清和喜顺造成阻碍，使得剧情一波三折，满足故事叙事的需要，同时凸显月清和喜顺的美好品德；第二，金凤是一个丑角式的人物，她能起到活跃气氛的作用，调节场上的冷热与张弛，是地方戏曲传统剧目中不可或缺的角色；第三，金凤这个人物对观众的“审丑”作用不可低估。因为在现实生活中，相比严厉的批评，人们更受不了的是对自己揶揄和嘲笑。柏格森在《笑》一书中说道：“笑的功用就应该是这样的，对被笑的对象来说，笑多少总有点羞辱的意味，它的确是一种社会制裁的手段。”金凤是农业社会中典型的“坏媳妇”形象，她好吃懒做、见钱眼开、尖酸刻薄、无情无义。鉴于金凤这个人物的逆向价值，有专家建议完全可以打造另一部剧，名字就叫《金凤》。可以说，正是由于这个人物来源有“根”，所以在舞台上具有生命力。但同时，金凤这个类型人物所有的发挥和表演必须符合故事发生的情境和人物关系，如果度没有掌握好，就成为老艺人们常批评的“撒狗血”。

《花落花开》中还有很多元素来自二人台的传统，例如村长的大段呱嘴，二人台的道具手绢、扇子、霸王鞭，还有很多曲调都是源自二人台的曲目，说明《花落花开》的创作没有离开传统，能从地区的文化遗产中吸取营养。

（五）2015年二人台《青山儿女》

二人台现代戏《青山儿女》是一部反映抗日战争的现代戏，该剧视角独特，从一笔代为保管的大青山抗日游击队的活动经费入手，歌颂了大青山抗日根据地汉蒙团结，共同抗战的故事。这部剧由著名的二人台剧作家柳志雄创作，呼和浩特市武川县乌兰牧骑演出，经过几年的打造，在演员的表演、舞台的呈现上都有很大进步。《青山儿女》在2017年的内蒙古草原艺术节上成为闭幕演出的唯一一台二人台剧目。

该剧结构精巧，5个角色构成一部大戏，但又行当搭配齐全，冷热调剂适中。其中，好赖人牛保长的塑造吸引了观众的眼球。他派壮丁、纳粮、修公路、号房，做着好人不愿当、赖人不让当的保长的差事。他是见风使舵的陀螺，可他又知道谁是好人谁是赖人，例如他一出场对云岚的评价：

牛保长　（白）既有美人的相数，又有菩萨的大度。一不生气，二不动怒，见了个穷人总爱帮助。游击队打尖八路军住，她可是咱远近闻名的堡垒户。给这样的女人当不了丈夫当条牛，我牛二栓也情愿一天耕地五亩九分九厘九！

因为他的天良未泯，所以在云岚要被日寇杀害的时候，他用缓兵计为乌力罕救下云岚争取了时间。但当八路军周小川被日本人抓进监牢时，他却乘人之危施展诡计，想把云岚的女儿山丹占为己有，显示出他贪婪、狡猾的一面。牛保长这个人物形象不是主旋律戏剧中惯常见到的非好即坏的人物，他周旋在两者之间，不好不坏，亦好亦坏，明哲保身，唯利是图，是典型的中间人物形象。这个人物形象的塑造丰富了二人台剧目的人物画廊，为地方戏曲的现代性做了有益的探索。但遗憾的是，剧中并没有给这个人物更多的展示空间，他的性格逻辑、情感走向还是简单化的，大多是承上启下、穿针引线式的作用，没有成为一个血肉丰满的人物，最后沦为一个结构性的陪衬人物。

其次，该剧运用爬山调的音乐创作方式，民歌体的唱词充分发挥了二人台剧作家柳志雄的特长，比兴句、排比句、比拟句与爬山调的音乐相得益彰，例如：

（幕后歌）

亲妈妈，好妈妈，苦里跌倒难中爬。

流着鲜血咬着牙，养活了革命支撑了家。

我迎进你家来我送出你门，你带走我心呀你勾去我魂。

可救不了国家成的个什么亲？可杀不尽仇敌做的个什么人？

这段则化用了《割莜麦》的曲调和句式，生动鲜活，丝毫不逊原作的风采。

高小川　（清唱）大青山妹妹在那井尔沟畔——

身挎篮篮，手拿铲铲；

扁担颤颤，镰刀弯弯；

笑脸蛋蛋，热汗串串；

小脚板板，步履欢欢搞生产。

作者的语言功力令人叫绝，他把诗词的意蕴与当地的方言天衣无缝融合在一起，如：

云　岚　（唱）夜儿个熬至日出头，
今儿个盼到月如钩。
灯瓜瓜耗干几盏盏油，
心窝窝泛起几层层愁。
小时候不省得那竹马弄青梅，
长大了才知道个青山配绿水。
只估划咱形影影相依一对对，
没想到你子身身不离马背背。

这样的语言是老百姓能懂的语言，是接地气的语言，同时又是充满了诗意的语言。当今很多戏曲剧作的语言让人诟病，就是由于戏曲唱词过于直白，不仅在意境的营造上没有追求，在合辙押韵上也欠讲究。但柳志雄戏曲剧本的语言在“炼字”上下了一番功夫，从朗朗上口具有音韵美的语言中能感受到作者的字斟句酌、苦心孤诣，语言的诗化、地方化成为柳志雄剧本的典型符号特征。

该剧本也体现了创作者的眼光。作者在采风的时候，听到的故事原型只是堡垒户为革命牺牲的故事，但作者认为大青山的抗日是各族人民并肩战斗的历史，这是历史的真实，所以作者在采风的基础上，塑造了游击队长乌力罕大叔这个人物形象，他对云岚的深情，对八路军战士高小川的舍身相救，既有家国大义的担当，又有蒙古族男儿的豪爽和柔情，这个人物的设置把大青山地区汉蒙亲如一家、团结和谐的民族关系展现出来。

（六）2015年实景剧《千古马颂》

由内蒙古民族艺术剧院倾力打造的全国首部大型实景马文化演出《千古马颂》自2014年首演以来，累计演出超过1000场，接待了20个国家及地区游客近200万人次，成为北疆文化的金色名片。

1. 深沉严肃的思想性

《千古马颂》让马走进剧场，和演员一起成为演出的主角，这在我国演出史上是首创。我国的马文化源远流长，由来已久。唐代文学家韩愈的《马说》，作者以马喻人，抒发了对人才的同情和理解，希望人才能被发现和重用，以千里马不遇伯乐比喻贤才难遇明主。曹禺在剧作《王昭君》中也有一段著名的《说马》，写得精妙极了："臣说道，真正的好马，马头就是'王'，要正要方；眼睛是'丞相'，要神要亮；脊背骨是'将军'，要硬要强；肚子是'城池'，要宽要长；四条腿是'王的命令'，要快要长；两耳像劈开的竹管，尖而刚；皮毛像太阳下的缎子，闪亮光。这样的马，不乱吃、不乱动，骑上去，它不狂奔、不乱跑。但是在宽阔无边的草原上，它驰骋起来，千里万里，像风也似的飞过，在它眼里，没有不能到的地方。这才真是生死可以相托的好马。”

此外，我们不难发现众多经典影片都是以马为母体，《玉女神驹》《马语者》《黑骏马》《奔腾年代》《一代骄马》《战马》等，都是以人与马之间的情感为线索推进故事的讲述，又在讲述中渗透着浓浓的人马情。可见，马是人类尊贵的朋友。

在内蒙古草原和蒙古高原上生长起来的马被统称为蒙古马，它们和蒙古族的生活习惯息息相关。古时用作军马，生活中是蒙古族最重要的生活伙伴之一。

展现蒙古马精神，就是《千古马颂》的主题。全剧分为4个部分，即天降神驹、马背家园、马背传奇、千古马颂。整场演出以天、地、人、马的寓意为逻辑架构，生动地演绎出蒙古族与马相遇、相识、相伴、不离不弃、生死与共的情感历程，体现人、马和自然的和谐共存。在“出征”这一段落中，我们看到了气势磅礴的马队，和长大成人的蒙古族男子带兵打仗的场景，突然几声震耳欲聋的枪响，一匹冲在最前面的战马当即倒地，一动不动，身受重伤的主人强忍疼痛爬起来，发现战马负伤，拔开水壶塞子，将最后几滴水喂给倒在地上的战马，自己却倒下了。全场一片寂静，大约十秒后，我们看到那匹受伤的战马缓缓抬起头，立刻搜寻到躺倒在地的主人，小心翼翼凑近，试图唤醒，然后用头和前蹄将主人滚上后背，缓缓跪站起身，走向家的方向……在危难面前，人马相依、人马互救的场景深深地感动了在场观众。类似这样动人的画面还有很多，《千古马颂》就是在这样一个个小故事和一幅幅画面中表现了马坚韧、忠诚、勇敢、担当、宁静的精神，让观众看到天地间辽阔的草原，倾听人与马动人的情缘。在《千古马颂》中，我们体味到了马背家园的温情，欣赏到百骏出征的壮观场面，品读出草原儿女的情愫，赞扬了马高贵的品德。

《千古马颂》用直观、准确、独特的表现方式，向人们展现了蒙古马“坚韧、忠诚、勇敢、担当、宁静”的精神，再一次树立了马高大神圣的形象。

2. 丰富大胆的综艺性

《千古马颂》的开创性在于这是一部以马表演为表演核心，融蒙古族歌、舞、乐、杂技、马术技巧为一体的大型实景马文化综艺演出。

首先，也是最主要的，上百匹骏马登场表演，并且成为表演核心。同时，整个演出的情节也是由马而生，情感由马而升，马是第一次在故事情节中进行表演，并非仅仅作为队列表演、过障碍或者单一的技巧表演。所有对于马的动作的设计全部包含在内容中。在序中，我们看到马对于新生命的守护；上篇马背家园为我们展现了一幅蒙古族和谐生活的全景图：在辽阔的牧场有童年嬉戏玩耍的同伴，几十匹德宝小矮马载着欢快的蒙古族小朋友飞奔而过，还有搏克以及在马鞍上巧妙地运用了杂技单手顶表现主人公“我”在马鞍上长大成人。下篇马背传奇讲述了“我”出兵打仗，远离家园却思念家乡，在与敌军较量中身负重伤，人马相依，人马互救，摔马这一超高难度的动作体现出的是人马之间生死相依之情。“我”被马儿带回家，碰到心上人，用杂技绸吊与马的配合，恰到好处地展示了初遇爱情的美好。所有的内容都运用了最恰当的表现形式，而不同的艺术类型都紧紧围绕所表达的主题思想，使整个作品显得丰富，却不凌乱。

其次，《千古马颂》的音乐极具特点，感染性极强。整场演出中，出现的音乐大概十几首，除了《牧歌》《雕花的马鞍》《敖包相会》等大家耳熟能详的经典蒙古族音乐之外，还有一些最新创作的音乐，如《天上的风》《人马情缘》《迁徙》《驰骋》等，为每个片段增色不少。另外，整场演出的节奏主要是由音乐的节奏来决定的。

第三，除了人与马的表演之外，我们在演出中还看到了很多具有蒙古族特色的元素，如长调、马头琴、蒙古舞、搏克、马术、萨满仪式等，这些都有机地融合在整场演出中，使地方特色更加鲜明。

3．带有探索意味的后剧场性

从严格意义上来讲，《千古马颂》不能算是传统意义上的剧，而这场演出又不同于传统意义上的我们通常所见到的综艺晚会类的演出，它是一场具有探索性的后剧场性的综合演出。

德国著名剧场学家汉斯·蒂斯·雷曼曾经用“后戏剧剧场”这一术语涵盖了20世纪70—90年代欧美剧场艺术中的一种彻底的变革趋势。它强调剧场艺术的各种手段，如演出文本、舞台美术、音响音乐、演员本身等的独立性及平等关系。如果把《千古马颂》作为广义上的剧来算的话，那么专门为演出搭建的马文化演艺中心剧场无疑具有后剧场性。

走进2000多平方米的封闭式剧场，便可见宽阔的表演区被分为沙区和舞台两个部分。舞台后面是近300平方米的LED大屏和1000平方米的环形分合投影幕，星光闪烁，伴随悠长的马头琴，我们仿佛置身草原月夜中。

演出开始后，在精美的LED和环形投影幕上我们看到一匹天上神驹向我们跑来，伴随悠扬的蒙古族音乐，一位讲述者带领我们走进这段人与马的动人情缘。该剧并无明确讲述清晰的故事脉络，但是观众绝对可以在观赏中理解和感受那徐徐流动的情感线索。上面所描述的场景具有某种意境的性质。

第一，观众只有踏进剧场空间，才和其他观众成为共同演出的剧场的一部分。作为观众来讲，每一位都是唯一的；对他来讲，表演者（包括马）和其他观众都属于他的剧场的一部分。这是在家里电脑上看视频或录像难以实现的。

第二，观众会产生自身在场性的主观意识，比如观看激动时发出的赞叹、掌声、叫喊声，比如现场所闻到的气味（马的皮脂层薄，在长时间奔跑后汗腺排汗产生的气味比较明显）等。

第三，观众与表演者所处同一时空，而表演区域之大使观众具有更大范围的选择权，即看什么，看还是听，也许是随着哼唱，继而与表演者一起制造出一种音乐式的、摄影式的或戏剧式的场景。

第四，除了表演区域之外，重要的意境传达手段在于视觉空间的营造。该剧运用多媒体技术，加强视听觉对于观众的感染与引领，使观众的观看视野集中于此处，从而凸显了剧场观看的特殊效果。

以上，是笔者对于这样一场别样的艺术演出的几点想法和认识。或许在尝试中会有这样或别样的困难，但是经过创作团队的不懈努力，人马磨合的不断深入，《千古马颂》会成为一场带有探索意味的后剧场性的综艺演出，也会让更多人重新认识和解读马文化。

（七）2020年话剧《白云朵朵》

《白云朵朵》由高晓红、王佳隽、韩再刚等策划，由刘笑、乔柯、范越三人在剧本《赤鹿之灵》基础上进行了二度创作，由青年编剧、导演、戏剧制作人、国家艺术基金青年艺术创作人才项目资助获得者、第十三届内蒙古自治区艺术“萨日纳”奖戏剧导演奖获得者乔轲编剧并导演。为迎接中国共产党成立100周年，该剧于2021年5月12日在呼伦贝尔市乌兰牧骑宫上演，于2022年获得第三十六届田汉戏剧奖入围剧目奖。

该剧在形式上大胆创新，剧本与传统意义上的戏剧不同，并不是一个故事的起承转合，而是由3个风格迥异的小故事分段集合而成。虽然3个故事的发生地点、主要人物、故事情节都不同，却有着相同的主题——坚守。第一幕讲述了一位老人坚守着烧烤店，拒不搬迁，成了整条街的钉子户。原来，老人靠着满腔的热忱和诚信吸引了顾客，独自培养儿子成才，老人对烧烤店有着深深的回忆与情感，所以不愿意离开。可是，驰援武汉的医护工作人员来到老人的烧烤店，想用老味道为自己践行，老人被志愿者的行为所打动，她也明白了在国家危难之时，在人民需要之时，应该有无私奉献、牺牲小我的崇高精神，也认识到自己之前的犹豫与执拗是错误的。

除了剧本形式，舞台上的艺术设计也有很多别出心裁的地方：巧妙地运用舞台灯光，从大场面中摘选出细节，放大人物内心，拉近人物与观众的距离。比如在最后一幕邮递员自述这一辈子的经历时，灯光只给到邮递员，观众能快速注意到他的表情，从而进入他的内心，倾听他的故事，明白他为什么不愿离开家乡到女儿生活的大城市。这种表现细节的方式更能让观众体会到老邮递员不计较个人得失，无私奉献，哪怕退休了也还挂念着工作，以至于生活出现了不平衡，内心矛盾等。剧作者在刻画这个人物时，也在反映各行各业勤勤恳恳、脚踏实地的工作者。

除了灯光，剧中还有意象化的表达，比如作为家乡的代表，在话剧开头、结尾出现的女青年，用诗一样的语言解说、升华主题，把自己对家乡的爱表达出来，省去了繁复的情节。同时，这位女青年也是第二幕中的重要角色，因为一些机缘巧合没有和自己的爱人在一起，可是两人不约而同地去了对方的家乡呼伦贝尔市和上海市，投入对方家乡的建设工作中，为祖国的繁荣富强而献出一份力量，这样的行为深深感动了观众，让大家笑中带着泪。再比如床上的戏，两个陌生人因为飞机延误住到一起，不得不睡在一张床上。看似简单的情节，在电影电视剧中可以进行多角度拍摄，后期剪辑等，可是在话剧舞台上，观众只能看到演员的一面，这就增加了表演及表现的难度。本剧机智地将“床”立在舞台上，把灯光打在人物站立的背景板上，让演员看似站着“躺在床上”。这个细节不仅能完整地呈现情节，也能让观众更直观地融入两人的对话关系中。

总的来说，《白云朵朵》在传媒艺术飞速发展的今天，既继承了传统话剧的重要因素，又能体现导演的巧思，在多维度上有自己的创新手法。比如对白、对话多用口语化的表达，还增加了内蒙古方言，一下子拉近了观众与舞台的距离；比如在适当的时机增添画外音、音乐，渲染气氛、推动情节，使观众在不知不觉中跟着剧中的人物一起痛苦、悲伤、忧虑、欢乐……对这部剧的成功起到了绝对重要的效果。从宏观角度来看，这部剧承载的文化意义非凡，它展现了呼伦贝尔的风貌。呼伦贝尔市艺术剧院在内蒙古建院较早，知名度高、影响力大。70年来，呼伦贝尔市艺术剧院创作出一大批优秀的艺术作品，获得过金狮奖5个大奖、“五个一工程”奖等多种荣誉。这部剧正说明呼伦贝尔市艺术剧院没有停留在过去的荣耀上止步不前，而是与时俱进、不畏艰难，秉承乌兰牧骑的优良传统，牢记“从人民中来，到人民中去”的服务理念，不断改革创新，继续引领艺术创作潮流。

（八）2022年杂技剧《我们的美好生活》

“这部剧不仅有高超的杂技艺术，还融合了舞蹈、魔术、舞台剧等多种艺术形式，让我们看到了杂技的多种可能性，更让我们看到了内蒙古人美好的生活和扎根乡村、踏实奋斗的形象，实在太精彩了！”这是观众张娟看完杂技剧《我们的美好生活》后发出的由

《我们的美好生活》海报

衷赞叹。

2023年7月，内蒙古艺术剧院杂技团创排的杂技剧《我们的美好生活》作为第十九届中国·内蒙古草原文化节开场剧目，在内蒙古艺术剧院音乐厅精彩上演。该剧是内蒙古艺术剧院为迎接党的二十大，以乡村振兴为主题创排的大型杂技剧。作为国内首部现实题材杂技剧，剧目关注现实，跨界融合，面向市场，大胆创新，积极探索杂技剧发展的新路径。

1. 立足本土，精准选题

女主人公塔娜大学毕业后回到家乡内蒙古，见证了脱贫攻坚和乡村振兴过程中家乡发生的翻天覆地的变化，见证了新时代内蒙古大草原上农牧民的新面貌，见证了以年轻有为的嘎查支部书记、老同学国强为代表的家乡人民投身新农村新牧区建设的火热场面，深受鼓舞。作为蒙古族刺绣非遗传承人的后代，作为一名接受过高等教育的大学毕业生，塔娜坚定了传承发展蒙古族传统刺绣的信念，同国强书记一起投身乡村振兴，带领家乡人民共同团结奋斗，共享美好生活。

《我们的美好生活》海报

剧目主题意蕴丰富，在表现新时代大学生返乡助力乡村振兴主题的同时，还对传统非遗项目的当代传承发展路径进行了关注与思考。大幕拉启，一幅乡村振兴的美好画卷在舞台上徐徐展开。作品通过展现新农村新牧区火热的劳动和生活场面，塑造了新时代农牧民的崭新形象，唱响了草原好、家乡好、生活好，乡村美、劳动美、奋斗美的主旋律，向世界展现了一个纯净唯美、丰富多彩、底蕴深厚、时尚现代的内蒙古。

2. 关注现实，扎根生活

案头工作启动之前，主创团队深入农村牧区进行了采风，体验

《我们的美好生活》海报

了乡村振兴战略实施以来内蒙古大草原上农牧民生产生活发生的巨大变化，更加深刻地体会到乡村振兴的关键在于产业振兴、人才振兴、文化振兴、生态振兴、组织振兴，并在作品中准确地传达出来。从传统单一的畜牧业到农畜产品深加工产业，从传统非遗手工艺到现代化刺绣工厂，从偏僻的嘎查村落到网红旅游打卡地，无不彰显出产业振兴农村牧区的可喜成就。

2022年7月29日，内蒙古大学生志愿服务西部计划志愿者出征仪式在呼和浩特市举行，1053名志愿者奔赴自治区基层，为乡村振兴贡献青春力量。大学生志愿服务西部计划项目自2003年在内蒙古实施以来，志愿者人数累计已达12044人。剧中年轻的嘎查书记国强和带着新思想新知识返乡的大学生塔娜正是广大投身乡村振兴大学生群体的缩影。他们为乡村振兴贡献着青春的力量，展现了新时代新征程上内蒙古青年一代奋斗拼搏的精神风貌，让当代内蒙古青年的形象熠熠生辉。

《我们的美好生活》海报

3. 跨界融合，突破创新

杂技剧作为一种新兴的舞台艺术形式，其主要特点就在于融合。杂技剧要将杂技与剧情融为一体，用杂技语言来讲故事，来塑造人物形象，来表达思想情感。《我们的美好生活》也不例外。该作品以展现乡村振兴战略下新农村牧区的新面貌为主线，探讨了传统非遗技艺的现代传承发展，塑造了奋斗中的新时代青年形象。

剧目一开场，现代风格的置景和动感的音乐配合快节奏的魔术组合把塔娜作为当代大学生的形象勾画了出来。当塔娜回到日思夜想的故乡草原，杂技蹬人、蹦床、双人力、抖空竹、魔术染毛线等表演共同营造出一幅羊群活蹦乱跳，牧民欢声笑语的美好草原图景，精彩的表演令观众目不暇接，仿佛置身欢乐的草原。随着剧情的推进，当塔娜和额吉由于传统与现代的观念差异产生隔阂时，又通过缠绕交织的杂技环技巧妙地表现出塔娜内心的挣扎纠葛……每一个技术技巧的使用都紧紧围绕主题表达和人物塑造，极力避免杂技剧变为杂技节目组台晚会。

在做到杂技与剧情融合的同时，作品在杂技与舞蹈融合方面的表现也可圈可点。剧中几段美轮美奂的杂技舞蹈让现场观众直呼惊艳。在镜花水月段落，一排身着碧绿长裙、手持粉色花碟的杂技演员在夜幕中由舞台两侧缓缓上场，色彩鲜明亮丽，画面美不胜收，形成了强大的视觉冲击力，为两位主人公的感情发展营造了浪漫的氛围，为整场演出增添了一抹唯美的色彩。

4. 面向市场，叫好叫座

主旋律作品如何走向市场，如何做到叫好又叫座？这是主创团队在创作之初就在认真思考并致力解决的问题。总导演何燕敏曾说，能不能吸引年轻人走进剧场是判断一部作品生命力的重要指标。基于这样的目标，作品在做到准确表达主题思想的同时，还在提升观赏性方面用足了心力。整场演出既有惊险刺激的杂技，又有新奇巧妙的魔术，既有美轮美奂的舞蹈，又有引人入胜的情节。首演罕见爆满，演出两场，一票难求。演出现场气氛热烈，观众不时送上阵阵掌声与欢呼。谢幕后，观众演员相互挥手致意，久久不散。

内蒙古戏剧发展有其特定的创作规律和审美特质，与党的民族政策、内蒙古历史文化、民族交融进程等紧密相连。作为多民族地区，内蒙古戏剧作品始终在展示内蒙古民族团结、促进民族交融、铸牢中华民族共同体意识上起着重要的作用。

第四章

影视

一、起步阶段

（一）电影

起步阶段的内蒙古电影和电视剧，在发展过程中并不平衡，电影的起步要早很多。1950年上映的《内蒙人民的胜利》是内蒙古电影的滥觞，它所选择的题材和表现手法与时代联系紧密。其后40多年的时间里，电影作品中呈现出来的内蒙古，既有边塞风情，也有民俗画卷；既有建设内蒙古、开发大北疆的豪情，亦包含在这片土地上生活的各族儿女的爱恨情仇、家国别恋。不管是历史还是现实题材，可以看出，导演在努力探求独属于内蒙古及这片土地上人们的风情特质，向外界传递内蒙古声音和画面。

由于电视剧作品受限于工业和硬件条件，起步于20世纪80年代。一方面，导演从历史素材中找寻创作灵感，《王昭君》《黄静斋》等剧皆是这方面典范；另一方面，从彼时的时代特征入手，创作现实感强、能和观众广泛共鸣的短剧。这些都构成其时内蒙古电视剧起步阶段的生动图景。

从20世纪50—90年代，近半个世纪的时光里，内蒙古的影视剧创作者，以自己独到的艺术眼光和奋力开掘的精神，向世人展示了内蒙古这片土地上发生的种种事迹，它不仅构成民族电影的亚类型，也同样将北疆文化的特质和理念传递给了世界。

1. 民族题材影片的开山

《内蒙人民的胜利》是干学伟导演的一部有关内蒙古自治区的电影，这部电影于1950年上映，与新中国几乎同龄，在1952年获得捷克卡罗维法利国际电影节编剧奖。

解放战争时期，国民党特务杨先生潜入内蒙古某旗，与蒙奸吐素拉格其阴谋勾结。与此同时，苏合和孟赫巴特尔奉共产党的指派，赶赴该区建立民主政权。孟赫巴特尔的妹妹乌云碧勒格和道尔基王爷的牧马人顿得布是一对恋人，正准备举办婚事，却遭到王爷的阻挠。在坏人的挑唆下，顿得布误认为苏合破坏他的婚事，并由此疑心孟赫巴特尔背叛了自己。杨先生与吐素拉格其趁机怂恿王爷囚禁苏合，并公开宣布反共。苏合不顾个人安危，光明磊落地向王爷和广大牧民宣传共产党的民族政策，赢得了牧民的信任，并稳住了王爷。苏合又以救护顿得布母亲的实际行动，消除了顿得布的误解。之后，顿得布目击杨先生戏辱未婚妻乌云碧勒格的情景，弄清了蒙奸与特务狼狈勾结的真相，终于醒悟。此时，敌人活动加剧，

《内蒙人民的胜利》剧照

草原危机四伏。孟赫巴特尔在去向上级要求援兵的途中遇害，苏合的生命也受到严重威胁。顿得布闻讯赶往苏合处，详细报告敌人活动的阴谋，又主动请缨与苏合同去求援。不久，国民党军队进入该旗，共产党领导的汉蒙联军也在苏合和顿得布的带领下赶到，一举歼灭了敌人，在牧民的欢庆声中，王爷也站到了牧民的一边。顿得布光荣地成为一名汉蒙联军战士。电影《内蒙人民的胜利》是一部具有深远历史意义和鲜明时代特色的影片，它以内蒙古的发展历程为背景，通过讲述鲜活的人物故事和生动的历史事件，展现了内蒙古人民在党的领导下，经历艰苦卓绝的斗争，最终走向繁荣和胜利的壮丽历程。

这部影片以真实的历史事件为蓝本，通过艺术的加工和提炼，将那些感人至深、催人奋进的故事呈现在观众面前。它生动地描绘了内蒙古人民在党的领导下，如何摆脱封建制度的束缚，推翻压迫

《内蒙人民的胜利》海报

多年的三座大山，实现当家做主的伟大梦想。

影片中的人物形象鲜明立体，他们有的来自牧区，有的来自城市，有的来自贫苦家庭，有的来自富裕家庭。但无论他们的出身如何，他们都拥有一个坚定的信念，那就是对社会主义事业的无限热爱和执着追求。他们为了共同的理想和信仰，团结一心，共同奋斗，最终取得了举世瞩目的伟大胜利。

除了人物形象和故事情节外，这部影片在场景布置、音乐配乐等方面也做得非常出色，画面精美、场景逼真、音乐动听，让观众仿佛置身于那个时代，与影片中的人物共同经历那些波澜壮阔的历史时刻。它让观众在享受视觉盛宴的同时，也感受到了内蒙古人民在党的领导下取得的伟大成就和深刻变革。这部影片对于培养和激发青少年的爱国情感和民族自豪感具有重要的意义。同时，它对了解和研究内蒙古的历史发展具有重要的参考价值。

2. 美丽的草原我的家——建设内蒙古

我们像双翼的神马，
飞驰在草原上，
啊哈嗬嘿，
草原万里滚绿浪，
水肥牛羊壮。
……
再见吧金色的草原，

《草原晨曲》剧照

再见吧幸福的家乡，

啊哈嗬嘿，

……

为了草原钢花怒放，

我们将飞向包钢。

听到《草原晨曲》，我们仿佛看到了那个火热的年代，一批批朝气蓬勃的年轻人，凭着一颗红心，义无反顾告别家乡，从四面八方赶来，建设包钢、建设内蒙古。《草原晨曲》是同名电影《草原晨曲》的主题歌，由玛拉沁夫作词，通福作曲，长影乐团合唱队演

《草原晨曲》剧照

唱。歌曲旋律热情奔放、优美流畅，极具传唱性和时代性，一经推出，立即传遍大江南北，深受广大人民群众喜爱。2019年，《草原晨曲》入选由中国音协与人民日报媒体技术股份有限公司共同主办的“歌声唱响中国”——最美城市音乐名片优秀歌曲。

《草原晨曲》由朱文顺、珠兰琪琪柯导演，陈民魂摄影，恩和森、朝鲁、宝音吉尔嘎郎、乔鹿和潘莹等主演。影片自1957年上映后，在多个国内外电影节上获得重要奖项，包括中国电影金鸡奖最佳故事片、最佳导演、最佳女主角等以及柏林国际电影节最佳导演、最佳摄影等。这些荣誉不仅肯定了电影的艺术价值，也鼓励了更多电影人去创作具有地方特色和文化内涵的优秀作品。

《草原晨曲》是一部深情款款的蒙古族题材电影，它以辽阔壮丽的草原为背景，讲述了以蒙古族青年胡合、加米阳和汉族青年张玉喜为代表的内蒙古各族人民在党的领导下，由普通牧民变为钢铁工人，在美丽的草原上建设新兴城市的故事。这部电影的剧情紧凑而富有张力，人物形象鲜明立体，生动地展现了蒙古族的日常生活。通过观看这部电影，观众不仅能够深入了解蒙古族的淳朴善良和丰富多彩的地方风情，更能够深刻感受到他们对自然的敬畏和热爱以及人与自然和谐共处的理念。

除了主要剧情外，《草原晨曲》还通过舞蹈等艺术形式，展现了蒙古族的独特魅力和丰富内涵。影片中舞蹈动作粗犷有力，充分体现了蒙古族豪放的性格。这些艺术元素不仅丰富了影片的观赏性，更让观众在观影过程中能够深刻感受到其独特魅力和深厚底蕴。

此外，《草原晨曲》还通过展现蒙古族的生活故事，传递了积极向上、和谐共处的价值观。影片中的主人公在面对生活的挑战和困难时，始终保持着乐观向上的态度，坚守着自己的信念和理想。他们的故事不仅让观众感受到了人性的光辉和力量，更传递了积极向上的生活态度和价值观。

3．内蒙古电影制片厂第一部彩色故事片

《阿丽玛》是1981年由葛根塔娜、张伦导演，内蒙古著名作家云照光编剧的电影，被导演塞夫称为“内蒙古电影制片厂第一部彩色故事片”。上映以来，凭借其深厚的文化内涵、精湛的艺术表现和独特的地方文化，赢得了观众和评论家的广泛赞誉。在各类电影节和奖项评选中，《阿丽玛》也取得了不俗的成绩，获得了多个重要奖项。

《阿丽玛》剧照

《阿丽玛》剧照

这部影片和内蒙古早期很多电影一样，以红色革命题材为主，影片描写了一位受党委托的蒙古族姑娘阿丽玛，从延安到查干草原去执行护送一批干部过河的任务。姑娘初到草原，遇到了一系列的恶情险境，护送她的同志牺牲，日夜思念的父亲被杀，地下组织惨遭破坏，伪装的叛徒又时刻寻查着她的踪迹……面对此状，姑娘坚定沉着，依靠群众，很快恢复了地下组织，并机敏地两次深入国民党白马团副团长家里做工作，从而在这位走上正义和光明道路的副团长的协助下，巧妙地利用规模宏大的迎亲队列，将这批党的干部护送过河。这部影片内容不落俗套，情节迂回曲折，风格轻松隽永，具有浓郁的草原生活气息。影片以辽阔壮丽的草原为背景，通过细腻而富有张力的剧情，成功地塑造了阿丽玛这一鲜明的人物形象。观众可以随着阿丽玛的成长经历，一同领略蒙古族丰富多彩的民俗文化。

在影片中，音乐和舞蹈等艺术形式得到了充分展现，不仅丰富了观众的视听体验，也深刻地反映了蒙古族文化的独特魅力和深厚底蕴。在迎亲、追悼、阻击战等情节中，这些艺术元素与剧情紧密结合，为观众呈现了一场视觉和文化的盛宴，为受众提供了一个了解和认识蒙古族的窗口，促进了各民族之间的交流和理解。

《阿丽玛》的成功不仅在于其精湛的电影制作技艺，它所传递的积极向上、和谐共处的价值观，对于培养观众正确的历史观、民族观、国家观、文化观同样具有重要意义。

4. 内蒙古体育电影先声

《一个女教练的自述》是1983年由詹相持、孟和执导的一部电影，该片由赵英、王国强、邓晓光、鄂长林、艾丽娅等人主演。该片是一部以女性为主角，充满力量和激励的电影，讲述了一位坚韧的女性教练冲破新思想与旧矛盾，冲破家庭的桎梏并追求事业的故事。

故事的主角阿尔塔琳在一次比赛中战胜了男孩子纳文泰，并因此赢得了友谊和信任。不久，体育学院来招生，在一个男孩子缺席的情况下，她女扮男装，以熟练的球艺得到老师的赞许。可是因为这一项目不培养女运动员，她未被录取。时隔数年，纳文泰从体育学院毕业归来，阿尔塔琳已在当地小学当了体育老师，正带领孩子们开展曲棍球运动。在纳文泰的组织和倡导下，他们组织了全国

《一个女教练的自述》剧照

第一支曲棍球队。后来，阿尔塔琳被迫放弃了曲棍球运动，与少时的伙伴戈托烈结了婚，准备做一个贤妻良母。结婚仪式上，被关押了数年的纳文泰赶来祝贺。纳文泰对生活充满信心，期望着一切重新开始。他没料到阿尔塔琳对事业已心灰意冷。他的恋人安琪莲也被迫与别人结合。纳文泰虽然痛苦，却没有消沉，他又开展了曲棍球运动，阿尔塔琳和许多孩子被吸引到他的身边。阿尔塔琳想要走出家庭参加曲棍球运动，但丈夫反对她往外跑，孩子需要她照料，公公则更是用种种理由来阻拦她。一次，纳文泰患病，她经过激烈的思想斗争，带队出现在运动场上。她的行动使丈夫、公公非常恼火，她的丈夫甚至采取极端手段，把她抢进了深山伐木区，想以温暖、安逸的家庭生活感化她。这时，正值球队训练的紧张时刻，国家体委马上要来选拔出国比赛的队员，纳文泰又患重病不能到场。深夜，阿尔塔琳趁戈托烈熟睡之际，悄悄跑出来。然而阿尔塔琳无法既做教练又当母亲，在她布置比赛方案的时候，孩子从陡坡上滚下摔伤。为此，丈夫把她赶出了家门。但值得欣慰的是，她的10名队员被选入国家队，代表祖国参加国际比赛。戈托烈的行为受到人们的批评，他鼓起勇气向阿尔塔琳承认错误，请她回家。阿尔塔琳告诉他，第二天就要出发了，戈托烈气愤地离去。阿尔塔琳带队出国了，她的心血换来了胜利和荣誉。归来时，戈托烈和儿子热情地迎接她。

电影的剧情紧凑，角色塑造饱满。阿尔塔琳的坚韧和毅力以及

《一个女教练的自述》海报

她对曲球棍运动的热爱和执着，都深深地打动了观众。电影中的曲球棍比赛场面精彩刺激，让人热血沸腾。同时，电影也通过阿尔塔琳的故事，传递出了积极向上的价值观，鼓励人们勇敢面对挑战，坚持梦想，永不放弃。詹相持和孟和两位导演在电影中展现了他们卓越的导演才能和深厚的人文关怀以及对旧社会问题的反思。他们通过细腻的镜头语言和深入的人物塑造，让观众不仅能够看到球场上的激情和拼搏，更能够感受到故事带来的关于各种女性力量的震撼与感动。该片上映后也受到观众和电影人的广泛好评，被誉为“最能唤醒女性力量的电影之一”。

《一个女教练的自述》不仅是一部关于运动的电影，更是一部关于勇气、毅力和敢于追求自我的电影。它所传达的思想，是只要有信念，有决心，就没有什么可以阻挡我们追求梦想的步伐。

5. 在希望的草原上

《绿野晨星》是1983年由葛根塔娜执导，契那日图、李克纯主演的一部电影。这是一部让人心动的电影，它以独特的视角和深刻的思想，展现了一个充满生命力和希望的世界。观众们之所以深深地被这部电影吸引，不仅仅是因为它的故事情节和人物形象，更因为它所传递的关于生命、爱情和家庭的重要信息。

该片以主角乌日罕与潮洛蒙的爱情故事为主线，讲述了一个充满生命力与希望的令人感动的故事。年轻的蒙古族姑娘乌日罕大学毕业了，她愉快地踏上了回乡的路程。途中，她搭乘了年轻小伙子潮洛蒙赶的马车，马车行进在林间小路上。乌日罕发现赶车的小伙

《绿野晨星》剧照

子总是用一种奇怪、冷漠的神情望着她，心中感到万分不舒服，对他产生了误会。

乌日罕回家乡报到后，被分配到公社的小学任教，开始了她的教学工作。在教学过程中，她意外地发现自己班上的学生小巴特尔，竟然是赶车小伙子潮洛蒙的“儿子”！以潮洛蒙为首的牧业承包组的年轻人，恰恰是乌日罕的父亲、老社长桑布看不上眼的一伙人。在教学过程中，乌日罕要经常接送孩子，进行家访，她渐渐地与牧业承包组里的这些年轻人有了接触，了解到他们的理想、追求和生活的苦乐。为了建设草原，让家乡更加美丽富饶，让草原上牧人的生活好起来，承包组的年轻人在潮洛蒙的带领下，满怀激情，艰苦奋斗。他们种树种草，造福子孙后代，而这位看上去待人十分冷漠的潮洛蒙，是为了抚养曾经养育过自己的老师的遗孤，毅然放弃了上大学读书的机会。乌日罕和承包组的年轻人在相互理解中产生了真挚的友谊，潮洛蒙美好的心灵、高尚的情操，撞击着姑娘的心。她仿佛看见了在潮洛蒙冷漠的神情下那颗火热的心，他们终于相互理解、相爱了。不久，按照布里亚特蒙古族的传统习俗，乌日罕与潮洛蒙结成了幸福的伴侣。他们努力工作，创造更加美好的明天。

电影的场景设计与拍摄独具匠心，将内蒙古的美丽风光和人文景观展现得淋漓尽致。同时，电影的镜头设计也非常细腻，每一个镜头所传达的情感都充满了力量，细节处理让观众更加深入地感受到电影所传递的核心思想。在电影中，我们看到了家庭这个情感寄托组织的重要性，感受到家庭成员之间的互相支持和关爱的重要性。乌日罕和潮洛蒙之间的爱情也让我们感受到生命的美好和意义。同时，电影也提醒我们，要珍惜眼前人，不要轻易放弃自己的人生理想和信念，它是支撑我们在这茫茫人间里走下去的寄托。透过乌日罕与潮洛蒙的爱情，纯朴与真诚的爱情观也完美地展现在电影当中。爱情就是这样，只有双向奔赴，才可能会有一个好结果。在爱与被爱的过程中，一定会遇到诸多困难和阻力，但是这些都是时间对情感与真诚的考验，只有通过沟通齐心协力地去处理，才会有一个圆满的结果。它告诉观众要永远相信爱情，最好的情感，最好的爱，一定是给那个值得的人，只不过，寻觅的过程有些长远罢了。这部电影会对每一个看过它的观众产生深远的影响，让我们在欣赏艺术的同时，也得到启示和思考。

（二）电视剧

1. 内蒙古电视剧的导演初试——《啼笑因缘》

《啼笑因缘》改编自张恨水同名小说，由王新民导演执导，王蕙、孙启新、李克纯等主演。该片讲述了1928年的春天，从杭州到北京求学的樊家树与善良的女艺人沈凤喜产生了爱情，有着侠义胸怀的家树为保护凤喜，与军阀恶势力展开斗争的故事。

剧中的主人公樊家树是杭州人，到北京复习准备考大学，是一个初出社会的新青年，家里有点小钱。樊家树因看不惯何丽娜的奢侈与官家小姐的气势，处处躲避何丽娜。此时。年轻英俊的沈国英已经对何丽娜心生仰慕之意。在一次街边的大鼓书演唱后，家树与

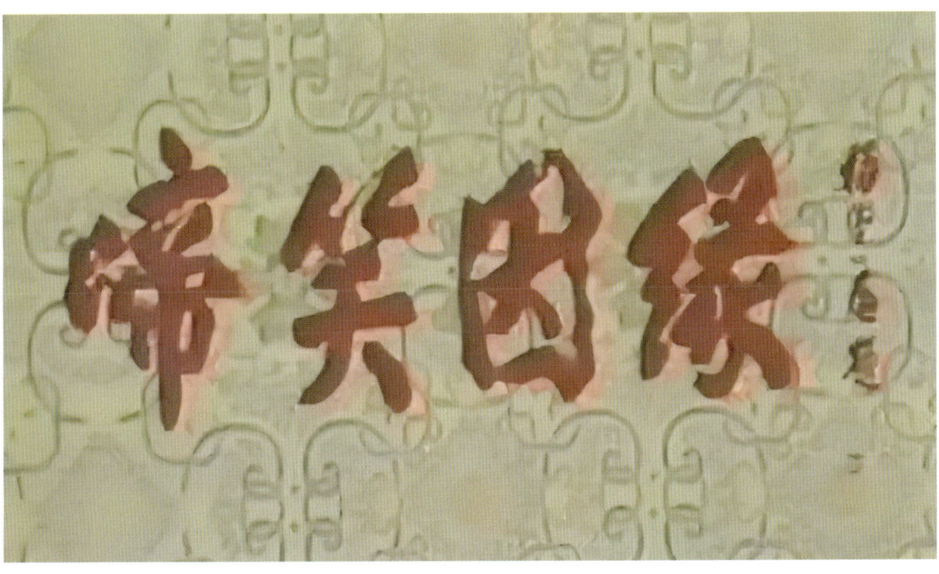

电视剧《啼笑因缘》片名

长相酷似何丽娜的沈凤喜相识，凤喜的聪明乖巧吸引了家树。在凤喜母亲沈大妈的撮合下，樊家树不但为凤喜租住了房屋，还出资助凤喜去读书。然而，由于凤喜的美貌，军阀刘德柱也对她产生了兴趣，甚至为了得到凤喜不择手段。凤喜本来执意不从，但无奈刘德柱拿家树的安危要挟她，凤喜只好搬进刘府。在这个过程中，樊家树与沈凤喜的感情越来越深。

王新民导演曾在采访中透露《啼笑因缘》是1985年开始策划筹备，1986年贷款和借款拍摄的。为了偿还债务，全国30个省级卫视每个台出资5000元购买了播出权，于1989年10月在全国同步播出。

《啼笑因缘》剧照

不经意间，这部剧开创了通俗电视剧的先河，获得了“飞天奖”提名，同时也使内蒙古电视台成为探索电视剧市场的第一台，这之后才有了标志着内蒙古电视剧走向成熟的《东方商人》。王新民导演对这部电视剧有着很高的评价。

王新民版本的《啼笑因缘》是一部具有鲜明艺术特色的电视剧。剧本采用非线性的叙事方式，通过倒叙、闪回等手法，使故事情节紧凑并引人入胜，人物形象更加鲜明。此外，画面构图、色彩运用、光影效果等方面充满了艺术感。例如表现人物内心世界时，大量的隐喻和象征手法的运用，使得画面更加富有内涵。精妙的配乐让音乐与剧情的融合度非常高，不仅符合剧情氛围，更能够深化剧情，增强观众的情感共鸣。演员表演出彩，尤其是主演在塑造人物形象上非常到位，将角色的性格特点、情感状态等方面都表现得淋漓尽致。细节处理上非常用心，无论是场景布置、服装道具还是动作设计，都充满了真实感和生活气息。这些细节的处理不仅增强了剧情的代入感，更让观众感受到制作团队的用心和诚意。该剧角度选择上有所创新，不仅仅是从传统的角度来解读这个故事，而且加入了许多现代元素和思考。这种创新使得故事更加具有时代感和现实意义，让观众能够从中找到共鸣和思考。

2. 千古流传的传奇女性

1987年版电视剧《王昭君》是中央电视台精心打造的一部历史力作，由孙光明和董立武两位著名导演联袂执导。他们凭借对历史人物深入细致的理解与卓越的艺术造诣，共同塑造了一位鲜活而深

《王昭君》片名

具影响力的王昭君形象，使其成为千古流传的传奇女性代表之一。本剧剧本出自知名编剧谢文礼之手，他以深厚的文字功底和精彩的故事架构能力，为《王昭君》注入了丰富的人物情感与厚重的历史底蕴。

《王昭君》以严谨的历史背景为依托，生动再现了汉元帝时期一段动人心魄的历史传奇。剧情聚焦于才貌双全的王昭君，她因刚烈正直的性格，在后宫画师作祟之下未能得到皇帝宠幸，却在国家危难之际，展现出超乎常人的勇气与智慧。当匈奴呼韩邪单于前来求亲时，王昭君出于对民族团结与和平的深切期盼，毅然决定远赴塞外，成为维系中原与草原和谐共处的和平使者。

在剧中，黄虹作为当时影视界举足轻重的演员，以其深厚的表演功底和独特的艺术造诣，对王昭君这一历史人物进行了深入人心的塑造。她凭借出色的外表条件与精准的角色揣摩，生动再现了王昭君

《王昭君》剧照

绝世独立的美丽形象，令观众目睹了历史上那位倾国倾城的女子。

而更值得称赞的是，黄虹在表现王昭君外表美的同时，也深度挖掘了角色内在的精神世界。她通过微妙且层次丰富的表情与情感流露，将王昭君面对命运波折时的坚韧不屈和深沉内敛展现得淋漓尽致，让观众看到一个智慧卓绝、勇敢无畏的女性形象。黄虹成功地刻画了王昭君超越个人悲欢离合，始终胸怀家国天下，为国家安危牺牲奉献的伟大人格魅力，使得这一角色在中国电视剧史上留下了浓墨重彩的一笔。

剧中，导演孙光明和董立武以其独特的艺术手法，通过丰富细

《王昭君》剧照

腻的情感描绘和极具视觉冲击力的画面叙事，全面展现了王昭君从深宫中的孤寂少女到草原阏氏这一身份转变背后的心灵成长历程。她的形象超越了个体命运的束缚，上升到了胸怀家国、维护和平的高度，充分彰显出一种伟大而高尚的人格魅力。

《王昭君》这部电视剧在艺术风格上巧妙地融合了古典美学与现代审美理念，不仅注重历史考据的严谨性，更强化了剧情的戏剧张力。剧中服装设计深入研究古代壁画及文献资料，精心还原了汉代服饰的特色和华丽风貌，以视觉艺术的方式再现了那个时代的文化精髓。

场景布置方面，通过对比展示了皇宫的庄重威严与草原的广阔无垠，这两种截然不同的生活环境深刻衬托出王昭君身处其中的孤独与坚韧不屈的性格特点。尽管剧集只有10集，但制作团队在有限的篇幅中依然倾注了大量的心力在服装和布景设计，成功塑造了一部小而精的历史剧典范。

此外，《王昭君》剧集虽然篇幅有限，却通过精炼的10集内容，成功塑造了一系列鲜活立体的人物形象以及错综复杂的宫廷内外矛盾冲突，从而绘制出一幅波澜壮阔的历史长卷。观众在观赏过程中不仅能感受到角色们的喜怒哀乐，更能深刻体会到导演团队的人文关怀以及崇高的历史责任感。自播出以来，《王昭君》深受观众喜爱，并得到了业界的高度赞誉。它凭借深刻挖掘的历史内涵和精妙绝伦的艺术表现手法，在当年的电视剧评选活动中脱颖而出，一举斩获包括全国优秀电视剧奖、最佳导演奖在内的多项重量级奖项，同时荣获骏马奖二等奖及金鹤特别奖，足见该剧在艺术成就和社会影响力上的卓越贡献。这部作品的成功，使之成为了20世纪80年代古装电视剧领域中的一匹黑马，奠定了其在中国电视剧发展史上不可忽视的地位。

二、发展阶段

（一）电影

进入发展阶段的内蒙古影视作品，呈现出和起步期不完全相同的美学特征。虽然电影和电视剧在这一时期的发展仍然不够平衡，差距却在逐步缩小。如果说起步阶段的作品侧重于表现内蒙古地域的文化特质、生活习俗，目的是让外界了解这片土地的人事变迁，那么发展阶段的影视作品则呈现出以下3个独立且清晰的特点：

其一，有意识地树立“草原文化”品牌和内蒙古电影的标志。经历过之前人们了解内蒙古的新奇目光之后，创作者开始具有品牌意识和边地电影的觉醒意识。这从塞夫和麦丽丝等导演的作品能清醒地看出。

其二，创作题材的多样化、表现手法的多元化亦成为这一时期的重要特质。创作者依然在历史和现实的脉络中找寻灵感，发掘素材。影视剧在表现内蒙古这一地域文化上更加得心应手，内蒙古的文化名片开始在全国崭露头角。

其三，由宏大主题的宏观叙事开始向小微个体的微观叙事探索，尝试表现生活在这片土地上的个体人物的内心意识和精神变化。这无疑是一个重要转折，标志着以影视方式表现内蒙古的重大改变。这是影视产业发展到一定阶段后必然出现的现象。

1. 文明碰撞下的朦胧心灵

《黑骏马》是由谢飞执导，根据张承志的同名小说改编的剧情电影，由腾格尔、娜仁花、道格尔苏荣主演。1995年，此片斩获第十九届蒙特利尔国际电影节最佳导演与最佳音乐艺术成就奖，1996年获得第六届上海影评人奖、十佳影片等4项殊荣。

影片讲述了在草原长大的白音宝力格因爱情遇到波折而离开

草原，多年后他重返故土，回顾往昔，对人生和养育自己成长的草原产生了新的认识。10多年前，年幼的白音宝力格因母亲去世，被送到草原上的远亲奶奶家，与6岁的索米雅一起长大。在奶奶的教导下，白音宝力格很快成为牧民的孩子，并得到一匹黑马驹。后来，奶奶提出让白音宝力格和索米雅定亲。于是，在白音宝力格被选去参加兽医学习班的前夕，二人表白了心意，并约定白音宝力格回来后便结婚。但4年过去了，白音宝力格回来后却发现索米雅怀上另一个青年希拉的孩子，愤怒的白音宝力格与希拉大打出手，而后痛苦地离开了奶奶和索米雅。10年后，成为歌手的白音宝力格回到故乡草原，寻找失散多年的奶奶和索米雅，而索米雅的私生女其其格接待了他，并告诉他关于黑骏马的梦想。

《黑骏马》海报

后来，白音宝力格受到索米雅与其丈夫达瓦仓的热情接待。在夜谈中，他知道了往事，百感交集。白音宝力格从索米雅忙碌、操

《黑骏马》剧照

劳而又幸福的身影中看到了奶奶的身影，他带着对过去和对人生的新认识离开了故乡。

《黑骏马》作为由小说改编的影视作品，在继承原作精华的基础上，导演、编剧还加入了自己的巧思与创造，使其成为更适合搬上大荧幕的影视作品。原著小说作者张承志借主人公白音宝力格抒发了他作为异乡文化者的诸多思考。在改编电影时，谢飞认为地方文化很难通过视听语言表现出来，在实地考察中，他发现音乐是蒙古族特别突出的文化特征。谢飞将主人公身份由兽医改为歌手，希望用听觉手段丰富电影内容，表达这片北方大地特有的感情。剧情方面，谢飞特意抹平了小说中的戏剧性冲突，希拉与索米雅的结合

《黑骏马》剧照

不再是不道德的行为，而是人与人之间自然的相互吸引。

《黑骏马》就像一首赞美辽阔草原之母的抒情诗，影片中带有神奇色彩的黑骏马，悠长婉转的牧歌，广袤无边的草原，都成为一种文化表征。男主角回到成长的草原，完成了一次心灵的返乡之旅，也得以寻回遗失的人伦温情。在以索米雅等人为代表的“草原游牧文化”和以白音宝力格为代表的“现代城市文化”的二元对立中，谢飞试图复归人类的精神家园。电影温柔敦厚的影像，也成为“第四代”诗化镜语的极佳样本。正如影评人玛斯琳·占尼特所说：“它如同一道充满着纯真、反叛、奉献和还债的弧光。这部中国电影以这种方式，在内蒙古大草原的帐篷里生活的游牧人之间营造出一种质朴的生活氛围。”

《黑骏马》剧照

2. 民族迁徙的史诗

《东归英雄传》是1993年由塞夫和麦丽丝联合执导，由巴森、哈斯高娃、于承惠、叶晖、巴雅尔图、张伸等主演，讲述了1771年，生活在俄罗斯伏尔加河流域近200年的蒙古土尔扈特部无法忍受俄国女沙皇叶卡捷琳娜的种族灭绝政策，首领渥巴锡汗率领20余万人向东回归故乡，创造了人类历史上最后一次长途民族大迁徙。千户长阿拉坦桑带着女儿莎吉尔玛、武士阿布千里迢迢护送东归图前往渥巴锡汗住处。沿途道路上，他们看尽本族人遭到女王军队迫害的惨状，更有戈里高力男爵率骑兵抢夺东归图。虽然他们侥幸从山谷逃脱敌人的围困，然而一路上各种艰难险阻交替出现，无数的敌人和诱惑相继而来，阻挡着他们东归故土的脚步。这部电影以一种新的气势、手法和技巧，展现了能骑善射、能征惯战的蒙古族爱国主义和英雄主义精神，给人以豪迈奔放、充满阳刚之气的艺术美感和惊险特异的银幕奇观。

《东归英雄传》海报

这部影片获得了全国第三届“五个一工程”奖优秀影片奖、第十四届“金鸡奖”最佳摄影奖、全国首届少数民族题材电影“龙腾奖”故事片一等奖、1993年电影政府奖优秀故事片奖、第二届北京大学生电影节最佳观赏效果奖等10多项大奖。电影成功地塑造了诸多鲜明的人物形象，如渥巴锡、达什敦等。渥巴锡是这部剧不可或缺的人物。他足智多谋、坚毅果敢，带领一个部落大迁移，面对重重打击没有一蹶不振，而是有策略有组织地安排迁移。其中，一句“为了自由”使得剧情达到高潮。影片中，柔情与激情共生、希望与绝望交织、群体

《东归英雄传》剧照

命运与个体命运的较量、正义与邪恶的冲突……都回归了人性的本来面目。电影的视觉效果也非常出色，广袤雄浑的大漠荒原、粗犷血性的汉子、狂野妩媚的女人、振聋发聩的马蹄声与嘶鸣、肃杀的长剑，这些元素都给观众带来了强烈的视觉冲击。

该片紧紧围绕东归图做文章，既避免了正面表现东归全景、财力不逮的窘境，也避免了视点过小，无关宏旨，牵一发不足以动全身的尴尬。东归图虽小，但举足轻重，关系全局，因而也就可以以小见大，这个切入点是很讨巧的。同时，影片的作者明显吸取了娱乐片的叙事特点，东归图的神秘色彩和跌宕际遇加强了情节的传奇性。在拍摄技巧上，以纯实景拍摄，以雄浑有力的画面感冲击着观众的视觉感官。该片将中国的武侠动作和草原的马上动作结合在一

《东归英雄传》剧照

起，综合了商业电影、类型电影等的多种特点。这种新的拍摄手法在当时的中国电影产业中是非常新颖的，对中国电影产业的技术水平和美学风格产生了积极的影响。视觉效果上，以8000匹马铺天盖地而来，充溢了整个画面，把奔马的视觉作用发挥到了极致，把全片的恢宏气势烘托到了顶点。《东归英雄传》的拍摄技巧也推动了后续电影制作的创新和进步。它的成功使得更多的电影人开始关注并尝试新的拍摄手法，推动了中国电影产业的发展。

总的来说，《东归英雄传》是一部值得一看的电影，无论是从艺术角度还是历史角度，都能给观众带来深刻的启示和感动。

3. 草原上的情歌

《悲情布鲁克》是由塞夫、麦丽丝执导，柳城担任编剧的剧情片。这部电影由北京电影制片厂和内蒙古电影制片厂于1995年联合出品，主要演员有董婷、巴音、契那日图等。该片讲述了九一八事变后，日本侵略者勾结布鲁克草原王爷掠夺马群，抢占草地，草原勇士誓死保卫家园，与日本侵略者血战到底的故事。

《悲情布鲁克》海报

在一次斗争中王府卫队长嘎拉森开枪打伤了骑士车凌，随后感到特别内疚，于是在打死追来的日寇后便跳崖身亡，嘎拉森美丽动人的妻子卓拉救了身负重伤的车凌，但她随后就误会丈夫是被车凌所害，所以向蒙面人起誓，谁杀死仇人她就嫁给谁。几经波折，卓拉

《悲情布鲁克》剧照

得知丈夫的死与车凌没有关系。随着时间的推移，她被车凌的崇高品质和机智果敢所征服，两个人坠入爱河。后来车凌中了王爷的奸计，被日军迫害致死。面对棺椁中的车凌，卓拉痛不欲生，对蒙面人扎那一顿怒斥。扎那要挟卓拉发愿，欲强娶卓拉。但面对忠贞不渝的爱情，卓拉令扎那自愧不如。最后，卓拉自尽为车凌殉情。这部电影的拍摄技巧和艺术手法在当时的中国电影产业中掀起了巨大的波澜，对中国电影事业的影响也是深远的。

该片在第十六届“金鸡奖”上获得集体表演、最佳剪辑、最佳化妆3项大奖，并在第四届北京大学生电影节上获得最佳观影效果奖。《悲情布鲁克》是一部拍摄手法别具一格，充满了悲壮情怀的影片。电影的构图富有张力，画面中的元素如草原、马匹、人物等都得到很好的呈现。特别是在表现草原和马匹时，摄影师运用了大远景和特写相结合的手法，让观众既能感受到草原的壮阔和马匹

《悲情布鲁克》剧照

的活力，又能深入角色的内心世界。电影的光线运用非常出色，尤其是对自然光的利用。画面在光线的修饰下，呈现出色调气氛的不同。例如在日出和日落时，光线柔和温暖，让草原显得更加美丽；而在阴天或黑夜里，灯光昏暗，画面透着一种黯然神伤的凄凉之感。画面色彩饱满，层次分明，既表现了草原大地的勃勃生机，又体现了人物内心的情感。例如表现战斗场面时，画面中多了红、黑两色元素，给人以紧张、悲壮之感；而且在表现草原和骏马的时候，画面中更多的是绿色和棕色的元素，给人一种恬静、惬意的感觉。

电影的镜头运用丰富多样。例如在表现战斗场面时，摄影师运用了快速的剪辑和移动镜头，让画面充满了动感和紧张感；而在表现草原和马匹时，摄影师运用了缓慢的推拉镜头和旋转镜头，让画面更加生动和立体。电影的音效和音乐也是该片的一大亮点。音效方面，马匹的蹄声、草原的风声、箭矢的嗖嗖声等都非常逼真，让人仿佛置身于那个场景中。音乐方面，蒙古族的音乐元素被巧妙地融入电影中，为电影增添了一种独特的韵味。演员的表演也非常出色，尤其是主演。他们通过细腻的表演，将角色的情感和内心世界展现得淋漓尽致。同时，导演还通过镜头语言和剪辑手法，更加立体、丰满地塑造了人物形象。

总之，《悲情布鲁克》是一部十分优秀的故事片，它的许多拍摄手法值得我们反复欣赏和玩味。

4. 猎场、家园与文化传承

《猎场札撒》是由田壮壮导演，敖特根巴雅尔、巴雅尔图、拉喜、色旺道尔吉主演的一部电影，于1999年11月27日在台湾上映。通过讲述在草原上生活的猎人们的故事，展现了蒙古族的生活方式。这部电影以真实的草原景象和生动的角色塑造为观众呈现了一幅生动的画卷，让人们更深入地了解和感受蒙古族文化的独特魅力和价值。

猎场札撒即猎场准则。一年一度的围猎开始时，要庄严地宣读这些条例。猎手们来到图尔布山谷，举行完札撒宣读仪式后，狩猎开始。只听枪声四起，正在奔跑的黄羊、野兔等纷纷倒下。黄昏时分，猎手们满载而归。旺森扎布违反猎场札撒进行“偷猎”，被人们发现后报知巴雅斯古冷，于是旺森扎布只好跪在钉着狍子头的马桩前接受老母亲的鞭笞。他的哥哥、供销社售货员陶格涛为了进行报复，把狼引进巴雅斯古冷家的羊圈。巴雅斯古冷面对这场灾难又急又气，他只身闯进深山要去掏狼崽子。旺森扎布骑马去给巴雅斯古冷的朋友吉日嘎朗报信并及时将他救出，巴雅斯古冷十分感谢旺

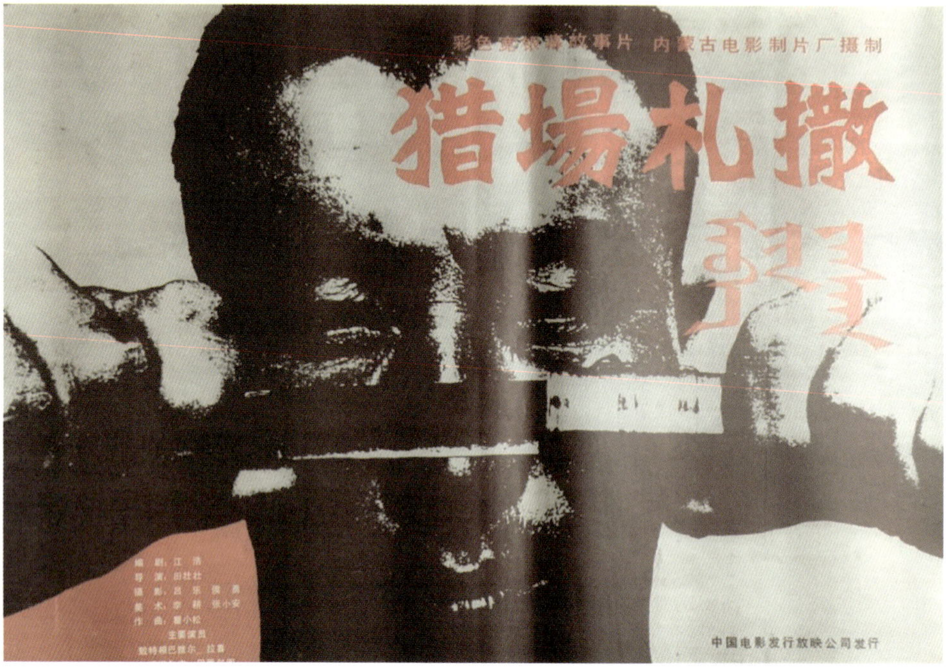

《猎场札撒》海报

森扎布，在欢庆的酒宴上，为他唱起了祝酒歌。

由于陶格涛的离间，巴雅斯古冷和吉日嘎朗之间产生了误会。在第二场围猎中，巴雅斯古冷偷偷地捡起了吉日嘎朗的猎物。他的偷猎行为虽然没有被发现，但他自己深感不安。陶格涛家失了火，吉日嘎朗的妻子格日乐冒着生命危险抢救了他的母亲。陶格涛受到教育后坦白认错。巴雅斯古冷也抱着狍子来到吉日嘎朗的家，跪下请求责罚。陶格涛和小猎手深受感动，也都跪下。策马归来的吉日嘎朗看到这情景心头一热，也跪了下来。面对札撒，年轻的猎手弟兄们各自做了自我批评，又和好如初。

《猎场札撒》剧照

电影通过展现猎人与自然环境相处的故事，强调了人与自然和谐相处的重要性，呼吁人们保护自然，守护我们共同的家园。电影中的猎人不仅拥有高超的狩猎技能，还深知如何与自然和谐相处，保护自己的家园和文化遗产。此外，《猎场札撒》还通过精美的画面和细腻的表演，让观众们感受到了蒙古族人民的热情和淳朴。电影中的角色形象鲜明、立体，他们的生活和情感都充满了真真切切的感染力。《猎场札撒》不仅是一部电影，更是一部关于自然、文化、家园和责任的电影。它教会我们如何与自然和谐相处，如何珍视和传承中华优秀传统文化，如何为守护我们的家园贡献自己的力量。这部电影对于促进民族交流和发展具有重要意义，同时也为观众们带来了一次难忘的视觉和心灵之旅。

（二）电视剧

1. 一段商战史，几度民族情

《东方商人》是1995年由王新民执导的一部23集电视剧，冉

《东方商人》海报

平编剧，王绘春、高曙光、陶红等主演。它描绘了第二次鸦片战争到民国前夕瑞蚨祥绸缎庄创办、发展和几度兴衰的历程。提起《东方商人》的由来，王新民说：“1990年，我在《通俗文学选刊》上偶然看到了小说《亚圣68》，这部小说把中国商人的地位、利与义的关系、困境与成长写得细致又精彩。几经周折之后，我找到了作者毕四海。毕四海看过《啼笑因缘》，非常欣赏我们的团队，最终我们买下了小说版权。”经过筹集资金等各方面的困难，《东方商人》于1993年开始拍摄，1994年完成拍摄。1995年正是世界反法西斯战争胜利50周年，剧集在中央电视台一套正式播出，立刻在全国引起了强烈反响，获得第十五届全国优秀电视剧“飞天奖”二等奖、第十三届中国电视“金鹰奖”优秀长篇连续剧、全国第五届精神文明建设“五个一工程”奖。

《东方商人》以中国近代历史为背景，通过讲述瑞蚨祥绸缎

《东方商人》剧照

庄创办者孟洛川的故事，展现了当时中国商业发展的艰辛与挣扎。故事开始于第二次鸦片战争期间，孟洛川在家族经营的丝绸业遭受战争重创后，决心自己创办绸缎庄。同时，他的表弟高显阳也弃学从商，追随日本商人太野一郎从商，最终成为孟洛川的对手。瑞蚨祥受到地方官僚和洋商买办的几重压迫，他不得不寻求靠山。在孟洛川的坚持下，瑞蚨祥逐渐发展壮大，并吸引了一批忠诚的员工。在商业竞争中，他们面临着来自国内外对手的压力，瑞蚨祥还要应对政治风波和社会动荡，但都凭借孟洛川的机智被巧妙化解。截至1934年，孟家在北京、天津、济南、青岛、烟台、上海等地设立的商号达24家，有员工1000多人，房产3000多间，在章丘有田产2300多亩，另在山东其他地方置有庄田，成为一代巨富。当时，社会上流传着这样一句顺口溜：“山西康百万，山东袁子兰，两个财神爷，抵不上孟洛川。”孟洛川被誉为“东方商人”。他经营的瑞蚨祥连锁商号极负盛名，至今仍是北京、天津、济南、青岛等地著名的老字号商店。1939年，孟洛川离开了人世，瑞蚨祥也逐渐失去了往日的风采。在济南的经二纬三路上，瑞蚨祥鸿记虽然保留了当年的模样，但随着时代的变迁和消费的变化，到这里买布的人越来越少，但是以孟洛川为代表的济南商埠商人，连同那以诚信筑基的商埠精神，却在历史的演进中变得愈加清晰明亮，愈加熠熠生辉。

《东方商人》播出后获得了观众和评论界的一致好评。该剧以鲜明生动的人物形象、扣人心弦的故事情节以及演员精湛的演技获得了观众的喜爱。剧中的商业竞争、家族情感和历史事件的交织也给观众带来了很多思考。该剧的场景布置和服装设计也非常考究，剧组通过精心打造的布景和道具，一比一地再现了当时中国商业社会的面貌。《东方商人》能够成为备受观众追捧的电视剧，在于其不仅仅是一部创业史，它还有商战、有生活、有时代的缩影，用一个新的艺术视角反映出民族智慧在清朝的商品经济中所经历的磨难和考验。

2．礼赞生命，感恩母亲

《静静的艾敏河》是2000年由宁才执导的一部16集剧情电视剧，罗剑凡编剧，娜仁花、储栓忠、巴音、尼格木图、赵强等主演。1960年，国家遭受了严重的自然灾害。在这危难之际，内蒙古人民作出了举世罕见的决定——将3000名因饥饿挣扎在死亡线上的上海孤儿接到内蒙古，托付给牧民抚养。从此，抚养3000名孤儿的

《静静的艾敏河》剧照

行动，在内蒙古草原上拉开了帷幕……

该剧主要以8岁的上海孤儿雨声（必力格）长大后的自述，描写了几个孤儿从拒绝草原到融入草原，从拥有新的生命到长大成人的心灵成长过程。同时，该剧也表现了以多兰一家人为主的草原牧民，在抚养孤儿的过程中遇到的种种困难，包括他们的个人感情等。此剧不仅表现抚养孤儿，也立体地表现了孤儿对给予他们生命和灵魂的草原的认识。一列火车载着上海孤儿驶向内蒙古草原。多兰为抚养一个上海孤儿，用丈夫哈达心爱的雪花马换了2头奶牛，这使哈达愤怒不已。他把2头奶牛送回去，想要回雪花马，可是牧人扎那不同意，于是他们起了争执。正当人们谈论如何领养这些孤儿时，多兰的前夫——失踪多年的苏和从蒙古国刑满释放回来，这使艾敏郭勒草原，尤其是多兰一家又多了一件无法平静的事……

剧情以草原牧人多兰一家抚养3个上海孤儿为主线，生动地讲述了草原母亲和上海孤儿跨越30年的情感历程。剧中的主人公在无边无际的草原上，用无私的胸怀、真挚淳朴的感情共同缔造了一条超越地域和血缘的河流。

《静静的艾敏河》以其深沉的情感、生动的人物和感人的故事情节，深深地打动了观众。这部电视剧不仅展现了生命的坚韧与顽强，更体现了民族团结与家国情怀的伟大力量。在危机面前，牧

《静静的艾敏河》剧照

民们用坚实宽阔的臂膀与纯真质朴的笑容，为孤儿们创造了一个温暖的家。在画面叙述和表现中，该剧多次应用全景画面展现草原的广阔，将自然与环境的美感直观地展现给观众，借助清新靓丽的颜色，宽阔宏大的景色，描绘出草原的壮丽辽阔，让观众感受视觉冲击，也照应了草原牧民无私辽阔的胸怀与淳朴善良的感情。看了这部电视剧，就会了解草原人民博大的胸怀，草原母亲的伟大和无私的爱。这部电视剧是一部关于生命的赞歌，每集都有让观众热泪盈眶的地方。独白描述故事时平静淡定的语气，其实暗含着心中的热烈滚烫，加上朴素简洁的服化道，更是真实地展现了草原牧民的生活与风土人情，真实地再现历史，让观众们从一个个画面中回到过去，获得最真挚的感动，从而感悟现在的生活。同时，剧情展现出的民族团结的家国情怀，也值得我们歌颂和赞叹。一方有难八方支援，在物资匮乏的年代，牧民们用最朴实和真诚的方式生动演绎了中华民族一家亲，用实际行动书写了爱与大义。《静静的艾敏河》是跨地域、跨民族的身份认同的真实记录，是抒写各族人民情同手足、同舟共济，彰显各族人民团结一心的真实写照。

3．早来的不仅是春天

《草原春来早》于2007年8月26日在中央电视台一套首播，是汪涛导演，王辉、修庆等主演的一部作品。该片集中展现了抗日战争和解放战争中发生在内蒙古草原上的十多个重要历史事件的电视剧。

这部剧描述了九一八事变爆发后，日本关东军极力推行“欲征

《草原春来早》海报

服支那，必先征服满蒙”的罪恶计划，想要将满蒙从中国分裂出去，建立日本的傀儡政权。潜伏于内蒙古苏尼特右旗的日本特务，开始在该旗王爷身边煽风点火。与此同时，中共西北特委书记王若飞来到内蒙古，与中共西蒙工委书记乌兰夫见面，指示内蒙古共产党组织发动各族群众建立武装粉碎日本帝国主义的阴谋。

1945年11月，内蒙古自治运动联合会成立，乌兰夫担任主席。在他的领导下，联合会团结东蒙人民革命党，完成了东西蒙的统一。蒋介石对内蒙古的局势不满，派出国民党联合当地叛匪，挑拨民族关系。乌兰夫一方面组建骑兵部队，一方面深入群众和广大农牧民开展民主改革，终于迎来了大好的形势。最终于1947年5月1日在中共中央的支持下，内蒙古自治政府正式成立，从此内蒙古历史

《草原春来早》剧照

掀开了新的一页，为新中国成立后民族区域自治作出了表率。

《草原春来早》的拍摄手法主要包括以下几个方面。一是自然景观的运用。以内蒙古草原为背景，通过展现草原的壮丽景色和自然风光，强调人与自然的和谐共生，增强观众的代入感。二是音乐与画面的配合。在片中，导演运用了许多激昂、感人的音乐，与画面相配合，营造出一种情感饱满、氛围浓郁的观影体验。三是细节的刻画。导演注重对细节的刻画和描写，通过细腻的表现手法，展现了草原上的风土人情和生活方式，使观众更加深入地了解和认识草原文化。四是快剪与特效。在表现草原的壮丽景色和战斗场面时，导演运用了快剪和特效手法，通过快速切换的画面和震撼人心

《草原春来早》剧照

的音效，营造出一种紧张刺激、激昂澎湃的氛围，增强了观众的观影体验。五是创新的故事叙述。《草原春来早》不仅在视觉效果和音乐方面有所创新，在故事叙述方式上也有所突破。该剧采用了非线性叙事手法，将过去和现在相互穿插，使剧情更加扣人心弦，同时也留给观众更多的想象空间。六是演员表演。演员阵容强大，他们在剧中的表演声情并茂，将角色内心的情感和思想诠释得淋漓尽致，让观众能够更好地理解角色，投入剧情。七是注重历史真实。《草原春来早》以真实的历史事件为背景，注重还原历史真实，让观众在欣赏剧情的同时，也能了解历史，感受历史的厚重感。

《草原春来早》剧照

综上所述，《草原春来早》的拍摄手法多样，注重细节和情感的表达，同时也注重还原历史，以创新的手法叙述故事。这些拍摄手法让观众能够深入地了解和感受草原生活，同时也让观众在欣赏剧情的同时，思考历史和现实问题。

4．梦想在草原绽放

电视剧《我的青春我的梦》于2007年由潘峰与林海鸥联合执导，张洪睿、齐欢主演。该片以34年前在内蒙古地区插队的北京知识青年的生活为背景，真实再现这些热血青年当年在内蒙古大草原的生活、劳动及爱情故事。

《我的青春我的梦》剧照

电视剧以高扬和高飞这对兄弟为中心，他们的父亲是军区参谋长，母亲是一位军医。在参军和插队的选择上，高扬毅然选择到内蒙古大草原插队，把父亲给他的参军名额偷偷地给了弟弟高飞。然而，就在哥哥走后的第二天，因为父亲突然被审查，高飞参军的梦想破灭了。高扬、熊红、金豆、李欣、路漫漫等人到牧区插队，而苏明、苏月、张解放、张援朝、赵铁力等人去建设兵团，两拨人要去的地方只有30里地。他们满怀热情和理想，立志在那里干一番大事业。苏明、张解放等到了兵团以后，发现现实与他们的想象截然不同……

《我的青春我的梦》剧照

《我的青春我的梦》是一部以知青岁月为主题的电视剧，通过深入挖掘人物内心的真实情感，生动再现了那个时代的热血青年在草原上的生活、劳动以及爱情故事。该剧的拍摄手法独具匠心，为了真实再现当年的场景，剧组在选址和布景上下了大量功夫，从草原到农牧民的住所，都做到了细致入微的还原。这种还原不仅体现在场景上，更体现在人物的生活细节中，如插秧、收割等农活，都做到了真实再现。该剧在情感表达上非常细腻，通过人物之间的互动和内心独白，深入挖掘他们内心的真实感受。尤其是在表现爱情和友情时，通过细腻的画面和感人的对白让观众感受到那个时代

《我的青春我的梦》剧照

年轻人的真挚情感。此外，剧组还运用了大量的自然景观和人文元素，如山川、河流、草原等，让观众感受草原的独特魅力。

该剧的音乐和氛围非常契合，音乐旋律优美，与剧情相得益彰。通过音乐的渲染，观众能够直观地感受剧情的氛围和情感，增强了剧情的感染力。另外深度的主题探讨让观众在欣赏剧情的同时，也能够思考人生和价值观。从拍摄手法到演员表现，从音乐氛围到主题深度，都展现了制作团队的用心和才华。这部电视剧不仅还原了一个时代的历史风貌，同时也展现了一群热血青年的成长与奋斗。

三、繁荣阶段

（一）电影

进入21世纪后，内蒙古的影视工业也在全国发展的大环境下小步慢跑。影视作品中的内蒙古亦呈现出与之前阶段不同的特征：

第一，创作聚焦于内蒙古“人”，将人的内心感受、精神流变作为主要刻画描摹的对象，银幕和荧屏极力渲染。

第二，创作素材侧重于时代大环境转变下，生活在这片土地上人们的思想观念、行为习惯的转变，集中发掘具有代表性的人物和事迹。

第三，按照内蒙古的区域定位，着力表现内蒙古生态建设和发展，利用“温暖现实主义”的手法，反思过往的行为和习惯，打造独属于内蒙古的标志和名片。

1. 心灵复苏与成长的家园

电影《天上草原》由塞夫、麦丽丝执导，娜仁花、宁才等主演。影片于2002年在加拿大上映，同年该电影团队提名第22届中国电影“金鸡奖”最佳影片、最佳导演、最佳摄影、最佳女主角奖，并荣获最佳男主角、最佳音乐奖等奖项；次年男女主演又凭借该电影拿下第三届华语电影传媒最佳男演员、最佳女演员奖。

影片讲述了一个心灵受到伤害的男孩虎子，阴差阳错来到草原后，逐渐融入草原生活，并最终战胜自我的故事。虎子8岁时被父母遗弃，因此拒绝说话成了哑巴。蒙古族男子雪日干可怜他孤苦伶仃，便强行把他带回前妻宝日玛家中。宝日玛虽不愿接受离家5年的前夫，但虎子的出现令她十分欣喜。当狼群袭击草原时，虎子看到牧民围猎时的惨烈情景，他因感到恐惧而逃走了。虎子被抓回来后，雪日干罚他站在马背上，宝日玛好心相劝反遭殴打。雪日干的弟弟腾格里见嫂子满脸血污，气愤之余挥起木棍打伤了哥哥。雪日干离开草原的这些年里，嫂子宝日玛像母亲一样照顾着腾格里，他心疼宝日玛，劝嫂子和他一起走，宝日玛不同意，腾格里只好独自离开。此后雪日干依然陋习不改，一天早上被发现醉倒在屋外冻了一夜，在这生死关头宝日玛向雪日干哭诉了深埋在心底的爱，他奇

《天上草原》海报

《天上草原》剧照

迹般地醒了过来。后来，一支新婚的庆祝队伍经过蒙古包，雪日干和宝日玛也因此复婚了。

除夕，蒙古包外来了一位解放军，他就是烧伤的腾格里，他隐瞒了身份，说是来探亲，家离这里不远，歇脚后要赶路。大火毁掉了腾格里的容颜，可哥哥嫂嫂怎会因此认不出他。嫂子没有拆穿腾格里善意的谎言，默默地为他烤着军靴。哥哥问他是怎么受伤的，腾格里说油库着火，为了救人。此后，虎子立志要像腾格里叔叔一样坚强，他学会了骑马、摔跤，还参加了赛马比赛，获得第一名的时候，他喊出了“腾格里”三个字，虎子终于会说话了。这时，他的爸爸来信叫他回城，虎子就这样再次被雪日干绑住双脚，离开了他挚爱的草原。

影片中的一个独特之处便是运用了蒙古族古老的唱法呼麦，例如在虎子初次走进大草原时以及雪日干去猎狼时，深沉浑厚的喊麦

《天上草原》剧照

与宽广无边的大草原相呼应，体现了草原的神秘与未知。影片最后采用了民歌《鹿花背的白马》，表达了蒙古族的赤子心，也表达出虎子在离开草原时的不舍情感，因为是草原给了他第二次生命。

该电影以人性故事为主线，表现了亲情、友情和爱情等真挚的情感以及草原人民对家乡和生活的热爱。总之，《天上草原》通过独特的视角、优美的画面、真挚的情感和数字技术的运用，展现了蒙古高原的风光和风土人情，为观众呈现了一幅美丽的草原景象。

2. 遥远的季风，永远的故乡

电影《季风中的马》由宁才执导，宁才、娜仁花、常蓝天、阿古达牧担任主演。该片于2003年上映，2005年获得第25届夏威夷国际电影节亚洲电影大奖。

影片以工业发展导致草原沙化、当地政府颁布“围封转移”政策为背景，讲述了内蒙古诺甘西里草原上的牧民乌日根一家离开草原，进城寻求新生活的故事。乌日根一家本以放牧为生，但冬天的雪灾和春夏的干旱过后，草原已经严重沙化，再也哺育不了成群的牛羊，他们失去了唯一的经济收入。没有钱，乌日根的儿子就没法继续上学。虽然政府减免了牧业税，但银行的贷款要还，一家人的生活还要继续，必须尽快找到新的谋生出路。他家附近的牧民都搬到城里寻求生计，乌日根却一时难以接受这个现实。在他眼里，自己是个牧民，草原才是自己的家。乌日根坚持不走，妻子英吉德玛也没有办法。被道尔基大叔拒绝借草场放牧所剩无几的几只羊后，乌日根想到了自己那已经被乡政府划成生态草场保护区的秋营盘草场。然而，草场非但没有要回来，乌

《季风中的马》海报

《季风中的马》剧照

日根还因为和保护区的工人发生争执而被带到派出所。英吉德玛无奈卖酸奶后，才交上乌日根损坏铁丝网的赔偿和罚款。英吉德玛卖掉仅剩的羊群，铁了心要搬进城里，乌日根也不好一个人留在草原上。在道尔基的开导下，乌日根决定把“萨日拉”放生。一个简单的仪式后，乌日根的“萨日拉”被解开了缰绳，朝着沙漠一般的草原深处走去。忍痛送走了自己心爱的大白马，乌日根和儿子呼和一起拆卸蒙古包，装好牛车，浇灭火塘，离开了他们深恋的草原，走向新生活。

本片通过光线与色彩体现了导演想要表达的主题。大量的自

《季风中的马》剧照

然光线，较真实地交代了故事。例如在乌日根被警察带走时，呼和追着坐警车离开的爸爸，灰暗的光线也体现了呼和的焦虑紧张；在乌日根走进警察局时、将马带去卖时、醉醺醺地回来等等，都使用了这样的光线。虽然黄色是本片的基调，黄色本身象征着温暖、阳光，但导演将其改为冷色调，表达了乌日根家对草原的热爱，他们生活在草原上，草原是他们的第二个母亲，现在要离开这片土地。

总的来说，《季风中的马》以其纪实风格、隐喻手法以及音乐与画面的完美结合，展现了一幅真实、生动且具有思考价值的生活画卷。

3．苍天般的草原母亲

《海的尽头是草原》是由内蒙古电影集团有限责任公司、中国电影股份有限公司联合出品，尔冬升执导，尔冬升、李苗、商羊、史零编剧，陈宝国、马苏、阿云嘎、王锵、罗意淳领衔主演，王楚然、黄尧、白宇帆、曹骏、丁程鑫友情出演的剧情片，该片于2022年9月9日在内地上映。

该片获得2022微博电影之夜年度最受期待影片奖。2023年，获第41届香港电影金像奖最佳亚洲华语电影奖。截至2024年5月15日，该片累计票房3611.6万元。

《海的尽头是草原》海报

该片以“三千孤儿入内蒙”的真实事件为背景，时间设定在20世纪50年代末，从两个家庭的视角切入，讲述了一对兄妹在不同时空下踏上寻亲之旅，催化出一段充满悲欢离合的故事。

《海的尽头是草原》将“三千孤儿入内蒙”的历史故事落脚在上海孤儿与内蒙古收养家庭之间的情感伦理层面，不仅用温情为人物群体注入了鲜活的生命力，也彰显了中华民族共同体意识的强大力量。在展现中华民族共同体意识这一主旋律价值观念方面，影片并没有出现“阶级叙事”常见的生硬刻板问题，而是以人物的“人性”确证着这种共同体意识的根深蒂固。影片女主角杜思珩刚到内蒙古时，因体弱而高烧不退，额吉萨仁娜二话没说，让儿子那木汗带领保育员连夜奔驰数十里寻找抗生素。那木汗面对可能遭遇的流沙沼泽毫不畏难，策马奔腾。无论是萨仁娜还是那木汗，都未曾用豪言壮语诠释民族团结的主题，而是以下意识的反应，将中华民族共同体意识转化为“一家亲”的淳朴伦理关系。

影片中最令人感动的，无疑是那木汗与杜思珩的情感戏份。木讷的那木汗对从上海来的小妹妹有着强烈的保护欲，无论是默默关注的眼神，还是处处保护的行为，都表现出这个蒙古族男孩的情感世界。在友人的婚礼上，同为上海孤儿的宝力德流露出对杜思珩的爱意。对此有所察觉的那木汗，立刻阻断了宝力德凝视妹妹的目光，而看到妹妹与宝力德谈笑风生后，“吃醋”的那木汗立刻策马而去。一段没有血缘关系的“兄妹情”却凝结了深深的情谊，最终那木汗为救杜思珩和宝力德命丧流沙，为影片涂上了一抹悲剧色彩。强烈的情感叙事，为影片营造了近乎完美的共鸣场域；宏阔的草原风光，也满足了观众对影片的风情期待。然而，过于商业化的

《海的尽头是草原》剧照

叙事安排，不断挤压着影片原有的人性维度，使得作品的最终呈现偏离了应有的航道，落入了略显俗套的言情窠臼。为了增加故事张力，影片给那木汗和杜思珩的兄妹情注入了暧昧因素。如果操作得当，这种设置确实可为影片增加吸引力。然而，肉眼可见的年龄差距，使得这种设定本身较难获得认可。令人略感不适的爱情设定，不仅未给影片增色，更干扰了原本纯粹的兄妹情谊，弱化了其最终死亡的艺术冲击力。

4. 战火硝烟中的美好心灵

电影《诺日吉玛》是由巴音执导，巴德玛主演的电影。影片自放映以来获奖无数。2014年，荣获内蒙古自治区第十二届精神文明建设“五个一工程”奖优秀作品奖。2015年9月，获第24届中国金鸡百花电影节最佳中小成本故事片，巴德玛获得最佳女主角奖。同

《海的尽头是草原》剧照

时，多次获得国际电影节奖项并选入展映活动。

《诺日吉玛》是由发生在20世纪30年代，呼伦贝尔草原上的爱情故事改编而成，主要讲述了诺日吉玛与杭盖的故事。20世纪初，诺日吉玛姑娘与骑手杭盖正相恋着。每当军队训练时，诺日吉玛总在一旁观看，二人的关系也慢慢发展着。然而，正当诺日吉玛和杭盖的爱情即将圆满之时，一场战争爆发了。护卫军接到命令，离开家乡和亲人奔赴保家卫国的战场。由于部队的突然出发，杭盖没有来得及和诺日吉玛道别。当诺日吉玛兴冲冲地来到约会地点时，见到的只有巴拉嘎尔。后来有一天，诺日吉玛在放牛途中经过一片狼藉的战场，她从废墟中捡回一个奄奄一息的俄罗斯士兵瓦西里。第二天早晨，她在家附近又发现了昏迷不醒的日本士兵阿萨努。这两个年轻人把身体的一部分永远留在了战场——瓦西里失去了一只

《诺日吉玛》海报

胳膊，阿萨努失去了一条腿，身体与心灵都遭受了巨大的创伤。诺日吉玛的善良与同情心让她不能坐视不理，用祖传秘方奇迹般地救活了他们。在她的精心疗养下，他们一天天好起来，两个人却开始了无休止的争斗，战争让他们的人性扭曲，眼中只有复仇和杀戮。接着巴拉嘎尔找来了抗日联军，将两个士兵交给了他们。瓦西里和阿萨努，这两个被战争扭曲的年轻人，在诺日吉玛额吉的关爱下得以寻回人性的善良。

《诺日吉玛》之所以影响深远，是因为它不仅仅将镜头对准诺日吉玛、瓦西里和阿萨努之间错综复杂的关系，而是挖掘战争与人性这一宏大的意义。观众先是被带入20世纪初的一个充满爱情与希望的时代，诺日吉玛和杭盖的爱情故事如同一朵绽放的花朵，娇艳欲滴。正当他们的爱情即将瓜熟蒂落时，战争将他们之间的羁绊撕得粉碎，相爱之人甚至来不及道别，只能默默承受着离别之痛。然后是战争残疾人瓦西里和阿萨努，诺日吉玛并没有因战争而对他们

《诺日吉玛》剧照

持有偏见与仇恨，而是以慈爱抚平他们心灵的扭曲与创伤，在黑暗中为他们点亮希望之光。

影片从小小的画面展现了战争的残酷，时代的微动投射到个人身上都是浩大洪流，即使我们被蹂躏打败，也要相信人性的力量，希望的曙光总会在黑暗中重新闪耀。并且，战争没有胜利者，只有受害者。和平共处、和谐友爱才应该是人类共同的追求目标。

5．追寻亲情，叩问死亡，学会告别

《脐带》是由傅若清担任总制片人，乔思雪执导兼编剧，巴德玛、伊德尔领衔主演的家庭剧情电影。2022年，该片入围第35届东京国际电影节“亚洲未来”单元，2023年获得第一届金熊猫奖提名。

娜仁左格患有阿尔兹海默症，忘记了很多东西，但她一心想重返故土找寻幼时记忆中的花园。北漂的蒙古族青年阿鲁斯回到家乡，因不满哥哥将母亲关在家中的照顾方式，决心带她返回呼伦贝尔草原，去寻找记忆中的家。为了防止母亲走失，阿鲁斯用一根绳子系在两人腰间，似脐带一般连接，建立起了一种奇妙的“逆位”母子情，牵引着两人向草原深处漫游。当爱由彼此羁绊化为理解和自由，母亲终于回到心中的故乡，犹如少女自由快乐地奔跑舞蹈，阿鲁斯也得到平静和爱的力量。

电影《脐带》虽然讲述了一个简单澄澈、悲伤中又带着温暖的小故事，但影片背后蕴含着当代社会一个普遍问题——子女与父母间情感的缺失。导演乔思雪从草原走出，远赴法国学习电影，遥远的距离使母女间的关系越发疏离。直到有一天，她在路上碰到一位

《脐带》海报

《脐带》剧照

《脐带》剧照

同母亲年纪相仿、患有阿尔兹海默症的阿姨，在大街上来来回回寻找她的家。这给了乔思雪很大的触动，她开始重新思考和母亲的关系，真正认识到自己作为儿女这个身份上的缺失，这给了她灵感与动力摄制《脐带》。在电影市场上聚焦亲情和阿尔兹海默症相关的电影其实并不少见，但《脐带》有着截然不同的魅力。“脐带”作为影片最重要的象征物，既是血缘的羁绊，又是母亲的束缚。儿子通过绳子时刻将母亲锁在视线里，时常拉紧绳子，急着从地上捡起绳子这些下意识的动作，都蕴含着儿子对母亲的依赖与潜意识里对死亡的恐惧。但影片最后，儿子终于接受了母亲的诉求，悠扬的马头琴与歌声伴随着飞扬的篝火，阿鲁斯终于剪断了绳子，母亲犹如少女般歌唱，抱着小羊羔起舞，她看见前来迎接自己的父母，走向草原深处，回到自己的所来之处，获得另一种形式的新生。影片用十分诗意的方式呈现母亲的死亡，阿鲁斯则独自启程，继续穿越草原。最终，他找到了那棵将生与死、天与地融会起来的树。在三次回返的过程中，他也重新发现了母亲、故乡、草原、音乐的意义，获得了精神上的重生。

电影并没有将生死作为沉重的话题来讲，而是聚焦于日常，把对生命、生活的讲述娓娓道来。母亲在回返的过程中逐渐摆脱衰老与疾病的肉身束缚，旅程的终点是死亡，但死亡同样意味着新的自由；儿子在回返的过程中倾听草原的声音，发现生命的起点，是母亲，是草原，是镌刻在血液和灵魂中的基因。而这个起点，被自然万物所共享。生死不再沉重可怕，而是轻盈诗意。电影用浪漫化的场景，通过亲人之间的互动与色彩绚烂的场景，减少了面临死亡的压迫感，更能让观众感受到亲情陪伴的真谛，体验人生的过程。

（二）电视剧

1. 壮阔草原之中感悟人生真谛

电视剧《牧马人》是由侯明杰、曹振宇导演，仲跻敏、李宏斌担任编剧，曹磊、于荣光、朱泳腾及阿斯茹领衔主演的一部军旅情感剧。这是一个草原知青在饲养军马的过程中成长的故事，也是一幅饱含人马情、父子情、兄弟情和男女爱情等人间真情的画卷。

陆志强出生于军人世家，成长于城市，胸怀远大理想，渴望去边疆当一个边防军人，为保卫祖国挥洒热血、奉献青春。为躲避追捕，他从北京来投奔父亲陈天泽，在此机缘巧合之下来到红山军马场。人生中第一次接触到美丽壮阔的大草原，他遇到了同父异母的哥哥巴特尔和美丽飒爽的蒙古族姑娘乌云，从此开始了饲养军马的生活。一群正当青春年华的青年在辽阔无垠的草原上自由放歌、游牧，在与大自然、盗马贼艰苦斗争的劳动过程中，陆志强对乌云萌发了别样的情愫，但巴特尔与乌云是相知相熟的青梅竹马，一段有着动人纠葛的三角恋情在他们之间展开。最终，草原让他改变了初衷，从排斥到吸引，草原上的人、物、景都让陆志强逐渐在壮阔草原上感悟到人生真谛，得到了真正的成长。

《牧马人》于2011年播出，当时正是古装题材、都市题材、红色题材引领影视风潮的时期，导演侯明杰却不走寻常路，剑走偏锋地选择了军旅、民族、青春的怀旧题材，讲述了20世纪知青们在草原牧场上鲜为人知的生活成长故事。没有了灯红酒绿的都市喧嚣，没有了狗血神奇的时空穿越，只有充满挑战的严峻的大自然。但《牧马人》并非不接地气的晦涩文艺腔，人间的真情与大爱才

《牧马人》海报

《牧马人》剧照

是该剧的最大卖点。在物资匮乏的年代，父辈们精神上的丰盈，带给人们纯真年代的感动。在与盗马贼艰苦斗争的劳动过程中，各民族相互学习与融合，与草原结下了不解之缘。人与自然的相处之道、军人对于边疆的责任和感情、各族人民的友情和爱情，父辈们的欢笑与泪水在这片绿色的海洋里逐一展开。在辽阔的草原上，观众感受到老一辈浪漫的革命情怀和对草原的深深眷恋，同时对人性和理想的深刻描述。

《牧马人》描绘的是一幅饱含人马情、父子情、兄弟情和男女爱情等人间真情的美丽草原风情画卷，阐述了人与自然和谐发展

《牧马人》剧照

的现代理念。正如李洋所说：“这是一部关注人与自然关系的年代剧，同时也是一部成长励志剧。”

2. 汉蒙亲缘共铸英雄颂歌

电视剧《鄂尔多斯风暴》是由苏舟导演，路远、邢进、苏莉莉编剧，于晓光、曹磊、杜雨露、金晶等人领衔主演，中央电视台、内蒙古自治区党委宣传部、鄂尔多斯市委宣传部及地方传媒公司联合出品的史诗剧。

《鄂尔多斯风暴》主要讲述了鄂尔多斯札萨克旗的苏王中年得子，二福晋产下一子塔拉，王府一片欢天喜地。三福晋因嫉生恨，偷偷将一粒黄豆塞进王子的喉咙里，让其性命危在旦夕。二福晋不得不忍痛将儿子调包给一个牧马奴乌力吉收养，塔拉才得以大难不死。数年后，机缘巧合之下，塔拉还是走进了苏王府，似乎是命运的安排，塔拉成了假王子桑杰的陪读，两人建立了浓厚的兄弟情义。而在美丽大方的诺丽玛出现后，二人成为仇人。接着，塔拉得知养父被苏王处死，他誓要报仇雪恨，手刃仇人。真正的父子，彼此间却产生了刻骨的仇恨。塔拉也踏上了逃亡的道路，成为游侠孤狼。抗日战争爆发后，中国共产党在鄂尔多斯成立了汉蒙抗日游击队。在队长田老四的影响下，塔拉成为一名游击队战士。当年的

《鄂尔多斯风暴》海报

《鄂尔多斯风暴》剧照

《鄂尔多斯风暴》剧照

"狸猫换太子"事件也真相大白，桑杰纠结了各种势力，要置塔拉于死地，二人展开了一次又一次的激烈斗争。然而，在国仇家恨和外敌入侵面前，塔拉和桑杰再一次联手，共同谱写了一曲壮美的草原英雄颂歌。

该剧虽以抗日战争作为宏大的叙事背景，却仍在细微的人物形象塑造上有着过人之处，尤其是剧中的男主角塔拉。《鄂尔多斯风暴》一经中央电视台播出便好评如潮。

作为纪念反法西斯战争胜利70周年的严肃之作，《鄂尔多斯风暴》被业内人士称为"影视界纪念抗战的压轴之作"。该剧没有违背逻辑的传奇，而是以其荡气回肠的故事、鲜明独特的人物造型、

《鄂尔多斯风暴》剧照

悠远辽阔的草原风光吸引着众多观众。除了电视剧里所展现的鄂尔多斯自然风光和人文风情，还描绘出草原人民勤劳勇敢的精神和各民族团结共同抗日的兄弟情谊，强烈的民族团结思想和爱国主义情怀感染教育着人们的心灵。

3. 北方大地上书写拼搏传奇

《北方大地》是由导演哈斯朝鲁担任总导演兼制片人，赵琪编剧，新锐导演苏磊执导的现实题材创业励志电视剧，张国强、颜丹晨、孟浩强、于俭、贺云馨、吴连生、秦雪等人联袂主演。为庆祝内蒙古自治区成立70周年，由中央电视台、内蒙古自治区党委宣传部、内蒙古电影集团、北京经典人文化传媒公司联合摄制。2019年

9月17日，颜丹晨凭该剧“萨日娜”一角获得第一届“匀芽奖”最佳女演员奖。

该剧主要讲述以王中天、萨日娜为代表的一代内蒙古儿女如何在改革开放的时代大潮中艰苦创业、攻坚克难、勇于创新的感人故事。1992年春天，在大青山市第七牛奶厂濒临倒闭之际，矿务局供应科副科长王中天经过深思熟虑，辞去工作，和几个朋友一起承包了牛奶七厂。企业初期困难重重，王中天决定邀请好友萨日娜加入团队，两人强强联手推翻了以原厂长刘永德为首的保守势力，通过不懈努力使企业步入正轨，成为全国知名上市公司天潢集团。这期间，王中天妻子的去世，使萨日娜重新燃起对王中天的爱意，但他担心这会影响两人合作伙伴的关系，他拒绝了萨日娜，匆匆与厂

《北方大地》海报

医张玲结为夫妻，这让萨日娜深受打击。事业越做越大，然而王中天对企业的管理不当和三聚氰胺事件等原因使天潢集团再次陷入谷底。萨日娜另创大地集团与其竞争。此时的王中天经过长时间的沉淀与思考，终于对人生与事业的发展有了更深刻的认识。他主动找到萨日娜提出摒弃前嫌，最终两家企业还是走到了一起，向着打造世界级奶制品品牌的远大目标进发。

作为庆祝内蒙古自治区成立70周年的主旋律献礼作品，电视剧《北方大地》选择了以改革开放为背景，讲述了内蒙古青年克服艰难险阻、自力更生的创业史。他们忠诚担当、爱国奉献的精神，给当下的时代青年树立起一座座标杆，为北疆文化注入了新鲜的养分。

《北方大地》剧照

《北方大地》剧照

创业初期，断电，断水，车被扣押抵债，奶牛有疫病也无钱可治……各种各样的困难层出不穷，再加上众多的条条框框束手缚脚，在那个大变革时代、摸着石头过河的年代，一帮满腔热血、富有激情的人们真正为北方大地开辟了一条新的道路。牧仁甚至在创业初步成功趋于稳定后，毅然决然辞职去荒漠植树造林，只是为了改善草原大漠日益严重的环境，为了子孙后代不再受风沙的肆虐，能享受到干净纯洁的奶源，将后半生全部奉献给了心中那片美丽的绿色，直至死亡。他们才是北方大地上最值得关注和赞美的人们！伟大而光荣的拼搏精神理应被传承，中国的持续性发展需要一代又一代人的不懈努力。为了中国的繁荣富强而奋斗，是中华民族的光荣传统，它存在于每一个中国人的血脉里，并将持续不断地传承下去。

4．草原史诗的真情描摹

电视剧《父亲的草原母亲的河》是由知名导演康洪雷与刘翰轩

联手执导，康洪雷担任编剧，主演阵容包括李泓良、德姬、斯琴高娃、涂们、塔娜花日、阿云嘎、斯力更等实力派演员，他们通过鲜活的表演将剧中人物的性格特点展现得淋漓尽致。受邀特别出演的丁勇岱、侯岩松等老戏骨也凭借其扎实的演技为该剧增添色彩。

电视剧《父亲的草原母亲的河》在第34届中国电视剧“飞天奖”、第25届上海电视节“白玉兰奖”中获得优秀电视剧奖提名。剧中多位演员凭借精彩表现获得了奖项和提名，李泓良凭借在剧中饰演的莫日根一角，获得第25届上海电视节“白玉兰奖”最佳男配角奖提名。李泓良在接受《羊城晚报》记者独家专访时还表示：“角色没有主角光环，他是一个鲜活的、复杂的、真正的人。”这也是本部电视剧真正具有现实主义风格的一角。斯琴高娃和德姬分别提名第25届上海电视节“白玉兰奖”最佳女主角奖和最佳女配角奖。演员的共同努力和导演编剧的巧心设计，才共同构成了这样一部优秀的具有草原风情的电视剧。

《父亲的草原母亲的河》以20世纪60年代末至70年代初为历史背景，讲述了一家四兄妹响应国家号召，从繁华都市南京迁徙到内蒙古大草原，投身于边疆建设的故事。四兄妹在各自经历了不同的生活变迁与情感纠葛后，纷纷选择在草原与当地牧民共同学习生活，一起去面对艰苦环境的挑战。他们在人生选择中寻找自我价值，并在奋斗中坚守信念，一起品绘出人生的真谛。

本剧主要以莫成名因工作落实问题而追随大哥莫志乡来到内蒙古的经历为主线，不仅展现了各民族间交往交流交融，且对莫成

《父亲的草原母亲的河》海报

名在鄂尔多斯的工作经历和他与蒙古族姑娘杭拉的感情进行了细致描摹，丰富了个人角色的塑造，也为整个故事增添了浓厚的人文色彩和戏剧冲突，让我们看到了整个中华民族就像一颗大石榴，每一个民族都是一个小小的石榴籽紧紧地拥抱在一起，迸发出团结的力量。

《父亲的草原母亲的河》艺术风格鲜明，剧组充分利用辽阔草原的自然景观，通过细腻的摄影手法捕捉到了草原风光的壮美与质朴，使每一帧画面都如同一幅流动的油画，展现出人与自然和谐共生的诗意景象。有草原，也有城市、乡村，不同的视听语言内容也带给观众不同的感受，人与自然相生，党和人民相近，和大家心贴心。

在叙事方式上，该剧坚持现实主义原则，同时融入了浪漫主义元素。例如剧中主角在草原上的爱情故事，既有现实生活的写照，又有浪漫主义的情感表达，让观众感受到了爱情的美好和力量。莫家四子的人物性格饱满立体，配合影片中情节的跌宕起伏，富有强

《父亲的草原母亲的河》剧照

烈的时代感和社会责任感，也体现出导演康洪雷独特的人文思考。正是因为这样，剧中的各个人物在面对困难和挑战时，始终坚持自己的信念和原则，不断努力奋斗，最终实现了人生价值。

音乐方面，该剧将民族音乐与现代影视音乐相结合，烘托出浓郁的地方风情与深厚的情感内蕴。例如剧中的主题曲《父亲的草原母亲的河》，以其悠扬的旋律和深情的歌词，表达了对草原和母亲的眷恋、感激之情，让观众感受到了草原人民的淳朴和善良，非常具有内蒙古风情和草原特色。

此外，剧中的服饰设计、道具制作和民俗场景布置等也体现出对历史细节的高度还原和对中华优秀传统文化传承的尊重，进一步

《父亲的草原母亲的河》剧照

强化了该剧独特的艺术风格和深远的文化内涵。例如剧中的服装设计融合了蒙古族传统元素和现代时尚元素，既展现了蒙古族的独特魅力，又符合现代观众的审美需求。据男主角李泓良的采访，现场许多道具都已经制作出了包浆效果，就是为体现出当时独特的时代背景。

正因为导演康洪雷如此独特精致的要求，男主角李泓良在多达700场的戏份中，为了充分还原人物特征，不仅学习了大提琴、马头琴，还学习了蒙古语、南京话和粤语。为了能够追求自然、真实地还原60年前的草原风貌，小到牧人手里的皮鞭、生活服饰，大到草原景色的还原，都由舞美、服化道部门在短时间内精心打造，让它们符合时代特色，这也是本剧成功的重要原因之一。

5. 百年晋商史，煌煌民族情

电视剧《大盛魁》是一部以历史为底蕴，深刻挖掘和再现清代晋商辉煌历程的影视力作。2017年3月7日，该剧在内蒙古电视台新闻综合频道首播后，引起了广泛的社会关注与好评。这部作品由备受业界尊重且观众喜爱的著名导演王新民操刀执导，其执导风格严谨细腻，对历史细节把握精准，使得整部剧的历史真实性和艺术表现力得以高度融合，让我们看到了导演独特的人文主义情怀和再现北疆文化精神内核的历史责任感。

《大盛魁》海报

编剧团队包括王路沙、梅峰、陈涛等才华横溢的创作人员，他们深入研究历史资料，提炼出丰富多元的故事线索，构建了一个跨越300年时空的宏大叙事框架。剧中汇聚了一众实力派演员，如于震、乔振宇、吴连生、周显欣以及已故老戏骨午马，他们肩负着还原历史，品味当年的情怀，凭借精湛的演技，生动诠释了角色的性格特征和命运变迁，将大盛魁这一清代最大跨国贸易商号中的人物群像塑造得栩栩如生，让观众在观看电视剧时如同回到了风起云涌的晋商时代。

《大盛魁》电视剧的内容架构独特且完整，分为创业、兴业、歇业3个篇章，这种分段式的叙述方式不仅梳理了大盛魁从无到有、从小到大、从兴到衰的演变过程，十分具有框架感和空间结构。与此同时，也展现了其背后深邃的文化内涵和人性光辉。剧本的创作灵感来源于导演王新民在2008年出版的著作《旅蒙商通览》，而兴业部分更是取材于内蒙古著名作家邓九刚所著的长篇小说《大盛魁商号》，两者的结合赋予了剧集深厚的历史根基与文化

《大盛魁》剧照

《大盛魁》剧照

积淀。剧情围绕王相卿、张杰、史大学3位主角艰苦卓绝的创业经历展开，讲述他们在清代“走西口”的特别故事，非常吸引观众的眼球。当时一经上映，受到了众多观众的欢迎。

剧中的故事线跨越了数十年的历史变迁，从初创时期的艰辛困苦到鼎盛时期的辉煌成就，再到面临内外挑战时的艰难抉择，剧情跌宕起伏、扣人心弦。该剧不仅描绘了商业竞争、市场拓展等商业活动，更深入挖掘了人物内心世界的变化和成长，人物更是有血有肉有情怀，通过故事线的跨越，也展现了一系列感人至深的家庭伦理、友情爱情及社会责任等方面的故事。

尤为值得一提的是，《大盛魁》将个人命运与历史洪流紧密相连，生动再现了清末民初社会变革的大背景，让观众在观看商战风云的同时，也能对那个时代的社会经济状况和文化有深刻的体悟。整部剧集在宏大叙事中不失细腻，使得其剧情具有高度的艺术性和观赏性。

《大盛魁》这部电视剧的艺术风格融合了历史剧的庄重、细腻与商业传奇剧的跌宕起伏，整体呈现出一种史诗般的宏大叙事与人文关怀相结合的特点。

在视觉艺术风格上，《大盛魁》力求还原清代历史风貌，场景布置考究，服饰道具精致，色彩运用富有古朴韵味，通过对细节的高度还原展现了那个时代的生活环境和社会状态。剧中既有繁华的

《大盛魁》剧照

《大盛魁》剧照

市井商街，也有辽阔的草原风光，画面构图讲究，旨在为观众营造沉浸式的历史体验。

在剧情构造上，《大盛魁》以严谨的历史背景为基础，结合丰富的民间传说和人物故事，构建了一个层次丰富、情节曲折的艺术结构。它既讲述了主人公艰苦创业的过程，也穿插了大量的生活琐事和情感纠葛，使得剧情在波澜壮阔中不失细腻动人，体现了编导对于人性的深度挖掘和戏剧冲突巧妙设计的艺术匠心。

表演艺术方面，《大盛魁》集结了一批实力派演员，他们通过内敛深沉的演技，将各个人物的性格特点、内心世界表现得淋漓尽致，从而赋予角色鲜明的生命力和感染力，使得整部剧的情感表达更加真挚且深入人心。

总之，《大盛魁》的艺术风格是以真实历史为根基，采用现实主义手法，辅以浪漫主义元素进行升华，呈现了北疆文化的理念、中华优秀传统文化底蕴与现代审美需求相融会的独特魅力。

第五章

美术

究竟应该怎么理解美术作品中的内蒙古呢？首先，从美术作品的特点来看，美术作品往往是视觉性的，如绘画类的油画、版画、水彩等，或是空间性的雕塑艺术等。另一方面，美术作品又与造型艺术的概念联系在一起，这意味着美术作品的呈现以塑造形象为目的。

另一个需要讨论的是，美术作品中呈现的内蒙古包括了哪些内容？首先，这里所指的内蒙古概念并非中国古代或近代的内蒙古，而是新中国成立之后的内蒙古，是在中国共产党领导下迎来新生的内蒙古。因而本文选取的艺术家的作品时间范围主要是从内蒙古成立至2023年活跃在内蒙古美术领域的艺术家的作品。

由于本文讨论的是美术作品里的内蒙古，这就涉及内蒙古的地理范围。内蒙古从东至西有森林、草原、荒漠、河套平原、沙漠，以及大兴安岭、阴山山脉、黄河等不同的地理空间和自然环境类型。这些体现在以视觉方式呈现的美术作品中，主要是呈现于画面的风景上。

当我们限定了本文所要讨论美术作品的地理空间，另一个内容就是生活在这片土地上的人，以及他们的生活和文化。内蒙古作为新中国最早成立的民族自治区，具有鲜明的地方特色，在这片土地上生活着包括汉族、蒙古族、回族、满族、朝鲜族、达斡尔族、鄂温克族、鄂伦春族等民族，这意味着在内蒙古的土地上，如它丰富的地理环境一样，也存在着多元的文化，并且不同民族间的文化相互影响，相互交融。因此，展现多民族文化的交往交流交融也是内蒙古美术作品的一大鲜明特色。

除了表现在内蒙古生活着的人以外，另一个必不可少的内容是内蒙古的历史，在内蒙古生活的各民族有着各自的历史，不同民族间还有交往交流交融的历史。因而在美术作品中呈现的内蒙古也包括了历史中的内蒙古。当然，对于历史，美术作品所能做的不仅仅是对历史情境的复原和展现，还有对内蒙古大地上见证历史的古代遗迹和历史文物的描绘。

除了历史中的内蒙古以外，更重要的是当下的内蒙古。对于新中国的内蒙古美术而言，其所要表现的一大重要内容即红色内蒙古，无数美术作品展现了在中国共产党领导下的内蒙古日新月异的变化。内蒙古众多美术工作者敏锐捕捉时代的脉搏，将不同的时代展现在自己的作品中。与此同时，他们也时刻紧追中国美术事业发展的前线，积极尝试新的表现手法，将这些新形式融入对内蒙古的表现当中。

内蒙古虽然有其地理边界，但并不封闭，相反内蒙古的美术事业始终保持开放姿态。自内蒙古成立以来，无数内地画家赴内蒙古写生采风，沉醉于内蒙古的风土人文，展现内蒙古风光的无限美好。与此同时，也有大量来自内地的美术工作者支援和参与内蒙古的美术建设，与内蒙古的本土美术家共同促进了地方美术事业的发展。当然，也不能忘记从内蒙古走向全国甚至全世界的艺术家，他们不仅是内蒙古美术领域的佼佼者，同时也在全国和全世界分享、传播内蒙古的风土人情与文化。当然，还有从国内和世界顶尖美术院校学成归来，支援家乡的艺术家，他们也是促进内蒙古美术事业持续发展的动力所在。

综上所述，本文旨在全面展示美术作品中的内蒙古，与其他门类艺术形式的作品一道展现内蒙古丰富多彩的面貌。本文仍选取传统的线性历史的叙述方式，以内蒙古为中心，阐释不同层面美术作品中的内蒙古形象。从新中国成立至今，已过去70余年，社会面貌与美术发展已发生巨变，在新时代如何重新审视过往的美术作品中的内蒙古值得我们进一步探讨。

一、内蒙古美术事业的诞生（1947—1977年）

（一）内蒙古美术事业的开创者尹瘦石与《内蒙古画报》

对于新中国成立后的内蒙古美术事业来说，最重要的“挖井人”无疑是参与内蒙古文工团和内蒙古画报社创办的著名爱国主义画家尹瘦石先生。尹瘦石先生来自江苏宜兴，少年时在江苏省立宜兴陶瓷职业学校学习陶艺和绘画，走上了美术创作的道路。尹瘦石在抗日战争期间创作了《日机肆虐图》和《流亡图》等爱国主义作品。抗战后，尹瘦石于1946年参与创办了内蒙古文工团，宣传党的民族政策。从此，尹瘦石走进茫茫草原，开始了他的草原题材绘画创作。

1947年，内蒙古自治政府在乌兰浩特成立。同年，尹瘦石被调到《内蒙古日报》主持创刊号文艺版面。1948年4月，尹瘦石主持创办了《内蒙古画报》并担任社长。尹瘦石参与创办的《内蒙古画报》源自1946年创刊的《蒙汉联合画报》，其内容为汉文、蒙古文对照，图文并茂，充满了地方特色。当时，内蒙古画报社集结了一批青年美术工作者，并培养出内蒙古以及新中国第一批少数民族美术工作者。

尹瘦石来到内蒙古之后，主要进行两个方面的美术创作，一个是来到内蒙古走访牧区创作了以鞍马为主的中国画；另一方面是带领画报社的年轻画家进行美术创作以及承担内蒙古的年画创作。

尹瘦石是中国近现代继徐悲鸿之后另一位以画马闻名的画家，被孙长根称为“画马英才”[1]。他虽与徐悲鸿为同乡，因在草原地区深入研究马的结构和解剖，对马有更深入的理解。我们可以从尹

[1]　孙长根．画马英才尹瘦石［J］．书画艺术，2007（5）：55.

瘦石于20世纪50年代创作的作品《暴风雪》中，一窥其早期作品中的马形象。

尹瘦石在《暴风雪》中以现实主义的方式描绘出一幅大气磅礴的在暴风雪中马群奔腾的画面，整个画面呈三角构图，以西方透视规律将马群从最远处地平线一直延伸到画面最前方姿态各异的奔马上。尹瘦石以更偏向于工笔的方式细致刻画了整个马群，从前排马群来看，他绘出了棕色、褐色、灰色、花斑、白色等不同毛色的马，马群中还穿梭着若干小马驹，从无数奔马的飘逸的鬃毛上我们可以看到蒙古马的桀骜不驯和在恶劣环境下的忍耐力。尹瘦石在准确描绘马的形体的同时，还描绘了冬天马呼吸时形成的雾气，以及画面由近及远、从清晰到模糊的空气透视变化。当我们回到整体画面，可以看到尹瘦石尝试将暴风雪的因素融入整个画面，画面描绘了气流和风雪的运动。另一个值得玩味的是，在传统中国画中，画面留白往往是作者留给画面的想象的空间，而这幅作品中的留白则

尹瘦石：1953年，《暴风雪》，173cm×60cm

（图片来源《尹瘦石书画集》，武汉出版社，1990年，第18—19页）

尹瘦石：20 世纪 40 年代，《打狼保畜》《人畜两旺》

（图片来源：《内蒙古年画记忆》，内蒙古人民出版社，2021年，第3、5页）

是更加实在的雪原。

尹瘦石除了用笔墨表现草原和蒙古马之外，还带领内蒙古画报社的众多年轻画家进行画报以及内蒙古地区年画的创作。这其中，尹瘦石创作的年画代表作品有《打狼保畜》《人畜两旺》《中华优秀儿女郭俊卿》等。《打狼保畜》和《人畜两旺》展现了“新中国成立初期逐步恢复社会和经济秩序的景象。‘打狼保畜’和‘人畜两旺’都是当时由国家和自治区政府号召的一系列社会运动”[1]，其主要目的在于减少狼患对牲畜数量发展的影响，提高草原牧民的健康水平，以及促进人口和牲畜数量的增长。具体体现在画面中，

[1]　关于新中国成立初期内蒙古自治区的“打狼保畜”和“人畜两旺”运动，参见如下。张博. 20 世纪 50—60 年代内蒙古“打狼保畜”运动与新畜牧生产建设［J］. 中国农史，2022（3）：138—148. 耿宝玉. “人畜两旺”是怎么实现的——新中国前期内蒙古牧区和谐发展的启示［J］. 内蒙古师范大学学报，2007（2）：32—37.

我们可以看到《人畜两旺》中，画面中心实际上是婴儿、少年和羊羔，意味着草原新生儿的大量增加以及畜群的发展。而《打狼保畜》则是描绘了两组追袭草原狼的牧民。这两幅作品都体现了内蒙古画报社创办的宗旨，即宣传党和国家的政策，除尹瘦石之外，其他年轻画家的年画创作也遵循了此原则。

尹瘦石对新中国成立以来内蒙古的美术发展起到了至关重要的作用，在贾方舟写作的《内蒙古美术40年巡礼》[1] 以及由内蒙古美协副主席托娅发表的文章《内蒙古自治区美术65年来的发展历程》[2] 中都有特别介绍。特别是在贾方舟的文章当中，提到了《内蒙古画报》“为培养民族美术工作者提供了最早的园地”。

作为画报社创作团队一员的蒙古族画家官布，在2007年的采访中谈到了他参与《内蒙古画报》创作的经过，提到画报社的创作人员主要是由少数民族艺术爱好者组成的，并且谈及了尹瘦石社长发现他的经历。“官布在画报社创作初期经历了边学习边创作的过程，并受到了尹瘦石先生的许多指导。”[3] 因此，我们可以认为，正是在尹瘦石先生的发掘之下，内蒙古画报社集结了一批年轻画家。这批年轻的创作人员可以说是内蒙古乃至新中国第一批少数民

[1] 贾方舟．内蒙古美术 40 年巡礼［J］．美术，1987（9）：4—10.

[2] 托娅．内蒙古自治区美术 65 年来的发展历程［J］．美术，2013（1）：89—96.

[3] 萨云．生命的轨迹：官布画作评论集［M］．北京：中国民族摄影艺术出版社，2013：209—210.

官布：1952 年，《兄弟民族之间》，年画

族美术家。

本文首先以画报社团队中的蒙古族画家官布为例，对这批画家的作品进行介绍。官布作为《内蒙古画报》创作团队中的一员，在画报社开始了他的美术创作生涯。《兄弟民族之间》就是官布早期创作的年画作品，该作品于1955年参加第二届全国美展，并获得文化部年画三等奖。该作品展现了新中国成立之初，强调了各民族之间的互相扶持和帮助，学习对方的文化和艺术，呈现了欣欣向荣的民族团结景象。该作品灵感来源于当时的一则新闻，官布以新闻作为素材蓝本，创作了该作品。

在《赞马》这幅作品中，我们可以看到画面中央是一匹高大的鬃毛修理整齐的骏马，远处还有身着白大褂的兽医。这幅作品实际上描绘的是新中国成立后草原上的一个新变化，即以优良马种改良蒙古马的场景。在这个画面中，优质种马和蒙古马最显著的区别在

官布：20 世纪 50 年代，《赞马》，年画

官布：1959 年，《甜水》，年画

于鬃毛。

人民公社时期，一项举措是在缺水的牧区修建水利设施，作品《甜水》即表现了在草原上打井之后，解决了草原上人畜饮水问题的画面。打井提高了饮用水的水质，促使牧区牲畜数量增长。我们从画面中也能看到在草原上打井修建水利设施后为牧民带来的丰厚的回报，羊群从远方络绎不绝地向水

槽涌来，由远至近连成一条曲折的线，实际上也是在暗示草原上建设水利设施后牲畜数量的增长。此外，从这幅作品中，通过对玩耍、跪乳的羊羔及大羊的展现以及马鞍、马镫、套马杆、烟杆等物品的细致刻画，都能感受到官布对草原上的动物和中华优秀传统文化的浓厚兴趣。

透过画家官布在内蒙古画报社创作的一系列年画作品，观者可以理解当时内蒙古社会生活的状况。

（二）金高的目光

在多位来自内地参与边疆地区美术事业发展的艺术家当中，必须要提到的一位艺术家是来自北京的画家金高（1933—2006年）。金高原名金淑堃，因其在北平艺术专科学校美术系就读时，是全校个头最高的两位女生之一，因此被称为“金高”。金高于1948年考入北平艺术专科学校，与侯一民、李天祥、詹建俊同辈，师从徐悲鸿、戴泽、吴作人诸师。新中国成立后，北平艺专更名为中央美术学院。1952年，金高成为新中国第一代油画专业毕业生。同时，金高也是第一代支援边疆的大学生，并成为新中国内蒙古美术事业的奠基人之一，将自己的青春年华奉献给北疆文艺事业。她担任过内蒙古画报社美术编辑，曾在内蒙古博物馆工作，并于20世纪70年代末当选为内蒙古美术家协会副主席。

金高对内蒙古美术事业的建立和发展作出了巨大的贡献，一生中创作了多个门类的美术作品。首先是年画方面，金高于20世纪50

年代创作了《青年英雄潘天炎》《草原人们的喜悦》，于60年代创作了作品《载誉而归》。

其中，《草原人们的喜悦》展现了20世纪50年代草原地区工业及矿业的发展以及当地群众对国家工业化发展的支持。金高于20世纪60年代创作的《载誉而归》则展现了草原那达慕景象，群众簇拥着在比赛中拔得头筹的搏克手，所有人的目光都聚焦于举着奖杯的搏克手，展现出一派欢欣鼓舞的景象。

金高作为同时受法国和苏联写实油画影响的画家，在内蒙古工作期间，除了创作年画之外，更重要的是创作油画。金高于1964年

金高：20 世纪 50 年代，《草原人们的喜悦》，年画

金高：20 世纪 60 年代，《载誉而归》，年画

创作了《毛主席在延安接见蒙古族青年》（《摇篮》），记录了解放前蒙古族青年积极前往革命圣地延安，受到毛泽东主席接见的场景。画面中所有人的目光都朝向毛泽东主席，显示了蒙古族群众对革命抱有的热忱之心。20世纪70年代，金高陆续创作了《周总理与乌兰牧骑》（1975年）、《难忘的晚宴》（1977年）和《远方客人来到咱草原》（1979年）。如果观察这些革命历史题材作品，可以发现这些画面都有一个中心点，以这些中心点再向四周扩散。不过在70年代的作品中，并非所有人物都看向中心，也有人物视线离开中心，体现独立行为的作品，如《周总理与乌兰牧骑》中的马头琴手以及《远方客人来到咱草原》中的人物更是一主一客两两一组，表达中心之外的视线。这几幅作品的特点是表现了各民族共处同一

金高：1964 年，《毛主席在延安接见蒙古族青年》，油画，140cm×180cm

空间的场景。从金高的早期作品中，我们可以发现她非常善于经营画中人物的视线，从而表达画面的中心和主题。

除了上述革命历史题材作品之外，更能体现金高创作风格的是表现亲情的作品，尤其是母子情系列作品。这一系列可以追溯至金高于1963年创作的作品《母亲和我》，画中展现了一位蒙古族母亲，一手持木桶，一手牵着女儿。金高是否以此借喻她与母亲或是她与孩子不得而知，但这幅画面并没有描绘复杂广阔的草原背景，

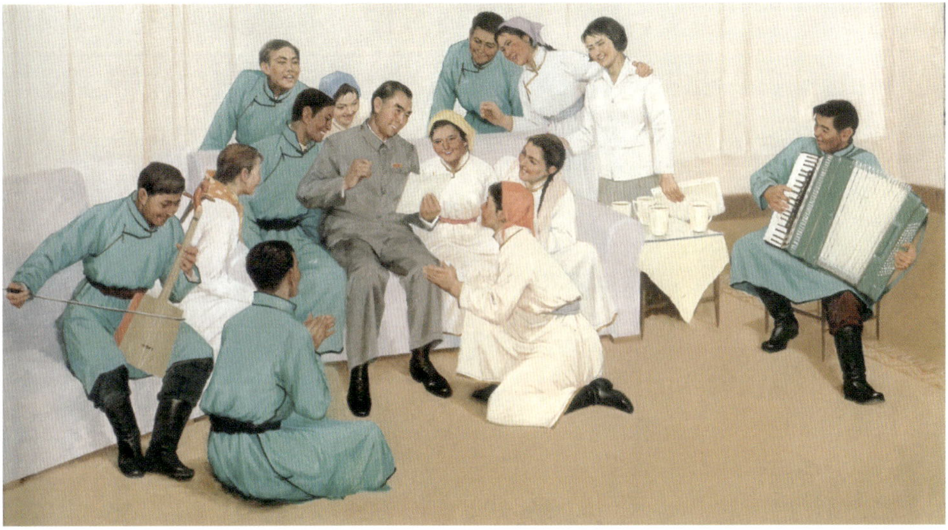

金高：1975 年，《周总理与乌兰牧骑》，油画，140cm×250cm

金高：1979 年，《远方客人来到咱草原》，油画，128cm×245cm

而是以简洁的浅蓝色、紫色表现草原丘陵的阴坡。画面中的母女望向画外的观者，母亲显示出坚毅冷静的神色，而幼女的神色更显惊慌，似乎在向观者诉说着什么。如果说《母亲和我》带着些许困惑，那么金高后面创作的母子题材作品表现的氛围更加和睦、安宁。例如在全国首届少数民族美术展览会上获二等奖的作品《绿色摇篮》，表现了一位鄂伦春母亲哄婴孩安然入睡的场景，金高用白桦树、摇篮、服饰等元素暗示出她所表现的对象鄂伦春族，并且以较为平面化的表现方式描绘人物和场景，背景阴影中的森林更像是一幅绘有优美纹饰的地毯。画中的鄂伦春族母亲倾斜着上半身和颈部，环绕着安睡的婴孩。正如金高在这一时期描绘的一系列表现母子情的作品，如《长命百岁》《虎仔》《绣毡》《摇篮曲》等，表现了不同民族的母子像，显示出安详宁静的景象。这也许可以杨先让的回忆文章《著名女油画家金高》做解释，他谈到金高在内蒙古成家、生育子女，后经历了家庭破碎等一系列挫折，直至与同为支援边疆美术事业的雕塑家王济达相识并结婚后，才更加稳定地进行美术创作[1]。金高作品中的变化或许是她生活的写照，《母亲和我》中眼神坚毅的母亲正是努力面对生活独自养育子女的金高的自画像。

除了表现母子情之外，金高作品的另一大特色在于她对装饰性的表现。在《虎仔》《摇篮曲》中，金高细致地描绘地毯、墙纸、

[1] 金高．金高作品集［M］．长沙：湖南美术出版社，2007：279.

金高：1963 年，《母亲和我》，油画，41cm×30cm
1985 年，《绿色摇篮》，油画，117cm×81cm

金高：1986 年，《虎仔》，66cm×126cm

金高：1990 年，《摇篮曲（一）》，55cm×71cm

金高：1991 年，《摇篮曲（二）》，82cm×117cm

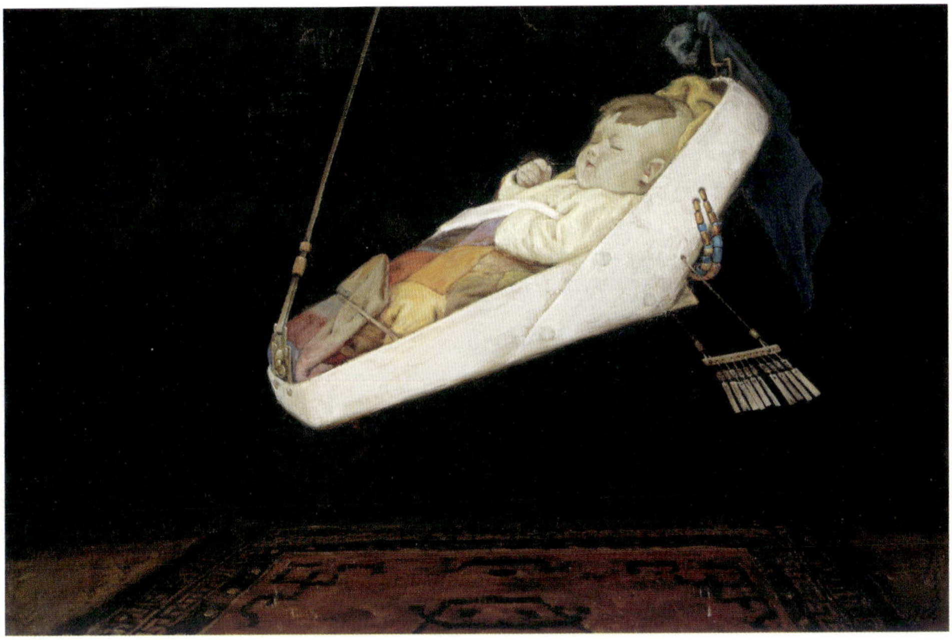

金高：1986 年，《梦》，45cm×68cm

窗帘上的图案，其绘制的人物也因此更加平面化，减少光影的表现。金高作品中运用较多的装饰有如下原因：一是她在内蒙古各地考察，蒙古族传统纹样可能令其印象深刻；二是因为金高作为一位女性画家的敏感和细腻，这些装饰实际上是内蒙古各族人民日常生活的一部分。著名画家陈丹青在评论金高的作品时也提到了她作品中的抒情、装饰与平涂手法。[1]

另外，我们观察金高于20世纪80年代后创作的一系列母子题材作品，可以发现其共性是画面中的母亲都看向自己的孩子，这种人

[1] 金高．金高作品集［M］．长沙：湖南美术出版社，2007：276—277.

物视线元素是金高作品中一贯使用的。我们可以发现，尽管作品中的人物只有两个，但是仍有其中心，这个中心就是孩子。孩子不仅是金高画作中的中心，也是她作为一位母亲的内心的中心。尽管作品《梦》没有描绘母亲形象，但是我们以第一人称视角能感受到母亲充满爱意地注视孩子的目光，这一目光也是金高本人的目光。当然，孩子不仅是金高一个母亲生活的中心，同时也是其他母亲生活的中心，因而我们可以看到，金高母子题材作品体现的普遍性。

（三）草原英雄小姐妹的形象塑造

草原英雄小姐妹的故事可以说是家喻户晓，该故事发生在1964年的内蒙古达茂旗，一对在牧区生活的姐妹龙梅、玉荣为保护公社集体羊群，投入茫茫风雪中，最终找到丢失了的羊群。该故事经《内蒙古日报》和《人民日报》等媒体广为传播，并经过多个艺术家的演绎，以绘画、戏剧、音乐、动画片等媒介传播。

在草原英雄小姐妹的形象塑造过程中，美术工作者发挥了重要的作用，不同的艺术家以不同的形式展现了草原英雄小姐妹的形象。

我们以官布、官其格和文浩的绘画及雕塑作品为例，介绍他们是如何塑造草原英雄小姐妹的形象。

首先，从目前的信息来看，草原英雄小姐妹源于内蒙古第一代美术家官布的创作。他从新闻上得知草原英雄小姐妹的事迹和在呼和浩特市医院就诊的信息后，第一时间赶往医院探访她们。恰逢

官布：1964 年，《龙梅、玉荣素描》，素描，40cm×27.5cm
1964 年，《草原小姐妹》，油画，210cm×100cm

此时政府领导也来探访草原小姐妹，刚好遇到了画家官布，借此机会，政府领导向官布提出了将这一英雄事迹绘成美术作品的建议。官布很快采纳该建议，并绘制了油画作品《草原小姐妹》，该作品也是最早创作的有关草原英雄小姐妹题材的作品。我们从官布的作品来看，他还为草原小姐妹绘制了写生素描，将年幼的草原小姐妹形象活灵活现地表现出来。

在油画作品《草原小姐妹》中，我们可以看到官布还原了龙梅、玉荣与草原上的风雪搏斗的场景。可以说官布是以贴近现实的方式还原出草原英雄小姐妹的故事。因故事发生于1964年2月9日，恰好是草原最为严酷的季节，所以官布着力描绘了她们在漆黑的夜里与风雪搏斗，画面远景完全处在阴暗之中。熟悉油画颜料特性的官布，用较厚的颜料绘出了风雪激荡的前景。不管是羊群，还是龙

官其格：1964 年，《草原小姐妹》，油画

文浩：《草原小姐妹》，雕塑

梅、玉荣都在风雪中艰难前行，观者从小姐妹的表情、羊的眼神中，都可以读到她们身处困境时的坚毅，这份坚毅也恰是小姐妹能够保全集体羊群并最终获救的主要原因。

此外，据教授王鹏瑞研究，文浩在晚年创作了“北方民族历史人物系列”[1]，完成了100个北方民族历史人物的肖像雕塑，结合文浩创办内蒙古文博事业的经历，我们可以看到，他试图完整地展现内蒙古文化历史的面貌。除了草原小姐妹以外，文浩还创作了《劳动模范——莫尔格策》《民间老艺人——毛依罕》《王若飞烈士》

[1] 王鹏瑞．文浩的人生历程及雕塑创作［EB/OL］［2023-12-08］https://mp.weixin.qq.com/s/ynmby1sHNEpjSN2b0txYQQ.

《老马头琴手——色拉西》等一系列表现内蒙古知名人士的雕塑作品，草原英雄小姐妹无疑属于这一序列。值得一提的是，作为内蒙古文博事业开创者的他也为内蒙古博物馆（今呼和浩特博物馆）创作了白马雕塑。

正是因像官布、官其格、文浩等美术工作者的辛勤付出，才使得草原英雄小姐妹形象深入人心。

（四）王济达作品中的草原人民形象

祖籍河北定县（今定州市），来自北京的我国现代著名雕塑家王济达于1957年考入中央美术学院雕塑系，本科毕业后继续留院深造，研究生毕业后于1966年赴内蒙古工作生活，成为另一位支援边疆的重要艺术家，也是一位著名的雕塑家。

王济达与内蒙古建立直接的联系源于1962年毕业创作期间，他为了创作雕塑作品《套马》，赴乌兰察布草原深入生活。草原上的妇女、摔跤手和牧马人给王济达留下了不可磨灭的印象，包括王济达本人也记述了他在完成《套马》《驯马》的草稿之后，与牧民热火朝天地讨论套马时的动作[1]。王济达深入研究了如何在雕塑艺术中表现矛盾冲突和瞬间动作，并在他的文章《生活的启示》中引用了德国美学家莱辛的文章《拉奥孔》中的论述。因此王济达从他的毕业创作《套马》开始，他所实验的即是与古典主义静穆美学相反

[1] 王济达．王济达作品集［M］．长沙：湖南美术出版社，2010：281．

王济达：1962 年，《套马》，石膏，350cm×100cm

的动态美学。

我们从《套马》中看到一个充满矛盾冲突的瞬间场景，尽管在作品中并无真的套马杆，但仍能感受到两种力量的对峙。一个是桀骜不驯的蒙古马试图挣脱套绳向外的力，一个是两位骑马的牧民齐心协力拉着套马杆向内的力，其中戴帽子的牧马人骑着的马也在向反方向奋力前行。因此，这件王济达与草原上的牧马人“合作”的作品完美展现了套马瞬间的动态。

贾方舟在他的文章《艺务求精，情务求真——金高、王济达的艺术》中提到了王济达雕塑作品“疾速流动中所产生的‘运动线’”[1]，并提到了作品《边防英雄》和《铁臂》中的弧线以及

[1] 贾方舟．走向现代——新时期美术论集［M］．北京：中国工人出版社，1994：404．

王济达：2002 年，《环》，不锈钢，480cm×560cm

王济达：1972 年，《所向无敌》，石膏，190cm×170cm
1972 年，《边防英雄》，石膏，180cm×200cm

《所向无敌》里的射线，除此之外还有晚期作品《环》所形成的环线。正如王济达在《生活的启示》中讲到草原带给他的震撼，这些极具运动感的形象离不开草原上的蒙古马和牧马人，可以说内蒙古草原是促使王济达实验运动形象的灵感源泉。

王济达在他的《生活的启示》中除了提到草原上的蒙古马和牧马人之外，还提到了另外两种典型形象，即“黑色大理石一样光润的乌珠穆沁妇女、铁塔般顶天立地的摔跤手”。不管是草原上的蒙古族妇女还是摔跤手，相对于蒙古马和骑手，都处于静态，因而这一类作品构成了王济达雕塑作品静态的一面。正是由于形象的相对静态，使得王济达能够将更多注意力投入物体质感上，因此在《月亮花》作品中，王济达用黑色大理石制作了蒙古族妇女形象，该作获得了第二届内蒙古自治区文艺“萨日纳”奖一等奖。“月亮花”或为蒙古语“萨仁花”的意译，因而该作品依据生活中某一真实人物制作。在创作该作的前一年，也就是1981年，王济达还创作了一件同名作品，其中人物形象基本一致。1982年的《月亮花》以不同的质感区分出头发、耳朵和躯干，当然其主要展现的是“黑色大理石一样光润的乌珠穆沁妇女”。

在王济达创作的表现蒙古族女性形象作品中，最成功的除了《月亮花》之外，还有今置于呼和浩特市满都海公园的公共雕塑《吉祥如意》（水泥制）。王济达捕捉到蒙古族妇女的普遍体态特征，塑造出端庄、敦实的蒙古族女性形象，身着盛装、手捧哈达，呈现出一种迎接八方宾客的姿态。如果从雕塑背部的视角来看，我

王济达：1981 年，《吉祥如意》，雕塑

们可以看到哈达向后飘扬，蒙古袍的下摆也向后扬起，这说明雕塑所创造的人物正在向前行进，这也是王济达善于展现瞬间场景的体现。同时，意味着当观者走近《吉祥如意》时，这一雕塑也正在向观者走来。

在另一件公共雕塑作品《鹰》中，王济达表现了他描述的“铁塔般顶天立地的摔跤手”。该雕塑现置于呼和浩特市香格里拉大酒店东北角。王济达在这件作品中仍试图展现某一瞬间动态。这一瞬间动态是什么动态？搏克手进行摔跤时模仿动物形态的动作——德布勒特，在多种多样的德布勒特中就有模仿鹰的动作。

此外，在《吉祥如意》和《鹰》两件公共雕塑上，都可以看到

王济达：1981 年，《鹰》，雕塑

王济达对蒙古族传统服饰纹样的细致描绘，他对装饰的关注和表现可以说与他夫人金高的作品有着异曲同工之妙。谈到王济达与金高的联系，我们从他们的作品中也可看到端倪。1970年，王济达依据金高的作品《接羔》创作了《背羔》。

在内蒙古早期雕塑艺术创作者队伍中，文浩和王济达是其中的佼佼者，二人一静一动，一位本土，一位来自北京；一位表现内蒙古历史与当代风貌的群像，一位表现运动中的内蒙古草原人民形象，二人可以说是开创了内蒙古雕塑艺术的先河。正是在内蒙古本土和支援边疆的艺术家的共同合力之下，才使内蒙古的美术事业一步一步发展起来。

金高：1964 年，《接羔》，油画，66cm×45cm

王济达：1970 年，《背羔》，泥，14cm×6cm

（五）北疆故事——耶拉的舞台美术设计

在内蒙古美术事业的发展进程中，能够作为舞台美术代表的无疑是达斡尔族艺术家耶拉（1925—2008年）。耶拉，一级美术师，历任民族民间艺术研究室副主任、群众艺术馆副馆长等职。

耶拉出生于黑龙江省齐齐哈尔市，别名伊克艾利，即“大屯子”之意，是耶拉的长辈为纪念故乡起的名字。耶拉从内蒙古成立起就开始从事革命文艺工作，并在党的培养下进入中央戏剧学院学习。可以说，耶拉是内蒙古第一代从事专业舞台美术创作的画家。

我们以超克图纳仁编剧的多幕话剧《金鹰》[1]为例，介绍耶拉的舞台美术创作。耶拉为《金鹰》设计的舞台，基本上遵从了剧本内容。第一幕展现了巴音旗的巴音王爷祭敖包的场景，贫苦青年牧民布尔固德由于摔倒了王爷的搏克手并拒绝为王爷效命，遭到了王爷的抓捕，布尔固德从人群中逃走。第二幕第一场表现了布尔固德逃至老榆树处，与珊丹和查干呼等人相遇，并被好心的珊丹母亲收留。第二幕第二场表现了草原月夜下，布尔固德向珊丹表达思念家乡以及两个人相爱的故事，但阿公旗的管家嘎拉僧发现布尔固德的身份，并逮捕了布尔固德。第三幕第一场表现了布尔固德在被押解至巴音旗后被安思乐所救逃了出来，并在第二场时来到久别的养父希日的蒙古包，与亲人相逢，并决定一同离开巴音旗。第四幕第一场表现了阿公旗王爷的管家将珊丹抢走给王公做福晋，恰好此时布尔固德与父亲希日遇到了目击珊丹被抓的查干呼，了解状况后的二人决定去解救珊丹。第四幕第二场表现了在被迫与阿公旗王爷结婚的珊丹的婚礼上，希日假扮喇嘛协助布尔固德将珊丹解救出来，布尔固德与珊丹最终获得了自由。

我们从以上内容看到耶拉的舞台美术创作与剧本内容紧密相连，并且耶拉在他的素描稿中还原了剧作中的一些重要场景。例如

---

[1] 《金鹰》是由超克图纳仁于1957年创作的一部多幕话剧。这部话剧不仅是内蒙古民族题材话剧的代表作之一，也是超克图纳仁创作道路上的重要里程碑。该作曾在内蒙古、北京市和哈尔滨市等地演出，并于1964年改编为电影在香港上映，成为香港第一部票房破百万的电影。

耶拉：《金鹰》第一幕

耶拉：《金鹰》第一幕素描稿

《金鹰》第一幕摔跤场面

耶拉：《金鹰》第二幕第一场

耶拉：《金鹰》第二幕第一场素描稿

耶拉：《金鹰》第二幕第二场（疑似）

耶拉：《金鹰》第三幕第一场

耶拉：《金鹰》第三幕第一场素描稿

耶拉：《金鹰》第三幕第二场

耶拉：《金鹰》第三幕第二场素描稿

耶拉：《金鹰》第四幕第一场

耶拉：《金鹰》第四幕第一场素描稿

耶拉：《金鹰》第四幕第二场

耶拉：《金鹰》第四幕第二场素描稿

在第一幕素描稿中还原了布尔固德参加摔跤比赛的场景，在第三幕第二场希日帮助儿子躲避追查来的官兵的场面，第四幕第一场查干呼在森林里射击乌鸦，以及在第四幕第二场中展现了假扮喇嘛的希日吸引众人的注意力，协助布尔固德和珊丹逃跑的场景。与此同时，耶拉还根据剧本各场次的场景提示描绘了不同场景的天气及背景，其中涵盖了白天、月夜、黄昏晚霞、雨夜、松林等不同类型的场景。

《金鹰》最后一场希日智助布尔固德和珊丹逃离

耶拉除了进行舞台美术创作以外，还创作了大量描绘内蒙古各地风光的写生作品。结合耶拉的舞台美术设计作品，我们发现耶拉的写生作品实际上也受舞台美术创作的影响，也可以说在一定程度上，耶拉的写生作品对舞台美术创作起到了辅助作用。这其中最特别的无疑是耶拉表现不同天气环境，尤其是表现夜景的写生作品。在写生作品中，表现夜景往往比较困难，因为在夜间室外很难有足够的光照，但我们仍可以从耶拉创作的《大兴安岭白狼山冬夜》（1962年）、《鄂尔多斯组画·乡村月夜》（1972年）等作品中看到夜景。这些作品中的满月也是代表耶拉个性的符号，其创作方式是纯写生还是写生与创作结合有待调查。

耶拉写生作品的另一大特色是对物质性内容的表现，尤其是对草原上各种建筑物的表现，例如寺庙、民居等，其中不乏一些内蒙古标志性的建筑物。1957年的《建设中的内蒙古博物馆》可以说是耶拉早期的代表作，记录了为庆祝自治区成立10周年建造的博物馆施工场景。在耶拉创作的另一幅表现建成后的内蒙古博物馆的《舞台美术设计图》中，博物馆上方的烟花表演恰好反映了耶拉是如何将现实中的景象融入舞台的。耶拉也曾为苏联话剧《人民的血》创作舞台美术作品，想必也是将他的俄式民居写生素材搬进舞台作品中。

耶拉：1962 年，《大兴安岭白狼山冬夜》，水彩，80cm×58cm

耶拉：1972 年，《鄂尔多斯组画 · 乡村月夜》，水彩，40cm×25cm

耶拉：1963 年，《寺庙》，水彩，80cm×55cm
1963 年，《呼伦贝尔组画·俄式民居》，水彩，60cm×60cm

耶拉：1957 年，《建设中的内蒙古博物馆》，油画，110cm×90cm
《舞台美术设计图》，80cm×50cm

综上所述，耶拉的写生作品与舞台美术创作有着紧密的联系，可以说耶拉代表了当时舞台美术创作中的现实主义原则，他所创作的舞台场景都源自他对生活的细致观察。

耶拉舞台美术设计的另一大因素在于对民间美术的吸收，在一些舞台美术设计中，我们可以看到耶拉在舞台美术设计中融入了很

耶拉：《舞台美术设计图》，80cm×55cm

多民间美术元素，并在舞台上设计富有民族特色的装饰图案。按照耶拉女儿安平平的说法，耶拉曾在20世纪五六十年代搜集了很多民间图案[1]。因而除了现实主义因素之外，融入民间美术和装饰性也是耶拉舞台美术设计的一大特色。

当然，耶拉的作品也为后来的观者留下了令人难忘的草原记忆，其中最优秀的作品莫过于1981年的《锡林郭勒大草原》和1984

[1] 安平平．中国达斡尔族书画家耶拉作品集［M］．北京：民族出版社，2008：316．

耶拉：1981 年，《锡林郭勒大草原》，油画，120cm×90cm

耶拉：1984 年，《草原珍珠》，水彩，120cm×65cm

年的《草原珍珠》，作者以位置较高的视角，全景式地展现了广阔无垠的草原。这两幅作品中的马群、羊群和人物皆如珍珠一般，但仍不失细节，展现的视角可以说更接近于人在草原看到的广阔视角，类似表现草原广袤的作品或许只能在官布的《草原健儿》（1982年）中看到。内蒙古第一代艺术家在掌握写实手法基础上，在展现草原的辽阔方面可以说是更胜他人一筹。

（六）张光璧、张玉父女的草原情缘

在支援边疆参与内蒙古美术事业建设的众多艺术家中，除了金高与王济达之外，最典型的一位艺术家无疑是从广西桂林来到内蒙古的画家张光璧（1926—2009年）。他于1950年来到内蒙古，参与了内蒙古画报社和内蒙古美术工作室的美编、创作工作，并被任命为内蒙古美术馆首任馆长，主持内蒙古美术馆的选址和筹建工作。张光璧与其他艺术家的不同之处在于他是内蒙古最早的专业水彩画家，包括耶拉的水彩画创作也是受到张光璧的影响。张光璧在内蒙古生活工作了30年，并于20世纪80年代回到家乡广西，先后任桂林画院办公室主任，桂林美协秘书长、副主席、顾问等职。正因为张光璧特别的履历，并且由于张光璧的水彩作品集中表现内蒙古草原和广西漓江，使得2018年在内蒙古美术馆举办的张光璧水彩作品展主标题为“从漓江到草原”。“从漓江到草原”，可以说是张光璧一生艺术经历的凝练。

因此，我们围绕张光璧的作品进行论述时，也从两边展开，

张光璧：20 世纪 50 年代，《欢迎中国人民志愿军代表》

一边是漓江，另一边是草原。首先，张光璧的故乡桂林是温暖湿润的，而内蒙古草原则是干燥的。正因如此，张光璧画中的草原和漓江的山水有着明显的干湿差异，在描绘草原时，明显用色更干；在描绘漓江山水时，更多地使用水彩的湿画法。其次，干和湿体现出两种不同的艺术创作倾向，干的色彩更接近于现实主义绘画的创作方式，而湿的笔墨则更接近于传统中国画的笔墨气韵。我们不能说这两类作品孰优孰劣，但这两个类型代表了张光璧生命中的两个部分。这两个部分，张光璧都饱含热爱。

张光璧在描绘草原和漓江时，并非互无关联。例如在张光璧的作品《在水一方》中，可以看到他关注草原的水，这种草原湖泊

张光壁：20 世纪 50 年代，《草原机场》，37cm×25.5cm

张光壁：20 世纪 80 年代，《远山》，39cm×30cm

张光璧：20 世纪 60 年代，《在水一方》，36cm×25cm

张光璧：20 世纪 80 年代，《水云间》，37cm×25.5cm

张光璧：20 世纪 50 年代，《红云》，50.5cm×26.3cm

湿润的感受也许使他想起了家乡。而在作品《水云间》中，远景的牛群与草原上的牛群又何其相似。此外，张光璧水彩作品中的地平线，不管是在描绘桂林山水的作品中，还是在描绘草原的作品中，都处于画面较低的位置，这使得地平线上方的景致成为值得欣赏玩味的对象。在草原，地平线上是清澈且无垠的天空，变化多端的云成为张光璧仰望且想要表达的对象。尤其是在作品《红云》中，天空中壮丽的红云景观让人震撼，这种类似抽象绘画的描绘，实际上展现了张光璧看到草原波澜壮阔的自然景观时内心的激动。

张光璧的故乡则是另一番景象，他在描绘桂林漓江山水时，同样将地平线画于较低的位置上，地平线之上是被云雾笼罩的千姿

张玉：2005 年，《追风》，水彩，106cm×70cm

百态的山，就像草原上的云一样，演奏出抽象且充满节奏的韵律。在草原的天地之间，在漓江的山水之间，是人，是生命，也可以说是山水中的点景。张光璧从水彩作品中提炼出诗意的对象，很少在近景描绘人和动物，更多的是在远景甚至天地、山水交界处进行描绘。张光璧画作中的这些元素，可以说构成了他画面的韵律，这也是他的画值得反复玩味的重要原因。

张光璧的归乡并不代表结束了漓江与草原的缘分。张光璧的女儿张玉于1954年出生在呼和浩特市，也继承了其父的衣钵，走上了美术创作的道路。可以说张玉在一定程度上延续了其父对草原的情感，她无数次赴草原写生，用画笔记录下她眼中的草原。

相比于其父，张玉的作品明显更加贴近草原，她的作品以近处视角表现草原上的牧马人和马；她的作品不但注重光影，也强调了牧马场景的运动感，并精心描绘了草原上蒙古族艳丽且华贵的服饰。例如在《追风》中，张玉用水彩材料描绘了电影般的牧马场景，用迅捷的笔触描绘出运动中的马群，并将画面焦点集中在手持套马杆的牧马人身上，远处的马群仅提亮高光，使得观者以张玉的视觉进行体验，仿佛进入草原牧马的场景中。在创作中，张玉与她父亲一样，深入草原，延续着两代人的草原情缘。

如果说张光璧是从漓江来到草原的异乡人，那么张玉已经成为实实在在的本地人，她成长在内蒙古美术家协会的大院，后又在内蒙古美术馆工作，经历了内蒙古美术事业发展的沉浮，是内蒙古美术最重要的亲历者和见证者。她进一步融入了草原，将草原视为自己的故土。另一方面，张玉与她父亲的草原情缘也是新中国成立以来各民族交往交流交融的真实案例。

二、改革开放后内蒙古美术事业的发展（1978—2012年）

（一）旺亲、妥木斯对油画民族化的探索

油画作为一种外来的画种和材料，在近代逐步传入中国并为大众所接受，经历了油画民族化的历程，在这方面进行探索最具代表性的油画家有旺亲和妥木斯，他们各自代表了两种迥然不同的绘画

方向，但都致力于解决油画民族化问题，并提供具有北疆特色的解决方案。

旺亲（1928—1989年），别名旺亲拉西，出生于昭乌达盟（今赤峰市），1947年于鲁迅艺术学院学习，1952年赴中央美术学院进修。历任内蒙古画报社编辑、中国美术家协会内蒙古分会副主席。出生于土默川地区的蒙古族艺术家妥木斯（1932— ），是在内蒙古美术事业发展中起承上启下作用的著名艺术家之一。他在中央美术学院学习多年，师从王式廓、吴作人、罗工柳等名家。毕业之后他返回家乡在内蒙古师范大学任教，为内蒙古培养了一批出众的艺术家。妥木斯也是内蒙古草原画派油画群体的发起者，并于2009年创办了妥木斯油画创作研修班，在内蒙古影响颇大。

在油画民族化方面，旺亲作出了努力，从他重要的作品《毛主席、周总理和各族人民在一起》和《亲切的关怀，巨大的鼓舞》来看，这两幅作品着力最深的地方除了描绘党和国家领导人接见少数民族群众以外，还特别深入描绘了画面下部的具有装饰性色彩的地毯。旺亲细致描绘了地毯的纹样，并使用了纯粹艳丽的色彩。蒙古族的装饰艺术可以说是最具特点的艺术形式之一，在阿格旺的《蒙古族民间图案》中即展示了多种纹样，其色彩和装饰性色彩与旺亲作品中表现的内容非常接近，说明旺亲并未照搬现实，而是以个人审美提炼了这些具有装饰性的物品。另一方面，《毛主席、周总理和各族人民在一起》中的场景实际上就是董希文名作《开国大典》中表现的天安门城楼，不论是红灯笼、柱子还是地毯，这两幅作品

旺亲：1977 年，《毛主席、周总理和各族人民在一起》，油画，78cm×53cm

旺亲：1982 年，《亲切的关怀，巨大的鼓舞》，油画

董希文：1952 年，《开国大典》，布面油画，230cm × 405cm

基本一致，也说明了旺亲作品与国内油画界前辈的关系。董希文的《开国大典》非常突出地表现了装饰性元素和纯粹的色彩，可以说在解决油画民族化问题过程中带有突出的个人色彩。

妥木斯也在油画民族化方面提供了自己的解决方案。妥木斯油画作品的特点在于他融会了东西方文化。他在中央美术学院进行了多年的专业学习，打下了牢固的写实基础。其次，随着改革开放后西方现代艺术的传播，妥木斯也受到现代主义美术，尤其是马蒂斯作品平面色彩结构的影响。与此同时，妥木斯也深入地思考了油画民族化和创作中国油画的问题，他打太极、喜欢中医，并学习了中国传统篆刻和写意画，将东西方艺术融会贯通，表现在自己的作品中。因此在妥木斯的成名作《垛草的妇女》中，除了对面部和手进

妥木斯：1984 年，《垛草的妇女》，油画，175cm×175cn

行细致刻画以外，妥木斯用极为洒脱、简练、写意的笔触对草原妇女服装进行了描绘，并具有强烈的书写性，这种视觉形式对油画来说非常新颖。尽管妥木斯用寥寥几笔描绘出草原妇女的服饰，但他在这幅画作中采用深色背景，使得白色蒙古袍的阴影之处透出深色的背景色。

妥木斯作品的另一大特点在于色块的分割。他往往使用较为简单的几个色块去表现对象，尤其是在他20世纪80年代赴锡林郭勒草原采风期间创作的作品中，将天空、大地分成较为简洁的色块，然后在其中穿插草原上的人、蒙古包、牲畜、日月等作为点景，并多

妥木斯：1980 年，《月色》，80cm×65cm

妥木斯：1986 年，《远方》，80cm×100cm

妥木斯：1993年，《蒙古女人和马系列·启》，布面油画，65cm×91cm

描绘侧面角度，形成一种剪影般的美感和意境。这些色块的分割一方面可以追溯到妥木斯对以马蒂斯为代表的现代美术家的学习，另一方面这些大面积单纯的色块也能让人想起中国画里的留白。无疑妥木斯为油画的中国化作出了宝贵的贡献。

在妥木斯的其他作品中，尤其是在他描绘牧人与蒙古马互动的作品中，一遍又一遍地以单一的背景烘托前景的人和马，这些作品与他的成名作《垛草的妇女》一致。妥木斯或在深色背景中以浅色表现人和马，或在浅色背景中以深色表现。这些形象从他80年代草原题材油画中超脱出来，一方面成为主观色彩韵律的表现对象，一方面成为他精神的表现。

妥木斯大大地拓宽了草原题材画作的表现力，他在内蒙古第一代美术家整体用写实主义手法表现草原人文风格的基础上，将更丰富的中外艺术语言融入作品中，促进了草原题材美术的更新。

（二）朝戈与敖恩作品中的古典主义与草原文化

改革开放后，传统草原题材作品在这一时期逐渐流于形式。这时，一位对时代变化极为敏感又熟悉西方哲学和心理学的艺术家朝戈开始关注草原文化。

作为高考恢复后，由中央美术学院培养的第一批画家，朝戈不忘自己的故乡，于20世纪80年代在草原上进行了流浪式的漫游，并记录了草原和草原上的人。这一时期，朝戈最重要的作品是《盛装》。作品中的人物有着较为明显的蒙古族面孔，神态端庄地坐在那里。按照朝戈本人的记述，这位女性是他在乌审旗和鄂托克旗旅行时找到的一位模特："这幅画描绘了一个纯粹的蒙古族面孔，但是她没有穿传统的蒙古族服装，而是穿了普通的服装……"[1] 很明显，朝戈有意跳脱出传统题材中对蒙古族形象的表达方式。他没有通过传统服饰指明这是一位蒙古族女性，而是通过面部特征以及更深层次的特质去表现她。在另一幅作品《牧民的儿子》中，朝

[1] 朝戈. 敏感者——一个知识分子画家的叙述［M］. 北京：生活·读书·新知三联书店，2004：16—23.

朝戈：1985 年，《盛装》，70cm×40cm

戈也没有突出传统服饰。我们可以看到，朝戈的绘画有别于传统的蒙古族题材，他并没有依赖传统服饰等元素凸显描绘蒙古族形象，而是走上了一条注重心理的绘画方式。朝戈的人物画既有古典绘画的永恒性，又具备现代艺术把握时代脉搏的因素。他将人物内心世界视为永恒，并使用了心理分析绘画方法深入人物的精神世界。

此外在《盛装》当中，我们可以看到朝戈并没有描绘人物的背景，而是描绘了高原和洁白的云，人物与原野明显具有统一性。在另一幅作品《静静的肖像》中，并没有描绘人物，但水平线既像是室内人物画使用的衬布，又像是内蒙古原野的地平线。朝戈所描绘的作品并非眼前之景，而是来自他的内心，内蒙古的原野在他的心中占据了极为重要的地位。除了创作人物画之外，朝戈还将很多

朝戈：1997年，《两座山》，120cm×60cm

精力投入风景画的创作中，尤其是对内蒙古原野的展现。朝戈描绘了包括克鲁伦河、阴山、鄂吉诺尔湖在内的广阔地貌。他曾说过："在风景方面，我的实践自80年代以来的主要倾向是挖掘内蒙古原野那特有的诗意，以及它壮阔的地形地貌。""我认为一个民族的艺术中，风景画应该起到的作用是：它要引起本民族文化中对于它所处的自然地貌的那种自豪感、那种诗意的依恋以及它生存的联系。"[1] 在朝戈心目中，内蒙古原野是一种特别的存在，他试图将其提升至精神高度，因而内蒙古原野在其画作中成为重要角色。

综上所述，尽管朝戈的作品看起来简单质朴，却蕴含了巨大的精神能量，朝戈不需要依赖任何传统元素，就能展现所要表达的信

[1] 朝戈. 敏感者——一个知识分子画家的叙述［M］. 北京：生活·读书·新知三联书店，2004：64.

敖恩：《鄂尔多斯姑娘》，油画，100cm×80cm

息。

另一位从事古典主义油画创作的艺术家是敖恩。敖恩年轻时奔赴草原地区，尤其是在锡林郭勒草原进行采风。虽然敖恩是土生土长的内蒙古人，但他仍被草原的壮阔所感染，将草原题材选为自己最重要的创作题材，尤其是表现蒙古族妇女。敖恩说道："我的画的选材大都是描写北方内蒙古草原上平凡的景色和人物，更多的是描写草原上最勤劳、最善良、最淳朴的蒙古族妇女，是她们用辛勤的劳动和汗水做着永远重复、永远做不完的事，支撑着属于她们的那一半天。"[1]

除了敖恩的作品题材之外，在敖恩的文章《我与草原》中表达

[1]　敖恩．视觉与心灵：敖恩油画作品集［M］．沈阳：辽宁美术出版社，2018．

敖恩：2007 年，《雪原情》，油画，160cm×160cm

比较多的内容是他于1989年在中央美术学院进修期间，目击了当时受到西方艺术思潮影响的中国油画，他在当时复杂的艺术氛围内，选择了相对比较保守的写实主义路线，但我们从敖恩的作品中感受到他描绘草原题材时的真诚。这其中最具代表性的作品是《鄂尔多斯姑娘》，敖恩细致地描绘了鄂尔多斯姑娘华贵且复杂的头饰以及服饰细节，选用了古典油画中常用的深色背景，表现了鄂尔多斯姑娘脸上特有的高原红。在笔者看来，正是出于对草原深厚的情感，才可以如此专注且出神入化地表现草原女性形象。这种对于细节的刻画，并非匠气，而是真情投入。另外一幅作品《雪原情》同《鄂尔多斯姑娘》一样，细致地描绘了乌珠穆沁蒙古袍上复杂的纹饰，尤其表达了冬季草原的光与色。

（三）草原山水——官布中国画创作中的新美学

官布后期创作的草原风格山水画作，体现了他在美学上的突破。按照殷双喜教授的说法，他认为新中国成立之后形成以写实主义为主流的新中国画传统，在山水画方面最主要的画家当属李可染[1]，官布先生的山水画无疑是从这一传统中生长出来的。在早期创作中，官布坚持以写实主义方式进行创作，并且他将这些写实因素带到国画创作中。与此同时，官布也为中国传统的山水画增加了新的内容或风格，即草原山水风格。

官布在敖敦对他所作的采访中生动地阐释了之所以在中国画创作中尝试草原山水的原因。他提到在古代，尤其是画家很难到草原生活和创作，所以在中国古代绘画中，很少有人专门以山水画表现草原。新中国成立以后，在草原上生活的少数民族画家有机会深入接触和学习中国画的技法、审美，并将草原的自然风光以山水画形式表现出来。因此，官布在后期创作中对传统山水画进行了突破。

---

[1] 殷双喜．满目青山夕照明——黄永玉的彩墨风景［J］．美术研究，2014（3）：5.

锐意创新的官布发现了山水画的巨大潜力，他不仅发现了中国山水画绘画层面的潜力，也发现了山水画在表现内容和题材方面的巨大潜力。山水画本身具备描绘世界各地自然风光的潜能，并且随着各地艺术家参与山水画的创作，也会为山水画提供新的审美意象。徐小清的论文中也提出了“藏原（题材）山水画”这样的概念，并提到了余友心和尼玛泽仁等描绘藏原山水的画家[1]。边疆地区尤其像青藏高原以及内蒙古大草原的山水，可以说是中国古代山水画中尚未涉足的地域，因而表现这些地区的山水本就拥有巨大的潜力。

官布的中国画最成功之处在于突破了传统山水画表现内容受地域的限制，并且完整地创造出一套新的草原山水美学。他除了在画中描绘内蒙古各地的风光之外，我们还可以通过官布画作中的“山河美”画印进一步理解官布想要表达的内容。以《科尔沁大草原》为例，作品遵循了“山河美”画印中的结构，即画面上部是远山，中景是蜿蜒的草原河流，画面下部近景是点景。官布总是在画作中以马为点景，正如“山河美”画印中的“美”字呈现出马的姿态一样。

在画面结构上，官布也将油画和中国画进行统一，最典型的油画作品《乌珠穆沁草原》和《乌拉特的夏天》中，自上而下的山、

[1] 徐小清．藏原题材山水画创作的探索与思考［D］．重庆：西南大学，2022：15—17．

官布：2005 年，《科尔沁大草原》，200cm×100cm

官布：2006 年，《乌珠穆沁草原》，140cm×83cm

官布：2005 年，《乌拉特的夏天》，140cm×83cm

官布：1962 年，《大兴安岭原始森林写生》，水彩，80cm×54.5cm

官布：2000 年，《雪原松林》，国画，67cm×135cm

河和作为画面点景的蒙古包、马、人物等。按照官布的说法，他在2006年之前重拾了油画画笔。因此，官布在2000年后的许多描绘内蒙古各地风光的作品中，将“山河美”的内容体现出来。在2000年前的官布作品中也有类似结构，例如1987年的《昆都伦河畔》和1988年的《草原风光》，说明官布是在观察和描摹自然过程中逐渐生发出他的理解。相比于20世纪60年代官布在各地采风写生的作品，他对内蒙古的大自然有了更深刻的见解，区分出山、水和点景的部分，这也是中国山水画对官布产生的影响。自然理想化和精神上崇拜的特质，是中国山水画吸引官布的主要原因，并以此创作出理想化的草原山水。正如中国山水画在宋代形成其传统图示一样，

官布：1996 年，《栋梁之材》，国画，586cm×140cm

官布也通过自己的努力，创作出草原山水图示，供后人借鉴和模仿。

官布对中国画的另一个贡献在于他画的松。官布提出一种新的独立的松的美学，即大兴安岭松的美学。在官布2002年的作品《壮丽神奇的大兴安岭》中，官布写道："四十年前，我有幸到大兴安岭九个林业采伐区参观写生，原始森林宏伟壮丽的迷人景色，让我终生难忘。"我们从官布1962年的作品《大兴安岭原始森林写生》中感受到大兴安岭原始森林的壮丽景色，并且画中的鹿也成为他创作山水画的另一个点景形象。

在敖敦对官布的采访中，他也谈到了大兴安岭落叶松，特别提到了大兴安岭的松与内地的松的区别，即生长在高山岩石上的松树因生长环境的恶劣，导致其形状多曲折，而大兴安岭的落叶松生长在东北肥沃的黑土地上，因而松树多笔直，大片落叶松如庄稼地一般。

官布于1996年创作的巨幅作品《栋梁之材》，使观众身临其境，远处松树上点缀以金黄色，表现金色的阳光。官布在2000年以《雪原松林》为题绘制了冬日里的松林。正如《栋梁之材》以小溪展现空间的纵深感一样，《雪原松林》以层叠的雪地向前延伸。官布有关森林的作品也可视为草原山水的一部分，但这里的草原并不是指典型的草原地带，而是指内蒙古自然风光中的一部分。

（四）朝伦·巴特尔与天窗艺术

蒙古包的天窗，指的是蒙古包顶部作采光之用的天窗。《朝伦·巴特尔的艺术世界》一书中，记载了他幼年在草原生活的记忆。虽然他从读书后在一定程度上离开了草原，但是他始终对蒙古包里的生活念念不忘。

朝伦·巴特尔的艺术道路始于绘画，其早期的艺术求学之路经历了中央民族大学和中央美术学院等专业艺术院校的训练。在他的

朝伦·巴特尔：2007 年，《我的马场系列之 6》，油画

早期作品中，蒙古包、蒙古马等形象开始出现。他的绘画作品中那些浓郁的色彩和强烈的笔触毫无疑问来自于他的故乡。他从20世纪70年代末开始脱离传统的写实绘画，尝试抽象化的创作，而在他80年代的作品中，体现出更多表现性的语言。朝伦·巴特尔在20世纪90年代访问纽约后，绘画作品受到德库宁等人的影响，开始转向抽象表现主义风格，这个阶段的绘画体现出明显的行动绘画的特点。

而作为朝伦·巴特尔后来的地景艺术主题的蒙古包天窗，很早就在他的作品当中出现。在他的自传中，提及他于1979年开始

朝伦·巴特尔：1981 年，《地平线－天窗－1》

对蒙古包抽象结构进行探索。在他1987年创作的作品《地平线–天窗–1》中，出现了天窗造型。在这幅作品中，一个蒙面的只露出眼睛的男子站在天窗后面，其背后地平线隐约可见。画面中，人与天窗呈白色，而背景呈黑色，就好像人和天窗处在黑夜中。在内蒙古的现代绘画中，虽然蒙古包的形象时常出现，但是蒙古包天窗并没有单独出现的案例。这幅作品明显是艺术家的一幅自画像，因为朝伦·巴特尔有很多类似他和天窗合影的照片。朝伦·巴特尔将自己和天窗并置在一起，也突出了他与天窗的紧密联系。1979年

朝伦·巴特尔：2001 年，《SoulinToono-skylight》

到80年代这段时间，朝伦·巴特尔完成了将天窗从蒙古包结构中抽离出来的过程，将天窗抽象为一个新的审美客体。蒙古包天窗具有可拆卸的特性，这使得它可以被移动并且带走，这样天窗在精神和物质上同时具有了可以与艺术家共处同一空间的可能性。朝伦·巴特尔的行动也证明了蒙古包天窗的特性，他在纽约生活期间，曾将故乡的蒙古包天窗运到了纽约。天窗可拆卸和可运输的特性，使得朝伦·巴特尔能够将故乡带到他乡，通过天窗回到他的幼年时期，通过这样一种行为，完成了他个人的世界性游牧。由此可见，天窗对朝伦·巴特尔的重要性不言而喻。在他2001年的作品《SoulinToono-skylight》中，他进一步完成了对天窗的抽象转化，画面中只剩下天窗和天空，这里的天空许是更抽象的天空。在广袤无垠的天空和大地之间，天窗作为纽带，个体则显得无比渺小。在这样宏大的作品中，在天空和大地的宽广空间中，所体验到的正是生命的存在，天窗带给朝伦·巴特尔的是一种贯穿他一生的生命感。

在笔者看来，正是经历了长时间对天窗的描绘，才使得朝伦·巴特尔能够将天窗更加深入内化，也许他2001年创作的这幅作品是这种内化过程的终点。从1987年作品中他站在天窗后面，到2001年主观视角的天窗抽象画，朝伦·巴特尔与天窗从一种伙伴关系到融为一体。21世纪初，他开始使用一些新的媒介，例如雕塑、建筑、装置等，进一步诠释天窗。天窗成为他的标签和代名词。这之后，他不再满足于运用绘画来表现天窗，他需要用其他方式来表现天窗的深刻内涵。这个时期，他将地景艺术作为天窗艺术的新的媒介。

天窗作为朝伦·巴特尔幼年的记忆，与其艺术生涯紧密联系在一起。朝伦·巴特尔与天窗经历了从伙伴关系到融为一体的过程，并在此后开始地景艺术的创作。朝伦·巴特尔的地景艺术生涯始于2002年的内蒙古草原，并于2004年在蒙古国实施了他的第二次《燃烧的天窗》作品。2019年，朝伦·巴特尔在蒙古国实施了新的地景艺术项目《八百匹蒙古马马肢体行动绘画》，创造了新的地景艺术作品。

虽然朝伦·巴特尔于2020年因病去世，但他的艺术思想和作品启迪后人，内蒙古艺术学院云谷校区的图书馆和艺术馆即为朝

朝伦·巴特尔：内蒙古艺术学院云谷校区图书馆和艺术馆建筑，设计

伦·巴特尔以天窗为灵感设计的建筑作品。

三、新时代内蒙古美术事业的发展（2012年至今）

（一）孙玉宝和博·阿斯巴根作品中的传统

与朝戈、敖恩在油画领域进行古典油画的实践相似，任教于内蒙古艺术学院的画家孙玉宝，在中国画的探索中也逐步走上了追寻传统的道路。在他最为成熟的一批作品中，有意规避了内蒙古画坛

孙玉宝：2014 年，《丽日》，纸本设色，180cm×120cm

流行的民族题材，而将目光投射到传统人物鞍马画中，希望从传统中汲取营养，创造独具一格的绘画风格。因此，孙玉宝的画作从新中国成立以来的写实主义传统中跳脱出来，进入中国人物鞍马画的创作中。其描绘的人物和鞍马造型富于个性，画面生动，画中人物并非现代人物，多以古代人物为主。孙玉宝擅长在变形的人物中间插入丰富的装饰性元素，例如皇后服饰上的纹样、气流、花卉、树木等，形成动感画面。在孙玉宝看来，这种动感恰好就是中国画最突出的个性——气韵。因而欣赏孙玉宝的人物鞍马画会感到酣畅淋漓，会使观者跟着气韵或动感手舞足蹈。孙玉宝人物鞍马画的另一个特点是满，他将画面中人、动物与植物满满当当地压缩在一起，通常不会将人物或动物的全部身体表现在画面中，而是只截取一部分，这就使得画面像是“你方唱罢我登

孙玉宝：2017 年，《巴特尔》，50cm×120cm
2018 年，《翔》，50cm×120cm
2019 年，《进山》，50cm×100cm

场”，人、马和植物蜂拥挤进画面，人人献上最拿手的曲子，一曲接着一曲，实在是热闹非凡。

除了题材以及画面的传统之外，他的画作中有很多传统元素，例如姑姑冠、风马、鹿石、草原石人、牡丹花等，种种元素体现了他在传统文化方面的深耕。尤其是他画中的风马，极为生动且充满灵气。

孙玉宝的传统题材也影响了他的现实题材创作，在作品《巴特尔》和《北风》中，画面中的人物明显不是古代人物，而是现

孙玉宝：2024 年，《轻风·乌兰牧骑》，180cm×120cm

代牧马人，但在绘制时，遵循了他在传统人物鞍马画题材中积累的风格，创作出别具一格、超脱传统的新人物鞍马画。孙玉宝也将独具一格的绘画风格融入乌兰牧骑题材的创作中，《轻风·乌兰牧骑》对乌兰牧骑演员服装的描绘并不着力于造型或轮廓，而是强调用笔和气韵，人物服装中蕴藏着强烈的气韵，但在突出气韵生动的同时，孙玉宝也细致地刻画舞蹈演员服饰上的装饰和他画作中经常出现的云气纹。

乌兰牧骑作为草原上的“红色文艺轻骑兵”，是北疆一道亮丽的风景线。内蒙古的许多美术界名家都热衷于表现乌兰牧骑，有表现演出中的乌兰牧骑的，也有表现幕后演员生活的。孙玉宝的这幅画作表现了台下乌兰牧骑演员的生活，并且他敏锐地以演员手中的手机反映时代发展，说明乌兰牧骑演出随着时代的发展也有许多新的变化。

如果说孙玉宝的作品使观者回到了过去，并融合了中国画的气韵，那么博·阿斯巴根的作品则将我们带到了年代更加久远的史前时代，投向了古代广阔的欧亚草原。草原上的动物风格牌饰、鹿石和草原石人都是他研究的对象，他与女儿阿·婧斯合作，共同以著作《草原猎牧人的兽与神》[1] 建构起古代欧亚草原的神灵谱系。在博·阿斯巴根的作品中多次出现上述古代猎牧人创造的神秘图腾以及在草原上生活的牧人。现代草原上的牧人与史前时代的猎牧人生活在同样的草原上，生活环境的一致使得古人和今人可以感受到同一脉搏的跳动。博·阿斯巴根的研究和艺术创作可以使人发现草原的广阔，如星辰大海一般，通过草原感受人类的足迹，感受广阔时空的回荡。当你朝着广阔原野呼喊时，返回来的回声可能来自上万年前或者千里之外。

以上两位画家都以北疆历史与文化遗产为根基，创作出古今对话的协奏曲，通过他们独特的艺术表达，将古代传统重新活化，成为当下观众可以欣赏的对象。这两位画家或深入研究中国画传统，或研究内蒙古草原，促进中华民族文化的交融，以新的角度发现与诠释北疆文化。

---

[1] 博·阿斯巴根，绘. 阿·婧斯，文. 草原猎牧人的兽与神——古代亚欧草原造型艺术素描［M］. 呼和浩特：内蒙古人民出版社，2017.

博·阿斯巴根：2017 年，《草原猎牧人的兽与神》，书影

博·阿斯巴根：2015 年，《天羽》，108cm×216cm

（二）内蒙古当代女性艺术——包双梅与苏茹娅作品赏析

内蒙古的美术事业在发展初期就出现了像金高以女性视角表达生活的画家，而随着时代的发展，内蒙古画坛涌现出越来越多的女性艺术家。其中最突出的一位艺术家是包双梅，她不仅通过作品体现独特的女性视角，还致力于研究和促进内蒙古女性艺术的发展，著有《恣情绽放——内蒙古当代女性艺术家绘画创作及发展现状研究》，对内蒙古当代女性艺术的发展状况做了梳理。

包双梅油画创作的一大特点在于将女性视角和民族艺术有机

包双梅：《布里亚特故事之八》，油画，165cm×150cm

地融合在一起，反映了她成长的呼伦贝尔草原，创造出富于个性的画面风格。作品《布里亚特故事之八》表现了布里亚特姑娘出嫁时家人为她梳发辫的场景。在《巴尔虎之梦（二）》中，草原上的妇人正忙着给母牛挤奶。包双梅关注并表现的对象集中于草原上的女性，她用宁静的笔触注视着草原上的女性，反映草原女性勤劳、善良等特质。其次，从作品名“巴尔虎之梦”可以猜想，在呼和浩特生活工作的包双梅对故乡仍饱含深情，或许在梦中仍想念着草原上的生活。

包双梅：1996 年，《巴尔虎之梦（二）》，90cm×130cm

包双梅：2024 年，《草原春雨之一》，布面油画，200cm×180cm

入选第十四届全国美展作品《草原春雨之一》，在浓烈的色彩背后是充满温情的草原生活画面。随着时代的发展，草原上的群众的生活也越来越丰富多彩，弘扬北疆文化的全民阅读活动也满足了他们的精神文化需求，形成更加浓厚的阅读氛围，提升了他们的文化素养。

包双梅作品的另一个特别之处在于色彩的绚烂，她尤其擅长使用强烈的对比色，如红、绿，紫、绿等表现主观场景。包双梅笔下

包双梅：《花卉 2021-4》，油画，100cm×80cm

的草原不是现实中的草原，而是她记忆里、心中的草原。除了描绘内心中的草原之外，包双梅创作了《花卉静物》系列，在这个系列作品中，她也是使用强烈且充满对比的色彩进行描绘。这个系列作品让我们感受到包双梅真挚的情绪和情感，并且花卉也是最适合女性艺术家进行情感寄托的物体，各种类型的静物多为“死物”，唯有花卉最为鲜活。因为花卉色彩鲜艳，很容易与善于使用纯色的包双梅产生共鸣，这也就不难理解包双梅为何选用花卉作为静物系列的主角。

包双梅选取的创作对象基于表现对象与她内心深处的共鸣，这种共鸣是情绪上的共鸣，也是情感上的共鸣。色彩、生命力、故乡记忆在她内心中悸动，这些情感因素是更为敏感的包双梅所特有的。

内蒙古女性艺术家中的另一位代表是苏茹娅，她的工笔重彩蒙古族人物肖像在艺术界有广泛的影响，可以说她创作了新的视觉形式。但是苏茹娅走上艺术道路并不是从中国画开始，而是从油画、版画开始。因此，苏茹娅的工笔人物作品深受油画、版画的影响。例如作品《生香之四》描绘了一位女性人物的侧面像，其画面背景近乎黑色，这样的画面形式使人想起古典油画肖像里的深色背景。

苏茹娅：2015 年，《生香之四》，纸本彩墨，52cm×42cm
　　　　2010 年，《云雀图》，纸本彩墨，50cm×39.5cm

这样的视觉效果来自于苏茹娅早期在油画方面的欣赏和实践活动，与凡·艾克或丢勒的作品有着相似之处。

苏茹娅作品的另一个特点是细腻，画面中的诸多细节可以说明画家在创作过程中投入了巨大的心力，尤其是通过对头发的表现，可以看出其对传统工笔画的继承。例如《云雀图》描绘了一位女性形象的背面，女性的头发成为独立的表现对象。

苏茹娅绘画创作的成功源于她丰富的学习经历，这使得她的画作融合了东西方绘画传统，创作出新的样式。在苏茹娅的自述中，她提到“靣”字，即“面”的繁体字，是指面孔，也指事物的外

苏茹娅：2014 年，《蒙古族妇女》，210cm×155cm
2019 年，《舞之憩》，220cm×186cm

苏茹娅：2002 年，《蒙古族意象之九》，39cm×39cm
2000 年，《蒙古族意象之五》，50.5cm×40cm

表。苏茹娅在东西方艺术浸染的过程中，找准了肖像绘画作为自己创作的主要方向。苏茹娅肖像作品中最令人印象深刻的莫过于那些身着华丽蒙古族服饰的女性形象，展示了不同地区的民族服饰和妇女头饰。例如作品《蒙古族妇女》展现了一位身着喀尔喀部落服饰和头饰的女性形象。苏茹娅的肖像作品的特点即在于她不仅观察人物的正面、侧面，还观察人物的背面。在作品《蒙古族妇女》中，她甚至将正背两面的女性形象并置在画面中。《蒙古族意象之九》和《蒙古族意象之五》又分别描绘了身着头戴的科尔沁女性正反两面形象，使观者更立体地感受蒙古族传统服饰的华美。

除了表现蒙古族服饰的华美之外，苏茹娅还在作品中融入时代的脉搏。例如《舞之憩》表现乌兰牧骑题材，别具匠心地融入了很多现代元素，舞蹈演员手持手机以及书包、玩偶等个人生活用品，在传统题材基础上加入了新的时代气息。苏茹娅的作品不仅体现了北疆红色基因代代相传，与此同时，还展现了乌兰牧骑在发展过程中不断适应时代，与人民群众紧密联系在一起。

正是在新中国和平富强的环境下，北疆杰出的女性艺术家如春笋般层出不穷，这些女性艺术家为内蒙古的美术事业增添了夺目的光彩。这两位女性艺术家，以她们充满生活气息的女性视角和细腻的笔触描绘了北疆独特的风采。

（三）颉元芳的蒙古族人物绘画与作品《远方》赏析

颉元芳的作品在内蒙古当代美术界享有盛誉，其作品《远方》于2019年在第十三届全国美展上夺魁，获得“中国美术奖”金奖，并且也有一些文章或讨论或评述颉元芳的作品，包括刘敏的《简论女画家颉元芳的水彩画艺术》[1]、赵海忠的《评颉元芳的蒙古族人物水彩画》[2]以及一篇重要访谈《无尽的远方——颉元芳谈水彩画创作》[3]。刘敏提到颉元芳水彩画创作的早期阶段和现阶段，结合

[1] 刘敏. 简论女画家颉元芳的水彩画艺术［J］. 美术教育研究，2018（4）：14.

[2] 赵海忠. 评颉元芳的蒙古族人物水彩画［J］. 中国民族美术，2020（3）：26—35.

[3] 马华斌，阴澍雨. 无尽的远方——颉元芳谈水彩画创作［J］. 美术观察，2023（12）：114—119.

颉元芳的访谈，可以得出2014年参加首届中国水彩名家西安高级研修班和2016年赴中央美术学院进修是她创作的分水岭。尤其是在中央美术学院进修期间，陈坚和艺术环境的影响成为确定颉元芳现阶段艺术创作方向的重要原因。她确立了回归本土的方式，开启了现阶段的艺术创作。当然，在笔者看来，颉元芳的这一经历也是很多内蒙古本土艺术家作品风格发展成熟的必经之路，从相对保守、单一的环境进入风格更为多样的艺术环境中，并在此艺术环境的冲击下找到新的方向。

她的作品《远方》为什么获得中国美术界最高奖项？她的作品的过人之处在哪儿？

通过《无尽的远方——颉元芳谈水彩画创作》一文，我们对颉元芳现阶段美术创作的思路有了足够的了解，结合此篇访谈，我们进一步深入分析《远方》。我们首先需要讨论的问题：《远方》背后有哪些传统；通过这些传统，如何理解她的作品《远方》。

对此问题，笔者从3个方面进行讨论，即从作品《远方》背后的古代遗产、蒙古族文化遗产和现代绘画传统展开论述。

首先，正如颉元芳在访谈中谈到的，她的蒙古族人物敦实圆润的造型，吸收了蒙古国苏赫巴特省达里岗嘎地区石雕风韵。她也谈到了她对具有永恒性的群体描绘的渴望，以及她描绘的蒙古族形象与石墩的相似性。这些内容都指向了欧亚草原具有悠久传统的石人像，从相关图像资料中看到，达里岗嘎确有造型敦实圆润的石人像。达里岗嘎的石人像指向了元代在蒙古贵族墓葬祭祀中流行的石

颉元芳：《远方》，纸上水彩，132cm×165cm

人纪念碑，尤以离正蓝旗元上都不远的羊群庙祭祀遗址出土的石人坐像闻名。不论是在达里岗嘎还是在羊群庙遗址发现的石像，人物形象较为僵直，座位为立方体，石像主要展示的角度为正面和侧面，人物身上的纹饰和饰品多以浮雕形式展现。而在颉元芳的作品中，包括在《远方》中，主要为侧面像，人物形象轮廓也较为浑圆，鲜有突出的尖锐形体。颉元芳所绘人物形象与石人像有着相似之处。在描绘人物表面细节时，她也弱化了空间的起伏，使其更有浮雕质感，祭敖包系列更为明显。当然，石人像造型圆润除了传统艺术手法的因素外，也有石人历经无数年风化的影响，在长年累月风吹日晒之下，纵使有棱有角的石像在自然的打磨之下也被磨平了棱角，颉元芳所绘的人物形象也有此种感觉，因而她的人物形象凝结了长久的岁月时光，具

颉元芳：2016年，《祭敖包之一》，纸上水彩，150cm×100cm

备了永恒性。当然，在西方也有类似的雕像。相比于古希腊和文艺复兴时期雕塑的多变形态，欧洲中世纪如法国大教堂上的雕像造型很僵硬，却更具有纪念碑意义。因而颉元芳笔下的人物由于形象上贴近年代久远的石像，也显示出力量，特别是在《远方》中，两个人物像纪念碑一样坚实并永远矗立在那里。

颉元芳的作品延续了新中国成立以来，内蒙古画家中流行的蒙古族人物肖像画的绘画传统，早期的内蒙古画家官布、金高、妥木斯、胡勃等人创作了大量的蒙古族人物肖像作品。从颉元芳的早期作品来看，她起初描绘了很多包括农民和藏族形象在内的题材多元的人物画，但在她于北京进修、访学后，她才将蒙古族人物形象作为最主要的创作题材。这无疑有她访学期间受导师陈坚的影响。如果比对二者的作品，他们的人物画都专注表现一个族群，陈

元代汉白玉石雕像

达里岗嘎石人像

坚描绘帕米尔高原上的塔吉克族，而颉元芳则专注于描绘内蒙古草原深处的东乌珠穆沁旗的蒙古族。在陈坚的访谈中，他提到了帕米尔高原是他安魂的地方。帕米尔高原的圣洁，塔吉克人未被现代生活浸染的原生状态，是陈坚长年累月描绘塔吉克人肖像的内在精神动力[1]。颉元芳称她主要刻画的对象是东乌珠穆沁旗人物的形象，并且她同样在乌珠穆沁草原进行过大量的漫游和体验，这也是颉元芳能够敏锐捕捉和把握乌珠穆沁蒙古族人物的生活细节，将他们展现于画面的重要原因。内蒙古的画家表现和描绘蒙古族人物形象

[1] 陈坚．陈坚访谈录（上）［J］．爱尚艺术，2018（6）：27—55．

陈坚：2008 年，《可爱的》，水彩，76cm×56cm

的不在少数。颉元芳并非以投机性的动机表现蒙古族题材，而是另有创作动力。她对蒙古族人物的表现并非表面肤浅的带有猎奇性的照相机快门式的，而是深入表现蒙古族的心理。陈坚与颉元芳亦师亦友，他们各自选择一处灵魂的故乡进行流浪。颉元芳也在访谈中说道："我觉得，内蒙古和塔希提岛有一些相似之处。相对于繁华的都市，它保持了相对原始的状态。"[1] 因此，两位画家笔下的人物画更是他们精神与灵魂的写照，这尤其体现在人物画创作的背景上。颉元芳一改早期作品中具象描绘的人物背景，而是以单纯的颜色表现精神空间。她在《远方》中也描绘了金色的背景，更增强了作品的精神性。值得

[1] 马华斌，阴澍雨．无尽的远方——颉元芳谈水彩画创作［J］．美术观察，2023（12）：115．

一提的是，在陈坚的塔吉克人物水彩画中也有以金黄色为背景的人物画。

与此同时，她也深入研究蒙古族的色彩审美特征，在作品中极力表现服饰强烈的色彩对比，这些都是深入观察研究的结果。在颉元芳的作品中，能看到蒙古族丰富多彩的非物质文化遗产。

综上所述，笔者结合对颉元芳作品背后传统的分析，使我们了解到颉元芳的成功并非运气，而是由于她大量的积累、思考和正确的选择。在颉元芳描绘蒙古族人物形象的背后，是内蒙古的历史文化，出生并成长于呼和浩特的颉元芳在她艺术创作生涯的初期并没有确定好描绘的对象，北京进修之后，她决定深入草原、深入东乌珠穆沁旗去寻找她精神上的第二故乡，这才使全国美展金奖作品《远方》诞生。

《远方》作品背后凝结了颉元芳具有足够深度的实践和探索，她在探索过程中更加注重精神性，以此为切入点，从而突破了一般的表面性的描绘，这对于艺术家而言是难能可贵的，也是《远方》能够从一众作品中突围的根本原因。

从另外一个角度来看，颉元芳的《远方》作为一幅表现北疆文化的经典之作，牢牢把握了北疆文化的精髓。颉元芳的作品《远方》中不仅有辽阔的北疆自然风光，还蕴含了丰富的北疆文化遗产，进一步证明了艺术家深厚的艺术修养和高超的表现力。

自内蒙古成立以来，地处祖国北疆的内蒙古美术事业开始蒸蒸日上发展起来。从上述内容来看，内蒙古美术事业发展具有鲜明的特点。

首先，在内蒙古美术事业发展之初，得到国家的大力帮扶。以尹瘦石为代表的艺术家受政府委派，来到内蒙古，为内蒙古美术事业的发展打下坚实的基础。在尹瘦石之后，张光璧、金高、王济达等艺术家奔赴边疆地区，支援北疆文化艺术事业。这些艺术家来到内蒙古之后，都被草原深深吸引，创作出具有北疆特色的草原题材美术作品。

其次，在国家的帮扶之下，内蒙古本土艺术家受到艺术培训和教育，第一代艺术家中以官布、官其格、耶拉、妥木斯为代表的少数民族艺术家有机会在内地美术专业高等学府进行深造和提高。后来的艺术家，如朝戈、敖恩、苏茹娅等人也都在中央美术学院或学习或进修。内蒙古美术事业的发展离不开国家对内蒙古美术人才的大力培养和帮扶。

第三，内蒙古美术事业的大批成果体现了旗帜鲜明的北疆文化特色。一代又一代艺术家围绕北疆文化不断尝试新的艺术语言，描绘了不同时代的北疆风貌。在此过程中，涌现出以妥木斯为代表的草原画派以及官布的草原山水风格等，说明在广袤的北疆自然和人文的根基之上，可以不断发掘出新的文化内涵。

第四，内蒙古美术事业对新中国的美术事业起到了积极的促进作用，以妥木斯为代表的内蒙古艺术家，为油画民族化等重大课题提供了参考。新时代的画家如孙玉宝积极吸收中国画传统，将其融入北疆文化。内蒙古培养的很多艺术人才也流向全国各地，助力新中国美术事业的发展。

综上所述，我们通过本文对内蒙古美术事业的发展状况有了一定的了解。一代又一代北疆美术工作者通过自己的智慧和笔墨描绘歌颂北疆，齐心协力绘制出一幅美术作品中的内蒙古的画卷！

第六章

设计

一、服装设计作品中的内蒙古

（一）鄂尔多斯羊绒衫

鄂尔多斯羊绒生产厂家就在羊绒产地鄂尔多斯，选用世界上最好的阿尔巴斯山羊绒作为制作原料，并且经过选绒、洗绒、分梳、染色、纺纱、编织、整理等120多道工序加工而成。

在强大的技术支撑下，鄂尔多斯品牌的家族矩阵不断发展壮大，1436、ERDOS、鄂尔多斯1980、BLUE ERDOS和erdos KIDS，以更精准的定位，服务当今市场中各类客群。其中，1436深耕“稀有”小山羊绒，“白如雪、轻如云、软如丝”，长度和细度优势兼备的小山羊绒稀有品，成就了1436品牌；ERDOS诠释了当代都市时尚，意在让羊绒拥有时尚品质，做到精致、有态度；负责传承经典的是鄂尔多斯1980，该品牌突出羊绒方面的专业性，传递的风格是

鄂尔多斯 1436 品牌：2022 秋冬

鄂尔多斯 ERDOS 品牌：2022 秋冬

鄂尔多斯 1980 品牌：2022 秋冬

鄂尔多斯 BLUE ERDOS 品牌：2022 秋冬

鄂尔多斯 erdosKIDS 品牌：2022 秋冬

内敛与成熟；BLUE ERDOS作为较年轻的支线品牌，服装剪裁设计简单而百搭，兼具卓越品质与高性价比；erdos KIDS诞生于2017年，致力于为2—12岁儿童提供舒适亲肤的穿着体验，产品设计延续了ERDOS源于自然且充满惊喜的风格，打造出以羊绒为核心材质且具有童真趣味的四季童装品牌。

从草原深处走向世界，经过40多年的不断发展，鄂尔多斯品牌已成为全球当之无愧的羊绒纺织产业领军企业之一。手感柔软、绒面丰满、质地优良……凭借过硬的产品，鄂尔多斯品牌在诸多羊绒企业中脱颖而出，受到各国消费者的青睐。

（二）国家级非遗项目——民族服饰

1．蒙古族服饰

国家级非遗项目——蒙古族服饰

蒙古族传统服饰颜色多以红、蓝、黄、绿、白为主，他们将天空的蓝色、乳汁的白色、太阳的红色、草原的绿色、大地的黄色融入服饰中，用以表达对自然的热爱和对美好生活的向往。

蒙古族最具代表性的服饰是蒙古袍。在古代，他们生活在严酷寒冷的高原地区且长期游牧，在马背上活动的时间比较长，而蒙古袍除了便于骑乘外，还具有较强的防寒作用。长袍、皮靴是他们首选的服饰。

2．鄂温克族服饰

“鄂温克”意为“住在山林中的人们”。历史上，鄂温克族主要以狩猎、采集、饲养驯鹿为主要生产方式。鄂温克族是我国境内迄今为止唯一饲养驯鹿和保存驯鹿文化的民族。清末以前，鄂温克人只以兽皮制衣；清末以后，他们用布料制衣。他们的衣服离不开皮子，这与其主要从事畜牧业且所在地区气候寒冷不无关系。冬天一般用长毛、厚毛皮做衣服，春秋用小毛皮，夏天用去了毛的光板皮做衣服。在皮制的衣着中，以羊皮为最多。皮制衣服种类很多，依据穿、戴、铺、盖等不同用途而形式各异，其中皮被子颇有特点。

鄂温克族自治旗的鄂温克族以畜牧业为主体经济，衣着离不开畜皮。大毛长袍（苏翁）是冬季必备的服装，男女都有。短皮衣（胡儒木）是外边套穿的上衣，袖子很宽。它是礼服的一种，在婚庆典礼上，是男女双方迎送亲友时必穿的服装，春秋可用小毛皮制

国家级非遗项目——鄂温克族服饰

作。羔皮袄（浩布策苏翁）是会见亲友或节日时穿的礼服，需用36张羔皮制作，用布或绸缎吊面。皮裤（鄂奎）需用4张羊皮制作。皮套裤（苏威）是在最冷时节套穿在外边防寒的衣服，膝盖上缝织圆形花纹，结实美观。皮帽子（阿温）在过去都是自家制作，后多买现成的帽子。皮靴（温特）是鄂温克族常穿的鞋，早期用牛皮做底，羊皮、犊皮、马皮做腰，分冬夏穿。早期的腰带（乌玛拉）是自制的皮带或毛织带，后多用布或绸带制作。男子人人扎腰带，否则会被认为不礼貌。早期手套（乌玛拉）用皮做成拇指、四指两个部分，少数用粗毛线织。

鄂温克族的服饰及其花纹很有特色。几十年前，男子穿的袍子下边开衩，而女袍不开衩。女衣则在袖口周围卷起宽度一样的边儿，寒冷时可放下；而男衣手背上突出部分被称为马蹄袖，既美观又御寒。不论男女服装，衣边和领边都镶有花边。花纹有奥特斯（线），用在靴腰上部。道高昂是蝴蝶花，多在女式靴腰中部装饰。泊勒（图案）多用在靴腰下部或套裤膝盖、烟口袋上。伊拉嘎（花）多用在衣襟或靴腰上。阿达拉（花边）多用在袍子的大襟或开衩上。

3. 达斡尔族服饰

达斡尔族是一个有着悠久历史的民族。17世纪前，达斡尔族的祖先分布在外兴安岭以南至黑龙江北岸的河谷地带。17世纪中叶，沙俄殖民者入侵黑龙江流域，达斡尔族被迫南迁，并有部分达斡尔族迁至嫩江流域和呼伦贝尔。南迁后，达斡尔族农业迅速发展。厚

国家级非遗项目——达斡尔族服饰

实沉重的兽皮制服饰很难适应农耕业的需要，纺织品便逐渐成为达斡尔族服饰的另一个重要原料，出现了以棉布制作的日常服饰和款式、工艺非常讲究的绸缎礼服。

聚居于富饶美丽的嫩江两岸的达斡尔族，从事传统的渔猎业、农业和畜牧业。较为先进的生产力和多种经济形式并存的局面，决定了达斡尔族服饰的多样性，并形成了鲜明的特色。狩猎时期的达斡尔族，多以鹿皮、狍皮、狐狸皮为原料，制作狍皮被、狍皮长袍、皮裤、皮靴、手闷、皮帽、皮裤等。达斡尔族熟皮技术非常精良，熟制后的毛皮柔软质感好，用它制作的服饰很受人们青睐，并形成了独具特色的达斡尔族服饰文化。

达斡尔族服饰受满族服饰文化影响。达斡尔族与满族接触后，内地布匹大量流入，服饰用料有了质的变化，款式出现了达斡尔族服饰与满族服饰交融发展的趋势。刺绣也逐渐成为达斡尔族妇女、儿童服饰上必不可少的装饰，使达斡尔族服饰文化更加丰富完美，富有个性。

刺绣是达斡尔族最具代表性的特色工艺之一，最早在动物的皮毛上缝制，后来逐渐发展到布制服饰上。正是因为精湛的工艺，近些年达斡尔族刺绣先后被评为自治区级非物质文化遗产。达斡尔族刺绣有很多种类，包括平绣、补绣、折叠绣等，每一种绣法都具有特色。刺绣题材多来源于人们对生活的观察，都是生活中比较常见的事物，但又有丰富的含义。延续至今，达斡尔族形成了一套具有鲜明地方特色的服饰文化体系。达斡尔族服饰以袍为主，从用料上可分为兽皮制服饰和纺织品制服饰；从功能上可分为帽子、袍子、裤子、靴子、手套及其配饰。

近年来，达斡尔族服饰也在不断地发展，于2014年被列入国家级非物质文化遗产名录，受到政府和相关单位的重视。达斡尔族服饰历史悠久，具有丰富的文化内涵，缘饰作为服装的重要组成部分，在造型、纹样、色彩、面料、工艺等方面包含了许多内在的文化和意义，值得人们去探索和传承。

（三）布丝瑰与中国国际时装周

2019年10月25日，在北京举办了内蒙古布丝瑰服饰时尚秀。

服饰秀用120余套服饰还原了蒙古族服饰的细节，并展现了传统元素在当代时装中的应用。

布丝瑰参加中国国际时装周的系列产品

布丝瑰参加中国国际时装周故事情节再现

（四）阿泯娜蒙古族服饰品牌

阿泯娜蒙古族服饰品牌致力于打造集传统、现代、时尚、职业以及中国风等多种风格于一体的综合型民族服装，树立具有当地特色的品牌，为更多有就业愿望的人们提供就业机会，弘扬工匠精神，助推文化事业的发展，做好蒙古族传统文化的传承人。

阿泯娜说：“手工缝制蒙古袍是件很辛苦的工作，缝制一件普通蒙古袍大概需要几天的时间，复杂的需要缝制几个月，甚至是几年。由于手工缝制蒙古袍费时又费力，现在学习传统蒙古袍缝制

阿泯娜品牌服饰

技艺的人越来越少，为了让这种传统文化流传下去，同时迎合现代市场对民族产品的需求，从企业生产方式、服装设计理念、人员管理模式以及人才培训方式上都进行了全方位的改造。我们希望通过全面改造和升级将公司打造成城市标志性的品牌，让它在传承文化的同时，也将其与现代元素有机融合起来，做到与时俱进，开拓创新。”

（五）布丝瑰手工盘扣胸针——美到极致的古典记忆

布丝瑰非遗手工艺品《中华儿女一家亲》历经一多月的构思和设计。这幅盘扣工艺品主体是石榴籽图案，中间是各民族妇女的头饰，旁边镶嵌了红豆，寓意中华民族一家亲，希望中华儿女像石榴籽一样紧紧抱在一起，手足相亲，守望相助，团结一心，共同为实现伟大复兴的中国梦而奋斗。这幅作品在党的二十大期间曾参加“奋进新时代”主题成就展，布丝融合、心手相应，真切地表达了内蒙古各族人民不断铸牢中华民族共同

布丝瑰非遗手工艺品《中华儿女一家亲》

体意识的坚定信念。

盘扣是中国特有的工艺服饰品，小巧玲珑，仅用一根彩带就可以塑造出千变万化的造型，用来固定衣襟或作为装饰。布丝瑰手工盘扣运用中国非遗传统手工艺，经过33道工序精制而成。为了更好的保护和传承中华优秀传统文化，布丝瑰在12个盟市建立了多个生产基地和手工工坊，通过盘扣等手工技能的培训，带动了内蒙古近10万名农牧区妇女创收与就业。2022年，布丝瑰手工盘扣通过非遗文化进课堂活动，让学生们近距离感受到非物质文化遗产的魅力，提高了孩子们对文化遗产的认知水平和保护意识。

（六）王府刺绣

起源于清代的图什业图王府刺绣，是兴安盟科右中旗传统美术技艺。该旗被中国民间文艺家协会命名为中国蒙古族刺绣文化之乡并建立中国蒙古族

兴安盟科右中旗妇女刺绣的作品《芍药绽放》

刺绣文化传承保护基地。其做工细腻、独特，讲究针法及纹路，再现了中华优秀传统文化的精髓，具有鲜明的地方特色，针法丰富、技艺成熟、实用性强。

该旗妇女刺绣的作品《芍药绽放》，被深圳非遗生活文化产业有限公司作为礼品赠送给了马耳他驻华大使，获得了很高赞誉。2018年9月，王府刺绣产品亮相巴黎服装服饰采购展及意大利米兰时装周、中国国际时装周、第六届中国公益慈善项目交流展示会，走向国际舞台，成为科右中旗脱贫攻坚进程中的一项重要富民产业。全旗2895名贫困户因刺绣产业受益，人均年增收2000元。中华优秀传统手工艺的当代活化与生产性保护，直接带动了乡风文明建设，使农牧民生活得到改善，已经成为科右中旗决战决胜“脱贫攻坚”与建设“美丽牧区”的有力抓手和重要保障。

（六）非遗传承人

1. 巴拉嘎日玛（国家级）

巴拉嘎日玛是国家级非物质文化遗产项目蒙古族服饰代表性传承人。经过几十年的研究和探索，形成自己独特的艺术风格，制作的蒙古族服饰设计美观、做工精细、特色鲜明，深受广大群众的喜爱。她培养了诸多蒙古族服饰传承人，制作了2万多件蒙古族服饰，多次参加国内外传统手工技艺展览并获奖，展现蒙古族服饰的风采。

随着经济的发展，人民生活水平的不断提高，大众消费结构发

国家级非物质文化遗产项目蒙古族服饰代表性传承人——巴拉嘎日玛

生了变化，民族服饰市场需求也随之迅速增长，巴拉嘎日玛公司产品远销美国、澳大利亚、日本和蒙古国。她还为通辽博物馆、内蒙古博物馆制作了蒙古族传统服饰。公司名气越来越响，来自四面八方喜欢民族服饰的人慕名向巴拉嘎日玛学习蒙古族服饰制作技艺。她的徒弟遍布本旗，众多邻近旗县和其他省市的缝纫爱好者，也多次慕名前来拜师学艺。对这些喜爱传统服饰的慕名者，她一概热情相待，毫无保留地将传统技艺倾囊相授。

如今，巴拉嘎日玛不断推陈出新，在市场竞争中始终处于主动地位。多年来，她获得了来自社会各界的诸多赞誉。2009年8月，参加内蒙古草原文化节民族服装展示活动，承制内蒙古文化厅的手工刺绣蒙古袍10套，现被收藏于呼和浩特市博物馆。2009年，内蒙古画报社对其进行采访，并在第8期画报上予以发表，描述了手工刺绣蒙古族服饰的历史文化。2010年，内蒙古草原文化保护基金会邀请巴拉嘎日玛参加上海世博会。在宝钢大舞台中国元素习俗区进行了蒙古族服装文化展示，把蒙古族服饰刺绣文化和草原文化推向了世界。中央电视台《对话》栏目对其进行了采访并在当天《新闻联播》中播放。世界华人摄影学会会员、中国摄影家协会会员、中国流行色协会会员许根顺也来到现场采访了巴拉嘎日玛，并拍摄了蒙古族服装和刺绣图案。2011年4月7日，她在西安市参加了第二届西部非物质文化遗产展演。2012年2月5—15日，她代表内蒙古参加了中国非物质文化遗产保护中心承办的“中国非物质文化遗产生产性保护成果大展”。2012年4月7日，她参加了澳门非物质文化遗产博览会。2013年8月，她在非洲参加中非文化交流活动。2015年8月，她在呼和浩特市参加了草原文化遗产日和全区非物质文化遗产展。2014年8月，巴拉嘎日玛被确定为自治区级非物质文化遗产项目蒙古族服饰代表性传承人。2015年9月，她在沈阳市参加非物质文化遗产传统技艺大展。2016年7月，她在内蒙古自治区妇女联合会举办的全区“为身边优秀女性点赞”活动中获得优秀奖。2016年8月，巴拉嘎日玛光荣当选阿旗出席赤峰市第五次妇女代表大会优秀代表。

巴拉嘎日玛说：“文化的传承和发展，是靠一代又一代人口传心授保留下来的，不论是手工制作技术还是机器生产，会缝纫的人已经越来越少，如何让这些优秀的传统文化传承发扬下去，是我们刻不容缓的责任。”中华优秀传统文化博大精深，巴拉嘎日玛的民族服饰制作技艺是由上一代人口传心授继承来的，并且经过她半生的研究和摸索，如今已经形成了独特的艺术风格。她正在为弘扬中华优秀传统文化贡献着自己的力量，在时代大潮中彰显了女性的风采。

2. 额仁其其格（自治区级）

蒙古族刺绣工艺是中华优秀传统文化的结晶之一，并被列为自治区级非物质文化遗产代表性项目。额仁其其格是自治区级非物质文化遗产项目蒙古族刺绣代表性传承人，她用手中的五彩丝线继承了中华优秀传统文化。

在鄂尔多斯市乌审旗图克镇梅林庙社区刺绣培训班里，学员们在刺绣老师额仁其其格的指导下，绘制花样，穿针引线。斯琴浩日乐在额仁其其格组织的培训班里学习了7年。虽然每次参加培训要坐1个小时的车，但是学到这么好的刺绣技艺让她觉得特别值得。这几年，她靠刺绣技艺给家里带来一笔不小的经济收入。

自治区级非物质文化遗产项目蒙古族刺绣代表性传承人——额仁其其格

2011年，额仁其其格开办了民族刺绣培训班，每年免费为大家培训3—4次，并为偏远地区的农牧民进行特殊的短期培训，手把手地教大家刺绣技能。现在，在额仁其其格的带动下，500余名蒙古族妇女有了自己的小事业，鄂尔多斯刺绣手工艺也逐步成为乌审旗蒙古族妇女居家灵活就业的一项新技能。

为了提升大家的刺绣技艺，提供互相交流、互相学习的平台，2013年，额仁其其格还自费创办了乌仁布斯贵，并经常带学员参加各种服装大赛，通过让学员展示自己制作的蒙古族服装，提高她们的自信心，传承非遗文化。身为鄂尔多斯蒙古族刺绣传承人，额仁其其格一直致力于民间传统手工技艺的保护和传承，为推动中华优秀传统文化的发展贡献着自己的力量。

3. 万花（自治区级）

万花，自治区级非物质文化遗产项目翁牛特刺绣代表性传承人，是赤峰市翁牛特旗万里花香民族服饰公司的创始人、总经理。内蒙古工艺美术大师，中国民间文艺家协会会员，赤峰学院客座教授。万花出生于翁牛特旗海日苏镇呼日塔拉嘎查，10岁开始跟随母亲领色玛学习蒙古族刺绣以及服装裁剪，1992年创立个人品牌“万里花香”，含蒙古族刺绣、民族服饰、旅游纪念品、民族手工艺品系列20多个门类的商品，成为当地刺绣的领军人物。她在加工和销售刺绣产品的同时，免费培训刺绣学员，推广中华优秀传统文化。

万花是公认的绣花能手，当她看到周围的姐妹因为绣品费时费力却不能创造财富而放弃这门手艺时，她觉得非常惋惜，同时她也意识到只有创立品牌，扩大影响力，才能吸引更多的人从事和传承

自治区级非物质文化遗产项目翁牛特刺绣代表性传承人——万花

这门手艺。经过长时间的努力，她的品牌“万里花香”注册成功，主要经营范围为民族用品、服饰、工艺品，并对周边的富余劳动力进行集中培训，通过收购提高周边群众的收入。此外，她还积极参加蒙古族服饰比赛、表演和展览，赢得了各种荣誉，扩大了公司知名度，并且在地方政府和文化部门的支持下，将业务越做越大。公司现拥有2000平方米的工艺馆，就业人数400余人，产品远销日本、美国、法国、英国等国家。

万花的奶奶、姥姥、妈妈都是远近闻名的巧手，她从长辈那里学到了传统蒙古族刺绣和服饰制作技艺。颇有经济头脑的万花发现，年轻的姑娘们更加偏爱新鲜时髦的样式。于是，她开始研究现代服装设计，自学了绘画，让自己最钟爱的传统文化在现代服装中大放异彩。

二、视觉传达设计作品中的内蒙古

（一）标志设计

1．伊利

内蒙古伊利实业集团股份有限公司简称伊利集团。伊利集团的标志是一个45度向上倾斜的椭圆，灵动轻快；另一个跃升而出的椭圆，向上推动，道出了伊利集团的超越之力。两个椭圆叠加交

伊利标志设计

错，相互环抱，寓意着伊利的多元化发展战略和不断增强的全球影响力，道出了伊利集团的包容胸怀。整个标志给人以耳目一新的感觉，生动而富有活力。与此同时，标志中的蓝、红、绿三种颜色也被赋予了重要的含义。其中，蓝色象征着伊利通过全球资源引领创新，致力于带给消费者更好的产品；绿色象征伊利健康食品的多元化战略；红色象征着品质与活力。

伊利的标志设计不断演变和升级，以适应不断变化的市场和消费者需求。同时，也赋予伊利品牌形象上更丰富的内涵和长远使用、多元化发展的可能性。

2. 蒙牛

蒙牛诞生在内蒙古大草原，这里是国际公认的黄金奶源带，地处北纬40度，拥有13亿亩天然草原和3000万亩人工草地，在母亲河的滋养下水草丰茂、土地肥沃。蒙牛的品牌色为草原绿，源于它得天独厚的原产地，象征着天然、健康、品质，代表着抚育蒙牛的摇篮。

企业以蒙牛为名，是将牛的勤劳、坚韧与奉献作为一种崇高的企业精神，唤起人们对牛的亲近、敬畏，也是对真、善、美的追求，更象征着孺子牛精神在企业的光大。

在设计定位上，蒙牛首先确定了标志的地域特色，其次才是牛的特色。地域特色是内蒙古的绿色草原。根据这两个特点，用圆形图案代表牛角，用牛角代表牛。牛角下是用毛笔画的图案，动感很强，代表一头奔跑的牛。同时，蒙牛品牌标志中弯角坚挺如峰，表

蒙牛标志设计

明牛的坚韧、勤劳，象征积极向上、稳健奋进的企业理念。整个标志由白色、绿色构成，突出追求天然、远离污染的主题。

3．鄂尔多斯

鄂尔多斯品牌设计理念是用创意拓宽设计的边界，通过个性化表达展现品牌独特性，为不同的消费者圈层提供更多元的设计，以满足消费者个性化需求。在产品方面，鄂尔多斯1980在延续当下品质和传统工艺的基础上，更加符合当代审美意趣、更加突出艺术格调，面向不同年龄层的消费者，打造“无龄化”设计。例如品牌于

鄂尔多斯标志设计

2021年开始与美国大都会艺术博物馆联名合作，从后者的藏品中汲取设计灵感，提取关键元素，打造了胶囊系列。

鄂尔多斯品牌标识的重要组成元素为东方美学元素。其中，红色象征着作为中国品牌的文化价值自信与身份认同，金色则辉映着品牌一路发展前行，如品牌广告语之一的“鄂尔多斯羊绒，温暖全世界”。标志整体看上去是一个拼音字母“e”的形象，即鄂，代表鄂尔多斯。标志的上半部分代表山羊角，象征着集团是以山羊绒起家、以山羊绒为基础发展壮大，下半部分两条平行杠代表多种产业并存，整体象征着鄂尔多斯集团是以羊绒产业为主，其他多种产业并存的大型企业集团。由于鄂尔多斯是从无到有发展，这个过程就像滚雪球一样越滚越大，所以标志的圆形环状象征着鄂尔多斯集团公司呈滚动发展态势。标志的形状没有闭合，象征着集团的发展是开放性的螺旋式的上升，在大胆引进、吸收、开放搞活的基础上前进。标志又像地球，象征着鄂尔多斯品牌要走出国门，走向世界。

4. 鹿王

万物有灵，天然共生。鹿王羊绒来自乌拉特草原、希拉穆仁草原、锡林郭勒草原。鹿王集团公司是顶级羊绒（GCS）和可持续羊绒协会（SFA）会员，并取得相关机构颁发的证书。公司致力于山羊绒产业，能够实现产品可追溯，以“研发全生命周期绿色产品”为核心，依托资源优势，创建绿色基因。2018年，公司被工信部评为“绿色工厂”。2019年，羊绒针织制品被中国标准化研究院评为“绿色领跑产品”。

鹿王标志设计

鹿王标志的设

计灵感来源于内蒙古大草原和黄河，象征着鹿王的符号和母亲河的滋养。标志的设计采用了简洁的线条和现代化的字体，以黑色和金色为主色调，突出了品牌的高端和专业。标志中的鹿头造型简洁明了，寓意着品牌的力量和稳定性。整个标志设计简洁大方，富有现代感，符合品牌定位和形象，寓意着品牌的力量和稳定性。

5. 蒙古王

蒙古王从标志到包装设计，源自中华优秀传统文化和艺术，非常注重简约和大气的风格，少用繁琐的元素和装饰，更倾向于通过

蒙古王标志设计

纯粹的线条和形状表达主题。这种简洁风格使得蒙古王包装设计更容易被人们接受和记忆。细节设计上通常采用独特的线条和图案，这些线条和图案来源于蒙古族传统文化和艺术。它们具有深厚的文化内涵和独特的审美观念，具有浓郁的地方特色。整个设计理念融合现代元素，以适应当代社会的审美需求。这种融合使得蒙古王包装设计既有传统韵味，又具有时尚气息。

蒙古王包装设计是一种独特的设计风格，以其简洁大方、独特的线条和图案赢得了广泛的赞誉。蒙古王包装设计在食品、化妆品、礼品等领域有着广泛的应用，通过其独特的形象和韵味，提升了产品品牌形象，吸引了消费者的关注。

蒙古王标志顶端是一个三叉长矛，寓意着品牌的发展蒸蒸日上，生命力顽强，生生不息。标志的下半部分是一个蒙古包，象征着圆满和完整，寓意着品牌能在以后的发展中不断完善不足，越来越成熟，越来越完整。

6. 呼和浩特地铁

呼和浩特地铁是服务于呼和浩特市的城市轨道交通系统。呼和浩特地铁的设计融入了内蒙古的地方特色，将蓝天和白云等元素融入地铁装饰中，把字母H与飞驰的列车相结合，在视觉上给人一种极速感，充分体现了轨道交通快捷的特点。在内蒙古博物馆站，还设置了以蒙古马为主题的特色区域，设计黑白相间的挡风板、马头琴样式，吊环采用红山文化的玉龙。在云计算技术应用方面，将地铁综合监控、通信、信号、自动售检票系统等计算和存储资源进行

呼和浩特地铁标志设计

整合。

7. 德顺源

中国是世界文明古国之一，拥有5000多年的悠久文化与文明，饮食文化也是源远流长。生活在不同地域的中国人，享受着截然不同的丰富美食。这些美食不仅提供了人体所需要的营养，更带给我们丰饶健康且充满情趣的生活。

享有“塞外青城”美誉的呼和浩特市，是一座具有400多年建城历史且具有鲜明地方特点和众多名胜古迹的北方名城。这里的美食也是别具一格，而提起美食小吃，就非烧麦莫属。

德顺源的标志设计源自烧麦外形和地域化特点，通过简洁的

德顺源标志设计

线条，将烧麦精致的外观恰到好处地表现出来。德顺源的标志从整体上看是由上自下的烧麦视角，烧麦放在碟子中，将烧麦具象化，分成8个小瓣，与一屉烧麦共8个的特点相结合。在德顺源享用一屉青城美味，与三两人一起，似当年挥洒的驼铃，追忆当年的商贸之路。一两烧麦，带出闲慢好生活。当茶馆文化遇上名满青城的烧麦，配上可口的茶点，以及慢生活的闲逸，让人们在生活中找到平衡。

（二）文创设计

1. 敕勒川记

敕勒川记诞生于敕勒川阴山下，专注于民族艺术审美与非遗传统工艺。

该文创从这片历史悠久的土地中汲取灵感，融合地方审美与当代生活，与当地传统工艺匠人合作，开发出融入美好生活的艺术工艺品。该系列文创专注于内蒙古非物质文化遗产——皮艺，皮艺作品淳朴自然、古朴典雅、题材广泛、构图饱满、实用性强、画面生

敕勒川记文创设计

动逼真，对挖掘和保护中华优秀传统文化具有重要价值。同时，皮艺大多在牛皮上手工雕刻、彩绘而成，呈现出浮雕般的美感。然而，这一古老技艺逐渐与现代生活脱钩，加上专业人才流失严重等因素，一度面临失传危机。

敕勒川记还原了传统皮艺工艺，而且将这一技艺以新颖的设计方式进行创作，做到了将传统与创新、科技相融合，让大众对皮艺这一非遗文化提升认知、产生兴趣，并且将产品融入现代生活场景中，加强产品的实用性。

2. 红色内蒙古

内蒙古是一片红色的热土，是在中国共产党的领导下成立的第一个民族自治区，革命历史文化底蕴深厚，红色旅游资源丰富多彩。此外，内蒙古还有富有特色的绿色生态资源、传统文化资源。

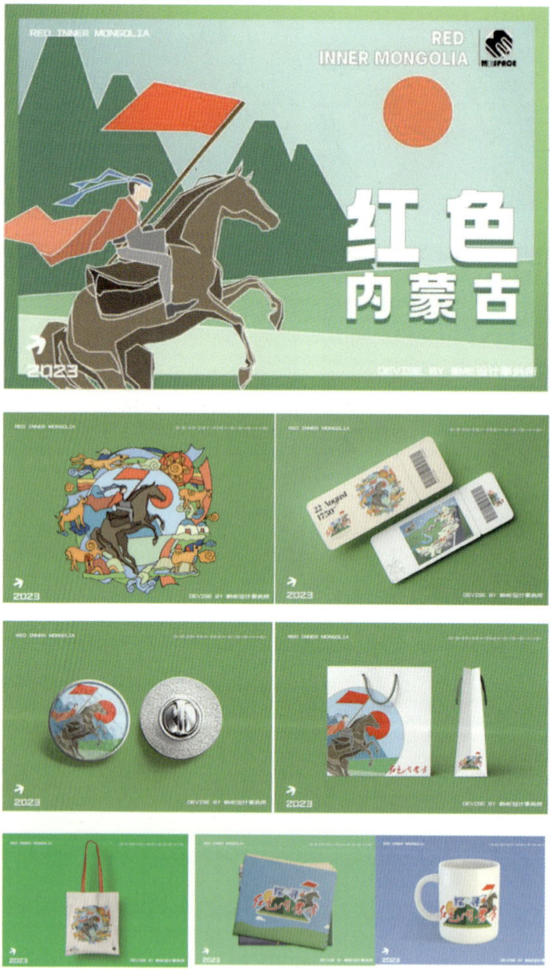

红色内蒙古文创设计

从红色文化资源上看，以呼和浩特市、集宁市、满洲里市等红色城市为中心，可以勾勒出内蒙古红色革命遗址的动人画面。

强化沉浸式传播理念，助推红色文化品牌传播。要使红色之旅成为高质量的精神之旅、爱国之旅，需要进一步加强红色文化品牌建设力度，以精品为依托丰富红色文创，让内蒙古的红色故事通过更直观的方式快速进入人们的视野，入脑入心，扩大内蒙古红色文化的影响力和传播力。通过加强互动性，让人们深度体验红色故事中的情境，经历一场身心都被红色文化洗礼的旅程。文化因传承而深入人心，文化传承因创新而致远。新时期，需要我们更好地传承红色基因，与时俱进，不断推动红色文化传播内容和形式创新，充分激发内蒙古红色文化活力，打造一批叫得响、有影响力的红色文化品牌，全方位提升红色文化传播力，让内蒙古红色文化直抵人心。

红色内蒙古系列文创产品，将内蒙古特色文化和内蒙古红色文化融合，经过艺术、工艺与设计，使产品在精美的基础上提升了文化内涵与美学价值。该系列产品选择了日常生活中大家常见且常用的产品载体，在保证精美的艺术性的同时，也保证了实用性。在产品的原材料以及生产过程中，运用了现代化材料以及先进的科学生产技术。

3. 手绘内蒙古

内蒙古地处欧亚大陆内部，位于祖国北部边疆，由东北向西南斜伸，呈狭长形，东西长约2400千米，南北最大跨度1700多千米。总面积118.3万平方千米。横跨东北、华北、西北地区，内与黑龙江、吉林、辽宁、河北、山西、陕西、宁夏、甘肃8省区相邻，外与俄罗斯、蒙古国接壤，边境线长4200多千米，是我国边境线第二长的省级行政区。

内蒙古是中华民族的发祥地之一，也是中国古代北方多民族融合的主要区域，先后有10多个游牧民族在此生息繁衍。几十万年前，旧石器时期中华民族的祖先就在内蒙古这块广阔的土地上繁衍生息，开创了内蒙古远古人类文明的先河，创造了中国古代北方的原始文明。目前，内蒙古已发现30余处古人类文化遗址。其中，大窑文化遗址是迄今为止中国发现的年代最早、规模最大的古代石器

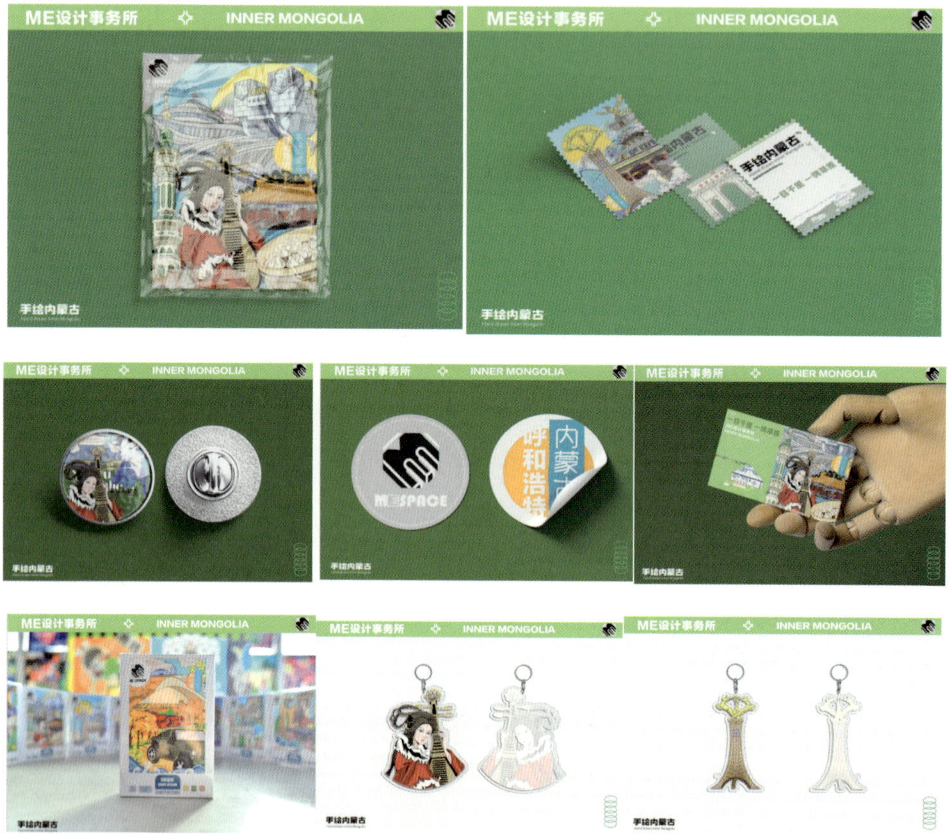

手绘内蒙古文创设计

制造场；以玉龙为代表的红山文化，更是被苏秉琦称为“中华五千年文明的曙光”。内蒙古的长城和元上都遗址都是世界级文化遗产。内蒙古拥有战国、秦、汉、北魏、西夏、金、明等11个历史时期的长城遗迹，总长度为7570千米，约占我国长城总长度的1/3，在拥有长城遗址的15个省区市中位居第一。元上都遗址是元朝的首都遗址，其作为草原都城遗址，展示了文化融合的特点，见证了北亚地区游牧文明和农耕文明的相互交融。

故该系列产品以12个盟市的自然风光与人文底蕴为载体，表达出内蒙古丰富的历史文化与日新月异的发展变化。以广阔的地域地貌、丰富的地方文化、悠久的历史遗迹为灵魂，以灵动手绘、款式新颖、外观精美的文创产品为载体，打造独属于内蒙古的特色文化旅游产品，成为游客了解内蒙古的精美名片。

同时产品以文具及办公用品为主，极大地体现了产品的实用性，在具有独特艺术性的同时还保证了购买时的使用价值。其中，灯光画还做到了科技与艺术的融合。它作为一件艺术手绘文创产品，可以发出冷色与暖色光，将艺术性、科技性与实用性完美地结合在同一件作品上。

4. 阴山岩记

产品开发灵感源于内蒙古巴彦淖尔市的阴山岩画。阴山岩画历经新石器时代、青铜时代、铁器时代，从秦汉至近代，延续数千

阴山岩记文创设计

年。2006年5月25日，阴山岩画被国务院公布为第六批全国重点文物保护单位。该系列进行设计时查阅了大量的史料文献，旨在传承中华优秀传统文化，发扬地区特色。选品新颖，风格独特，发掘真正的好物，牢记产品设计的意义，注重实用性和性价比，为用户带来真正优秀的产品的同时，也促进了内蒙古特色文物的推广，扩大了宣传范围。

产品设计灵感源于新石器时代阴山地区先民在岩石上创作的雕刻，内容包括人像、生活场景、图腾等，真实地反映了当时人们的生活状况，对内蒙古有着重大的文化价值和历史意义。设计风格还原了岩刻造型，只有两度空间，即上下和左右，不考虑前后、大小的透视关系，在尊重历史的前提下做了一系列延展和创作，将现代产品和传统文化进行结合，兼顾实用性、商品性、文化传播性及美观度。材质工艺上大量使用马皮、牛皮等兼顾品质和地区风格的原料，结合传统皮衣，采用纯手工艺加工，从材料品控到工艺水平严把细节。

三、建筑与景观设计作品中的内蒙古

（一）内蒙古少数民族群众文化体育运动中心

内蒙古少数民族群众文化体育运动中心位于呼和浩特市新城区保合少镇，总占地面积2092亩，总建筑面积72891平米，是内蒙古

内蒙古少数民族群众文化体育运动中心

成立70周年大庆的主会场。

该建筑风格融合了草原风情以及现代元素，设计定位以自然景观为主，以体育事业和旅游业为基础，结合地域性文化，打造以体育文化、特色文化、旅游文化为核心的体育基地和综合性旅游基地。场地包括看台主建筑、标准赛道、马厩及停车广场等。其中，看台主建筑内除了具备国际赛马标准的所有设施外，还包含演艺大厅、搏击馆、马文化博物馆、射箭馆等。

（二）内蒙古博物院

内蒙古博物院位于呼和浩特市新城区新华东街，主体建筑面积6.4万平方米，展览面积1.5万平方米，为国家一级博物馆。

内蒙古博物院整体建筑宏伟磅礴，建筑上绿色的草地象征内蒙古广阔无垠的草原和无限生机，白色线条代表着延绵不息的河流和源远流长的文化，建筑表皮用玻璃拼接，当阳光洒下大厅，文物与

内蒙古博物院

自然融为一体，实现了历史与现代的对话。

（三）内蒙古美术馆

内蒙古美术馆位于呼和浩特市新华大街与丝绸之路大道交汇处，是内蒙古成立70周年重点工程之一。场馆总建筑面积35893平方米，馆内共设12个展厅、2个藏品库区，建筑面积分别约为8400

内蒙古美术馆

平方米和4200平方米。

内蒙古美术馆整体建筑线条优美，层次分明，从天空俯瞰，整体建筑是象征生命与艺术生生不息的回纹图案；从地面仰视，该建筑优美的弧线和直角分割，充分显示了力量的美感。

（四）鄂尔多斯博物馆

鄂尔多斯博物馆是一所综合性博物馆，位于鄂尔多斯市康巴什新区，占地面积27760平方米，建筑面积41227平方米。

馆内配套有专业展厅、大型学术报告厅以及办公、会议等空间。鄂尔多斯博物馆造型独特，外观似一块饱经风雨磨砺侵蚀的磐石，象征鄂尔多斯悠久的历史和深厚的文化底蕴，古铜色的金属外表，记录着鄂尔多斯古老沧桑的历史。整座建筑雄浑大气，庄严肃穆，集历史信息与科技于一体，体现了鄂尔多斯的历史文化，同时也寓意着继往开来、不断创新的精神。

鄂尔多斯博物馆

鄂尔多斯大剧院

（五）鄂尔多斯大剧院

鄂尔多斯大剧院位于鄂尔多斯市康巴什新区文化广场，是康巴什新区建设的“七大文化工程”项目之一。建筑规划用地面积2.2万平方米，建筑面积42688平方米，建筑最高点43.28米，大圆直径约100米，小圆直径约46米。主要功能包括剧场、音乐厅、数字电影厅以及餐饮、住宿、娱乐、购物等附属服务设施。

鄂尔多斯大剧院设计理念来源于鄂尔多斯地区蒙古族头饰与帽子造型，建筑主体模拟鄂尔多斯蒙古族女性头饰，附属建筑模拟鄂尔多斯蒙古族男性帽子，整体设计新颖，地方特点突出，是现代与传统的有机统一。

（六）草原丝绸之路文化公园

草原丝绸之路文化公园位于呼和浩特市赛罕区丁香路东侧，占地面积150公顷，北起新华大街，南至滨河南路，南北跨度5.5千

草原丝绸之路文化公园

米，东西平均宽为340米。

草原丝绸之路文化公园南北跨度大，跨越了乌兰察布东街、大学东街、学苑东街、腾飞南路，根据街区分别打造了不同的历史文化区段，有盛世青城、库库和屯胜景、盛乐文化、云中文化等，通过雕塑、植被造景等展现了呼和浩特这座丝绸之路上重要的枢纽城市的历史和文化。

（七）昭君博物院

昭君博物院位于呼和浩特市南郊昭君青冢景区的轴线南端，东

昭君博物院

侧紧邻209国道，北接内蒙古风情园旅游区，总占地面积205亩。

昭君博物院两个覆斗状的建筑为“V”型缺口，巧妙地将轴线尽端的昭君青冢影像叠入立面，两个锥体各自旋转45度，对角以廊桥相连形成对青冢的环抱态势，体现了昭君文化中“和”的精神，楔状下沉广场通过标高的升降引发游客与青冢间的视觉变化，建筑的虚实处理形成新馆与青冢和谐的主次关系。同时，新馆的外轮廓成为青冢的天然景框，使博物馆与历史遗迹间形成良好的时空对话。

（八）内蒙古饭店

内蒙古饭店位于呼和浩特市新城区乌兰察布西路，曾被国家旅游局评为涉外五星级商务酒店。

内蒙古饭店完全构建了一套完整的草原文化主题酒店产品，从

内蒙古饭店

宴饮、器皿、环境等方面充分展示了地方文化特色。其中，室内设计有金箔镶嵌的墙壁，有东西方文化与建筑艺术合璧交融的雅间区域。从餐饮环境到主题餐厅，展现了地方文化的独特魅力，各种主题餐厅更是通过设计和装饰，将历史、文化融为一体，成为感受地方文化和品味美食的佳地。

四、工艺美术设计作品中的内蒙古

（一）巴林石雕

1997年香港回归祖国怀抱时，巴林石雕件《骏马奔腾向未来》就曾作为内蒙古自治区人民政府向香港特别行政区政府赠送的祝贺礼品，在香港安家落户。石雕高65厘米，长60厘米，宽18厘米。主体用料为产自赤峰市巴林右旗的珍稀名贵鸡血石，造型为一匹奔腾的骏马，配白云和草浪。基座为黑色冻石，正反两面用文字雕刻了“骏马奔腾向未来。祝贺香港特别行政区成立——内蒙古自治区人民政府赠”。内蒙古自治区人民政府向香港特别行政区政府赠送以骏马为主题的礼品，意在表达全区2300万各族人民喜迎香港回归的激动心情，寓意香港特别行政区政府像骏马一样奔向美好的未来，祝愿香港特别行政区政府前景灿烂辉煌。

巴林石雕刻历史源远流长。在早期的红山文化遗址出土文物中，就有巴林石雕件被发现，从距今8000年的兴隆洼文化遗址和距

《骏马奔腾向未来》

今6000年的红山文化遗址出土文物中，就发现了用巴林石雕刻的玦、佩、蚕、鸟等文物。巴林石从开始被人类发现和使用，就闪烁着文化光辉，诸如刻有契丹大字的辽代印章、元代的巴林石碗，在漫长的中华历史源流中投激朵朵浪花的巴林石雕刻作品，更有着“天赐之石”的传奇故事。辽、金、元、明、清时代，巴林石雕工艺品已多见于皇宫、王府以及民间富庶之家。民国时期，巴林石矿山始有开采，为雕刻艺术创作提供了原料。

1973年，我国正式开始规模化勘探开采巴林石。1978年，轻工业部正式为其命名——中国巴林石。1993年，巴林石矿被认定为中国三大彩石基地。2005年，巴林石矿山被国土资源部批准为国家级矿山公园。2006年，巴林右旗被批准为珠宝玉石首饰特色产业基地。2007年，巴林石被评定为中国驰名商标品牌，成为我区首个获得国家地理标志的保护商标。2021年7月，巴林石雕被国务院公布为第五批国家级非物质文化遗产代表性项目名录，归入传统美术类别，保护单位是赤峰市非物质文化遗产保护中心。

经过长期发展，赤峰地区的巴林石雕刻艺术有的以动物、人物见长，有的以花卉翎毛见长，有的以俏雕、微雕、图章制作见长，逐渐形成了各自的风格。巴林石雕刻的显著特征，就是把巴林石变成丰富多彩、精美绝伦的艺术品，为这些冰冷的石头赋予了无限的生命力。

（二）蒙镶

蒙镶是一种传统的金属錾刻工艺，起源于蒙古族、藏族等民族地区，已有2000多年的历史。蒙镶多运用在蒙古族妇女用簪，多是直接插于发髻。不少簪头上雕刻兽头、鸟头、花卉、云纹装饰，造型别致。有的簪头上还镶嵌绿松石等。从出土文物看，元朝贵族的簪子大量使用银等贵

蒙镶作品

重材料。民间也有很多金银簪，簪头上雕刻花纹，花卉多为梅花、莲花，以细巧为特色。

蒙镶工艺是在中国传统金属工艺基础上发展起来的一种特殊工艺。它以金、银、铜、铁、锡、玉石、象牙、竹、骨、木、角等为原料，吸收蒙古族、藏族、苗族、满族等少数民族金属工艺品的造型设计及装饰风格，以精湛的技艺制作出富有传统特色的工艺品，习惯上被称为蒙式镶嵌，简称蒙镶。如今，该传统技艺被越来越多的人所传承。

（三）剪纸

草原剪纸之蒙古马剪纸被誉为草原文化瑰宝，蕴含着丰富的地方传统文化内涵，是极其珍贵的非物质文化遗产。其在具有农耕文化与游牧文化融合的内蒙古传承、发展、创新。

国家级非物质文化遗产和林格尔剪纸代表性传承人段建珺，其先辈在和林格尔以耕种畜牧为生。在段建珺几十年来创作和珍藏的500余幅蒙古马剪纸作品中，一幅20世纪70年代后期创作的作品，

段建珺剪纸作品

既有质朴之感，又有装饰之美。这幅作品中的蒙古马躯干非常壮硕，马身上饰有由多种几何形纹样组成的花纹，如马的鞍韂、辔头等均由三角纹、珠纹、月牙纹等构成，马的臀部饰有一种在当地民间被称为“扭丝丝花儿”的纹样。

和林格尔剪纸在千年的传承和发展中，形成粗犷而豪放的风格。和林格尔剪纸作品中的蒙古马，或奔腾，或奋蹄，或昂首，或静立，民间剪纸传承人以古老的传统纹样和创新技法，表现蒙古马身躯粗壮、四肢有力、体质结实、皮毛浓密、耐力超强等特点，彰显了马之神韵。和林格尔县历史悠久，秦属云中郡，西汉置定襄郡，北魏时曾建都盛乐，唐代置单于大都护府，其后历代都设县置郡。历史上，北狄、林胡、匈奴、乌桓、鲜卑等北方游牧民族曾在这里繁衍生息。长期以来，农耕文化与游牧文化在这里融合，使和林格尔形成殊绝厚朴的民俗文化和民间艺术。其中，和林格尔剪纸既有以农耕文化、游牧文化为主体属性的传统纹样，也有不少东西方文化交流衍生的纹样，有石榴、葡萄、西瓜、莲花、仙桃等纹样，有马、羊、牛、鹿等动物纹样，还有动物纹样与植物、人、祥瑞符号等组合的纹样，反映了我国古代北方游牧民族动物崇拜和祖先崇拜的文化观念。

（四）骨角雕

雕是在骨头上进行雕刻的一种艺术手段，是中国最为古老的雕刻艺术，同时也是中华民族传统工艺美术的重要组成部分。骨雕

《民族大团结》

艺术，以动物骨骼为载体，综合运用造型、色彩等美术知识，融合凿、铲、磨等雕刻技艺，其造型精美、雕镂细腻，显示了中国工艺美术所达到的高度。

20世纪80年代初，包头市工艺美术厂实现了以驼骨代替象牙原材料的首创后，20世纪80—90年代，赤峰市第一工艺美术厂也生产驼骨雕工艺品，创作的驼骨雕《熊猫》《狍鹿相斗》等作品，雕工精细、造型生动。

骨雕的工序有十几道，每一道都很复杂。骨雕的雕刻技法分为手刻和磨雕。其中，手刻是用各式铲刀、锉刀进行雕琢，而磨雕以电动工具为主。如果是制作大件且结构复杂的作品，拼雕、拼镶技艺必不可少。骨雕艺术在民间比较盛行，我们看到中型、小型装饰动物，羊角酒具、鞍桥、四胡、首饰匣等都喜欢用骨雕镶嵌。2017年，该项目入选第五批阿拉善盟级非物质文化遗产代表性项目保护名录。

（五）清水河陶瓷

清水河陶瓷是属于我国北方磁州窑系列的陶瓷类型，在内蒙古陶瓷艺术发展史上占有非常重要的地位。用清水河陶瓷材料制成的艺术品具有一种磅礴大气之美，这种形式美不仅体现了北方游牧民族的文化特点，还展现了当地的地域风貌与民俗民风。

“南有景德镇，北有清水河。”这句民间谚语被人们所熟知。经过七八百年的历史传承与文化积淀，清水河制瓷业在改革开放后声名赫赫。随着磁州窑系的兴起，清水河县因得天独厚的条件，陶土资源储量大、品种多、品位高，特别是当地盛产的缸料粗陶土，成为自治区年代早、规模大且著名的粗陶产区，得磁州窑系杰出代表之称。

清水河陶瓷产品

清水河县黑矾沟古瓷窑群，是一处保存完好的明清时期烧造瓷器的民窑作坊遗址。黑矾沟古瓷窑群坐落在一条长约2500米的季节性河谷内，依坡而筑，坐北朝南，多为单座、双座或多座等形式，为圆形圆顶状，俗称馒头窑。2008年，这处古窑址被国务院“三普”办公室列为重大新发现之一。2011年，黑矾沟（陶）瓷艺被列为第三批自治区级非物质文化遗产代表性项目。

伴随着陶瓷产业在我国日益发展壮大，人们对陶瓷制品的喜爱程度与需求增大，我国高岭土、粗陶土原料储备逐渐减少，因此原料成本价格越来越昂贵。清水河本地的陶瓷原料质地粗糙，可减少加工生产成本，运用其质地本身的特性，加以设计创作，亦能创作出符合现代人审美需求的陶艺品。清水河县境内陶瓷原料储量巨大、品种齐全，纯度高利于开采。尤其是当地的天然气、煤油等能源矿产储量大。丰富的陶瓷原料储备与能源条件有利于陶瓷产业的发展。清水河地区丰富的原料储备和先进的技术优势，对发展内蒙古陶瓷产业是非常有益的。

（六）地毯

1. 纳林仿古地毯

据《当代中国的集体工业》记载，准格尔旗纳林织毯厂生产的仿古织毯图案考究，做工精细，色彩具有浓厚的地方韵味，在国内生产仿古织毯的众多厂家中，独树一帜。1984年，该厂生产的仿古织毯被轻工业部评为优质产品，同年又获得中国工艺美术“百花奖”银奖。当时，纳林地毯厂成为内蒙古唯一出口创汇的集体手工企业。

纳林仿古地毯

1980年，纳林地毯厂100道仿古地毯被轻工业部工艺美术公司评为第一名。纳林手工地毯的编织工序十分复杂，包括选毛纱、染毛纱、合纱、织毯、凸花、洗毯、剪花、整修等数十道工序。1平方尺毯面的地毯需要打1万个结，需要工人重复绕线、割线工序万余次，编织一块成品地毯需要耗费大量的时间。看着精美华丽的地毯，感受它的柔软和温度，人们不禁感叹地毯传承人的辛苦。纳林手工织毯质地柔软，铺在炕上冬暖夏凉，特别耐用，是很贵重的生活用品。1981年，该产品获中国工艺美术“百花奖”优质产品奖。该产品工艺精湛，质地柔软，色泽牢固，犹如锦缎，图案及配色风格独特，纹样清晰，美观雅致，经剪花工艺精雕细刻，自然流畅，栩栩如生，再经特殊加工工艺处理，外观古色古香，规格品种齐全，产品经久耐用，质量可靠，具有艺术欣赏价值。产品远销美、日、意、法、德等30余个国家和地区，被誉为“东方地毯珍品”。

纳林织毯图案构图丰富多彩，主要章法布局是由“边”（大边小边）、“角”（角隅纹样）、“夔”（中心纹样）等业内常用的“四菜一汤”组成。有的只有“边”，没有“角”，满地式纹样组合。有的没有“边”，没有“角”，满地式纹样组成。图案内容包罗万象，有山水、人物、飞禽走兽、羽毛花卉、几何织锦等。例如“虎震三鞭”“二龙戏珠”“九龙闹海”“喜鹊登梅”等，还有菊花、莲花、石榴花、牡丹花、宝相花等。几何织锦和民族图案纹样内容也颇为丰富，有什样锦、万字皮钱、寿字皮钱、八宝皮钱、兽皮钱、鱼皮钱等几何纹样，有蒙古族传统纹样，如回纹、云纹和卷草，也有云、福、寿、伞、盖、花、镂、鱼等。

边饰图案内容丰富，大部分是极具装饰性的牡丹造型图案，如塔塔牡丹、开瓣牡丹、猫头牡丹等。配花的叶子也有特点，例如尖尖叶子、狗尾巴叶子等。小边的装饰内容也很丰富，有各种各样的回纹边、珠边、云纹等。

图案配色有一定的特色，最早的配色就是著名的“三蓝”配色，即白为底色，蓝是由深至浅几种不同的颜色，组成明暗关系错落有致，有节奏和韵律的图案配色。内蒙古仿古地毯有庄重、典雅、深沉的艺术风格，加工工艺精巧，图案内容丰富，而又别具风姿，或者素雅清秀，或者活泼明快，或者古色古香，或者新颖激越，令人赏心悦目，具有强烈的艺术魅力。

2. 天然色织毯

内蒙古赤峰市长城织毯总厂是内蒙古织毯行业产量最高的企业，产品质量在全国同类产品中独占鳌头。1980年以来，其在全国同类产品评比中一直保持第一，并于1980年被轻工业部评为优质产品奖，同年获国家质量银牌奖。1981年，又获中国工艺美术“百花奖”银杯奖。1990年，获得中国工艺美术“百花奖”金杯奖。

赤峰地毯的特色品种之一是天然色羊毛地毯，是我国高档地毯中最具特色的新品种，由赤峰长城地毯有限责任公司于1972年首创成功。该产品不用化学染料着色，而是精选烟色、驼色、棕色、灰色、白色、黑色等颜色的天然色泽羊毛，按不同色泽手工精心配比调和，梳纺成近20种颜色深浅不同的毛纱，是取天然的羊毛本色不经染色而织成的地毯。天然色地毯的原料羊毛，通过用不同的比例配出8个颜色，再织成16个天然色毛纱，然后用手工编织而成的，是我国地毯织造行业中绽放的一朵艳丽奇葩，为内蒙古地毯工艺增添了新的光彩。

天然色羊毛地毯不经过任何化学染料、颜料及助剂的染色处理，对人及室内环境绝无污染，也绝不掉色，是符合现代生活理念的真正的绿色产品。

天然色织毯

天然色羊毛地毯图案也突破了传统地毯图

案的格调，借鉴古代艺术，结合传统地毯纹样，独具匠心，推陈出新。设计人员根据其色彩特点设计出以古代建筑、汉画像砖石、彩陶、青铜器等图案纹样为内容，再经过平、片、剪、洗等几道工艺的技术处理，毯身挺阔而柔软，毯面光泽鲜亮如锦缎，柔和素雅，古朴别致，给人以大自然的美感。有人称赞这种地毯是“取之于大自然，又回到大自然中去的一种艺术珍品。”

3. 纳尔松织毯

准格尔旗民族织毯厂和内蒙古自治区工艺美术工业公司于1985年联合创新的又一织毯新产品。纳尔松织毯由鄂尔多斯市准格尔旗民族织毯厂生产，1995年年产量1万多平方米。1986年，荣获第六届中国工艺美术“百花奖”创作设计二等奖。1988年，荣获自治区优质产品奖。

纳尔松地毯图案内容广泛，但主要以各种花卉为主，构图雍容华丽、优美抒情，如轻歌曼舞，色彩丰富。织毯用的毛纱、颜色自成体系，由3个层面组成，并采用了新的工艺技术处理，呈现三层状的高浮雕感，纹样好似行云

纳尔松织毯

流水、出水芙蓉，虽色彩鲜艳但因含灰而不失沉稳，沉稳中又透出清爽的亮丽。这正是纳尔松地毯所要表现和表达的艺术。该产品采用手工打结的方式，在突破传统片凸和单层次作凸的基础上，采用独特的主花纹多层次作凸的片凸工艺，使花枝层次分明，主体浮雕逼真，图案风姿细腻，毯面光亮，回弹力强，具有独特的艺术价值。1988年12月，纳尔松地毯被评为内蒙古优质产品。1989年7月，纳尔松地毯被中国土畜产进出口公司、中国食品土畜产进出口工商会、全日本绒毯振兴会评选为特别名作赏表彰奖。1990年6月，在全国地毯产品质量评比中，纳尔松地毯获中国工艺美术“百花奖”优秀奖。

4. 赤峰织毯

赤峰织毯厂老艺人高级三，以苏联著名画家的同名油画为题材，研制出内蒙古乃至全国第一块手工打结羊毛彩色艺术挂毯《列宁接见农民代表》。人物造型生动而现实，色彩处理也恰到好处，堪与油画相媲美。此艺术挂毯一经问世，为中国艺术设计业内人士所赞叹，在织毯行业轰动。后其又为北京人民大会堂内蒙古厅设计创作12尺×9尺的大型艺术挂毯《塞外新城》和《天鹅湖》，受到中央领导和各界人士的赞誉。

1963年，赤峰织毯厂的挂毯工艺日臻成熟。恰巧此时，我国著名摄影家何世尧的《万里长城》摄影照片发表在《人民画报》上，引起设计工作者的注意。照片上的长城以千山万壑为背景，象征着幅员辽阔的中国。1965年，他们制作的《万里长城》艺术挂毯问世，于1965年获得法国巴黎世界博览会颁发的国际创作三等奖。后他们创作的《万里长城》艺术挂毯被送到中南海，被党和国家领导人誉为国宝。1972年，美国总统尼克松访华时，中央下达赶织艺术挂毯任务，该挂毯被馈赠给尼克松总统。

在当时，制作长城艺术挂毯需要尖端技术。它以绿、灰、蓝为基色，每一种基色又要从最深到最浅分出几十种甚至上百种颜色，还要把1554200个栽绒结分染成283个色调。织工们要记住近300种颜色已属不易，还要把数以万计的栽绒结运用得恰到好处，更是难上又难。如果有一个栽绒结出了错，就会差之毫厘，谬以千里，破坏整个画面的完美。除了每个织工制作时心手相随，更需要共同操作的几位师傅配合默契，才能保证整个画面的和谐、流畅、自然。

赤峰织毯《万里长城》

面对难度颇高的任务，他们并没有被困难吓住，而是迎难而上，领导现场鼓励、指导、设计，技术人员跟班作业。他们夜以继日，织一点，研究一点，不行就拆了重来，数不清拆了几次。功夫不负有心人，他们终于成功了，用现在的话讲，堪称工匠精神。

它那磅礴的气势，精美的做工，国画的风格，油画的质感，连那些要求严、标准高的大客商都为之倾倒。他们目不转睛地端详着起伏如涛的千山万壑，揣摩着巍峨的烽火台，状如龙脊的垛口，那历历可数如龙鳞一般的城砖上竟能看得见灰绿色的青苔。

（七）计氏羊皮画

自古以来，羊皮纸仅为少数人所享用。精挑细选上等羊皮原材料，选择没有虫咬、没有疤痕的皮材，通过多道传统古法手工制作，经浸泡轻鞣制、定型整理等16道工序制作出来的羊皮才能用于画作材料，可以长久保存。

计氏羊皮画精选内蒙古羊皮，保留了整张羊皮的自然边缘，使用传统秘方配制的天然矿物颜料，有珍珠、珊瑚、绿松石、青金石和金等珍贵原料，色彩古朴自然、呈色持久、品质纯正，是其他颜料无法取代的。羊皮画绘制精细，工序繁复，“计白当色，十日一珠，五日一肤”，技法独特，形成了独一无二的绘画艺术风格。计氏羊皮画传承人计颖受家庭文化的熏陶，自幼习画，技法得祖辈真传及名师指教，她沉稳极致的画法及严谨的构图，让人们对传统手工有了更深的了解。她积极参与社会公益活动，展示技艺、弘扬中

计氏羊皮画《蒙古族传统服饰》

华优秀传统文化，秉承工匠精神，做好活态传承，摒弃不外传的保守思想，精心传授羊皮绘画技艺，一如既往地将这项中华优秀传统文化技艺传承保护好，使古老的民族艺术瑰宝计氏羊皮画艺术绽放光彩。画作《鄂尔多斯新娘》《布里亚特》等15幅作品荣获国家级国际性金奖。画作被美国约翰·霍普金斯大学、阿拉伯迪拜文化活动中心、中国宋庆龄基金会、中华两岸文化交流基金会等机构收藏。

（八）马鬃绕线蒙古唐卡

唐卡也叫唐嘎，是藏文音译，泛指悬挂、供奉在藏传佛教寺庙内的宗教卷轴画，题材内容涉及历史、政治、文化和社会生活等多个领域。按照制作技艺可分为绘画、刺绣、织锦、堆绣以及镶嵌等，有的还会运用一些黄金、白银等贵重金属进行加工。当藏传佛教从元代开始传入蒙古地区之后，唐卡的制作方法在这里也得到了继承与发展。其中，起源于阿拉善左旗头道湖昭化寺的马鬃绕线蒙古唐卡，也被称作马鬃绕线堆绣唐卡，最早是由寺庙里的喇嘛进行制作，在漫长的岁月中，通过制作者的潜心研究和不懈努力，进而成为技法精湛、用色考究、内容和形式完美统一的艺术瑰宝。之所以使用马鬃来制作唐卡，是因为这项技艺融入了蒙古族对马的深深眷顾和独特情感，这也是马鬃绕线蒙古唐卡的一个魅力所在。

阿拉善马鬃绕线蒙古唐卡的题材，在保留传统唐卡常见的素材的同时，为了让这一艺术走出寺院、走近百姓生活，近年来，传承人们紧跟时代步伐，不断创新，将人文地理、历史故事和中华儿女对美好生活的憧憬都收入卷中。为庆祝中国共产党成立100周年，歌颂各族群众爱党爱国的浓浓深情，阿拉善左旗金钢马鬃绕线丝绣有限公司作为国内唯一一家保护和传承马鬃绕线蒙古唐卡的文化企业，精心制作了大唐卡。作品总长7.1米，高度2.02米。作品分为7个部分，容纳了192个人物肖像，共运用了1.36万根马鬃制作完成。

（九）蒙古族皮雕画

在古代，蒙古族在长期的游牧生活中用猎物和家禽的皮毛作为原材料，缝制日常生活必需品，利用牛皮结实耐用、易刻烫染的特性，在皮子上刻、画、烫出图案，用皮线缝上动物牙齿和金银等装饰物品制作皮艺用品。蒙古族皮艺包括多元素的生活用具，如皮毛

《民族大团结（安代舞）》

服饰、皮制箭囊、皮壶、马鞍、皮包、皮箱、皮画等。经过描绘、雕刻、着色、层染、烫色、抛光、定形、压制等一系列工序完成制作。2021年，蒙古族皮艺被列入第五批国家级非物质文化遗产代表性项目名录。蒙古族皮艺展现了内蒙古人民灵活运用本土资源的智慧，展示了高超的皮雕镶嵌技艺，是一种具有地方特色的高雅艺术形式。从蒙古族的各类皮雕作品中，可以感受到蒙古族巧妙地把握人与自然的微妙关系。蒙古族皮雕艺术受地理环境、游牧迁徙等多方面的影响，其取材、用色都离不开大自然的馈赠。它的原材料是经植物汁液浸泡过的动物毛皮，这种植鞣革对人体既无化学刺激，又绿色环保，是目前制作皮雕最适宜的皮革材料；用色也是以皮革本身的驼色、棕黄色为主。

2016年，格日勒皮艺被列入国家艺术基金资助项目；蒙古族皮艺（皮雕画）技艺被列为自治区级非物质文化遗产代表性项目，同年入选文化部、财政部文化产业创意人才扶持项目。2017年，贾宏伟带领团队完成的中央向内蒙古自治区成立70周年赠送贺礼《草原歌盛世》大幅皮艺作品和自治区回赠中央代表团的《民族大团结（安代舞）》大幅皮艺作品，使更多人了解这项匠心技艺。这两幅作品内容丰富，展现了盛世欢腾的场景，历时数月的打磨才最终面世，国家机关事务管理局财务管理司为此还发来感谢信，圆满完成这一任务，也使得非遗文化走进更多人的视野。

（十）艺术挂毯壁画《草原上升起不落的太阳》

艺术挂毯壁画《草原上升起不落的太阳》长期陈列展示于北京人民大会堂内蒙古厅，这幅壁画重点描述了内蒙古在冉冉升起的一轮红日的光辉普照下，晴空万里、草原秀丽，万物生机勃勃，呈现

《草原上升起不落的太阳》

出祥和壮丽的美好景象。同时，画中更为突出的是内蒙古各行各业波澜壮阔、史无前例的腾飞发展，特别是对文教、科技、林、牧、渔、水、电、能等全方位的艺术表现，呈现出一派欣欣向荣的景象。画面中央草原各族儿女围绕冉冉升起的太阳歌舞齐欢，唱响美好的新时代，充满了幸福感和时代感及对美好生活的吉祥祝福。

《草原上升起不落的太阳》采用了装饰、夸张的艺术表现形式，是一幅手工编织纯羊毛的软材质壁画，在材质美感和材质运用方面具有独特的艺术特质、效果，是表现内容、艺术形式、材质美感及色彩运用等方面的完美融合，达到了相得益彰的整体效果。

（十一）铜浮雕壁画《团结、奋进、吉祥》

铜浮雕壁画《团结、奋进、吉祥》长期陈列于北京人民大会堂内蒙古厅，重点表现了草原儿女在党的光辉照耀下，积极向上、奋勇拼搏、一往无前的精神，重点突出了草原儿女能骑善射、能歌善舞、热情奔放的草原情怀。同时，也体现了草原儿女对新时代美好生活的憧憬向往和追求，并继承和发扬蒙古马精神，在新时代各

《团结、奋进、吉祥》

行各业建设中奋力前行，如同千里马一般蓬勃发展，呈现出蒸蒸日上、团结、祥和的北疆风貌。

这幅壁画采用了写实与装饰性表现手法，重点强化了壁画表现力度、视觉冲力及材质美方面的效果，使作品具有较强的艺术感染力。

（十二）铜浮雕壁画《骄、舞》

铜浮雕壁画《骄、舞》重点刻画了一文一武两个形象。

《骄》主要刻画展示了草原健儿慓悍豪放、能骑善射的性格，重点表现了草原健儿勇往直前的精神和英姿。骑马、摔跤、射箭是

《骄、舞》

草原那达慕盛会重要的竞技项目，是技能、智慧的完美体现，也是蒙古族传统习俗和娱乐形式，也是对非物质文化的传承和发扬。

《舞》主要表现了蒙古族能歌善舞，画面中的蒙古族妇女穿着节日的服装，手捧哈达翩翩起舞，婀娜多姿，伴随马头琴的悠扬琴声，唱出了、跳出了草原儿女对新时代美好生活的赞美，同时也表现出草原那达慕的欢乐场景，也是对马头琴、火布思、蒙古族舞蹈等非物质文化的传承。

整个壁画通过一文一武，呈现出刚毅与柔美之感。《骄、舞》采取了装饰性与浮雕相结合的二维空间造型，整个画面具有较强的立体感、材质感和动态感，具有较强的艺术感染力和审美价值。此壁画获第十届全国美展优秀奖、第八届内蒙古自治区艺术“萨日纳”奖、内蒙古第二届美术创作神马奖。

（十三）壁画《艺海群星》

壁画《艺海群星》重点刻画了内蒙古艺术学院在党的光辉照耀下，与时俱进，继往开来，学院的各项建设都得到蓬勃发展，在教学和实践中，不忘初心，传承红色基因，并在学院重点专业和学科建设中，继承和弘扬内蒙古非物质文化。

在壁画的中间部分重点突出了内蒙古艺术学院的重点专业和学科，例如音乐（民乐、西乐，美声唱法、民族唱法）、舞蹈、美术、艺术设计、舞台美术、多媒体、二人台、播音与主持等，这些专业都各具特色和代表性，从多方位、多角度体现了内蒙古艺术学院高层次的教学理念、教学规模和学术价值，成为内蒙古艺术文化发展中的领跑者，为内蒙古艺术文化的发展作出了积极贡献。多年来，内蒙古艺术学院为自治区培养、输送了大批优秀艺术人才，他

《艺海群星》

们在国内外艺术舞台上争金夺银，为母校增光添彩。

壁画主体四周体现了草原地域特征，有群山、雄鹰、骏马等。在艺术表现形式方面，该壁画采用了以简约、概括的几何图形与深浮雕二维空间造型相结合的表现形式。在选材方面，采用了不锈钢喷漆，赋予壁画极强的现代雕塑语言，又不失传统造型之韵律，具有较强的艺术观赏性、视觉冲击力和现代感。

（十四）油画《崩克里的奶香》

油画《崩克里的奶香》主要表现了蒙古族妇女勤劳、善良、淳

《崩克里的奶香》

朴的美德，在作者奔放的画笔下被表现得淋漓尽致，体现了蒙古族妇女在劳作中特有的姿态和美感。

油画《崩克里的奶香》成功结合绘画手法激情处理和生活形象表达，显示了很强的绘画语言，粗犷中见精微，能做到力不破形又强壮充实。色感强中见稳，并富装饰性。此作品入选第七届全国美展，并被内蒙古美术馆收藏。

（十五）铜浮雕壁画《求实奋进、展望未来》

铜浮雕壁画《求实奋进、展望未来》重点突出内蒙古大学在党的光辉照耀下，积极开拓，砥砺前行，与时俱进，继往开来。整个壁画分为8个部分，分别有8组墙面，内容分为8篇，即振兴篇、体搏篇、勤学篇、教学篇、崇尚篇、未来篇、生态篇、文艺篇。

振兴篇：此篇章重点体现了内蒙古大学与时俱进，在教育事业上蓬勃发展，正如千里马腾飞一般，日新月异，长足进取，飞跃前行。

体搏篇：此篇章重点突出了内蒙古大学教书育人，始终以德、智、体全面发展的教育方针为宗旨，加强学生体能锻炼，增强体魄能力，锻炼毅力和斗志，同时也体现了奥林匹克拼搏精神。

勤学篇：此篇章重点体现了内蒙古大学育人要有远大理想，要勇于攀登科学高峰的精神，不断进取、求知务实、刻苦学习的精神。

教学篇：此篇章重点展现了内蒙古大学高水平的教学理念和办

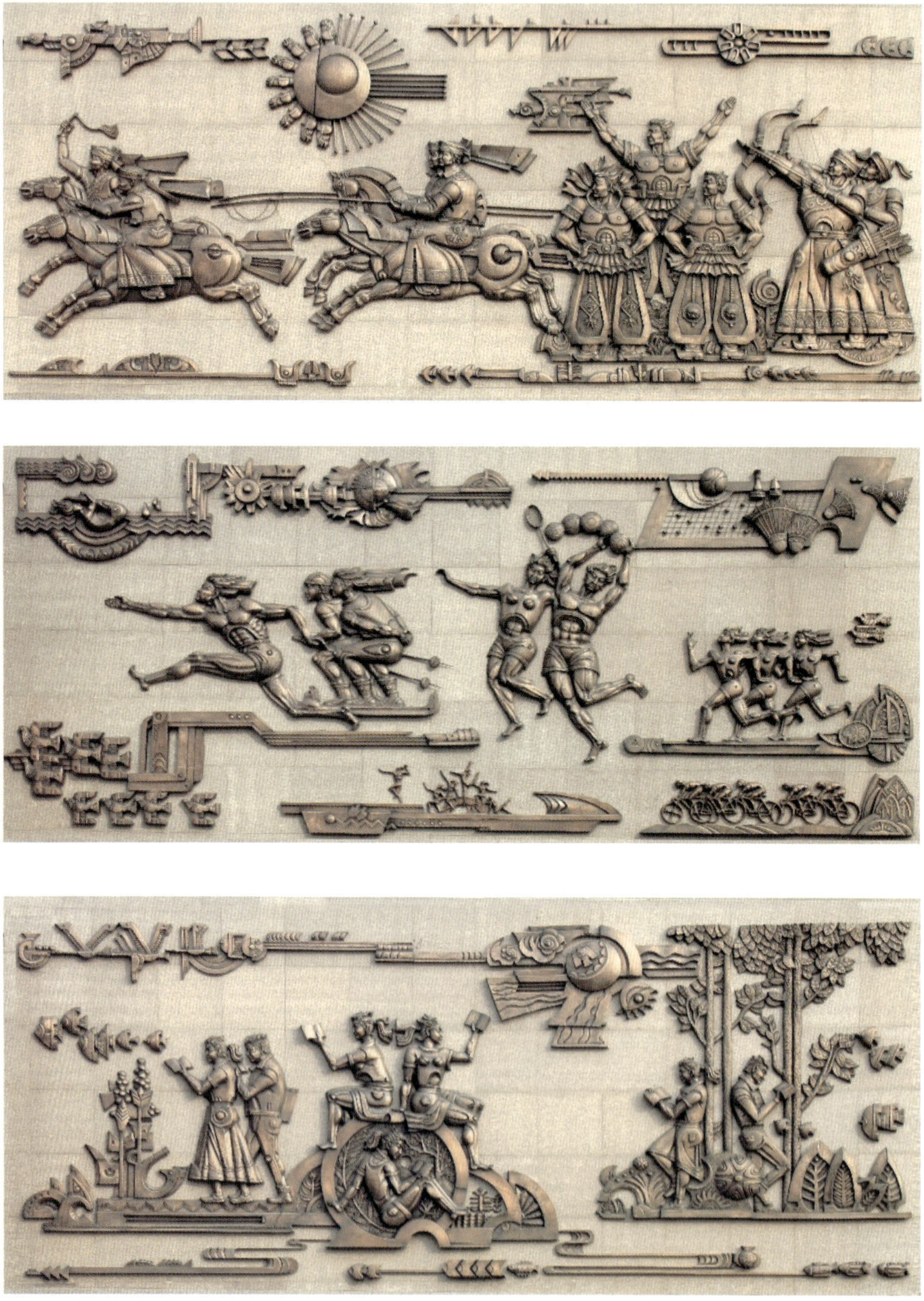

《求实奋进、展望未来》（局部一）

《求实奋进、展望未来》（局部二）

《求实奋进、展望未来》（局部三）

学成就，多年来为国内外培养了许多德艺双馨的优秀人才，教学模式先进，教学设备齐全，师资力量雄厚。

崇尚篇：此篇章着重表现了内蒙古大学的德育教育，厚德载物，提倡学生崇尚真理，崇尚科学，追求卓越，报效祖国。

未来篇：此篇章重点表现了内蒙古大学师生精神振奋，满怀激情，对未来充满憧憬和希望，肩负教育先行者的责任，不忘初心，不负众望，奔向美好的未来。

生态篇：此篇章重点表现了内蒙古大学在畜牧、生态环境等方面的突出成就和贡献，内蒙古大学在自身发展的同时积极与国际接轨，面向世界进一步加强国际的交流与合作，增强全社会的环保意识，不断改善生态环境。

文艺篇：此篇章重点体现了内蒙古大学在音乐、舞蹈、美术、雕塑等方面蒸蒸日上的发展情景，特别是在艺术发展的道路上，发扬乌兰牧骑优良作风，不忘初心，来自于民，服务于民。

（十六）铜浮雕壁画《吉祥草原》

铜浮雕壁画《吉祥草原》在主题创意方面，主要对呼伦贝尔大草原上各族美好、欢快的生活进行描述和刻画，画面有欢快的歌舞，有赛马、狩猎，充分展现了当地群众特有的生活特色和习俗，让人们从中感悟浓郁的地方文化。

该浮雕工艺采用蒙古族传统铜鎏金工艺，以铜板为主要材料，

《吉祥草原》

精心镂刻出各种人物造型，并给造型细致鎏金，使其呈现出璀璨夺目的光泽。制作此浮雕需要经过多个工序，包括造型、毛发线雕、浅浮雕、深浮雕等，严谨的制作工艺使其呈现出优美的线条和精湛的雕刻技艺。

（十七）呼和浩特市轨道交通公共艺术设计《书山有路》

该作品位于内蒙古大学南校区站。作品以大青山和中国传统金碧山水为灵感，以晶格化的线条结构提取大青山的轮廓走势，隐喻着知识的积累凝聚出科技与思想的结晶，如地质运动般演化为文明创新的高峰。金色线框蜿蜒山脉间，寓意知识的含金量点亮攀登知识高峰的道路。山峰以青绿渲染，既有金碧山水的灵韵，又彰显了

《书山有路》

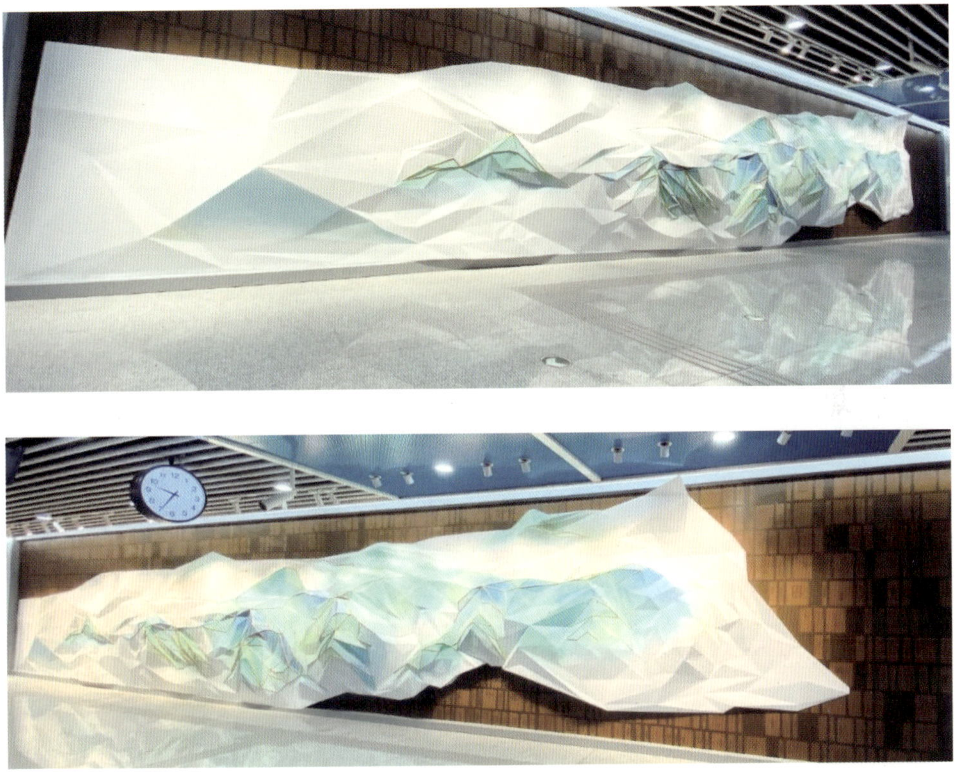

《书山有路》

“绿水青山就是金山银山”的内涵。背景由充满书香气息的书墙构成，点明了科教主题和“书山有路勤为径”的励志立意，颇具文化气息。

（十八）呼和浩特市轨道交通公共艺术设计《活力青城》

该作品位于内蒙古体育馆站，以“活力青城”为主题，意在展现拼搏进取的体育精神与青春动感的城市气息。画面以骑马、摔跤、射箭运动为主体视觉形象，利用抽象的、像素化的构成方式营

《活力青城》

造画面的视觉冲击感。背景将竞技体育的运动种类，用充满现代感和动势的图标形式加以体现，简洁明了而富有视觉表现力和传播性，彰显草原风情的同时，也传递了与世界体育交流融合的理念。

（十九）呼和浩特市轨道交通公共艺术设计《金色丝路》

成吉思汗站公共艺术设计以“金色丝路”为主题，提炼了代表草原丝绸之路历史记忆的经典元素，在哈达般的条带上，精心勾勒各地建筑、商旅驿站、海贸船只等，以海洋之蓝、沙漠之金、草原之绿调和出绚丽而典雅的视觉效果。墙面上斑斓的丝路之色交织出蜿蜒流动的条带，似跨越天际的彩虹，象征着延绵不绝的经济文化交流与沟通。河沙般层叠构成的线条，如时光记忆充满历史的厚

《金色丝路》

重感。背景装饰使用大量的传统吉祥纹样与经典视觉符号，如盘长纹、祥云纹、骆驼、敖包、蒙古包等。它们承载着地域文脉的薪火相传，也铭刻着金色的丝路记忆。

（二十）呼和浩特市轨道交通公共艺术设计《壮美千年》

该作品位于呼和浩特地铁站。作品以诗意的方式诠释了青城壮美的人文历史与自然风光，在火车站这个城市窗口营造了浪漫的艺术气息，使宾客感受到耳目一新的呼和浩特风情。画面以艺术化的手法，表现文字从书籍中飘散出来，与大窑遗址和红山文化出土文物剪影，在草原风光的背景中共同凝聚成呼和浩特英文名称

《壮美千年》

《壮美千年》

“HUHHOT”的意象。古老厚重的历史文化与磅礴大气的自然景观水乳交融，如诗如画，结合灯光的渲染，使整体设计兼具现代与古典的浪漫文艺气息。呼和浩特地铁站作为重要的交通枢纽，成为城市的重要门户及城市对外发展和宣传的重要窗口。

（二十一）呼和浩特市轨道交通公共艺术设计《商贸通衢》

该作品位于中山路站。呼和浩特中山路由西南至东北贯穿城市的核心区，其西段更是呼和浩特的核心商圈，故而此站以商贸繁荣为画面主体形象。该站选取呼和浩特具有代表性的建筑元素加以抽

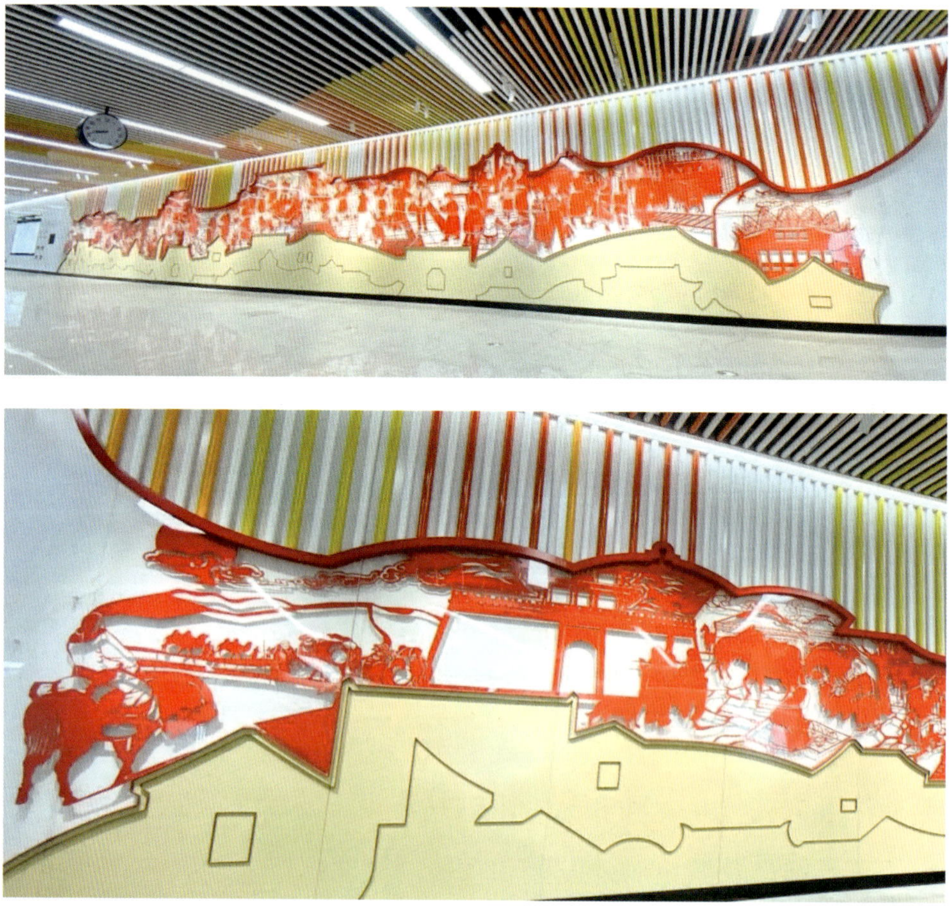

《商贸通衢》

《商贸通衢》

象概括，并将商贸交易的不同场景利用具有传统民俗风味的剪纸艺术手法描绘展现。该设计意在通过具有艺术美感和文化底蕴的语言，营造呼和浩特中山路繁华热闹的商业图景，凸显其作为古丝绸之路与“一带一路”倡议节点城市的重要商业地位。

（二十二）呼和浩特市轨道交通公共艺术设计《民俗织彩》

该作品位于诺和木勒站。历史上，诺和木勒地区曾是呼和浩特的纺织工业区，此站艺术品设计即以“编织”的概念展开。整体设计以传统吉祥图案盘肠纹为视觉中心形象，将呼和浩特白昼与夜晚的城市形象，以艺术化的手法加以演绎后，植入编织物的纹理中。该设计通过经典的文化符号和典型的景观意象，寄寓了对呼和浩特市未来发展美好图景的畅想与祝愿。

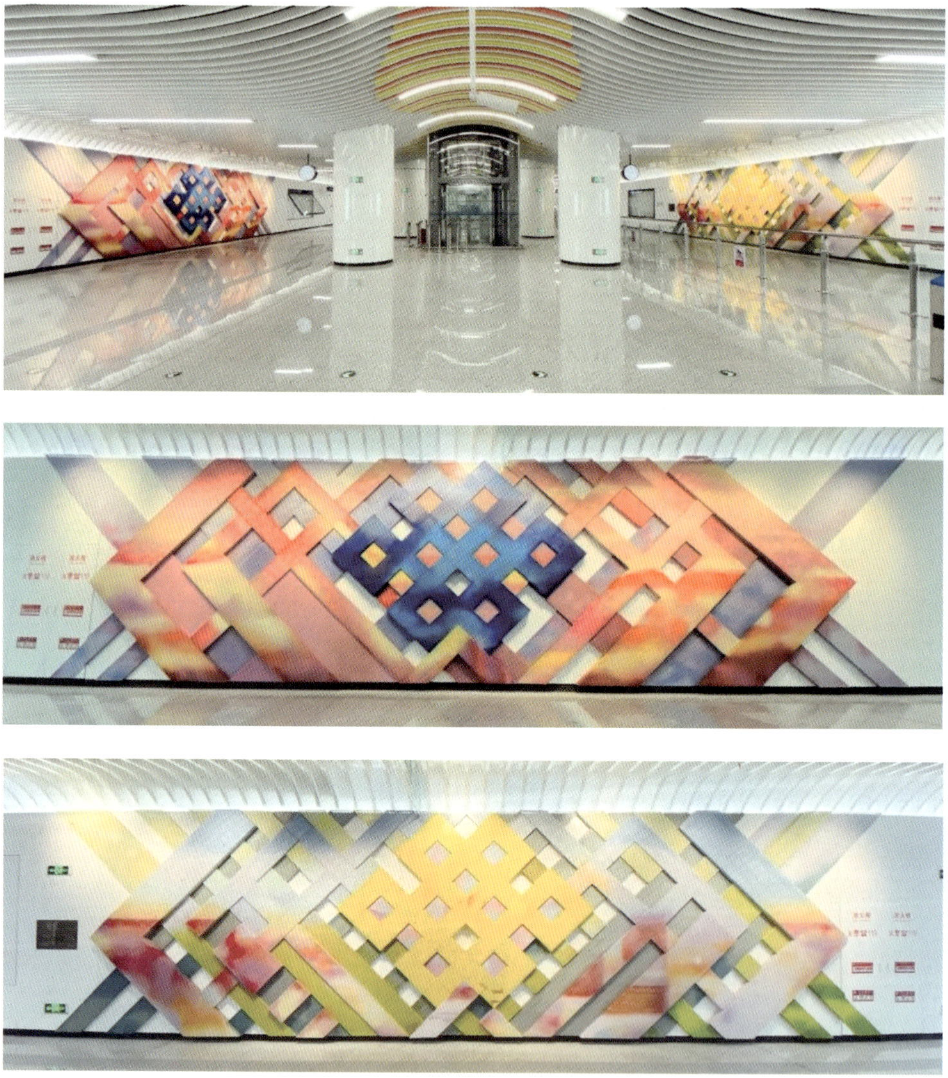

《民俗织彩》

（二十三）呼和浩特市轨道交通公共艺术设计《日新月异》

《日新月异》作品位于帅家营站。帅家营站位于帅家营村内，以所在村落名称命名为帅家营站。该设计以乡村振兴为主题，通过画面的巧妙分割与衔接，表述了多个主题场景，有反映农业生产的农田耕种及现代化农业；有反映草原风情的畜牧养殖及草原人家；有展现乡村新风貌的城乡建设及幸福生活等，形成一幅综合展示新时代乡村振兴美好生活的全景画卷。该作品采用插画风格与清新的蓝绿色调，传达绿色、生态与自然理念。放大镜形态的屏幕，灵活展示动态内容，把更鲜活的时代变化展现给公众，增加了互动性与

《日新月异》

《日新月异》

趣味性。

（二十四）《世纪人》

艺术作品《世纪人》把建筑物的要素迁移到当代人身上，清晰突显人的形体，五官细节却消失。当我们面对“他”时，我们的心为之怦然，他就是“当代人”。作为艺术形象，五官细节的消失意味着“当代人”的平面化、单一化。

马克思从商品的分析中深刻认识到，在普通的商品中投射人类的形而上学，人在对象物面前，把人自身的本质反射出来，“这本质就是人在其劳动中自己产生的”，在一次次像滚雪球似的投射实践中，“物”慢慢卷走了人性的内容，最终实现对象的互换，“物成为人，人成为物”。

《世纪人》

（二十五）《红黄蓝》

抽象作品就像诗歌一样，并没有规定一个清晰的叙述，而是静静地提供一个个不同的片段和碎片，时而熟悉、时而神秘。抽象艺术以其非具象的形式和技巧，作为一种有效的媒介，可以深入研究难以通过具象艺术表达的复杂或难以捉摸的想法。因此，不同的艺术家采用抽象作为展示或思考一系列广泛的原则、哲学和意识形态的手段。

《红黄蓝》以一种直接而激情的方式，通过材料尊重和保留其最纯粹的样子。可识别的自然形象让位于形状、色彩和形式等个性化的抽象词汇，变幻多姿的线条和冲撞激烈的颜色使画面能够提炼并更好地传达关于现实与自然的情感和观念。抽象艺术不是描绘容易识别的场景，而是挑战观众以更加情绪化和个人化的方式对画面作出反应。《红黄蓝》使观者既可立于自身的视角和思维解读，从自己不一般的人生经历出发而作出判断与解释。

《红黄蓝》

主要参考文献

一、专著

1．巴特尔．蒙古舞蹈论文集［M］．呼和浩特：内蒙古人民出版社，2006.

2．莫德格玛．蒙古舞蹈美学概论［M］．北京：民族出版社，2006.

3．博特乐图．蒙古族传统音乐概论［M］．呼和浩特：内蒙古大学出版社，2011.

4．纳格日乐图．内蒙古民族音乐典藏·大师系列：铁牤牛——民族曲艺大师毛依罕乌力格尔、好来宝专辑［CD］．呼和浩特：内蒙古文化音像出版社，2012.

5．博特乐图．当代草原艺术年谱——音乐卷［M］．呼和浩特：内蒙古大学出版社，2013.

6．赵林平．当代草原艺术年谱——舞蹈卷［M］．呼和浩特：

内蒙古大学出版社，2014.

7．刘新和．当代草原艺术年谱——戏剧卷［M］．呼和浩特：内蒙古大学出版社，2016.

8．赵小丁．共舞青蓝：蒙古舞创作与表演六十年［M］．呼和浩特：内蒙古大学出版社，2017.

9．王杰，石然．当代中国文艺政策发展史［M］．北京：中国社会科学出版社，2019.

10．内蒙古自治区艺术研究院．内蒙古舞蹈精品集成［DVD］．呼和浩特：内蒙古文化音像出版社，2021.

二、论文

1．李鑫.内蒙古地区作曲家研究述评［J］．草原歌声，2015（1）.

2．宋生贵．与时代同步伐以特色展风采——内蒙古艺术创作70年略述［J］．阴山学刊，2019（10）.

后 记

在祖国辽阔的版图上，内蒙古似一匹昂扬舒展的骏马，以奔腾之姿守望在祖国北疆；又似一条蜿蜒飘逸的玉带，拂过祖国北疆的山川、河流、森林、湖泊、草原、沙漠。各民族在这片热土上交往交流交融，红色文化、草原文化、农耕文化、黄河文化、长城文化等在这里相互包容、相互滋养、相互依存、相互促进，共同描绘出一幅独具特色、绚丽多彩的北疆文化画卷。

本书通过聚焦音乐、舞蹈、戏剧、影视、美术、设计6个艺术门类，从中甄选流传较广、普及度较高的优秀文艺作品，深入挖掘蕴含其中的不同样貌的内蒙古，向读者生动展现内蒙古深厚的文化底蕴和与时俱进的创新精神，让根植在北疆大地上的优秀文化在新时代活起来、火起来。

本书获得2023年内蒙古自治区哲学社会科学规划委托项目“文艺作品里的内蒙古”（项目批准号：2023NDE098）资助。在编写过程中，得到了相关领域专家学者的大力支持。赵海忠、敖登、葛丽英、师占成、斯琴、王秀玲、路广、赵星、包双梅、曹莉、李佳音、娜仁花、甘迪格、顾谦倩负责编写工作，白雪燕、赵宇华、王智睿、刘丽娟、刘佳、张家豪、莎娜、张彬杰、梁烨、王雪莹、周乐瑶、刘哲、王雪颖、蔻博益、陈思蕊、胡腕芯、李昕怡、王琮琳、李子轩、薛炫羽、张璐、李金菊参与编写工作。内蒙古自治区文化和旅游发展研究院、内蒙古艺术剧院、包头市艺术剧院、包头市艺术研究中心等为本书的编写工作提供了大力支持。敖登进行了统稿。云高娃、韩芳负责书稿的编辑、排版工作。

本书由内蒙古自治区党委宣传部策划，王虎主持本书总体编写工作，布和、李莉、杜婧、朝乐蒙参与本书立项、规划引导、组织协调工作。

由于编者水平有限，书中难免存在不足之处，恳请读者批评指正。

本书编写组

2025年2月